DUMONT

November in der Provence: Capitaine Roger Blanc und die Untersuchungsrichterin Aveline Vialaron-Allègre verabreden sich zu einem heimlichen Wochenende in Arles. Treffpunkt des Liebespaares ist das römische Amphitheater. Doch dann wird Aveline zufällig Zeugin eines extrem kaltblütigen Mordes. Sie selbst kommt nur knapp mit dem Leben davon – aber der unbekannte Täter raubt ihr eine Tasche mit wichtigen Unterlagen, die sie ihrem Ehemann, dem mächtigen Staatssekretär, um jeden Preis in Paris präsentieren muss.

Blanc und Aveline haben nur zwei Tage, um den Mörder zu finden und sich die Dokumente zurückzuholen. Allerdings darf ja niemand wissen, dass sie in Arles sind. In den düsteren Gassen entspinnt sich ein Duell auf Leben und Tod: Sie jagen den Unbekannten – und der Unbekannte jagt sie. Dabei hat er mächtige Helfer. Nach und nach finden Blanc und Aveline heraus, dass der Tote im Amphitheater nicht das erste Opfer einer mysteriösen Gruppe ist, zu der sogar Politiker und Polizisten gehören. Als dann auch noch sein Kollege Marius Tonon, den Blanc in einer Klinik glaubte, bei diesen Verschwörern auftaucht, weiß er endgültig nicht mehr, wer sein Freund ist – und wer sein Feind ...

CAY RADEMACHER

DUNKLES ARLES

Ein Provence-Krimi
mit Capitaine Roger Blanc

DUMONT

Von Cay Rademacher sind bei DuMont außerdem erschienen:

Der Trümmermörder
Der Schieber
Der Fälscher
Mörderischer Mistral
Tödliche Camargue
Brennender Midi
Gefährliche Côte Bleue
Verhängnisvolles Calès
Verlorenes Vernègues
Schweigendes Les Baux
Geheimnisvolle Garrigue
Ein letzter Sommer in Mèjean
Stille Nacht in der Provence

Dieses Buch wurde klimaneutral produziert.

Dritte Auflage 2022
DuMont Buchverlag, Köln
Alle Rechte vorbehalten
© 2018 DuMont Buchverlag, Köln
Umschlaggestaltung: Lübbeke Naumann Thoben, Köln
Umschlagabbildungen: © Getty Images / Jose Moreno Castellamo / UIG
Satz: Angelika Kudella, Köln
Gesetzt aus der Sabon
Druck und Verarbeitung: CPI books GmbH, Leck
Gedruckt auf säurefreiem und chlorfrei gebleichtem Papier
Printed in Germany
ISBN 978-3-8321-6483-6

www.dumont-buchverlag.de

De plus, un autre sentiment me préoccupait maintenant.
Une impression plutôt, qui me tenaillait depuis
que je marchais dans cette foule: la sensation d'être suivi.

Jean-Christophe Grangé

Die Todgeweihten grüßen dich!

Man spürt den Tod, wie man den stechenden Blick eines Fremden zwischen den Schultern spürt, dachte Capitaine Roger Blanc. Er schlug den Kragen seiner Lederjacke hoch und sah sich unbehaglich um. Er fühlte sich wie im Innern eines Vulkans, dessen Krater allerdings einst von Menschen geschaffen worden war. Rings um ihn benetzte feiner Regen graue, altersschiefe Steine, die Reihe um Reihe gen Himmel wuchsen. Blanc stand erst seit ein, zwei Minuten zwischen den Sitzen inmitten des römischen Amphitheaters von Arles und wünschte sich doch schon wieder von hier fort.

In Arles hatten sich in der Antike Gladiatoren zum Vergnügen des Publikums bekämpft. Hier waren im Mittelalter Verbrecher auf alle erdenklichen Arten hingerichtet worden. Und heutzutage starben hier im Sommer schwarze Bullen bei den spanischen Stierkämpfen, die in Arles so selbstverständlich veranstaltet wurden, als würde die Provence immer noch dem König von Katalonien unterstehen. Die mürben Steine des Amphitheaters dünsteten Jahrhunderte des Todes aus.

Freitagnachmittag. Blanc verkroch sich tiefer in seine alte Lederjacke. Er zog sein Handy hervor und blickte auf das Display: 16. November, Punkt 16.00 Uhr. Der niedrige Himmel spannte sich über das hundert Meter weite Steinoval, grau und stumpf wie ein altes Tuch. Zwischen den steil ansteigenden Sitzreihen verloren sich nur wenige Besucher: Rentner aus Deutschland, Holland, Japan, Damen in grellvioletten Regenponchos und ihre Begleiter in himalajatauglichen Funktionsjacken, die ihre Spiegelreflexkameras gepackt hielten wie Faustfeuerwaffen. Als Blanc wenige Augenblicke zuvor über den Vorplatz gehastet war, die Hand am Schirm seiner Baseballcap gegen Windböen und Regenschauer, war er an einem langhaarigen jungen Gitarrenspieler vorbeigekommen, der unter einer Art Zelt hockte und schnelle Musik der Gitanes spielte, die er mit elektronischen Rhythmen aus einem Verstärker unterlegt hatte. Seine Melodien wehten bis in das antike Innere, ein seltsam deplatzierter Klang.

Und doch, dachte Blanc, trotz der eifrigen Rentner, trotz der leeren Steinstufen, der lächerlichen Musik, des Nieselregens: Man konnte im Amphitheater irgendwie noch immer die Hitze des Sommers ahnen, den flirrenden Sand der Arena, die Angstlustschreie der Zuschauer, den Geruch nach Blut.

Er wünschte, Aveline hätte einen anderen Treffpunkt vorgeschlagen.

Ein gestohlenes Wochenende in Arles: Der Flic und die Richterin, ein unter dem Allerweltsnamen »Dupont« reserviertes Hotelzimmer, Hoffnung auf ein paar Stunden Leidenschaft – ein schäbiger Ehebruch. Mehr als dreieinhalb Milliarden Frauen lebten auf der Welt, und keine war für ihn gefährlicher als Aveline Vialaron-Allègre. Blanc wusste nicht mehr, wie oft er sich schon geschworen hatte, ihre hoffnungslose Affäre zu beenden. Doch dann musste er bloß ihre Stimme im Handy hören oder bei einer zufälligen Begegnung auf den Fluren des Justizpalastes von Aix-en-Provence ihren Duft einatmen, und ihn schwindelte.

Das Novemberwochenende war wie ein unverhofftes Geschenk über Blanc gekommen. Avelines Mann war nicht, wie sonst oft, aus Paris in den Süden gekommen. Der Staatssekretär hatte rechtzeitig genug die Seiten gewechselt und sich Macrons neuer Partei angeschlossen. So war er einer der wenigen Politiker, der von der Flutwelle der Wahlen im Frühsommer nicht aus Ministerien und dem Parlament gespült worden war, im Gegenteil: Jean-Charles Vialaron-Allègre galt als einer der erfahrensten Köpfe der neuen Regierung und damit als graue Eminenz im Innenministerium. Nur beglich er dafür den Preis, den jeder entrichten musste, dessen Macht wuchs: Er bezahlte mit seiner Zeit. Vialaron-Allègre musste das ganze Wochenende über in der Hauptstadt mit dem Premier und dem Innenminister am Text eines neuen Antiterrorgesetzes feilen.

Da Aveline am Gericht gerade Ermittlungen gegen einen Islamisten führte, sollte sie ihre Ergebnisse am Montagmorgen im Innenministerium vortragen. Von Freitagnachmittag, wenn sie den Justizpalast in Aix-en-Provence verließ, bis Sonntagabend, wenn sie den Zug Richtung Paris besteigen würde, wäre Aveline deshalb, wie sie Blanc in einer SMS geschrieben hatte, *vom Radarschirm verschwunden*.

Sie hatte dieses Treffen vorgeschlagen: Arles lag gut vierzig Kilometer von ihrem Haus in Caillouteaux und Blancs heruntergekommener Ölmühle in Sainte-Françoise-la-Vallée entfernt. Nah genug, um rasch dort hinzufahren, aber nicht so nahe, dass sie fürchten mussten, dort einem Nachbarn oder Kollegen über den Weg zu laufen. Außerdem waren die Monumente von Arles bei Touristen so beliebt, dass selbst an düsteren Herbsttagen viele Besucher durch die Gassen strömten, genug jedenfalls, dass zwei Besucher mehr nicht auffielen. Und Arles hatte einen TGV-Bahnhof mit einer direkten Verbindung in die Hauptstadt. Erst am Sonntag um kurz nach acht würde Avelines Zug nach Paris abfahren.

Auch Blanc war mit der Eisenbahn gekommen. Sein alter Renault Espace war vor einigen Tagen wieder einmal kollabiert. Er hatte ihn seinem Nachbarn Jean-François Riou zum Herumbasteln in die Garage gestellt. Riou hatte das Gesicht verzogen, aber versprochen, den Minivan irgendwann in den nächsten Tagen wieder zum Laufen zu bringen. Für sein Rendezvous hatte Blanc notgedrungen den Zug von Miramas nach Arles nehmen und deshalb rechtzeitig aufbrechen müssen. Freitagmittag, so früh war er nie zuvor von der Arbeit verschwunden. Den meisten Kollegen auf der Gendarmeriestation von Gadet schien das aber nicht aufgefallen zu sein.

Sein Freund und Partner Marius Tonon war seit zwei Wochen offiziell im Urlaub, tatsächlich jedoch auf Entziehungskur, was außer Blanc allerdings kaum jemand wusste. Und selbst er hatte nicht einmal eine Telefonnummer; er vermutete, dass sie die Alkoholiker in der Entgiftungsklinik isolierten und es Marius deshalb verboten war, sich zu melden. Manchmal fragte er sich, ob sein Kollege den Kampf gegen seine Dämonen je gewinnen und tatsächlich irgendwann zurückkehren würde. Zugleich freute er sich, dass Marius nach Jahren der Sucht zumindest diesen Schritt endlich gewagt hatte.

In Gadet gab es deshalb nur eine Kollegin, in deren Büro er zum Abschied vorbeigesehen hatte. Fabienne Souillard hatte von ihrem Computermonitor aufgeblickt, ihn erstaunt angesehen und bloß halb im Scherz gefragt: »Hast du ein Date?«

Blanc hatte etwas von »Familienangelegenheiten« gemurmelt, was genau genommen ja nicht einmal gelogen war.

Nun zog er wieder sein Nokia hervor und checkte Anrufe und Meldungen: nichts von Fabienne. Gut so, alles ruhig auf der Gendarmerie, niemand würde ihn zurückbeordern. Nichts von seinen Kindern Eric und Astrid, und dieses eine Mal erleichterte es ihn, dass sie sich nicht sonderlich für ihn interessierten. Nichts von Riou oder einem anderen Nachbarn. Sie waren vom Radarschirm verschwunden, Aveline und er.

Er sah sich suchend um. Vorhin, als er das Monument betreten hatte, war ihm eine Schautafel aufgefallen, die einen alten Stich zeigte. Im Mittelalter war das Amphitheater eine Stadt in der Stadt gewesen, Dutzende winzige Häuser waren in, auf und vor dem Oval gewuchert wie Pilze auf einem umgestürzten Baum. Im 19. Jahrhundert hatten Denkmalschützer diese Häuser abgerissen, um das antike Skelett freizulegen. Nur drei eckige Wachtürme aus dem Mittelalter hatten sie stehen lassen, drei wuchtige Zacken auf einer steinernen Krone. Blanc blickte zum höchsten Turm – von dort würde er einen besseren Überblick haben. Vielleicht schlenderte Aveline schon hier herum und er entdeckte sie bloß nicht. Er ging durch die Sitzreihen, nickte einem erschöpften älteren Ehepaar zu, das sich auf den unbequemen Plätzen niedergelassen hatte. Über die von all den Bau- und Abrissarbeiten der Jahrhunderte aufgerissenen Steinstufen hatte man für die Stierkämpfe moderne Sitzreihen gespannt, eine gerüstartige Konstruktion aus hölzernen, braun gebeizten Bänken, die auf Stahlrohre geschraubt worden waren. Blanc ging über diese Anlage, mit jedem noch so vorsichtigen Schritt knarzte und vibrierte das riesige Gestell. Endlich erreichte er die schief getretenen steinernen Treppenstufen, die ihn bis auf den Turm hinaufführten.

Blanc blickte schließlich vom höchsten Punkt des Amphitheaters auf die Dächer von Arles. An einem altersgebeugten Haus gegenüber der Arena hing ein Balkon am obersten Stockwerk. Er war so schmal, dass dort nur ein winziger Tisch und zwei Bistrostühle Platz fanden, die dem Novemberregen trotzten. Einen flüchtigen Moment träumte er davon, mit Aveline auf so einem winzigen Balkon zu sitzen, an einem klaren Sommermorgen, zwei dampfende Kaffeeschüsseln in den Händen und die alte Stadt zu ihren Füßen. Er konnte sie auf dem Vorplatz nirgendwo ausmachen. Er schlenderte zur gegenüberliegenden Seite des Turms und musterte aus großer Höhe das Innere des Amphitheaters.

Doch auch hier hielt er vergebens nach einer schlanken Gestalt Ausschau, nach schwarzen Haaren, olivenfarbener Haut, nach einem raschen, selbstsicheren Gang, nach einer Gauloises in der feingliedrigen Hand, der linken, Aveline war Linkshänderin, und sie kümmerte sich nicht um Rauchverbote in öffentlichen Räumen. Er wusste nicht, was sie tragen würde, aber ihre Kleidung wäre ohne Zweifel eleganter als die funktionale Buntheit der anderen Besucher. Blanc war blond, über einsneunzig groß, und sein Körper war von unzähligen Laufkilometern bis auf Knochen und Muskeln ausgewrungen worden. Sie waren Exoten zwischen den älteren Bildungstouristen.

Irgendwann musste Aveline doch kommen, durch irgendeine Gasse der Altstadt musste sie schlendern. Sein Blick schweifte über die Altstadt, eine Decke aus braunen, roten, ockerfarbenen Dächern, zerstochen von antiquierten Fernsehantennen. Zur Linken floß grausilbern die Rhône, ein Fluss, der viel zu groß war für diese kleine Stadt. Dahinter verschwand ein weites, flaches Land im regenschmutzigen Dunst, das riesige Sumpfdelta der Camargue, wo Blanc schon einmal einen Mörder gejagt hatte; er wollte nicht daran zurückdenken. Zur Rechten begrenzte ein Hügelzug den Horizont, ein paar wenig imposante Kuppen, die bei diesem Wetter wirkten wie eine Meeresbrandung, die auf die Stadt zurollte, doch durch irgendeine Magie erstarrt war, bevor sie Arles verschlingen konnte.

Als er seine Aufmerksamkeit wieder auf das Innere des Amphitheaters lenkte, machte sein Herz einen Sprung. Aveline. Sie passierte gerade die Kasse, hielt inne und sah sich prüfend um. Trotz des grauen Lichts trug sie eine Sonnenbrille. Blanc eilte die engen Treppen des Turmes hinunter. Als Aveline ihn erblickte, schnippte sie eine halb gerauchte Gauloises achtlos fort und schlenderte in seine Richtung – man hätte an zwei Besucher denken können, deren Wege sich bloß zufällig kreuzten. Sie trug einen langen, grauen Kaschmirmantel, eine bordeauxfarbene Hose, flache Schuhe.

»Ein schöner Ort«, sagte sie.

»Für Gladiatoren«, erwiderte Blanc.

»Ich hoffe, Sie mussten nicht meinetwegen im Regen warten.«

»Nein«, log er.

Aveline schenkte ihm ein spöttisches Lächeln. Er wollte sie in die Arme schließen und scheiß auf die Besucher, die sie sehen könnten. Doch sie war vorsichtiger und hielt zwei Schritte Abstand zu ihm.

»Führen Sie mich herum?«

»Soll ich Ihnen die Tasche abnehmen?« Blanc deutete auf ihre große Tasche aus grünem Leder. Er hatte die Sachen für das Wochenende in eine alte, himmelblaue Adidas-Sporttasche gepackt, die seinen Umzug und seine Scheidung überstanden hatte, weil sie so Achtzigerjahre war, dass seine Exfrau sie nicht haben wollte. Er hatte sie in einem Schließfach neben der Kasse deponiert.

»Eine Handtasche heißt Handtasche, weil eine Frau sie in der Hand behält«, entgegnete Aveline. Blanc verzichtete auf eine Erwiderung. Er deutete mit einer Handbewegung den Weg an. Ein düsteres Gewölbe führte sie durch die aus Ziegelsteinen gemauerte Konstruktion unterhalb der Bänke. Ein Gang, vermutete Blanc, der einst die Besucherströme auf die verschiedenen Zuschauerreihen ausgespien hatte. Wasser tropfte von den Wänden, irgendwo gurrte eine Taube, eine Katze schlich missmutig davon, ihr Fell war so grau wie Avelines Mantel. Es stank wie in einem alten Keller. Außer ihnen war kein Mensch dort. Er hätte sie jetzt gern geküsst, doch Aveline war nicht gerade die Frau, die sich ausgerechnet in dieser muffigen Höhle ihrer Leidenschaft hingegeben hätte. Vielleicht auf dem Turm, im Wind und unter dem wolkenverhangenen Himmel, in einem aus der Zeit gefallenen Augenblick, wenn gerade keiner dieser Rentner hinsah. Sie stiegen nach oben.

Aveline blickte über die Rhône und die Camargue. Sie sagte nichts, lächelte nicht einmal, doch kleine Böen zersausten ihr Haar, und Blanc hoffte, dass sie in diesem Augenblick glücklich war.

»Der Turm gehört uns ganz allein«, sagte Aveline, überwand mit einer schnellen, fließenden Bewegung die letzten Zentimeter zwischen ihnen und küsste ihn.

Aveline liebte das Risiko. Wahrscheinlich, dachte Blanc, genoss sie in diesem Moment nicht nur den Kuss, sondern sie genoss es, auf dem höchsten Punkt dieser Stadt und mitten am Tag einen Mann zu küssen, den sie nicht küssen durfte. Er war wirklich verrückt, sich mit ihr einzulassen.

Er löste sich aus ihrer Umarmung, warf einen Blick in die Arena, um sicherzugehen, dass niemand sie beobachtete – und hielt erschrocken die Luft an. Im Zentrum der Sandfläche stand ein Mann. Würde er auch nur für eine Sekunde zufällig zum Turm hochblicken, dann würde er sie beide sofort erkennen.

Mitten im Amphitheater von Arles stand Lieutenant Marius Tonon.

»Weg von der Mauer«, flüsterte Blanc. »Rasch!«

»Ist Ihr Kollege nicht in Urlaub?« Aveline sah nach unten und trat erst dann von der Brüstung zurück. Sie ging unauffällig zur Außenseite des Turms, musterte die Dächer von Arles und schien nicht sonderlich beunruhigt zu sein.

»Vielleicht ist es ein Bildungsurlaub«, murmelte Blanc. Er hatte keine Ahnung, ob Aveline etwas von Marius' Kur wusste. Und er hatte keine Ahnung, was man eigentlich bei einer Entziehungskur machte. Wurde man da nicht eingeschlossen? Er duckte sich hinter der Brüstung und musterte Marius. Pepitahut, zerknautschter beiger Trenchcoat, graue Stoffhose, neue hellbraune Gesundheitsschuhe – sein Freund sah aus wie die personifizierte Langeweile. Er stand noch immer in der Mitte der Sandfläche, dem auffälligsten Punkt des Amphitheaters. Kein Flic würde dort freiwillig stehen bleiben, gegen jeden beruflichen Instinkt. Keine Deckung, man war dort eine Schießbudenfigur. Es sei denn … Marius wollte gesehen werden.

Und tatsächlich trat wenige Momente später ein junger Mann auf ihn zu. Der Neuankömmling sah aus, als wäre er heute Morgen in Kanadas Wildnis aufgebrochen: kurze Lederjacke, darunter ein rotes Flanellhemd, Jeans, Timberlands. Von seinem Gesicht war nicht viel zu erkennen, er trug einen khakifarbenen Outdoorhut. Ein Vollbart wucherte über Wangen und Kinn, eine wuchtige Brille aus braunem Kunststoff umrahmte die Augen. Die Männer wechselten ein paar Worte, dann führte der Unbekannte Marius zu einem Gang unterhalb der Zuschauerränge. Vom Turm aus konnte Blanc bis in das Gewölbe blicken, und im Halbdunkel nahm er eine Bewegung wahr: In der Tiefe des Ganges wartete noch jemand. Ein Mann wie ein Amboss, Bomberjacke, Hoodie, Jeans, Springerstiefel. Er hatte die Kapuze tief über den Kopf gezogen. Er überragte Marius um drei Haupteslängen, und als er schließlich ein paar Schritte auf ihn zustapfte, bewegte er sich wie diese Bodybuilder, deren Oberschenkelmuskeln so aufgepumpt waren, dass sie mit gespreizten Beinen gehen mussten.

Das war doch niemals ein Wochenendausflug vom Trinkerheim. Zwei Alkoholiker, die mit Marius auf Entziehungskur waren? Die beiden Typen sahen nicht gerade aus wie frisch bekehrte Teetrinker. Wen traf Marius also dann? Freunde? Informanten? Was, zum Teufel, treibt er bloß da?, dachte Blanc, duckte sich noch tiefer hinter die Brüstung und spähte durch einen Riss im Mauerwerk nach unten. Marius schüttelte beiden Männern die Hand, so freundlich, als habe er sie schon oft gesehen.

»Sie gehen zuerst runter«, flüsterte Aveline, die lautlos herangekommen war und nun hinter ihm kniete. »Lieutenant Tonon darf Sie hier nicht bemerken.«

»Marius kennt Sie auch. Wir müssen gemeinsam verschwinden.«

Aveline schüttelte entschieden den Kopf. »Als Paar wären wir noch auffälliger. Sie gehen, solange Tonon durch die beiden Männer abgelenkt ist. Ich komme nach. Ich bin nicht zwei Meter groß. Und ich habe an eine Sonnenbrille gedacht. Ihr Kollege wird nicht auf mich achten.«

Blanc nickte. »Treffen wir uns vor dem Hotel?«

»Vor dem *Jules César*«, bestätigte Aveline.

Blanc warf einen letzten Blick nach unten: Marius ging mit den Unbekannten im Halbdunkel auf und ab. Er redete mit dem Typen im Holzfäller-Outfit, gestikulierte, es war nicht ganz klar, ob er dabei lachte oder doch eher empört war. Der Koloss im Hoodie blieb hingegen stets ein, zwei Schritte hinter ihnen zurück, fast sah er wie ein Leibwächter aus.

Der Südwestwind hatte inzwischen die meisten Regenwolken bis zu den Alpilles fortgetrieben. Nun wagten sich nach und nach mehr Besucher in das Amphitheater. Die Ränge füllten sich. Blancs Chancen stiegen, unerkannt zu entkommen. Er streichelte Aveline zum Abschied über die Hand, dann lief er tief gebückt zum fensterlosen Treppenhaus. Dort wäre er beinahe gegen einen bebrillten, schmächtigen Mann mittleren Alters geprallt, der mit energischen Schritten die Stufen hinaufkam. Blanc machte ihm im letzten Moment Platz und nickte höflich – wenn ein weiterer Besucher auf dem Turm stand, dann fiel Aveline weniger auf.

Als er am Fuß des Turms angekommen war, zögerte er. Der kürzeste Weg zum Ausgang hätte ihn über einige moderne Zuschauerränge geführt. Doch das ganze Stahlgestell würde unter seinen Schritten knirschen und vielleicht würde Marius gerade dadurch auf ihn aufmerksam werden. Blanc konnte nun allerdings nicht mehr länger in den Gang hineinblicken, er hatte keine Ahnung, ob sein Kollege und die beiden Unbekannten überhaupt noch dort waren.

Er blickte sich kurz um, atmete durch und entschied, dass das Risiko, den drei Männern im Labyrinth unterhalb der Sitzreihen zu begegnen, geringer war, als das Risiko, auf dem Gestell bemerkt zu werden. Er eilte in den nächstgelegenen, düsteren Gang. Das Amphitheater war mit lichtlosen Wegen durchzogen wie ein Termitenbau. Wenn Blanc Glück hatte, würde er auf Umwegen ungesehen bis zum Ausgang gelangen. Wenn er Pech hatte, würde er Marius direkt in die Arme laufen. Dann musste er sich eine Geschichte einfallen lassen.

Er war den Gang erst wenige Schritte weit hinuntergelaufen, als er plötzlich einen langgezogenen Schrei hörte. Ein Mann in Todesangst. Das steinerne Oval warf den schrecklichen Laut tausendfach zurück, er hätte von überall kommen können. Dann vernahm er einen dumpfen Schlag, ein hässliches Knacken, der Schrei brach abrupt ab. Eine Sekunde lang war es, als hielte die Zeit den Atem an. Dann zerschnitt der Ausruf einer Frau die Stille im Amphitheater. Angst lag in dieser Stimme, aber auch Zorn.

Avelines Stimme.

Blanc rannte los. Der Gang. Die Treppen hinauf in den Turm. Irgendwo hinter sich hörte er hysterische Schreie aus der Arena. Jemand rief nach der Polizei. Zahllose Schritte dröhnten auf den Rängen, die Stahlkonstruktion schepperte wie bei einem Erdbeben. Zwei, vier, sechs, acht Stufen, Blanc nahm sie in großen Sprüngen. Doch plötzlich rutschte er auf einer der ausgetretenen Steinplatten aus, taumelte einen schier endlosen Moment lang und schlug schließlich mit der Schulter so hart gegen die Seitenwand, dass es ihm die Luft aus den Lungen presste. Der Schmerz ließ kleine Lichtkerzen in seinen Augen explodieren. Er biss die Zähne zusammen und kämpfte sich hoch. Weiter. Tageslicht. Die Plattform des Turms. Blanc blickte sich atemlos um.

Neben der Mauer, die hoch über der Stadt aufragte, kämpfte Aveline um ihr Leben. Der muskulöse Mann, den er wenige Minuten zuvor noch mit Marius zusammen im Gewölbe gesehen hatte, hielt sie gepackt. Seine Kapuze hatte er noch immer so weit über den Kopf gezogen, dass sein Gesicht ein schwarzes Nichts war. Wie ist dieser Typ so schnell hier hochgekommen?, dachte Blanc erschrocken. Aveline schlug mit der rechten Faust auf ihn ein, doch sie traf bloß seine Schultern, die so hart waren wie eine Baumaschine. Mit der Linken fingerte sie an ihrer Manteltasche, als wolle sie ihr Handy zücken. Doch der Mann hatte seine schwarz behandschuhten Pranken so eng um ihren Leib geschlungen, dass sie nicht in ihre Taschen hineingreifen konnte. Der wird Aveline vergewaltigen, fuhr es Blanc durch den Kopf, aber dann erkannte er, was der Unbekannte wirklich vorhatte: Er zerrte Aveline näher und näher zur Mauer und zwang sie auf den Abgrund zu.

Blanc brüllte vor Wut und stürzte sich auf den Mann. Doch der war unfassbar schnell. Der Koloss ließ Aveline fallen, die auf den Boden schlug und stöhnte. Dann duckte er sich und rammte Blanc die Faust in den Magen. Der Schmerz war so schrecklich, dass Blancs Beine unter ihm wegknickten. Er knallte in gekrümmter Haltung auf die Steine und wollte bloß noch atmen, atmen, atmen, doch er konnte keine Luft einsaugen. Er hörte seltsam gurgelnde Laute und brauchte ein paar Augenblicke, bis er realisierte, dass sie aus seinem Mund drangen. Ihm wurde schwarz vor Augen.

Schritte. Er spürte Hände auf seinem Leib. Jetzt macht er dich endgültig fertig, dachte er noch, und ein unglaublicher Zorn durchflutete ihn, Zorn auf sich selbst, weil er so hilflos dalag, weil er Aveline nicht beistehen konnte, weil er so verdammt bescheuert gewesen war, ohne Deckung in diese Faust zu rennen wie ein Anfänger.

Doch die Hände taten ihm nicht weh. Kräftig, aber behutsam drehten sie ihn herum und drückten seinen gekrümmten Leib auseinander.

Luft.

Als das Flimmern vor seinen Augen verschwand, sah er Avelines Gesicht dicht vor dem seinen. Sie packte seine Schultern. »Stehen Sie auf!«, flüsterte sie.

Blanc brachte nur krächzende Laute hervor.

»Der Kerl ist abgehauen. Wahrscheinlich hat er Angst vor Zeugen.« Sie sprach sehr schnell, sehr kühl, sehr überlegt. »Gleich wird dieser Turm voller Menschen sein. Wir sollten besser verschwinden.«

»Was …«, keuchte Blanc. Er taumelte hoch. Er hätte am liebsten gekotzt.

»Ein Mann ist ein paar Sekunden nach Ihnen auf den Turm gekommen«, erklärte sie. Blanc nickte. Der schmächtige Typ mit der Brille, der es so eilig gehabt hatte.

»Ich habe gar nicht auf ihn geachtet«, fuhr Aveline fort, »er sah so gewöhnlich aus. Kurz darauf ist plötzlich dieser Riese aufgekreuzt. Danach ging alles sehr rasch. Der Typ hat kein Wort gesagt, sondern ist direkt auf den Mann zugegangen, hat ihn gepackt und in die Tiefe geschleudert. Er war wie ein Roboter. Schnell. Gefühllos. Präzise.« Aveline schüttelte den Kopf, und Blanc hätte schwören mögen, dass in dem Horror ihrer Stimme doch so etwas wie Bewunderung mitschwang. »Erst danach hat der Typ sich umgedreht und bemerkt, dass er eine Zeugin gehabt hat. Den Rest muss ich Ihnen nicht erzählen.« Sie atmete tief durch.

Blanc hatte immer noch Mühe zu atmen. Sein Bauch fühlte sich an, als würde ein Vorschlaghammer zwischen seinen Eingeweiden stecken. Er betastete den unteren Rippenbogen. Offenbar kein Knochen gebrochen, immerhin. Er wankte bis zur Brüstung und sah hinab. Weit unten, zwischen den steinernen Sitzreihen, lag der schmächtige Mann, er rührte sich nicht. Dutzende Besucher hatten einen Kreis um ihn gebildet, doch niemand wagte es, ihn anzufassen. Sie starrten den seltsam verrenkten Leib an. Unter dem Kopf breitete sich eine Blutlache aus, bis sie seine Brille mit den zersplitterten Gläsern umfloss, die fast einen halben Meter neben dem Gesicht in einem der seltenen Sonnenstrahlen aufblitzte. Marius und seine beiden Begleiter waren nirgends zu erblicken. Aus der Ferne wehte das Heulen der Ambulanz- und Polizeisirenen heran. Blanc schwindelte, und das lag nicht allein an Schmerzen und Atemnot.

Aveline hatte sich hinter die Brüstung geduckt. »Ich kann nicht als Zeugin aussagen«, erklärte sie. Sie sprach rasch. »Mein Mann darf nicht misstrauisch werden. Wenn ich aussage, wird Jean-Charles sich sofort fragen, warum ich in Arles war.«

Blanc brauchte tatsächlich einige Momente, bis die Bedeutung ihrer Worte zu ihm durchgedrungen war. Er schaute sie fassungslos an. »Sie müssen aussagen! Da unten liegt ein Toter! Der Mann hätte Sie ebenfalls beinahe ermordet. Sie dürfen nicht einfach weggehen, als wäre nichts geschehen. Was soll Ihr Mann schon denken, wenn er erfährt, dass Sie in Arles waren? Sie haben die Arena besucht, was ist dabei? Ihr Mann wird erleichtert sein, dass Ihnen nichts geschehen ist. Er wird doch nicht ahnen, dass wir uns hier verabredet haben. Er wird nicht …«

»Er wird. Wenn Sie aussagen und wenn ich aussage, dann erfährt mein Mann aus dem Polizeiprotokoll, dass wir zur selben Zeit am selben Ort waren. Unterschätzen Sie niemals seinen Scharfsinn.«

Blancs Gedanken rasten. »*D'accord*«, murmelte er schließlich. »Sie verschwinden von hier. Ich warte auf die Polizei und sage aus, was nötig ist: Der Mann auf dem Turm, der Kapuzenträger, die Tat. Als wäre ich an Ihrer Stelle gewesen. Die Ermittler bekommen eine brauchbare Zeugenaussage und schnappen sich den Typen. Wenn ich die Sache hinter mir habe, schicke ich Ihnen eine SMS und wir treffen uns in der Stadt.«

Aveline richtete sich auf und zog Blanc mit sich in den Schutz des Treppengewölbes. Sie trat ganz nahe zu ihm, und Blanc hoffte einen absurden Moment lang, sie würde ihn küssen. Doch sie brachte ihre Lippen bloß dicht an sein Ohr und flüsterte: »Meine Tasche. Der Kerl hat mir meine Sachen entrissen. Als Sie dazukamen, ist er weggerannt, aber er hat sich vorher meine Tasche gegriffen.«

Blanc schloss für einen hoffnungslosen Moment die Augen. Das war ein verdammter Albtraum. »Auf den Dokumenten in der Tasche steht sicher überall Ihr Name«, vermutete er tonlos. »Der Mörder weiß jetzt, wie die Zeugin heißt, die er beseitigen muss.«

»Nicht nur das«, erklärte Aveline und klang schon beinahe wieder heiter. »In der Tasche stecken Unterlagen über Islamisten, die ich Jean-Charles bei einer Konferenz im Innenministerium präsentieren muss. Sehr wichtige Unterlagen für eine sehr wichtige Konferenz. Ich kann da nicht mit leeren Händen ankommen.«

Blanc stöhnte. »Wir müssen doch zur Polizei gehen. Wir brauchen Personenschutz. Wir haben keine Wahl.«

»Wir haben die Wahl, *mon Capitaine*. Entweder wir gehen zur Polizei und erregen das Misstrauen meines Mannes. Oder wir gehen nicht zur Polizei und jagen den Mörder selbst. Sie wissen, was weniger gefährlich ist.«

Blanc packte Aveline an den Schultern und sah sie beschwörend an. »Die Stadt gehört zum Gebiet der Police Nationale, nicht zur Gendarmerie. Und hier ist das Gericht von Tarascon zuständig, nicht das von Aix. Wir dürfen in Arles nicht ermitteln, keine Zeugen befragen, keine Spuren sichern, keine Experten hinzuziehen, nichts! Und einen Mörder dürfen wir schon gar nicht verhaften. Was sollen wir bitteschön tun?!«

»Wir müssen uns schnell etwas einfallen lassen.« Aveline tippte mit einer gelassenen Bewegung auf ihre Armbanduhr. Plötzlich lächelte sie. »Ich muss die Dokumente im Ministerium präsentieren, es gibt keine Kopien. Mein Zug nach Paris geht am Sonntagabend. Bis dahin müssen wir uns die Tasche von dem Mörder zurückgeholt haben. Ohne Polizei. Ohne Gericht. Nur Sie und ich.« Nie hatte Aveline bezaubernder gelacht als jetzt.

Blanc wurde in diesem Moment bewusst, dass sie die Gefahr mehr liebte, als sie je einen Mann lieben würde. Sie küsste ihn, lange und hingebungsvoll. »Wir treffen uns später«, flüsterte sie dann.

Er lehnte sich erschöpft gegen die kalte Wand und zog sein Handy hervor. 17.07 Uhr. Ihnen blieben weniger als einundfünfzig Stunden.

Ein ungläubiger Commissaire

»Ein schwarz gekleideter Koloss kommt auf den Turm, geht wortlos zu einem harmlosen Besucher, wirft ihn in die Tiefe wie einen Kieselstein, verpasst Ihnen anschließend einen Hieb in den Magen und spaziert nach getaner Arbeit wieder friedlich davon. Habe ich das so richtig zusammengefasst?«

»Ich habe nicht gesagt, dass er spaziert ist.« Blanc unterdrückte den Drang, seine Hand auf den schmerzenden Bauch zu pressen. Er unterdrückte den Drang, auf das Handydisplay zu gucken, obwohl es inzwischen mindestens sechs Uhr sein musste. Er unterdrückte den Drang, dem Typen vor ihm die Fresse zu polieren. Er stand noch immer auf dem Turm des Amphitheaters. Vor ihm hatte sich Commissaire Alphonse Lizarey von der Police Nationale aufgebaut: Mitte vierzig, klein, schwarzhaarig, hektisch, hager. Er hatte in der letzten Viertelstunde einen Ring aus Marlborokippen um seine polierten Lederschuhe gestreut. Aus der ausgebeulten Brusttasche seines Uniformhemds lugten zwei rot-weiße Packungen und ein Plastikfeuerzeug.

Der verdammte Idiot sollte seine Kippen behalten und die Leute von der Spurensicherung über den Turm scheuchen, dachte Blanc. Aber der hielt das offenbar nicht für nötig, denn er schien schon davon überzeugt zu sein, dass das Opfer ohne fremdes Zutun über die Brüstung gestürzt war. Selbstmord oder Unfall waren seine Vermutungen, das hatte Lizarey gleich zu Anfang der Befragung angedeutet.

»Ich habe auf dem Boden gelegen und Sterne gesehen. Ich habe nicht mehr mitbekommen, wie der Mörder verschwunden ist«, erklärte Blanc geduldig.

»Der Mörder, das unbekannte Wesen, vielleicht ist er ja auch davongeflogen, *mais oui*.« Lizarey gehörte zu den klein gewachsenen, energiegeladenen Männern, die nie länger als fünf Sekunden an einem Platz verharren können. Er drehte sich brüsk von Blanc weg und marschierte in raumgreifenden Schritten quer über die Plattform. Er sah hinunter. Der Tote lag inzwischen unter einer Plastikplane, Ärzte und Sanitäter waren schon wieder verschwunden. Einige Uniformierte suchten noch mehrere Quadratmeter um die Leiche nach vielleicht herumliegenden Habseligkeiten des Opfers ab. Polizisten hatten die anderen Besucher in die Arena geführt, befragt und schließlich gehen lassen. Blanc hätte gern gewusst, ob Marius als Zeuge vernommen worden war, doch er wagte nicht, sich danach zu erkundigen, um das Misstrauen des Ermittlers nicht noch mehr anzuheizen.

Blanc hatte Lizarey seinen Dienstausweis gezeigt und behauptet, er habe das Amphitheater in seiner Freizeit besucht, reine Neugier, das Bildungsinteresse eines Parisers, den sein Job zufällig in den Süden verschlagen hatte. Nette Stadt, dieses Arles, aber eigentlich würde er jetzt am liebsten wieder nach Hause fahren. Lizarey hatte ihn jedoch nicht gehen lassen, hatte gar nicht richtig zugehört und nur missmutig auf den Dienstausweis gestarrt. Es war offensichtlich, dass er zu den Beamten der Police Nationale gehörte, die jeden Gendarmen in ihrem Hoheitsgebiet als feindlichen Eindringling betrachteten und er gab einen Dreck auf Blancs Bildungsinteresse.

Blanc hatte sich zusammengenommen und noch einmal seine Version der Ereignisse erzählt, eine Version, in der es keine Aveline und keinen Marius gab: der schmächtige Mann, der Koloss aus dem Aufgang, der Mord, der Schlag in die Magengrube. Doch irgendetwas hatte Lizarey an dieser Geschichte von Anfang an nicht gepasst. Blanc musste sie nun schon ein drittes Mal herunterleiern, und wie jeder Lügner wurde er nervös dabei. Habe ich etwas vergessen? Habe ich diesmal etwas erzählt, das ich beim letzten Mal nicht erwähnt habe? Verwickle ich mich gerade in Widersprüche? Es war eine beunruhigende Erfahrung, bei einer Befragung plötzlich auf der anderen Seite zu stehen.

»Kannten Sie den Toten?«, fragte Lizarey endlich und zündete sich eine neue Marlboro an.

Blanc schüttelte den Kopf. »Nie zuvor gesehen.«

»Thierry Gravet, einundfünfzig Jahre alt, Geschichtslehrer am Collège Frédéric Mistral in Arles. Harmloser geht es nicht.«

»Irgendjemand sieht das anders.«

»Hat dieser«, Lizarey zögerte, »dieser gesichtslose, kapuzenverhüllte Koloss etwas zu Gravet gesagt, bevor er ihn in die ewigen Jagdgründe geschleudert hat? Eine Drohung? Eine Beleidigung?«

»Kein Wort.«

»Einfach hin und ab über die Mauer, he?«

»Sie glauben mir nicht.«

»Glauben ist was für Priester.«

»Ich kann nichts dafür, dass der Mörder vor der Tat keine Arie gesungen hat.«

»Ein Dienstausweis ist kein Freibrief für dumme Bemerkungen.« Lizarey begann wieder, an der Brüstung entlangzutigern, während er sich schon wieder eine neue Zigarette anzündete. »Ich will Ihnen mal was verraten, Kollege«, fuhr er schließlich fort und betonte das letzte Wort so, dass es sich wie eine Beleidigung anhörte. »Zum Zeitpunkt des Todes befanden sich nicht einmal einhundert Personen im Amphitheater. Niemandem ist ein schwarz gekleideter, zwei Meter großer Riese aufgefallen, nicht einmal der Dame an der Kasse. Keiner hat ihn hereinkommen sehen, keiner hat ihn durch die Ränge gehen sehen, niemand hat ihn auf diesem bescheuerten Turm gesehen. Und übrigens hat auch kein einziger dieser Zeugen *Sie* auf diesem Turm gesehen. Ich habe bloß ein Ehepaar gefunden, bei dem sich die Frau an Sie erinnert hat. Sie haben ihnen unten zugenickt, auf den Rängen, beinahe da, wo der Tote jetzt liegt. Weit, weit unter dem Turm.« Lizarey fixierte ihn.

»Die meisten Zeugen sind kurzsichtige Rentner.«

»Einer dieser kurzsichtigen Rentner, ein Holländer, hat allerdings Monsieur Gravet auf dem Turm erkannt. Er hat weiterhin ausgesagt, dass ihm Gravet aufgefallen sei, weil der sich beängstigend weit über die Brüstung gebeugt habe. Ganz allein.«

»Das war kein Selbstmord oder Unfall. Das war …«

»Dieser Holländer«, unterbrach ihn Lizarey ungerührt, »hat dort oben weder Sie noch einen schwarz gekleideten unbekannten Mann gesehen. Aber«, der Commissaire lächelte dünn, »dieser Holländer mit seinen möglicherweise doch nicht ganz so kurzsichtigen Augen hat ausgesagt, dass er ein paar Sekunden *vor* Gravets Todesschrei am anderen Ende des Turms eine Frau gesehen hat. Elegant. Dunkle Haare. Grauer Mantel, dunkelrote Hose. Und eine Sonnenbrille. Bei dem Wetter. Seltsam, nicht wahr?«

»Die ist mir gar nicht aufgefallen«, erwiderte Blanc und zwang sich, Lizareys Blick standzuhalten.

»Die ist leider auch keinem meiner Kollegen aufgefallen, die die Besucher als Zeugen befragt haben.« Lizarey studierte seinen Notizblock. »Ein paar Dutzend ältere Damen und Herren, drei städtische Angestellte an der Kasse, ein Gendarm auf Bildungsurlaub, ein toter Lehrer. *Voilà,* das ist die gesamte Belegschaft des Amphitheaters – so, wie meine Jungs sie registriert haben. Keine elegante Frau. Dabei wäre das eine wichtige Zeugin, finden Sie nicht auch?«

»Vielleicht ist die Dame bloß das Hirngespinst eines holländischen Rentners.« Blanc fragte sich kurz, wie Aveline unerkannt aus dieser Steinschüssel entkommen sein mochte. Wenigstens das ist uns gelungen, sagte er sich, wenigstens das. Dann jedoch sah er zufällig zu Boden. Zwischen den Marlboro-Zigarettenstummeln des Commissaires lag eine filterlose Kippe. Gauloises. Er blickte rasch wieder auf.

»Möglich, dass es das Hirngespinst eines alternden Trottels war«, gab Lizarey widerwillig zu. »Wichtigtuer mit erfundenen Geschichten laufen mir jeden Tag über den Weg. Trotzdem würde ich gern mit dieser Dame sprechen. Ich habe sie zur Fahndung ausschreiben lassen. Nur zur Sicherheit.«

»Es ist immer gut, sich abzusichern«, erwiderte Blanc und versuchte, sich den Schock nicht anmerken zu lassen.

Der Commissaire kritzelte ein paar Ziffern auf eine seiner inzwischen leer gerauchten Marlboro-Packungen. »Das ist meine private Handynummer. Falls Ihnen noch etwas einfallen sollte, Kollege.«

Blanc nahm die zerdrückte Schachtel und schwor sich im Stillen, diese Nummer niemals anzurufen.

»Ich melde mich bei Ihnen, wenn ich noch Fragen habe. Gute Heimfahrt.« Lizarey nickte knapp und verschwand im Treppenhaus des Turms. Endlich.

Blanc atmete vorsichtig und so flach wie möglich. Sein Bauch schmerzte immer noch bei jedem Zug. Wäre er an Lizareys Stelle, dann würde er jetzt alle verfügbaren Beamten in die Stadt beordern, zu Fuß, im Streifenwagen. Und ein paar Beamte vor die Monitore der städtischen Überwachungskameras. Ein zwei Meter großer, schwarz gekleideter Kerl. Eine Stadt von bloß fünfzigtausend Einwohnern. Die Chancen standen doch nicht so schlecht, dass irgendjemand irgendwo diesen Typen gesehen haben, dass ihn irgendwo irgendeine Kamera gefilmt haben musste! Aber Lizarey würde nicht einen einzigen Polizisten auf die Spur des Mörders setzen. Keine Fahndung nach dem Kerl, *merde,* was dachte sich der Commissaire? Aber eine Fahndung nach Aveline, das schon. Ob er Blanc für einen Spinner hielt? Ob er glaubte, dass sich dieser Lehrer freiwillig in die Tiefe gestürzt hatte? Ob er mit der Fahndung bloß eine Zeugin ausfindig machen wollte, deren Aussage glaubwürdiger wäre als die von Blanc? Die Lizarey bestätigen würde, was er sowieso glaubte, nämlich dass es gar keinen Mörder gab? Oder ob er aus ganz anderen Gründen nach einer eleganten, dunkelhaarigen Frau suchte? Aber aus welchen Gründen? Eines war klar: Lizarey würde kein Verbündeter auf seiner Suche nach dem Täter sein. Im Gegenteil.

»Wir schließen jetzt, Monsieur!« Die dickliche Frau von der Kasse war bis auf den Turm gestiegen. Sie atmete schwer, und man sah ihr an, dass sie nicht glücklich darüber war, bis zum höchsten Punkt ihres Amphitheaters steigen zu müssen, um einen späten Gast hinauszutreiben.

»Gibt es noch einen zweiten Ausgang?«, fragte Blanc.

»Einen Notausgang.«

»Ist der verschlossen?«

»Jetzt ja.«

»Das heißt, er war vorhin noch offen?«, fragte Blanc und bemühte sich, seine Stimme gelassen klingen zu lassen, auch wenn es ihm schwerfiel.

»Wahrscheinlich haben ihn die Flics geöffnet, als sie herumgeschnüffelt haben. Oder sie haben die Leiche durch den Notausgang herausgetragen. Das ist diskreter, und der Arme war ja kein schöner Anblick.« Ihr Gesicht zeigte Ungeduld, Gleichmut und Müdigkeit, keine Verwunderung. Blanc hätte ihr gern seinen gelben Dienstausweis vorgehalten. Ein unverschlossener Notausgang. Ein Hüne, den niemand hatte kommen und gehen sehen. Er fühlte sich wie gefesselt. »Kannten Sie den Toten?«

»Sind Sie Journalist, oder was?«

»Vergessen Sie's.« Bevor Blanc die Treppen hinunterstieg, blickte er noch ein letztes Mal vom Turm. Wenn sich auf einigen schmutzig-grauen Steinstufen nicht ein dunkler Fleck ausgebreitet hätte, dann würde nichts mehr auf den Toten hindeuten. Aber auch diese Spur würde im nächsten Regenschauer vergehen.

Vor dem Amphitheater schlang Blanc seine blaue Sporttasche um die Schulter. Er wollte das Monument einmal umrunden, um die Lage einzuschätzen. Die Römer hatten für die Arena einst die gewölbte Kuppe eines Hügels gekappt: Das Amphitheater stand in einer Mulde auf der Anhöhe. Direkt um die Steinbögen erstreckte sich auf zehn, zwanzig Meter Breite ein Streifen felsigen Bodens, uneben und von trockenem Dreck überkrustet. Jenseits dieses Streifens führte eine asphaltierte Straße um das Monument, die an der

Freitreppe zum Haupteingang begann und zu beiden Seiten steil anstieg. Blanc wandte sich nach rechts und stand nach ein paar Dutzend Schritten schon so hoch, dass er in die mittlere Bogenreihe der Arena hineinsehen konnte. Er folgte der Straße bis zu ihrem höchsten Punkt und ging auf der gegenüberliegenden Seite wieder hinunter bis zum Haupteingang.

Direkt gegenüber der Freitreppe glänzten die Fenster der kleinen *Brasserie L'Aficion*. Im warm leuchtenden Innern nahm er Bewegungen wahr. Gäste, Kellner – Zeugen, dachte er, Zeugen, die dasitzen und die man nur befragen müsste. Verdammter Lizarey. Der Gitarrenspieler war fort. Den hätte man auch nach dem Koloss fragen können, dachte Blanc resigniert. Einige Souvenirstände hatten schon geschlossen. Von dem massigen Mann, von Marius oder dem Typen mit Vollbart war nichts zu sehen.

Er folgte der Straße, vorbei an zwei, drei weiteren Cafés, aus denen gelbes Licht flutete, die meisten Tische waren inzwischen leer. Den Notausgang entdeckte er, nachdem er ein Stück weit um das Amphitheater herumgegangen war. Hier lag zwischen den Bögen der Anlage und dem modernen Asphalt das alte Felsplateau wie der Grund eines ausgetrockneten Kanals unterhalb des Straßenniveaus. Kaum ein Tourist verirrte sich hierhin. Und die Besucher, die auf der Straße um das Monument flanierten, sahen selten dort hinunter, die betrachteten eher die Bögen und Türme. Der Notausgang war eine ziemlich solide aussehende Stahltür. Blanc stieg bis zu ihr hinab. Weder Schloss noch Rahmen zeigten Spuren eines gewaltsamen Versuchs, die Tür zu öffnen. Und der Felsboden davor war so hart, dass er keinen Fußabdruck erkennen konnte.

Blanc zog sein Nokia hervor, um Aveline anzurufen. »Wir haben noch ein paar Probleme mehr«, sagte er.

Straßengewalt

»Wir müssen Ihnen Kleidung kaufen, bevor wir im Hotel einchecken«, sagte Blanc am Handy.

Aveline lachte. »Ich kann den Rezeptionisten losschicken, um mir eine Bluse und eine Zahnbürste zu besorgen.«

»Mit dem würde ich kein Wort wechseln. Wahrscheinlich hält jeder Portier, jeder Taxifahrer und jeder Schaffner am Bahnhof in dieser Stadt gerade Ausschau nach einer Frau in grauem Mantel und dunkelroter Hose, die an einem trüben Novembertag eine auffällige Sonnenbrille trägt.«

»Meine Brille verschwindet soeben in der Manteltasche. Ein Zeuge hat mich also in der Arena gesehen?«

»Und ein Commissaire der Police Nationale würde Sie gerne verhören. So gern, dass er Sie zur Fahndung ausgeschrieben hat.«

»Irgendwann passiert einem alles zum ersten Mal. Kennt er meinen Namen?«

»Commissaire Lizarey hat keine Ahnung, nach wem er sucht.«

»Also gut«, fuhr Aveline nach einer kurzen Pause fort. »Gehen wir shoppen. Wir treffen uns gegenüber dem Hotel. Auf dem Boulevard des Lices. Die Boutiquen dort sind noch geöffnet und die Restaurants sind voll. Wir werden nicht auffallen.«

»Ich bin in fünf Minuten da.«

»*Mon Capitaine?*«

»Ja?«

»Ich hoffe, Sie haben ein ordentliches Limit bei Ihrer Bank. Ich kann schlecht mit meiner Kreditkarte zahlen. Wenn mein Mann die Kontoauszüge liest, wüsste er, dass ich in Arles war.«

»Es wird mir eine Freude sein, für Sie zu bluten, *Madame le Juge*.«

In der Boutique, in der sie sich schließlich umsahen, waren mehr Kunden als in den anderen Geschäften, hier fühlten sie sich zunächst sicher. Doch Blanc mochte die wummernde Musik nicht. Aus den Raumduftspendern quoll ein süßliches Parfum, das er nicht mochte. Erst recht mochte er die diskreten Videokameras an der Decke nicht, die er erst entdeckt hatte, als er bereits mitten im Laden stand, und die mit ihren Weitwinkelobjektiven auch die letzte Ecke des Raumes ausspähten. Und er mochte die Blicke der jungen Verkäuferin nicht.

Aveline ließ ihn weniger bluten als befürchtet. Sie hatte innerhalb weniger Minuten einen einfachen beigefarbenen Mantel erstanden und eine Jeans und beides gleich anbehalten. Selbst in diesem Outfit sah sie hinreißend aus. Die Verkäuferin musterte Aveline, während sie ihren teuren Mantel und die bordeauxfarbene Hose zusammenfaltete und in die große Papiertasche mit dem Aufdruck der Boutique gleiten ließ. Und sie musterte Blanc, als er zahlte. Hätte er genügend Geld dabei gehabt, hätte er bar bezahlt, nur um ebenfalls keine Kreditkartenspuren zu hinterlassen. Er zwang sich, beim Zahlen nicht nach oben zur Überwachungskamera zu gucken. Paranoia. Aber diese Verkäuferin starrte sie mit großen Augen an. Und, verdammt, ihr neugieriger Blick galt eindeutig mehr Blanc als Aveline. Nachdem seine Geliebte und er die Boutique verlassen hatten, sah Blanc durch das Schaufenster, wie die Verkäuferin von der Kasse zurücktrat und sich halb umdrehte, so als wollte sie, dass kein Kunde sie störte. Dann zog sie ihr Handy hervor und tippte auf das Display.

»Arme Kleine«, kommentierte Aveline, die Blancs Blick gefolgt war.

»Armer Roger Blanc. Sie sollten nicht Mitleid mit ihr haben, sondern mit mir. Ich werde gerade verpfiffen.«

»Die Maus ruft nicht bei der Polizei an. Sie hat sich bloß in sie verguckt.«

»Und deshalb zückt sie ihr Smartphone, sobald wir draußen sind?«

»Auf der Kreditkarte, mit der Sie gerade bezahlt haben, steht Ihr Name. Jetzt sieht sie auf Facebook nach, ob Sie noch zu haben sind.«

Blanc sah Aveline einen Moment lang an. »Meinen Sie das wirklich ernst?«

»Willkommen im einundzwanzigsten Jahrhundert, *mon Capitaine*. Und jetzt lassen Sie uns essen gehen.«

Blanc spürte auf einmal, wie hungrig er war. Er war mittags so eilig aus Gadet abgereist, dass er nichts mehr hatte essen können. Das *Waux-Hall*, auf das Aveline deutete, leuchtete aus dem Erdgeschoss eines hellen, massigen Empirebauwerks am Boulevard des Lices in die Dunkelheit. Ein Vorbau aus Glas und Eisen wölbte sich vor der Fassade, ihn erinnerte das an alte Brasserien in Paris und an den Schwung der Métro-Schilder, an die elegante Weite im Musée d'Orsay und ein wenig sogar an den Eiffelturm – und damit an alles, was er verloren hatte. Die meisten Tische in der Halle aus Eisen und Glas waren besetzt, was gut war, denn so würden sie nicht sehr auffallen. Allerdings konnte jeder vom belebten Boulevard aus ungehindert in diese helle Halle blicken, was weniger gut war.

»Seltsamer Name für ein Restaurant«, sagte Blanc, während er Aveline die Tür aufhielt.

»*Le Waux-Hall* wurde in einer Zeit eröffnet, als England groß in Mode war.«

»Vor dem Brexit, nehme ich an.«

»Vor der Französischen Revolution.«

Blanc gab dem Kellner ein Zeichen, sie zu einem der wenigen freien Tische so tief wie möglich im Innern des Speiseraums zu führen. »Woher wissen Sie, wie dieses Restaurant an seinen Namen kam?« Er rückte ihr den Stuhl zurecht.

Aveline zündete sich eine Gauloises an. Niemand wagte, ihr das zu verbieten. »Sie sind nicht im Dienst, *mon Capitaine*.«

»Ich möchte dieses Restaurant als satterer und klügerer Mann verlassen.«

»Satt werden Sie hier.« Sie lachte. »Mein Gatte liebt das Theater ...«

»Das hat er mir selbst erzählt.« Blanc erinnerte sich nicht gerade mit Vergnügen an die letzte Begegnung mit dem Staatssekretär in Paris.

»... und deshalb gehen wir hin und wieder ins Theater von Arles«, fuhr Aveline so gelassen fort, als wäre sie bei jener Begegnung in Paris nicht dabei gewesen. »Gute Schauspieler, eine gute Bühne, engagierte Stücke. Das Haus steht bloß ein paar Hundert Meter die Straße runter. Wenn mein Mann im Süden ist und das Sägen der Zikaden nicht mehr ertragen kann, dann entspannt er sich mit Kultur.«

Blanc blickte sich alarmiert um. »Ich habe gedacht, niemand kennt Sie in Arles?!« Er musste sich beherrschen, um nicht laut zu werden.

»Ich stehe ja im Theater nicht auf der Bühne, sondern sitze in einer dunklen Loge.«

»Aber anschließend gehen Sie mit Ihrem Mann in dieses Restaurant?«

»Selbstverständlich nicht. Meistens hat er so viel zu tun, dass er sich nach der Vorstellung von seinem Chauffeur zu uns nach Caillouteaux bringen lässt, um noch irgendwelche Dinge zu erledigen. Ich ziehe es vor, nach dem letzten Akt über das Stück nachzudenken. Für mich ist das Theater fast wie ein Verbrechen bei Gericht, auch wenn selbst ein Sartre vor manchen realen Kriminalfällen verblasst.«

»Sartre war kein Gangster.«

»Das würde Jean-Charles vermutlich nicht unterschreiben. Ich habe jedenfalls nach den Vorstellungen schon ein paar Mal hier gegessen, aber immer allein. Es ist gewissermaßen der sicherste Ort in ganz Arles – nämlich der einzige, in dem mein Gatte niemals nach mir suchen ließe, denn er selbst würde nicht einmal auf die Idee kommen, seinen Fuß hier hineinzusetzen.«

»So schlecht duftet das Essen nicht.«

»Jean-Charles würde niemals in ein Etablissement mit englischem Namen einkehren.«

Blanc blickte sich noch einmal unauffällig um. In der Tat war es schwer, sich *Monsieur Ministre de l'État* Jean-Charles Vialaron-Allègre hier vorzustellen. Die meisten Gäste redeten laut und tranken viel und sahen entschieden unpariserisch aus – die sind von hier, dachte er, und die sind oft in diesem Restaurant. Kein Deko-Schnickschnack auf den weißen Tischen, kein Essen auf der Speisekarte, dessen Namen man erst googeln musste, kein sanftes Hintergrundgeklimper aus diskret versteckten Bose-Lautsprechern, kein Ort für Vialaron-Allègre. Hier saß niemand, der je mit einem Pariser Staatssekretär ein verräterisches Wort reden würde.

Sie bestellten eine *gardianne de taureau*. Die Kellnerin bedachte sie bloß mit leerer, professioneller Freundlichkeit. Die kennt Aveline nicht, sagte sich Blanc erleichtert. Und sie wirkte auch nicht so, als würde sie gleich seinen Namen heimlich auf Facebook checken wollen. Er entspannte sich ein wenig.

Eine Viertelstunde später dampften Stierfleisch, dunkle Soße und der würzige Reis der Camargue auf ihren Tellern. Blanc spürte, wie die Kraft langsam in seinen Körper zurückströmte, ein archaisches Ritual: Du isst den Stier und seine Kraft geht auf dich über.

Aveline betrachtete ihn und lächelte. »Im Sommer zahlen Gourmets Fabelpreise für das Fleisch der Stiere, die am Nachmittag zuvor in der Arena vor ihren Augen zu Tode gekämpft wurden«, erklärte sie.

Blanc nickte und ließ das Weinglas kreisen. Er betrachtete die schöne Frau an seinem Tisch. *Warten Sie schon länger hier? Führen Sie mich herum?* Das hatte sie ihn, ein wenig spöttisch, im Amphitheater gefragt. Da hatte er geglaubt, sie kenne Arles nicht. Und nun eröffnete sie ihm, dort regelmäßig ins Theater zu gehen, und sie kannte sogar den Ursprung des obskuren englischen Namens einer Brasserie. Er fragte sich, wie oft Aveline tatsächlich schon in Arles gewesen war. Und wie viele Leute sie hier trotz ihrer gegenteiligen Behauptung doch wiedererkennen mochten. Und ob sie immer nur mit ihrem Gatten hier gewesen war … Und ob sie tatsächlich immer nur zu ihrem Vergnügen in der Stadt gewesen war … Er dachte an ihre Handtasche und einen absurden Moment lang glaubte er, dass irgendetwas in dieser Tasche vielleicht so wichtig war, dass der Mörder sie ihr gezielt entrissen hatte. Was mochte in dieser Tasche sein? Von normalen Ermittlungsunterlagen gab es Kopien. Wenn Aveline ihren Mann nicht misstrauisch machen wollte, brauchte sie doch bloß zurück nach Hause zu fahren. Sie hatte jederzeit Zugang zum Justizpalast in Aix-en-Provence, sie könnte sich am Samstag Doubletten aller Unterlagen verschaffen und sie, ganz wie geplant, am Montagmorgen im Ministerium präsentieren. Dem Staatssekretär würde nichts auffallen, er hätte keinen Grund, seine Frau mit einem obskuren Verbrechen in Arles in Verbindung zu bringen. Aber Aveline fuhr nicht nach Hause zurück, in dieser verdammten Tasche musste etwas Unwiederbringliches verborgen sein. Etwas, das so wichtig war, dass seine Geliebte dafür ihre Karriere, ihre Reputation und sogar ihr Leben riskierte. Und er machte bei diesem Wahnsinn mit, weil er sie in ihrer Not nicht allein lassen konnte, aber Wahnsinn war es trotzdem. Er war ein Narr, und es wurde nicht besser dadurch, dass er wusste, dass er einer war.

»Ich möchte wissen, was Marius mit den beiden Männern zu schaffen hatte«, sagte er zögernd und fast mehr zu sich selbst als zu Aveline. »Ob er womöglich sogar wusste, dass einer der beiden einen Mord begehen würde. Das hat doch alles so absurd gewirkt wie ein Albtraum. So unlogisch.«

»Logik ist nicht Lieutenant Tonons größte Stärke. Aber wenn es Sie beruhigen sollte: Ihr Kollege war definitv nicht auf dem Turm«, versicherte Aveline.

»Und der Mann mit Vollbart und Flanellhemd?«

»Der war auch nicht da.«

Blanc schloss die Augen. Wenn er genauer darüber nachdachte, wurde ihm klar, dass er eigentlich ziemlich wenig über Marius wusste: Seit ewigen Zeiten nicht mehr befördert, geschieden, erwachsene Kinder, die nicht mehr mit ihm redeten, Alkoholprobleme, Übergewicht, ein ganz normaler Flic eben. Aber ein Flic, mit dem kein anderer Beamter der Station von Gadet noch zusammen arbeiten wollte. Und niemand hatte Blanc bis jetzt verraten, warum das eigentlich so war.

Er spielte kurz mit dem Gedanken, Marius einfach auf dem Handy anzurufen und um ein Treffen zu bitten. Aber irgendetwas hielt ihn davon ab. Es waren nie die schrecklichen Wahrheiten, vor denen man die Augen verschloss, sondern die unangenehmen. Morde, Vergewaltigungen, das ganze menschliche Leid – da konnte Blanc genau hinsehen, auch wenn es ihm manchmal das Herz zusammenzog. Der Mann vor dir ist ein vielfacher Killer, ein sadistischer Sexualstraftäter, ein Menschenschmuggler, Zuhälter, Pyromane? Na und? Er konnte trotzdem nüchtern Spuren verfolgen und Fakten analysieren. Diese Wahrheiten mochten schrecklich sein, aber indem er sich ihnen stellte, stellte er sich zugleich auf die Seite des Guten: gegen das Verbrechen, aufseiten der Opfer. Aber wenn der Mann vor dir dein Freund ist und dich womöglich verraten hat? Dann musst du dir eingestehen, dass du dich getäuscht hast, dass du Illusionen aufgesessen bist und du dich selbst ändern musst. Da stand man nicht mehr auf der Seite des Guten, und vielleicht gab es das gar nicht mehr, diese klare Trennung in Gut und Böse.

Mach dir nichts vor, sagte sich Blanc. Du hast kein Vertrauen mehr in Marius.

Als sie das *Waux-Hall* verließen, schlenderten schon deutlich weniger Menschen über die Trottoirs. Plötzlich vibrierte Blancs Nokia. Alarmiert sah er auf das Display, halb fürchtete er, dass ihn Lizarey sprechen wollte, dann las er Astrids Namen. Seine Tochter. Sie rief eigentlich nie an, warum ausgerechnet jetzt?»Geht es dir gut?«, fragte er.

»Das ist ja mal eine Begrüßung.«

Blanc biss sich auf die Lippen. Seine Tochter meldete sich bloß dann, wenn sie irgendein Problem hatte. »Ich mache mir nur Sorgen, weil du mich so spät anrufst.«

»Früher warst du um diese Zeit immer noch im Büro. Da hast du dir nie Sorgen gemacht.«

Das Gespräch entgleitet mir, dachte Blanc beunruhigt. Da spreche ich einmal mit Astrid und nach noch nicht einmal zehn Sekunden rede ich Mist. »Ich mache jetzt früher Feierabend«, sagte er und bemühte sich um eine fröhliche Stimme.

»Schön, wenn man in deinem Alter noch etwas lernen kann. Was hältst du davon, wenn ich dich besuche?«

»Jetzt?!«

»Mit so viel Begeisterung habe ich gar nicht gerechnet. Vielleicht muss ich dich fragen, ob es dir gut geht?«

»Mir geht es blendend«, log Blanc. Seine Gedanken rasten. Wenn seine Tochter dieses Wochenende bei ihm in Sainte-Françoise-la-Vallée aufkreuzen würde, wie sollte er …

»Ich wollte nächsten Monat kommen«, verkündete Astrid, als hätte sie seine Überlegungen erraten.

»Nächsten Monat?«

»Du weißt noch, was Weihnachten ist, ja?«

»Ich besorge einen Weihnachtsbaum.« Eine Welle von purem Glück durchströmte ihn. Seine Tochter. Weihnachten.

»Glaubst du wirklich, sie haben in der Provence Tannen?«, fragte Astrid. »Eigentlich wollte ich über die Feiertage mit Freunden in Paris bleiben. Und …«, sie zögerte, »… Maman besuchen. Aber die fliegt mit ihrem neuen Typen in die Sonne. Rio, glaube ich. Sie haben mich eingeladen. Das könnte nett werden, aber ich habe nicht so viel Urlaub. Also wird das wohl nichts. Und da dachte ich mir: Die Provence kennst du auch nicht!« Sie lachte wieder. Blanc plauderte noch ein wenig mit seiner Tochter über Belanglosigkeiten, auch das hatte er seit hundert Jahren nicht mehr getan, dann verabschiedete sich Astrid.

Aveline zog an ihrer Zigarette und lächelte amüsiert, nachdem er das Gespräch beendet hatte. »In der Provence stellt man keine geschmückte Tanne hin. Hier baut man eine Krippe auf«, erklärte sie.

Blanc blickte sie an. Weihnachten. Wie Aveline wohl feiern würde? In ihrem Haus in Caillouteaux, mit ihrem Gatten, traut vor einer provenzalischen Krippe sitzend? Wohl eher in Paris, in einem schicken Restaurant, gemeinsam mit mächtigen Freunden. Und niemals mit Kindern, wurde ihm schlagartig klar, denn Aveline war nicht die Frau, die Kinder haben wollte.

Blanc schaute auf sein Handy. Fast zweiundzwanzig Uhr. Noch gut sechsundvierzig Stunden. Er kam sich mit seiner hässlichen Sporttasche so auffällig vor, als würde er ein exotisches Tier mit sich herumtragen. Aveline wirkte mit ihrer Tüte aus der Boutique hingegen so alltäglich wie jede andere Shopperin, die sich bei einem guten Essen von ihren Einkäufen erholt hatte. Ihre Sonnenbrille hatte sie nun ins Haar geschoben, was ihrer Frisur irgendwie ein anderes Aussehen verlieh. Nicht schlecht, dachte Blanc, kramte in seiner Tasche und zerrte seine Baseballcap heraus.

Sie schlenderten den Boulevard des Lices hinunter, bis sie neben einer kleinen Erhebung innehielten. Ein nachlässig gepflegter Park bedeckte den Hang, kaum mehr als ein paar Büsche, Pinien, Zypressen und mittendrin ein mit trockenen Blättern und Nadeln gefülltes Becken, in dem wohl schon seit Wochen kein Wasser mehr stand. Aveline hatte im *Jules César* gebucht, dem ersten Haus am Platz, nur wenige Schritte weiter auf der gegenüberliegenden Seite der Straße. Blanc dachte daran, dass er das Zimmer mit seiner Kreditkarte bezahlen würde, die nicht auf den Namen »Dupont« ausgestellt war. Er dachte daran, dass er Commissaire Lizarey gesagt hatte, er würde zu Hause übernachten und nicht in einem

Hotel in Arles. Vor dem Park fiel das Licht der Straßenlampen spärlich zum Boden. Er musterte den Boulevard zu beiden Seiten und sah keine auffallend massige Gestalt. Keinen Polizisten. Keiner der späten Spaziergänger blickte Aveline an, als würde er sie wiedererkennen. Sie warteten trotzdem einen Augenblick im Schatten einer Zypresse und beobachteten weiterhin die Umgebung, ob ihnen irgendjemand auflauern könnte. Die Gebäude genau gegenüber waren zwei massige Betonkästen aus den Siebzigerjahren. Das Postamt, erkannte Blanc – und das Hauptquartier der Police Nationale. Kein Flaneur verirrte sich vor diese beiden hässlichen Kästen.

»Kommen Sie schon! Niemand lauert uns auf«, flüsterte Aveline schließlich ungeduldig und trat aus dem Schatten auf den hell erleuchteten Boulevard. Sie war bereits einige Schritte weit gekommen, als Blanc plötzlich einen Dieselmotor aufbrüllen hörte. Er klang wie von einem Lastwagen, nur kam der Lärm dafür viel zu schnell näher.

Er blickte sich nach links um. Nichts. Nach rechts. Nichts. Dann eine Bewegung am Rande seines Sichtfeldes. Doch von links. Ein schwerer, dunkler Geländewagen raste über den Boulevard des Lices, bedrohlich wie ein Panzer. Wo zum Teufel kam der her? Seine Scheiben waren getönt. Alle Lichter waren ausgeschaltet.

Er hielt genau auf Aveline zu.

Für Blanc war es wie in einem dieser Albträume, in denen die Zeit aussetzte. Man kämpfte und schlug um sich und rannte und kam doch nicht einen Millimeter voran. Er sah das Auto. Er sah Aveline. Sie hatte sich zu ihm umgedreht, als wollte sie etwas sagen. Sie schwenkte die Tasche der Boutique. Er wollte schreien, doch er brachte keinen Ton hervor. Seine Rechte fuhr an den Gürtel, aber selbstverständlich hatte er seine Sig-Sauer gar nicht erst mitgenommen. In einer Geste absoluter Lächerlichkeit zerrte er statt seiner Pistole bloß seinen Haustürschlüssel aus der Hosentasche.

Dann fiel die Lähmung von ihm ab. Der Lärm flutete zurück, das Brüllen des Motors, das Murmeln der Stadt, Avelines Stimme.

Blanc ließ die Sporttasche fallen und sprang. Mit seiner Linken umfasste er Avelines Leib, riss sie mit sich, schleuderte sie weiter. Sie blickte ihn schockiert an, Schmerz durchzuckte ihre Züge. Blanc spürte den Luftzug des vorbeirasenden Wagens, das Dieselbrüllen, die Hitze des Motors. Instinktiv schlug er noch im Fallen nach dem Auto. Der Schlüssel fuhr mit einem metallischen Schlag gegen etwas Hartes, dann wurde er ihm aus der Hand gerissen.

Blanc kämpfte sich hoch, zerrte Aveline mit sich bis auf die andere Straßenseite und ging hinter einem Baum in Deckung. Der Geländewagen war fort. Niemand war auf den Gehwegen zu sehen, niemand rief etwas. Kein Sirengeheul der Polizei. Es war so still, als hätte es das schwere Auto mit dem aufheulenden Motor nie gegeben.

»Alles in Ordnung?«, fragte Blanc keuchend.

»Meine neue Jeans hat nicht mal einen Riss.« Aveline versuchte sich an ihrem üblichen kühlen Lächeln, doch es gelang ihr nicht. Sie war sehr blass. »Ich glaube, ich brauche jetzt eine Zigarette.«

»Ich fasse es nicht«, sagte er schwer atmend. »Das war der zweite Mordanschlag an diesem Tag.«

Er küsste Aveline. »Das war ein Hinterhalt«, wiederholte er.

»Jemand hat uns aufgelauert. Wie konnten wir den bloß übersehen?« Sie zündete sich eine Gauloises an. Ihre Hand zitterte leicht.

Blanc nickte und rang noch immer nach Luft. »Der Typ muss uns aus einem Versteck heraus beobachtet haben und hat so lange gewartet, bis Sie auf der Straße waren.«

»Im Anbetracht der Umstände können wir wohl kaum zur Polizei gehen und Anzeige erstatten.«

Blanc half ihr auf die Beine und klopfte sich den Straßendreck ab. Misstrauisch blickte er sich um, dann betrat er vorsichtig den Boulevard des Lices. Im Laternenlicht blitzte sein Schlüssel neben dem Mittelstreifen auf, etliche Meter von der Stelle entfernt, an der der Geländewagen sie beinahe überfahren hatte. Er hob den Schlüssel auf, eilte zu Aveline zurück und betrachtete ihn: Lacksplitter waren in den Zacken hängen geblieben. Dunkelgrüne Metallicfarbe, soweit er das erkennen konnte. Das Labor der Gendarmerie könnte daraus vielleicht einiges machen. Vergiss es. Er steckte den Schlüssel ein und holte sich die Sporttasche, die noch auf der gegenüberliegenden Seite lag, wo er sie fallen gelassen hatte. Es war immer noch kein Fußgänger zu sehen. Kein Auto auf der Straße. Wo waren bloß all die Leute geblieben? Es war, als wären sie die beiden einzigen Lebenden in einer Stadt, durch die die Pest gezogen war.

»Was halten Sie von einem Drink an der Hotelbar?«, fragte er Aveline.

»Gar nichts.« Sie lächelte schon wieder. Für sie war das wohl eine Art Spiel. Ein intellektueller Wettstreit zwischen dem Mörder und ihr – und sie war sich offenbar schon ziemlich sicher, wer am Ende gewinnen würde. »Der Kerl hat uns im Auto aufgelauert. Fast alle guten Hotels in Arles befinden sich in der Innenstadt und die ist praktisch eine einzige Fußgängerzone. Mit seinem dicken Geländewagen wäre er da kaum durchgekommen, zumindest nicht unbemerkt.« Sie hielt ihre Gauloises in der Linken. Ihre Hände waren jetzt wieder so ruhig wie die eines Chirurgen.

»Nur vor dem *Jules César* verläuft ein breiter Boulevard. Der Typ wusste also, dass wir dort ein Zimmer reserviert haben. Und dass er uns dort mit dem Auto erwischen konnte«, murmelte Blanc. »Er musste bloß warten, bis wir ihm vor den Kühler laufen. Er hat Sie gegen siebzehn Uhr in der Arena angegriffen. Um zweiundzwanzig Uhr lauert er uns bereits vor dem Hotel auf. Wie hat der Kerl das so schnell herausgefunden?«

»Er hat wahrscheinlich in meiner Handtasche nachgesehen. Zwischen meinen Unterlagen steckte ein Hotelprospekt. Ich wollte das Spa im *Jules César* ausprobieren. Ich hätte früher daran denken sollen.«

Blanc schloss die Augen. »Was könnte dieser Typ noch über unser Wochenende in Arles herausgekriegt haben?«

»Dass wir es eilig haben.« Aveline zuckte mit den Achseln. »Mein Bahnticket ist natürlich auch in der Handtasche. Er kennt nun den Zug, den Wagen, sogar meinen Sitzplatz.«

»Der Kerl wird am Gleis auf Sie lauern und Sie mit bloßen Händen vor die einfahrende Lok stoßen.«

»Ich an seiner Stelle würde nicht das Risiko eingehen, bis zum Sonntag zu warten. Er muss damit rechnen, dass ich einen früheren Zug nehmen könnte. Außerdem kann er sich denken, dass wir am Bahnhof besonders wachsam sind. Er wird schon vorher versuchen, uns zu töten.«

»Dieses Kaff ist nicht einmal halb so groß wie ein einziges Arrondissement in Paris. Wie sollen wir uns hier bis Sonntagabend vor ihm verstecken?«

»Es sieht so aus, als müssten wir uns zunächst einmal ein anderes Hotel suchen, *mon Capitaine.*«

Das Hotel zur Stummen Frau

Sie verschwanden in der ersten Gasse der Altstadt. Schon nach wenigen Metern öffnete sie sich wieder zu einem Platz mit einem obeliskengeschmückten Brunnen vor dem hell erleuchteten Rathaus. Zur Rechten erhob sich der gräuliche Block von Saint-Trophime. Über ihrem Portal starrten scheinwerferbestrahlte Figuren in die Nacht, ein steinerner Riesencomic mit Heiligen und Löwen, mit finsteren Königen und zerquälten Sterbenden.

Blanc kam es so vor, als würden ihn die strengen Gestalten mustern und fragen: Was tust du hier? Welche Sünde treibt dich um? Was hätte er darauf schon antworten können? Sein verschwiegenes Treffen mit der Frau eines anderen war eine Sünde nach den Maßstäben der mittelalterlichen Gottesmänner. Und seine Manipulation einer polizeilichen Mordermittlung war eine Sünde nach den Maßstäben eines jeden professionellen Flics. In was für eine finstere Affäre waren sie da bloß hineingeraten? Und wie sollten sie je unbeschadet daraus wieder hervorgehen?

»Weiter!« Blanc hatte unbewusst seine Stimme gesenkt.

Er fühlte sich beobachtet und fasste Avelines Hand. Gemeinsam rannten sie aus dem Schatten von Saint-Trophime quer über den Platz. Sie war nicht langsamer als er, und er fragte sich einen Moment lang verwundert, welchen Sport sie wohl trieb, dass sie trotz der vielen Gauloises mühelos mithielt. Aus den Augenwinkeln nahm er am Brunnen eine Bewegung wahr. Eine Gestalt. Ihm stockte der Atem. Doch es war nur ein Betrunkener, der neben dem Beckenrand zu Boden gegangen war und sich nun mühsam wieder aufrichtete. Er schien sie nicht einmal bemerkt zu haben.

Jenseits des Rathauses waren die Gassen schluchtartig eng. Die alten Häuser standen dicht beisammen wie schlafende Wächter. Ihre Fassaden wirkten pockennarbig, jede Tür so unüberwindlich wie ein Kerkerportal. Schwarze Müllsäcke und Kartons lagen davor. Winzige Füße trippelten über die Steine, irgendwo fauchte eine Katze. Über das nasse Pflaster tanzte eine Papiertüte im Wind wie das Segel eines winzigen Fliegenden Holländers. Es roch nach Hundedreck und Feuchtigkeit. Manchmal erblickte Blanc ein Straßenschild: Rue Nicolaï. Rue Robert Doisneau. Einmal sah er von Weitem am Ende einer Passage die scheinwerferumstrahlte Rundung des Amphitheaters. Weiter. In einige alte Hauswände waren metallumrahmte Computermonitore hineingefräst worden. Sie leuchteten blau oder rot, Fotos und Texte flimmerten über die Displays, die irgendeine Sehenswürdigkeit priesen – seltsame, irreal anmutende Botschaften des 21. Jahrhunderts, die ungesehen durch die mittelalterlichen Gemäuer flackerten. Nur die Fenster von Restaurants waren lichtwarme Flecken. Der Duft nach Couscous. Lachen. Fetzen von Musik. Gäste, die gedankenverloren nach draußen starrten. Es wäre vernünftig gewesen, anzuhalten, das Handy zu zücken und Google das nächste Hotel finden zu lassen. Aber Blanc war zu nervös, in diesem Labyrinth aus Steinen und Ziegeln stehen zu bleiben. Jede Gasse ein Versteck, jedes Hausportal eine Falle. Aveline und er hätten die perfekte Zielscheibe abgegeben, wenn sie sich nicht mehr bewegten. Weiter.

Einmal packte Blanc Aveline und drückte sich mit ihr an eine Hauswand, weil vor ihnen ein Schatten zuckte. Dann erst erkannte er erleichtert, dass er auf eine Täuschung hereingefallen war: In einer Wohnung im ersten Stock stand ein Mann am Fenster. Das Licht aus seinem Zimmer projezierte sein Schattenbild riesenhaft an die gegenüberliegende Fassade, es bewegte sich wie eine Kabuki-Figur. Housemusik wehte aus der Wohnung, ein zweiter Schatten näherte sich dem ersten, eine tanzende Frau. Sie liefen weiter. Vor einem Haus war ein Gerüst aufgebaut worden, dessen halb abgerissene netzartige Plastikplane in den Böen flatterte. Der ideale Hinterhalt. Plötzlich ein Baldachin über einer mit Teppich ausgelegten Treppe, Licht, ein Name an einer Fassade: *Hôtel de la Muette*.

»Für diese Nacht sollten uns auch zwei Sterne genügen«, flüsterte Aveline.

Ein Haus aus dem fünfzehnten oder sechzehnten Jahrhundert, die Mauer vernarbt von der Zeit. Die Lobby war winzig. Hinter der Theke saß eine junge Frau und las, vielleicht eine Studentin, die mit dem Nachtjob etwas dazuverdiente. Als sie ihre Schritte hörte und den Kopf hob, sah Blanc, dass die Ankunft zweier später Gäste sie aus ihren Gedanken gerissen hatte und sie ein, zwei Augenblicke brauchte, um im Hier und Jetzt anzukommen. Danach lächelte sie, freundlich und harmlos.

Die hat noch keinen Besuch von der Polizei erhalten, dachte er erleichtert. »Ist noch ein Zimmer frei?«, fragte er.

»Es ist nicht gerade Hauptsaison.« Sie lachte und zog eine Computertastatur heran. »Für eine Nacht?«

»Zwei Nächte.«

»Ihr Name, bitte?«

Blanc dachte an seine Kreditkarte. An das lächerliche »Dupont«. Er nannte seinen richtigen Namen und schob ihr die Karte hin.

»Madame und Monsieur Blanc?«

Aveline betrachtete interessiert ein kleines Ölbild an der Wand neben der Theke. Sie vermied es, der Angestellten das Gesicht zuzuwenden. Blanc sagte nichts. Die junge Frau wartete einen Moment vergebens auf eine Antwort, zuckte dann mit der Schulter und tippte Daten ein. »Frühstück ist jeden Morgen von acht bis zehn Uhr. Ich zeige Ihnen Ihr Zimmer.«

Sie führte sie zu einer engen Wendeltreppe, die Steinmetze wohl schon vor einem halben Jahrtausend zusammengefügt hatten. Ein Durchgang brachte sie zu dem Raum im ersten Stock, der Türbogen war so niedrig, dass Blanc den Kopf einziehen musste. Die Holztür war alt und dünn, das Schloss leicht, selbst ein Kind würde es aufbrechen können. Er bedankte sich bei der jungen Frau und drehte den Schlüssel herum.

»Mein Mann wäre überrascht, wenn er erfahren würde, dass ich jetzt Ihren Namen trage.« Aveline sah sich in dem Zimmer um. Klein, hoch und sauber, wie eine Gelehrtenstube.

Das Kopfbrett des alten Betts war cremefarben, der winzige Holztisch mit gedrechselten Beinen mehrfach lackiert, zwei mittelalterliche Steinwände waren gebürstet, die anderen weiß verputzt. Die von Holzwürmern gezeichneten Balken der Decke waren gekalkt. So sollte meine Ölmühle auch aussehen, dachte Blanc mit einem Anflug von Resignation.

Dann sah er eine billige Jeans, die achtlos über die stoffbespannte Lehne des Empirestuhls geschleudert wurde. Und eine Bluse. Und …

»Ich schließe die Fenster«, sagte Blanc. Er bemerkte, dass ein gänzlich unpassendes, neues PVC-Fenster in die Wand eingesetzt worden war. Er hantierte am Gurt einer Jalousie herum. Sein Atem ging schneller.

»Wir sind im ersten Stock. Und wenn wir die Lampe ausmachen, dann sieht uns sowieso niemand.« Aveline hatte ihre Hand schon am Schalter, doch sie gönnte ihm noch einen Blick auf ihren vom Licht umschmeichelten nackten Körper.

»Da draußen läuft ein Mörder herum«, murmelte Blanc, als die Dunkelheit sie endlich umschloss.

»Das offene Fenster ist jetzt wirklich nicht meine oberste Priorität«, flüsterte Aveline.

Wie zwei Fische im Netz

Das Klingeln seines Nokias weckte Blanc. Das Handy steckte in einer Tasche seiner Jeans, die irgendwo auf dem Teppich liegen musste. Das gelbe Licht einer Straßenlaterne sickerte in den Raum, wenige schwere Regentropfen klatschten gegen die Scheibe. Er löste sich behutsam aus Avelines Umarmung und tastete vor dem Bett herum, bis er den Apparat endlich zu fassen bekam. Die Nummer auf dem Display kam ihm vage bekannt vor, doch er war nicht klar genug im Kopf, um sie zuordnen zu können.

»*Allô?*«

»Du hörst dich ja scheiße an. Es ist erst ein Uhr, hast du etwa schon Feierabend?«

Blanc schüttelte den Kopf und versuchte die Müdigkeit aus seinem Gehirn zu verscheuchen. Irgendwoher kannte er auch diese Stimme. Dann kam endlich die Erinnerung wieder. »Wie hat Olympique Marseille gespielt?«

»So gefällst du mir schon besser.« Kad Djendelli lachte. Commissaire in Marseille, Fahnder bei der Brigade Antigang, ein Mann, der ein Freund werden könnte.

»Wer ist dran?«, murmelte Aveline.

»Soll ich morgen noch einmal anrufen?«, fragte Djendelli.

Blanc streichelte seiner Geliebten beruhigend über die Schulter. »Ich bin bei der Arbeit«, versicherte er.

»Klar.« Djendellis ausgeschlafene Fröhlichkeit verließ ihn auch in finstersten Stunden nicht. Muss in den Genen liegen, dachte Blanc, anders ist das nicht erklärlich. »Ich hatte vorhin einen Anruf von einem Typen, den ich von früher her kenne«, fuhr der Commissaire fort. »Noch von der Polizeischule.«

»Lizarey.« Blanc stöhnte.

»Langsam wirst du wach, eh? Der kleine Alphonse und ich waren im selben Jahrgang. Ich erinnere mich bloß noch an ihn, weil er das größte Arschloch der Klasse war.«

»Überrascht mich nicht.«

»Ich hatte seit Jahren nichts mehr von Lizarey gehört. Persönlich, meine ich. Im Kollegenkreis zerreißen sie sich das Maul. Ein Mann mit strahlender Zukunft. Dick mit der Politik. Aber ich hatte nie mit ihm zu tun, dienstlich nicht und privat erst recht nicht. Und dann ruft mich dieser Typ mitten in der Nacht an und fragt mich ausgerechnet nach dir aus.«

»Wieso ruft er dich an?«

»Das habe ich ihn auch gefragt.« Djendelli schwieg einen Augenblick. Als er fortfuhr, klang er eher belustigt als beunruhigt. »Lizarey hat sich ein bisschen umgehört und ist dabei auf unseren Einsatz gegen die Schmuggler von Air Cocaïne gestoßen. Wie es scheint, bin ich der einzige Beamte der Police Nationale, mit dem du je zusammengearbeitet hast. Da hat sich Lizarey an unsere gemeinsame Ausbildungszeit erinnert und zum Hörer gegriffen.«

»Was wollte er?«

»Er hat behauptet, dass du dich im Amphitheater von Arles herumgetrieben hast und …«

»Ich habe mich nicht herumgetrieben, ich habe diesen Steinhaufen besucht. Das nennt man Kultur.«

»Muss ich auch mal probieren. Jedenfalls hat mir Lizarey vom Todesfall in der Arena und von deiner Version der Ereignisse erzählt. Sagen wir so: Du hast den Kollegen nicht überzeugt. Und da hat er angefangen, Erkundigungen über dich einzuziehen.«

»Hält dieser Trottel mich etwa für den Mörder?«

»Wenn du kein Flic wärst, hätte er dich auf der Stelle verhaftet. So hat er gezögert und sich erst einmal umgehört. Das hat er wohl ziemlich gründlich getan und nicht nur bei mir. Er hat mir gesagt, wenn er dich fertigmachen würde, dann hätte er ein paar neue Freunde in Paris gewonnen.«

»Das hat er nett gesagt.«

»Ich habe ihm geantwortet, dass du nicht einmal einen Käfer in die Tiefe schnippen würdest und erst recht keinen Geschichtslehrer aus Arles.«

»Das hast du nett gesagt.«

»Ich musste den kleinen Alphonse an ein paar grundlegende Fragen unseres Handwerks erinnern: Welches Motiv solltest du gehabt haben? Hast du das Opfer überhaupt je zuvor gesehen? Sind deine Fingerabdrücke auf der Leiche zu finden? Solche Sachen. Lizarey hat Geräusche gemacht wie ein angestochener Ballon. Er musste zugeben, dass er nichts gegen dich in der Hand hat. Aber …«

»… er lässt nicht locker?«

»Er krempelt seine Stadt nach einer angeblichen Zeugin um. Wenn er die geheimnisvolle Frau findet, dann hat er jemanden, der dich bei der Tat gesehen hat, hofft er.«

Blanc hörte auf, Aveline zu streicheln. Er ließ seine Hand auf ihrer nackten Haut ruhen, als könnte er sie so beschützen. »Der Kerl ist irre«, murmelte er.

»Lizarey ist so angenehm wie ein Stein im Schuh. Er hat mitten im berühmtesten Monument seiner friedlichen Stadt einen Mord aufzuklären. Arles ist nicht Marseille. Wenn bei uns jemand abkratzt, dann interessiert das niemanden. Aber die guten Bürger von Arles wollen wissen, wer einen der Ihren gekillt hat. Ein Lehrer im örtlichen Collège, das ist kein Dealer von der Hochhausecke. Die guten Bürger wollen den Mörder schnell hinter Gittern haben. Sie wollen, dass ihr Commissaire die Sache erledigt, damit man endlich einmal sieht, wofür man Steuern bezahlt. Und dieser Commissaire hat tatsächlich einen Mann, der ihm verdächtig vorkommt – dich. So einfach ist das.

Und da ist noch was: Lizarey ist rechts. Ich meine, richtig rechts, selbst für einen Flic. Wenn du dir die letzten Wahlen anguckst und auf die nächsten Wahlen schielst, dann weißt du, dass solche Typen in Frankreich Karriere machen können.«

»Der Front National hat die letzten Wahlen verloren.«

»Aber Marine Le Pen hat elf Millionen Stimmen bekommen. Wenn Lizarey dich schlachten kann, dann stehen ihm nicht nur in Arles ein paar Türen offen, sondern auch in Paris. Also wird er alles tun, um dich zu schlachten.«

»Lizarey hält sich vielleicht für einen Metzger, aber ich bin kein Lamm«, murmelte Blanc.

»Das kann ich unterschreiben«, flüsterte Aveline und küsste ihn, nachdem Blanc aufgelegt hatte. Dann lachte sie. »Da, wo dieser Commissaire sein Gehirn hat, hat er keine Augen. Er wird seine Zeugin niemals finden.« Offenbar hatte Aveline das ganze Gespräch irgendwie mitgehört, vielleicht weil er seinen Apparat zu laut gestellt hatte. »Das war ein Beamter aus Marseille«, erklärte er. »Wie es scheint, wirft Lizarey sein Netz bis zum Évêché aus, um mich darin zu fangen.«

»Wenn ich der Mörder aus der Arena wäre, würde ich mich totlachen.«

»Ich hoffe immer noch, dass gleich der Wecker klingelt und ich das alles nur geträumt habe.«

»Ich hoffe doch, wir haben an diesem Abend ein oder zwei Dinge getan, die wir nicht bloß geträumt haben.« Aveline drehte sich um und tastete neben dem Bett nach einer Packung Gauloises. Als das Feuerzeug aufflammte, beleuchtete es einen Augenblick ihr Gesicht. Sie ist so schön, dass es wehtut, dachte Blanc. »Sie müssen aus Arles verschwinden«, flüsterte er. »Die Stadt ist zu unsicher. Lizarey wird nicht lockerlassen und ...«

Aveline hob indigniert die Hand. »Sie wollen mich öfter sehen, als Ihnen und mir guttut, *mon Capitaine*. Aber ausgerechnet dann, wenn wir endlich einmal zusammen sein können, wollen Sie mich fortschicken?« Sie inhalierte tief, lehnte sich zurück und hielt dabei die Hand mit der Zigarette über die Bettkante, damit keine Asche auf die Decke fiel.

»Ich komme hier klar. Ich finde den Kerl und bringe Ihnen Ihre Tasche«, machte Blanc einen neuen Versuch.

»Das bezweifle ich nicht. Gerade deshalb werde ich ja bleiben.«

Blanc wusste, dass es sinnlos war, diese Diskussion weiterzuführen. Aveline fürchtete die nächsten Stunden nicht, sie würde sie sogar genießen.

»Wir müssen höllisch aufpassen«, erwiderte er bloß. Er stand auf. Diesmal würde er die Jalousie schließen, bevor Aveline ihn wieder auf andere Gedanken bringen konnte. Er trat ans Fenster und blickte hinaus. Eine Laterne tauchte den winzigen Platz vor dem Hotel in ein warmes, schwaches Licht, das alle Konturen zerfließen ließ, so als sähe man durch eine Brille mit falsch geschliffenen Gläsern. Die Häuser waren zugleich irgendwie gelb und schwarz, die geparkten Autos waren wie ausgebleicht, der Himmel leuchtete violett, Schatten lagen auf dem Straßenpflaster, obwohl er nichts sah, was diese Schatten hätte werfen können. Von irgendwoher gurrte eine Taube und weit entfernt wummerte der Diesel eines schweren Lastwagens, der sich über die Rhônebrücke quälte. Er hatte die Hand schon am Gurt der Jalousie, als er plötzlich innehielt.

»Kommen Sie näher, aber machen Sie kein Licht!«, flüsterte er.

Er hörte, wie sich Aveline erhob und neben ihn trat. Sie blickte aus dem Fenster. Er deutete auf eine geschlossene Tür im Haus gegenüber. Das Gebäude war eines der wenigen modernen Bauwerke am Platz, ein Appartementkomplex mit gerundeter Fassade, eine Imitation des Amphitheaters in Beton und Putz. Die Türen waren zurückgesetzt und wurden von einer Art Säulengang vor Regen geschützt. Im Dunkel dieses Ganges bewegte sich etwas.

»Das ist kein Obdachloser, der sich einen Schlafplatz sucht«, sagte Blanc leise. Er ließ die Gestalt nicht eine Sekunde aus den Augen.

»Ich glaube, diesem Herren bin ich heute schon zweimal begegnet«, erklärte Aveline kühl.

»Dieser Kerl hat uns schon wieder gefunden, *merde*!« Blanc zwang sich, nicht wütend auf die Fensterbank zu schlagen. Keine rasche Bewegung, die dem Beobachter verraten würde, dass sich in ihrem dunklen Zimmer etwas tat. »Die Zigarette!«, flüsterte er.

Aveline drückte die Glut der Gauloises im Aschenbecher aus. »Vielleicht ist er uns die ganze Zeit gefolgt«, vermutete sie. »Er hat nach dem Anschlag seinen Wagen versteckt und ist zurückgerannt. Vielleicht hat er uns gesehen und ist hinter uns her gewesen. Wer weiß, was geschehen wäre, wenn wir stehen geblieben wären. Oder wenn wir dieses Hotel nicht rechtzeitig gefunden hätten.«

»Das ist ein Profi«, murmelte Blanc. Was hatte Kad vorhin am Telefon gesagt? Wie spät war es? Ein Uhr nachts? »Der Kerl wird noch eine Zeit lang in seinem Versteck warten, bis zwei oder drei Uhr morgens vielleicht. Kein Restaurant ist dann mehr geöffnet, niemand ist auf der Straße, und auch das Mädchen in der Lobby wird die Augen nicht mehr aufhalten können. Dann erst kommt der Typ zu uns. Wir müssen abhauen!«

»Damit der Kerl uns doch noch in den Gassen findet und tötet? Wir müssen ihn überraschen. Das ist unsere einzige Chance. Wir müssen etwas tun, mit dem er nicht rechnet.«

»Ich habe nicht mal meine Pistole dabei.«

Im schwachen Lichtschein von draußen sah er, dass Avelines Augen aufblitzten. Sie duckte sich, damit man sie nicht durch das Fenster sah, und kroch bis zur Einkaufstasche der Boutique. Sie zerrte ihren Mantel heraus, fingerte in einer Seitentasche – und hielt ihm eine kleine Pistole hin.

Blanc starrte seine Geliebte an und wog die Waffe in der Hand. Unter dem Lauf war der Markenname »Starlet« eingeprägt, er konnte ihn im Laternenlicht gerade eben lesen. Er erinnerte sich daran, wie Aveline auf dem Turm des Amphitheaters in höchster Not versucht hatte, in ihren Mantel zu greifen, während der Mörder sie schon umklammert hatte. Wenn sie in der Arena geschossen hätte, dann würde sie jetzt wohl in einer von Lizareys Zellen sitzen. Und Blanc womöglich auch. Und der Staatssekretär …

»Tragen Sie die immer mit sich herum?«, fragte er.

»Eine alte spanische Star CK«, erklärte sie ungerührt. »Ein Souvenir aus dem Urlaub. Sie ist nicht registriert. Wenn Sie damit den

Kerl niederschießen, führt keine Spur zu uns.« Sie küsste ihn. »Sie sollten sich allerdings anziehen, bevor Sie hinausgehen. Sonst holen Sie sich in der Kälte noch den Tod.«

Als sich Blanc hastig angekleidet und die Pistole unter den Gürtel gesteckt hatte, spähte er vorsichtig wieder hinaus. Die Gestalt im Schatten hatte sich nicht gerührt. »Das Hotel muss einen Hinterausgang haben«, sagte er.

Aveline schüttelte den Kopf. »Die sind in Hotels alarmgesichert. Wenn Sie da rausgehen, ist die halbe Stadt wach.« Sie hatte sich ihre Bluse übergeworfen, aber mehr noch nicht. »Sie gehen hinunter. Ich mache das Licht an und stelle mich ins Fenster.«

»Der Typ wird Sie abknallen!«

»Werden Sie nicht irrational. Erst einmal wird er mich anstarren, um sicherzugehen, dass ich es bin. Er wird zum Fenster hochschauen und die Lobby nicht mehr im Auge behalten. Das ist Ihre einzige Chance. Der Mann wird mindestens zwei oder drei Sekunden abgelenkt sein. Sie stürzen raus, rennen über den Platz und schießen den Typ nieder, bevor der auch nur begreift, was mit ihm geschieht.«

Blanc blickte sie fassungslos an. »Und wenn er tot ist, komme ich zurück und lege mich ins Bett. Und am nächsten Morgen tun wir so, als hätten wir die ganze Nacht geschlafen und nichts gehört?«

»Haben Sie einen besseren Plan?«

Warum kann ich nicht aus diesem Scheißalbtraum aufwachen?, dachte Blanc verzweifelt. »Ich kann nicht einfach einen Menschen erschießen, nicht einmal einen Mörder«, stieß er hervor. »Ich bin kein Killer. Außerdem würde Commissaire Lizarey zehn Minuten später hier aufkreuzen und nach Zeugen suchen. Die Ersten, die er sich vornehmen würde, wären die Hotelgäste. Wenn er mich sieht, bin ich dran. Und Sie auch.«

»Wenn wir nicht mehr im Zimmer sind, kann er uns auch nicht mehr befragen.«

»Selbst wenn wir ungesehen verschwinden, nützt uns das nichts.

Ich habe unter meinem Namen eingecheckt. Und wir wissen nicht einmal, ob der Kerl da draußen noch Ihre Tasche hat. Was machen wir, wenn er sie irgendwo versteckt hat und wir ihn nicht mehr fragen können?«

Aveline starrte ihn kühl an und nickte endlich. »D'accord. Was machen wir also?«

»Ich gehe raus und versetze ihn in Panik. Ein Mann mit einer Pistole, der wie aus dem Nichts vor ihm auftaucht – der Typ wird einen Schreck bekommen und sich davonmachen. Damit ist er schon mal fort vom Hotel, und Lizarey wird nicht hier herumschnüffeln, egal, was danach passiert. Denn ich werde den Kerl verfolgen, und wenn ich dafür bis in die Camargue rennen muss. Vielleicht führt er mich bis zu seinem Auto. Oder zu seiner Wohnung. Irgendwohin, wo er Ihre Tasche versteckt hat.«

»Und wenn er Sie abhängt? Er scheint sich in Arles auszukennen.«

»Ich bin ein ganz gut Läufer. Ich werde ihn hetzen, bis er zusammenbricht. So wie bei der Hase und der Igel.«

»Wenn ich mich richtig erinnere, waren zwei Igel nötig, um den Hasen zu töten.«

»Ich mache den Typen fertig, hole mir Ihre Tasche zurück und präsentiere ihn gefesselt und mit einem Geständnis bei der Police.«

»Und wenn der Mörder dann in Lizareys Verhör auspackt? Der Kerl kennt meinen Namen.«

»Warum sollte er das aussagen? Und selbst wenn: Hat Lizarey erst einmal den Mörder, dann wird ihn der Rest nicht mehr interessieren. Der Commissaire will Karriere machen. Er wird keine Untersuchungsrichterin kompromittieren, deren Mann im Ministerium ein hohes Tier ist.«

»Vielleicht. Vielleicht auch nicht. Ich würde es lieber nicht darauf ankommen lassen. Es wäre sicherer für uns beide, wenn der Kerl da draußen für immer schweigen würde. Die Pistole ist geladen. Sie haben sechs Schuss.« Aveline lächelte.

Duell in den elysischen Gefilden

Die Tür knarrte leise, als sich Blanc aus dem Zimmer stahl. Er schlich bis zur Wendeltreppe. Hinab und durch die Lobby? Was war, wenn die Rezeptionistin doch nicht schlief oder ein später Gast gerade dann ankam? Er versuchte es deshalb zuerst hinauf. Nach wenigen Augenblicken stand er auf dem Flur im obersten Stockwerk, der nur von einem Notlicht matt erhellt wurde. Tiefe Stille. Geschlossene Türen, alle mit Zimmernummern – außer einer. Er drückte auf die Klinke der mit »Privé« markierten Tür. Unverschlossen. Blanc fand sich in einer Art Abstellkammer wieder und wäre beinahe über einen Industriestaubsauger gestolpert. Ein großes Veluxfenster ließ silbriges Mondlicht hinein. Er schob einen schweren Wagen, auf dem sauber gefaltete Handtücher und Hunderte kleine Seifenpackungen gestapelt waren, vorsichtig bis unter die Öffnung, entriegelte den Velux-Verschluss und drückte das Fenster hoch. Dann stellte er sich auf den Wagen, packte den Rahmen und zog sich hinauf.

Die Dachschindeln waren feucht von der Nacht, neben dem Fenster ragten ein schiefer Kamin und eine große Fernsehantenne auf. Fünf Meter unterhalb von ihm, am Rande des Dachs, entdeckte er eine Art Gitter. Es war ein zylinderförmiger Käfig. Blanc Herz raste: ein Schutzkäfig, wie er Feuertreppen oder die Leitern von Kränen umhüllte. Er zog sich ganz auf das Dach, drückte das Velux hinter sich zu und robbte über die Schindeln. Hoffentlich hörte ihn niemand in einem der Zimmer. Ihn schauderte, und das nicht bloß, weil die Feuchtigkeit durch sein T-Shirt bis auf die Haut drang. Er erreichte den Käfig. Eine Eisenleiter in die Dunkelheit. Vielleicht kam hier der Schornsteinfeger hoch oder der Dachdecker. Er hoffte, dass sie noch hin und wieder benutzt wurde und nicht schon seit Jahren unbeachtet vor sich hin rostete. Vorsichtig setzte er den

Fuß auf die oberste Sprosse und belastete sie nach und nach mit seinem Gewicht. Die Leiter zitterte, doch sie hielt. Die nächste Sprosse. Und die nächste. Mit jedem Schritt fühlte sich Blanc sicherer. Er zögerte nicht länger, sondern kletterte nun so rasch wie möglich in die Tiefe. Als er unten ankam, war er außer Atem. Die Leiter hatte ihn am Rand der Hotelfassade bis auf den Platz hinabgeführt. Die letzten zwei Meter war sie hinter einem aus einem großen Topf wild hinauswuchernden Oleander verborgen.

Er duckte sich und blickte sich um. Von seiner Position aus konnte er weder den Schatten des Mannes unter der Arkade noch Avelines Fenster erkennen. Er warf sich zu Boden und robbte weiter, bis er zwischen zwei wuchtigen Blumenkübeln hindurchspähen konnte, die vor dem Haupteingang des Hotels standen. Kein Auto. Kein Fußgänger. Es war so still, als hielte die Stadt den Atem an. Er hörte nur das Rauschen seines Blutes in den Ohren. Aus dem Pflaster stieg ihm der Gestank nach Feuchtigkeit und kalten Zigarettenkippen ins Gesicht. Er wandte den Blick der düsteren Hotelfassade zu. Avelines Fenster. Er hob die Hand. Hoffentlich hatte sie ihn gesehen. Mach schon, dachte er, mach schon.

Er zog die Pistole aus der Jeanstasche und entsicherte sie. Er wusste nicht mehr, wie lange er schon ausgeharrt hatte. Dann endlich flammte hinter ihrem Fenster eine Lampe auf. Im gelblichen Licht bewegte sich langsam eine schlanke Silhouette. Blanc sprang auf und rannte los.

»Hände hoch, Gendarmerie!«, rief er. Er konnte den Kerl im Dunkel des gegenüberstehenden Hauses noch immer nicht ausmachen. Die Pistole in der Rechten hielt er weit von sich gestreckt, damit der Unbekannte sie sah und in Panik geriet.

Hoffentlich.

In zwei, drei Sprüngen hatte er schon den halben Platz überquert. Verdammt, dachte er, der Typ lässt sich nicht überrumpeln, der knallt mich gleich einfach ab. Da sah er plötzlich einen Schatten, der sich zwischen den Säulen löste.

»Halt, oder ich schieße!«, brüllte er, aber das sollte die Angst des Typen bloß noch vergrößern. Blanc wollte den Kerl überrumpeln, ihn verunsichern. Kein professioneller Killer würde das Risiko eingehen, sich mitten in einer Stadt einem bewaffneten, lärmenden Opfer entgegenzustellen, das Risiko, entdeckt oder verletzt zu werden, wäre zu groß. Jetzt hastete der Mann tatsächlich die schmale Straße hinunter, er erkannte die massige Gestalt wieder, die schwarze Kapuze, die Furcht einflößenden Schultern.

Der Unbekannte schien nichts in den Fäusten zu halten, auf jeden Fall nichts, das so aussah wie eine Pistole. Wenn ich eine Waffe habe und er nicht, dann wird er rennen, hoffte Blanc. Der Mann war schnell, aber nicht so schnell: Blanc hätte ihn in einem kurzen Spurt eingeholt. Doch er musste den Unbekannten möglichst weit vom Hotel, wo sich Aveline versteckte, weglotsen. Und er hatte die Hoffnung, dass den Typen das Rennen erschöpfte. Er sparte deshalb seine Kraft, passte seinen Rhythmus dem des anderen an. Er wollte, dass der Kerl seine Schritte hörte, dass er ihn im Nacken spürte. Dann würde er es nicht wagen, sich umzudrehen.

Der Mann bog plötzlich nach rechts ab. Blanc lief etwas schneller und folgte ihm dichtauf in die Gasse. Ein winziger Platz, ein wuchtiges Gebäude, eine andere Gasse. Plötzlich erkannte Blanc zur Linken eine Art Trümmerlandschaft im Halbdunkel. Das antike Theater, dessen Ruinen im Schimmer einiger weniger Straßenlaternen aussahen wie Felsen eines anderen Planeten. Der Unbekannte eilte daran vorbei – hinein in einen Park. Blancs Puls raste. Büsche, Bänke, Statuen – überall Verstecke für einen Hinterhalt. Die Kieswege senkten sich hinab. Der Park, der zum Boulevard des Lices führte! Hier hatten Aveline und er vor ein paar Stunden die Straße überquert, hier wären sie beinahe überfahren worden. Der Typ will zu seinem Geländewagen, dachte Blanc alarmiert.

Der Unbekannte hastete über den Boulevard. Kein Auto. Die Ampeln beleuchteten leere Bürgersteige. Vorbei an hässlichen, modernen Gebäuden. Die Station der Police Nationale, Blanc sah das erleuchtete Schild mit dem Wappen und die schlaffe Trikolore am Mast. Der Mann rannte direkt am Haupteingang vorbei, als würde er sich keine Sorgen machen, dass ihn ein Beamter der Nachtschicht sehen und misstrauisch werden könnte. Er bog in die nächste Straße ein. Eine Allee, ein wirres Muster aus Lichtstreifen und Düsternis unter Bäumen. Seine Schritte waren schwerer geworden, Blanc drosselte das Tempo. Gleich bist du so weit, dachte er. Hundert Meter, zweihundert. Der Typ bog nach links ab, wurde wieder schneller.

Und da erst erkannte Blanc, dass ihn der Kerl in eine Falle gelockt hatte.

Eine Sackgasse. Die Straße endete vor einem eisernen Zaun, vielleicht drei Meter hoch. Dahinter wölbte sich zur Linken ein unüberwindlich steiler, von dornigem Gebüsch überwucherter Wall auf, zur Rechten verlief eine doppelt mannshohe Steinwand. Dazwischen verlor sich so etwas wie ein schmaler Park in der Nacht. Blanc erkannte Bäume und geharkte Wege. Der Mann, den er jagte, stolperte schon jenseits des Zauns über einen der Wege. Wie zum Teufel hatte er dieses Hindernis so schnell überwunden? Er sah ihn im Halbdunkel verschwinden.

Blanc fluchte, drei Sekunden später war er ebenfalls am Zaun. Eine einsame Straßenlampe beleuchtete die grün lackierte Eisenbarriere, wie sie auch in Paris den Zugang zu öffentlichen Parks versperrte. Er erkannte ein Tor, dahinter ein verrammeltes Kassenhäuschen, ein Namensschild im Licht: *Les Alyscamps*.

Blanc hatte das schon einmal irgendwo gelesen. Die elysischen Gefilde. Ein Friedhof. Der Friedhof der antiken Stadt. *Merde.* Er rüttelte am Tor – verschlossen. Also stopfte er Avelines Pistole in den Gürtel, um beide Hände frei zu haben, dann schwang er sich hinauf. Ganz vorsichtig und mit schmerzenden Armen zog er sich über die angefeilten Eisenspitzen oben, ließ sich erleichtert auf der anderen Seite fallen.

Schmerz durchzuckte sein linkes Fußgelenk. Blanc stöhnte auf.

Er hinkte so rasch er konnte bis zur nächststehenden Platane und ging hinter deren Stamm in Deckung. Er wartete, bis sich seine Augen ans Dämmerlicht gewöhnt hatten, dann spähte er aus seinem Versteck.

Les Alyscamps war tatsächlich ein lang gestreckter Park, er kam sich vor, als stünde er in einem breiten, trocken gefallenen Tal. Zur Linken der Wall, zur Rechten die Mauer. Dazwischen eine Allee: Zypressen, Platanen, Pinien, Pappeln, deren helle Blätter wie ein weicher Teppich auf dem felsigen Boden lagen. Ein würziger Duft nach feuchtem Laub und Nadeln, nach nördlichem Herbst und Mittelmeer. Zwischen den Bäumen erkannte er niedrige Steinkästen.

Uralte, leere Sarkophage.

In jeden einzelnen könnte sich der Kerl legen und dann hinter seinem Rücken daraus hervorkommen wie ein Untoter. Er zog die Pistole wieder aus der Jeans und nahm sein Handy in die Linke. Er benutzte es als Taschenlampe und leuchtete in jeden Sarkophag, während er von Deckung zu Deckung sprang. Den Schmerz im linken Fuß ignorierte er. Manche Steinsärge waren so groß wie Viehtröge, schlicht, tief, massig. Andere waren verwittert und nicht einmal mehr kniehoch. Schweiß lief ihm in die Augen und zwang ihn zu blinzeln. Heimspiel, dachte er, der Typ kennt sich aus – und er hat mich da, wo er mich haben will. Aber er hat keine Knarre dabei, sonst hätte er schon längst geschossen.

Nach ein paar Dutzend Metern ragte zwischen den Alleebäumen zur Linken ein Steinbogen auf. Als er näher herangekommen war, erkannte er, dass er Teil einer Ruine war, der Rest eines mittelalterlichen Gebäudes. Der Bogen stützte sich auf die Außenwand einer kleinen Kapelle. Und aus deren Innern leuchtete ein schwacher rötlicher Schein.

Er packte die Pistole fester und hielt den Atem an. Sechs Schuss, hatte Aveline gesagt. Ein Friedhof, was für ein passender Ort für ein Duell auf Leben und Tod. Er drückte seine Schulter gegen die Außenwand. Über ihm hing ein regenzerfressener steinerner Drache am Gesims, sein zerschlagener Kopf schien Blanc in stummem Zorn den Eintritt zu verwehren. Er stürzte durch eine Pforte hinein.

Ein muffiges Gewölbe, über das in einem komplizierten Muster steinerne Rippen zogen. Blanc blickte auf und kam sich vor wie ein Insekt im Brustkorb eines außerirdischen Wesens. Ein paar Sarkophage, eine Art Altar, auf dem bloß ein harmloses ewiges Licht flackerte. Niemand. Blanc atmete durch und sah wieder hinaus. Weiter, Sarg für Sarg. Irgendwann musste dieser verdammte Friedhof enden.

Er lauschte, doch der Boden war unebener Fels. Kein trockenes Blatt knisterte, kein Kies knirschte unter einem Schritt, kein Ast rauschte in einem Windhauch, nur Blancs rascher Atem störte die Ruhe der Toten. Schatten vor dem kalten Sternenlicht – Fledermäuse. Blanc bildete sich ein, dass ihre ultrahohen Jagdrufe den Neuronen in seinem Gehirn Stromstöße versetzten, es war wie ein Kopfschmerz ohne richtigen Schmerz. Sein Mund war trocken, er konnte nicht mehr schlucken. Er wusste nicht, wie viel Zeit verstrichen war, es kam ihm vor wie eine kleine Ewigkeit, aber wahrscheinlich waren es bloß wenige Minuten.

Schließlich gelangte er zu einer seltsam unförmigen Kirche. Ein achteckiger, plumper Turm, Mauern ohne Fenster, Gewölbe ohne Zweck: der Torso eines alten Gotteshauses, als sei es in irgendeinem apokalyptischen Krieg zerbombt worden. Vor der Kirche war der Felsen zu einer weiten Grube aufgehackt worden, in der Dutzende, Hunderte Särge auf- und nebeneinanderlagen, eine Abstellkammer des Todes. Blanc leuchtete mit seinem Handy hinunter. Eine Ratte schoss fiepend davon.

Er trat unter einen Torbogen, der wahrscheinlich einmal hätte prachtvoll sein sollen, den aber nie ein mittelalterlicher Meister vollendet hatte. Das Kirchenschiff dahinter hatte auf den ersten Metern nicht einmal ein Dach, es war eine Art baumumschatteter Innenhof. Auch hier Sarkophage überall. Blanc ging hinter einer Steinkiste in Deckung und dachte nach. Les Alyscamps schien mit dieser Kirche zu enden, ein paar Meter weiter schloss eine hohe Mauer den Friedhof ab. Kein Tor war dort zu erkennen, nicht einmal eine Pforte. Der Typ konnte nicht weiter gekommen sein. Also musste er irgendwo hier sein, in dieser wuchtigen, unvollendeten Kirche. Er lauschte. Komm, mach einen Fehler, dachte er, irgendeinen! Ein Husten, ein klackernder Stein, er hätte sogar das kurze, metallische »Zack« eines aufklappenden Springmessers dieser entsetzlichen Stille vorgezogen. Nichts.

Blanc ging vorsichtig weiter. Ein zweiter Torbogen. Dahinter, endlich, so etwas wie ein Kirchenschiff. Eine gotische Höhle, deren gewölbtes Dach auf massiven runden Säulen ruhte. Geräusche, endlich – irgendwo in den Gesimsen über den Säulen gurrten Tauben. Das Gemäuer stank scharf nach ihrem Dreck.

Blanc erreichte ein Nebengewölbe in der Kirche. Vielleicht hätte hier einmal ein Altar stehen sollen, doch der Raum war leer. Dann erkannte er einen schwarzen Fleck im Boden: Der Zugang zu einer Treppe, die in den Felsen hinunterführte. Der Wind musste über Jahre hin Erde auf die Stufen getrieben haben, jedenfalls wurde die Treppe von einer lehmigen Schicht bedeckt.

Und in diesem Dreck zeichnete sich sehr deutlich der frische Abdruck eines Schuhs ab.

Verdammt, dachte Blanc, verdammt, verdammt, verdammt. Der Kerl ist da unten! Er nahm die erste Stufe. Die Luft war kalt und feucht. Die zweite. Die dritte. Bald umschloss ihn Dunkelheit wie schwarze Tinte. Er ließ sein Handy aufblitzen. Eine Krypta, vielleicht, irgendein Raum ganz ohne Fenster und …

Der Schlag traf ihn an der rechten Schulter. Noch während er zu Boden fiel, dachte Blanc, der Kerl hat mich auch nicht richtig gesehen, sonst hätte mich seine Faust am Kopf getroffen. Er knallte so schwer auf die Steine, dass er unwillkürlich aufstöhnte. Seine Schulter schmerzte, aber nicht zu sehr. Sein Kopf war klar, und er hielt immer noch die Star in der Faust. Er schoss einmal blindlings in die Schwärze.

Obwohl es nur eine kleine Pistole war, hallte ihr Knall so laut durch die Krypta, dass seine Trommelfelle schmerzten. Er hörte, wie die Kugel irgendwo aufprallte und als Querschläger davonpfiff. Dann hörte er Schritte. Schnelle Schritte.

Merde, dachte Blanc, wo rennt er hin? Der Schlag hatte Blanc zwar niedergestreckt, doch er lag quer auf der Treppe. Der Unbekannte konnte unmöglich über ihn gesprungen sein, ohne dass er es bemerkt hätte. Wo konnte er in dieser Krypta sonst noch hinlaufen? Blanc kam taumelnd hoch und fummelte an seinem Handy herum, bis dessen schwächlicher Lichtkegel durch das Gewölbe zitterte. Jetzt erst sah er, dass sich, ein paar Meter links von der Treppe, ein schmaler Gang öffnete. Er rappelte sich auf. Der Gang war so eng, dass seine Schultern an den Wänden scheuerten, während er losspurtete. Fünf Meter, zehn Meter. Eine schmale Treppe führte am Ende des Gangs hinauf. Er nahm die Stufen – und fand sich in der Kirche wieder, neben einer jener Riesensäulen. Das war ein versteckter Aufgang aus der Krypta, den er zuvor nicht gesehen hatte. Und er hörte Schritte, weit voraus, schon an dem ersten Portal. Blanc nutzte seine letzte Chance, den Kerl noch zu erwischen, und schoss aufs Geratewohl. Tauben flatterten auf, ihr panisches Gurren dröhnte im Gewölbe, er spürte den Luftschlag Hunderter Flügel auf seinem Gesicht.

Der Kerl machte sich jetzt nicht mehr die Mühe, sich zu verbergen. Er rannte den langen Weg durch den Park zurück, den er gekommen war. Ich habe mich abhängen lassen, dachte Blanc verzweifelt, habe mich in diese verdammte Krypta am Ende von Les Alyscamps locken lassen und dann haut der Kerl einfach durch den zweiten Gang wieder ab.

Er rannte los. Doch in seinem Fußgelenk brannte jetzt ein Feuer, der felsige Boden war rutschig vom Laub, und Les Alyscamps versank in Dunkelheit. Er lief und lief und sah doch niemanden mehr.

Das Eisengitter, endlich. Niemand. War der Kerl schon drüber?

Blanc zögerte. Vielleicht wartete er hier auf ihn? Er sah sich um, doch überall erblickte er bloß unbewegliche Schatten. Schließlich wagte er es, sein Handy aufleuchten zu lassen. Niemand. Da hörte er, wie irgendwo weit jenseits des Gitters ein Automotor aufdröhnte.

Ein schwerer Diesel.

Und dann sah er, hilflos hinter dem Zaun stehend wie ein Gefangener, wie aus einer Querstraße jenseits des Eingangs von Les Alyscamps ein Geländewagen herausschoss, ohne Licht. Er bog mit kreischenden Reifen um eine Ecke. Blanc hob die Waffe. Zu weit entfernt. Zu spät auch, um das Kennzeichen zu sehen. Blanc presste sein Gesicht an die Eisenstäbe und richtete seinen Blick auf die letzte Straßenlaterne, an der das Auto vorbeirasen musste, bevor es endgültig aus seiner Sicht verschwinden würde. Er hatte vielleicht eine Sekunde.

Ein kastenförmiger Wagen mit hohem Dach und gewaltiger Motorhaube. Ein Fahrer. Ein Beifahrer. Kurz konnte er einen Stern erkennen, dann war das Auto verschwunden. Ein verchromter Stern auf Blech – ein Mercedes. Blanc lehnte sich erschöpft gegen den Zaun und dachte nach. Diesen Autotyp habe ich schon mal gesehen, sagte er sich. Wuchtig, archaisch, irgendwie militärisch. Eric! Sein Sohn, als er fünfzehn, sechzehn Jahre alt war und sein Zimmer mit Postern von seinen Traumwagen tapeziert hatte. Er war nicht sehr oft in Erics Zimmer gewesen, aber genau dieser Wagen, der hatte als Poster ein Jahr lang über dem Bett seines Sohnes gehangen, das war selbst ihm aufgefallen: das Foto eines metallischen Ungeheuers, das sich durch Schlamm und Dreck wühlte, Fontänen spritzten neben den Reifen auf. Darüber, in gelber Schrift, der Name des Modells. *Mercedes ... Mercedes ...*, Blanc zermarterte sich das Gehirn, versuchte, sich im Geiste in Erics Zimmer zurückzukatapultieren, in das Appartement in Paris, in das längst andere Mieter eingezogen waren, in sein früheres Leben, als er noch so etwas wie eine intakte Familie gehabt hatte.

Mercedes G-Klasse.

Blanc dachte an die Farbsplitter in den Borten seines Schlüssels. Mercedes G-Klasse, grünmetallic. So viele Wagen dieses Typs und dieser Farbe fuhren garantiert nicht durch Arles.

»Ich bin dir auf der Spur, du Scheißkerl!«, schrie er in die Nacht.

Schließlich rief er Aveline an. »Der Kerl ist mir im Auto entwischt. Ich habe zweimal auf ihn geschossen, aber wahrscheinlich habe ich ihn verfehlt. Der Typ weiß, dass er mich abgehängt hat. Wenn er kaltblütig ist, fährt er direkt zum Hotel zurück. Und er ist nicht allein im Auto.«

»Der andere Mann aus der Arena? Oder Lieutenant Tonon?«, fragte Aveline kühl.

»Ich habe ihn nicht erkannt.« Doch heimlich fürchtete Blanc, dass Marius am Steuer des schweren Wagens gesessen haben könnte. Ich habe nichts gesehen, sagte er sich, das könnte irgendjemand gewesen sein, das war nicht Marius, niemals, verdammt.

»*D'accord*, ich verstecke mich draußen und behalte den Eingang im Auge«, fuhr Aveline fort. »Wenn die zwei Männer tatsächlich vor dem Hotel auftauchen, verschwinde ich in einer Seitengasse und rufe Sie an. Dann sehen wir weiter.«

»*Madame le Juge?*«

»Ja?«

»Haben Sie noch eine zweite Waffe dabei?«

»Ich wünschte, es wäre so.«

Blanc rannte durch die nächtlichen Straßen zurück. Er fühlte sich wie durchgeprügelt und hoffte, dass kein schlafloser Bürger in diesem Moment zufällig aus dem Fenster schaute, ihn in diesem Zustand sah und womöglich auf die Idee kam, die Polizei zu rufen. Er hoffte, dass er sich in dem Gassengewirr nicht verirrte. Er hoffte, dass der wuchtige Wagen in einer engen Straße nicht mehr weiterkam.

Erst vor dem *Hôtel de la Muette* verlangsamte er seine Schritte.

Der kleine Platz lag still im diffusen Licht, unnatürlich still, fand Blanc. Keine Gestalten huschten herum. Kein … ein Schatten löste sich aus der Arkade.

»Sie haben mich nicht einmal gesehen, als Sie direkt an mir vorbeigegangen sind«, stellte Aveline fest.

»Das hätte der Typ vorhin auch zu mir sagen können, bevor er mir eine verpasst hat.« Er atmete erleichtert durch, nahm sie in die Arme, genoss eine Sekunde lang den Duft ihrer Haare. Ob es das alles wert war?

»Ich habe in meiner Karriere ein einziges Mal eine Mercedes G-Klasse beschlagnahmen lassen«, sagte Aveline, nachdem Blanc rasch erzählt hatte, was passiert war. »Das war der Wagen eines Dealers aus Marseille.«

»Es würde mich wundern, wenn es in Arles mehr als einen davon gäbe«, meinte Blanc.

»Ich wünschte, ich säße jetzt im Gericht und könnte eine Fahndung ausschreiben.«

»Den Halter des Mercedes werden wir auch so herausfinden. Morgen früh rufe ich eine Kollegin an.«

»Sie haben eine Kollegin, die für Sie den Dienstweg ignorieren würde?« Aveline blickte ihn an, spöttisch lächelnd und doch vielleicht ein ganz klein wenig eifersüchtig.

Blanc küsste sie. »Die Kollegin ist jung und wissbegierig«, sagte er dann, »sie lernt von mir, wie ein richtiger Flic arbeitet.«

»Weiß Ihre junge und wissbegierige Kollegin, was aus Ihrer Karriere geworden ist?«

Sie warteten eine kleine Ewigkeit unter den Arkaden, ob die Männer kommen würden. Sie rührten sich nicht. Die feuchte Kälte drang in Blancs Körper, aber so spürte er wenigstens die Schmerzen in Schulter und Fußgelenk kaum noch. Auf dem Platz bewegte sich nichts. Kein Fußgänger, kein Auto, nicht einmal eine Katze strich über das Pflaster. Irgendwann merkte Blanc, dass er vor Erschöpfung schwankte. Er zog sein Handy heraus und blickte auf die Uhr. »Wir müssen uns ausruhen«, flüsterte er schließlich. »Die Kerle werden nicht mehr kommen.«

Sie schlichen an der schlafenden Rezeptionistin vorbei, deren Kopf auf dem aufgeschlagenen Buch ruhte. Im Zimmer ließ Blanc endlich die Jalousien herunter. Dann verkeilte er den Stuhl unter der Klinke. Weder die Zimmertür noch das alte Möbelstück würden lange standhalten, wenn sich jemand dagegen warf, aber ein paar Sekunden Verzögerung waren immer noch besser als nichts. Vor allem, wenn man eine Pistole unter das Kopfkissen schieben konnte.

Aveline beobachtete ihn, als er die Waffe ins Bett legte. Sie sagte kein Wort, doch ihre Hände streichelten zärtlich über seine Brust. Blanc ließ die Star CK los und griff nach seinem Handy. Das Display zeigte 3.05 Uhr an. Er stellte den Alarm auf 6.00 Uhr ein.

Aveline küsste ihn leidenschaftlich und strich dabei mit der Rechten über das Kopfkissen. »Ich bin froh, dass Ihnen nichts passiert ist«, flüsterte sie.

Ein Lehrer ohne Freunde

Geneviève verließ das Gericht. Sie durchmaß einen langen, düsteren Flur, nur am Ende stand eine Tür offen, Licht flutete herein. Es war der Tag ihrer Scheidung in Paris. Blanc wusste, wenn er Geneviève erreichen würde, bevor sie durch die helle Pforte verschwand, dann würde sie ihre Hand in seine legen, sie würde umkehren und in den Gerichtssaal zurückkehren, sie würde ihre Unterschrift unter der Scheidungsurkunde durchstreichen, sie würde endlich wieder lächeln. Doch die Luft in dem Flur war wie Gelee, Blanc lief hinter seiner Exfrau her, so schnell er konnte, doch irgendwie kam er nicht einen Zentimeter voran. Je verzweifelter er rannte, desto zäher hielt ihn die klebrige Luft an seinen Platz. Geneviève schien sie hingegen nichts anzuhaben. Sie schritt mit federnden Schritten bis zur Tür. Sie blickte sich nicht einmal um.

Dann war Blanc plötzlich auf einem Hof, und es regnete. Das Lycée in Paris. Er starrte durch ein Fenster in einen Klassenraum. Astrid war wieder eine Jugendliche, obwohl sie doch schon erwachsen war. Sie saß an ihrem Platz und schrieb. Er klopfte gegen das Fenster, immer heftiger. Nach und nach blickten die anderen Schüler auf, zeigten mit dem Finger auf ihn, er war nass, ihm war kalt, und er sah, dass die Kinder kicherten und etwas riefen. Nur seine Tochter blickte niemals von ihrem Heft hoch, sie schrieb und schrieb, ganz egal, was Blanc vor dem Fenster auch machte.

Und dann war er in seinem alten Appartement im sechzehnten Arrondissement und telefonierte und irgendwie sah er zugleich Eric am Telefon, in einem verglasten Büro in Quebec, schauderhaft hoch, mit Blick auf Dutzende Wolkenkratzer weit unter ihm. Blanc sprach mit seinem Sohn, und er sah, wie Eric die Stirn runzelte und auf den Hörer klopfte. Eric ging, den Hörer am Kopf, geistesabwesend zum Fenster. Das Fenster löste sich plötzlich auf und da war nichts mehr zwischen seinem Sohn und dem Abgrund und Eric kam immer näher darauf zu. Blanc sprach lauter und lauter, doch sein Sohn schüttelte bloß den Hörer, hackte auf den Tasten des Apparats herum und warf den Apparat schließlich verärgert hinaus ins Nichts.

Dann drang ganz langsam die Weckmelodie des alten Nokias in Blancs Kopf. Er fühlte eine Hand auf seiner Schulter.

»Ich vermute, Sie haben nicht von mir geträumt«, flüsterte Aveline. »Wenn Sie sich auch in der nächsten Nacht so hin und her wälzen, muss ich Sie zu Ihrer eigenen Sicherheit festbinden.«

Blanc lächelte erleichtert. »Glücklicherweise ist die Wirklichkeit schöner als der Traum«, erwiderte er.

Im ersten Morgenlicht verließ Blanc das *Hôtel de la Muette* und schlich eine halbe Stunde lang durch die Gassen. Kein breitschultriger Mann. Kein Bärtiger in Timberlands und Flanellhemd. Kein Marius.

Als um acht Uhr die Tische im Raum neben der Lobby zum Frühstück gedeckt wurden, kam er zurück und setzte sich zu Aveline. Die junge Rezeptionistin war fort, am Empfangstresen stand nun ein älterer Mann, der ihnen freundlich zunickte. Neben ihnen saßen schon einige weitere Frühaufsteher. Blanc musterte sie unauffällig über den Rand seiner dampfenden Kaffeetasse hinweg. Niemand achtete auf sie, offenbar war kein Gast gestern Nachmittag im Amphitheater gewesen, niemand wirkte wie ein Flic in Zivil, der sie observieren sollte. Er hatte unterwegs eine Ausgabe von *La Provence* besorgt. Der Mord hatte es auf die Titelseite geschafft: *Tödlicher Sturz vom Arenadach!*

»Das liest sich, als sei ein Bauarbeiter vom Gerüst gefallen«, kommentierte Aveline und nahm einen großen Schluck Kaffee.

Tatsächlich lavierte der Reporter in den ersten Absätzen zwischen mehreren Möglichkeiten. Gewunden deutete er Selbstmord, Unfall oder Mord an. Eine Politikerin wurde zitiert, Hélène Pelherbes, Delegierte der Stadtverwaltung für Kultur, die sich »schockiert«

gab. Schockiert, wie Blanc zwischen den Zeilen las, nicht so sehr über den Todesfall an sich, sondern darüber, dass die wichtigste Sehenswürdigkeit von Arles durch den Toten irgendwie entehrt, beschmutzt, jedenfalls für Touristen weniger attraktiv gemacht worden war. Je weiter man den Artikel jedoch las (und je zerstreuter deshalb der gewöhnliche Leser sein würde), desto eindeutiger manövrierte der Journalist seinen Artikel denn doch noch hin zur Mordtheorie.

Lizarey etwa wurde mitten im Text für seine »rasche Absicherung des Tatortes« gelobt, womit, wie nebenbei, die Piste des Verbrechens eingeschlagen wurde. »Wir haben bereits eine vielversprechende Spur, können aber aus ermittlungstaktischen Gründen vorerst noch nicht mehr mitteilen«, wurde der Commissaire zitiert. Das war eine Phrase, die jeder Flic nach einem Verbrechen drosch, um Zeit zu gewinnen. Doch Blanc las es wie eine versteckte Drohung. »Die Police sucht noch nach einer Zeugin«, fuhr Lizarey im Artikel fort, und er gab eine Personenbeschreibung. Körpergröße und Haarfarbe passten ganz gut zu Aveline, Lizarey erwähnte auch einen grauen Mantel und eine bordeauxfarbene Hose.

»Immerhin haben sie kein Phantombild von mir in die Zeitung gesetzt«, sagte sie.

»Ich hoffe, die Verkäuferin in der Boutique erinnert sich an nichts mehr.«

»Die hatte nur Augen für Sie.«

»Marius wird von Lizarey nicht erwähnt«, fuhr Blanc nachdenklich fort. »Manchmal glaube ich, dass ich mir bloß eingebildet habe, ihn da unten in der Arena gesehen zu haben.«

»Dann haben wir uns das beide gleichzeitig eingebildet, *mon Capitaine.*«

Schweigend las Blanc die letzten Absätze. Dann studierte er die beiden Artikel unter dem Bericht. Der erste war ein kleiner Nachruf:

Lehrer und umstrittener Heimatforscher

Thierry Gravet, einundfünfzig Jahre alt, war, nach Studium und kurzer Lehrtätigkeit an der Universität Aix-en-Provence, seit mehr als zwanzig Jahren Lehrer für Geschichte und Philosophie am Collège Frédéric Mistral. Der Pädagoge, den seine Kollegen als zurückhaltenden Mann beschreiben, war der letzte Spross einer Familie, die mehr als hundert Jahre in Arles ansässig gewesen war. Er liebte seine Geburtsstadt und vor allem deren antike Geschichte. Gravet schrieb – früher auch für diese Zeitung – regelmäßig Aufsätze über die römische Epoche unserer Stadt.

Seit drei Monaten jedoch hatte sich Gravets Verhältnis zu der Stadt, die er liebte, etwas getrübt. Gravet hatte in diversen Publikationen einige Skulpturen, die den Stolz des Musée départemental Arles antique ausmachen, als »Fälschungen« und »Plunder« bezeichnet. Anschuldigungen, die von führenden internationalen Experten wiederholt als lächerlich und unhaltbar zurückgewiesen wurden und die Gravet auch nie beweisen konnte. Schließlich standen ihm deshalb die meisten seriösen Veröffentlichungsorgane nicht mehr zur Verfügung. Gravet wiederholte seine Vorwürfe zuletzt bloß noch in einem eigens zu diesem Zweck eingerichteten Blog.

Schließlich wurden seine Anschuldigungen so heftig und persönlich verletzend, dass Hélène Pelherbes, Kulturdezernentin der Stadt Arles, Anzeige wegen Verleumdung und übler Nachrede gegen Gravet erstattete. Das Gerichtsverfahren war zum Zeitpunkt seines Todes noch anhängig.

»Klingt, als sei Gravet ein Querulant gewesen«, sagte Blanc leise und schüttelte den Kopf. »Der ist seit zwanzig Jahren Lehrer an derselben Schule, und alles, was seinen Kollegen zu ihm einfällt, ist, dass er ›zurückhaltend‹ war.«

»Wahrscheinlich fällt den Kollegen zu Gravet noch viel mehr

ein, aber das will niemand in einem Nachruf lesen«, erwiderte Aveline. Sie deutete auf eine Zeile. »›Nach kurzer Lehrtätigkeit an der Universität Aix-en-Provence‹ geht er als Lehrer zum Collège. Ein Abstieg. Gravet hat es nicht gepackt.«

»›Der letzte Spross einer Familie‹«, ergänzte Blanc. »Gravet war weder verheiratet noch hat er Kinder.«

»Und seit drei Monaten nimmt unser Freund den antiken Schatz seiner Heimatstadt unter Beschuss. Arles ist Weltkulturerbe.«

»Wenn man in Arles die Antike kritisiert, dann ist das ungefähr so, als würde man in Paris die Flex an den Eiffelturm legen.« Blanc tippte auf den kleinen Artikel neben dem Nachruf. »Lesen Sie das!«

Keine Änderung der TV-Präsentation

Hélène Pelherbes betonte, dass der tragische Tod von Thierry Gravet – den sie, unbeschadet aller juristischen Auseinandersetzung, persönlich zutiefst bedaure – den Zeitplan einer geplanten Fernsehreportage nicht beeinträchtigen werde. Wie in dieser Zeitung bereits mehrfach berichtet, wird am kommenden Sonntag um fünfzehn Uhr ein Team von Des Racines et Des Ailes *von Hélène Pelherbes begrüßt. Die Veranstaltung findet im* Espace Van Gogh *statt, der Eintritt ist frei.*

Die Fernsehreporter werden sich anschließend mehrere Tage in unserer Stadt aufhalten, um einen neunzigminütigen Beitrag über die »Neue Venus von Arles« zu drehen. Es handelt sich, wie hier mehrfach zu lesen war, um eine lebensgroße römische Marmorskulptur der Liebesgöttin, eines der schönsten antiken Bildwerke, das im 21. Jahrhundert bislang gefunden worden ist.

Die Figur wurde zufällig vor drei Monaten bei Renovierungsarbeiten in den römischen Kryptoportiken unter dem Rathaus freigelegt. Bereits 1651 wurde im Theater, nur wenige hundert

Meter vom heutigen Fundort entfernt, eine zwei Meter hohe marmorne Venus entdeckt, die als »Venus von Arles« berühmt geworden ist und heute im Louvre ausgestellt wird. (Im Musée départemental Arles antique befindet sich eine moderne Nachbildung.)

Diesmal, so hat Kultusministerin Françoise Nyssen, die aus Arles stammt, bereits versprochen, wird »das Meisterwerk in seiner Heimat bleiben.« Die neue Venus wird, neben dem Kopf Caesars, den berühmten Mosaiken sowie dem römischen Schiff, eines der Prunkstücke des Museums darstellen. Hélène Pelherbes erwartet, dass diese Venus allein jedes Jahr mehrere Tausend Besucher zusätzlich nach Arles locken wird.

Thierry Gravet hatte die Entscheidung, die Neue Venus prominent im Museum auszustellen, stets scharf kritisiert. Er hatte die Statue vom ersten Tag ihres Auffindens an als Fälschung diffamiert. Eine Aussage, die schließlich dazu führte, dass er von Hélène Pelherbes angezeigt wurde. Da Gravets Meinung von keinem Experten geteilt wurde, sah das Fernsehteam von vornherein gar nicht vor, Thierry Gravet zu Wort kommen zu lassen. Sein unerwartetes Hinscheiden ändert deshalb auch nichts am Drehplan.

Blanc lehnte sich zurück und schloss die Augen. Er glaubte, Avelines Berührung noch auf seiner Haut zu spüren. Und doch fühlte er sich nach der kurzen Nacht wie ausgewrungen. Auf seiner Bauchdecke und seiner rechten Schulter waren blauviolette Hämatome erblüht, sein Fußgelenk pochte leise. Weniger als sechsunddreißig Stunden. Anderthalb Tage, in denen er hellwach bleiben musste – und er fühlte sich jetzt schon wie in der Ringecke vor der zehnten Runde.

»Gravet scheint der einzige Mensch in Arles gewesen zu sein, der diese neu entdeckte Statue mit Dreck beworfen hat«, murmelte er. »Der ewige Nörgler, der ein paar Leuten ganz schön auf die Nerven fällt.«

»Ziemlich vielen Leuten«, erwiderte Aveline, zündete sich eine

Gauloises an und ignorierte die missbilligenden Blicke einiger Hotelgäste. »Wenn ich das Museum leiten würde, wäre ich über Gravets Stänkereien gegen die marmorne Liebesdame nicht amüsiert. Und wenn ich ein Café oder einen Souvenirshop betreiben würde, wäre ich froh um ein paar Tausend Touristen, die zusätzlich nach Arles reisen. Niemand mag einen Oberlehrer leiden, der den Leuten den Spaß vermiesen will.«

»Madame Pelherbes hat schon einen Anwalt eingeschaltet. Sie ist die Kulturdezernentin und lehnt sich weit aus dem Fenster. Immerhin hat sie sogar irgendwie die Ministerin herumgekriegt, dass Arles die neu gefundene Skulptur nicht an den Louvre abtreten muss. Wenn sich die Venus als Fälschung herausstellen sollte, würde sich ihr politischer Triumph in eine enorme Peinlichkeit verwandeln.« Blanc lächelte. »Und jetzt kommt auch noch das Fernsehen hierher. Und bei der Begrüßung ist der Eintritt frei ...«

Aveline lächelte ebenfalls. »Niemand hätte Gravet hindern können, dort aufzukreuzen und vor laufenden Kameras gegen die Venusfigur zu wettern.«

»Vielleicht hat man ihn doch daran gehindert?«

Blanc und Aveline blickten sich komplizenhaft an. Wer sie in diesem Moment am Tisch sitzen sah, musste denken, sie seien ein sehr zufriedenes Ehepaar.

Blanc behielt von seinem Platz aus die Eingangstür des Hotels im Auge, während er das Smartphone ans Ohr hob. Sous-Lieutenant Fabienne Souillard war die einzige Computerspezialistin der Station – und die einzige Kollegin in Gadet, auf die er sich in dieser Situation verlassen konnte. Er wählte ihre Handynummer, weil er keine Spuren auf ihrem Dienstapparat hinterlassen wollte.

»Bist du in Gadet?«

»*Merde*, Roger, es ist Samstagmorgen und ich bin erst seit drei Tagen von meiner Hochzeitsreise zurück. Wenn ich das Wochenende auf der Station wäre, würde Roxane gleich wieder die Scheidung einreichen.«

»Ich weiß, und es tut mir leid. Aber ich brauche ein paar Informationen.«

Ein winziges Zögern. Dann hatte sich Fabiennes Stimme verändert. Neugier. »Steckst du in Schwierigkeiten?«

»Hast du heute schon in die Zeitung geguckt?«

»Zeitungen sind diese Dinger aus Recyclingpapier?«

Blanc seufzte. »Dann sieh dir im Netz an, was gestern in Arles passiert ist. Ich bin in Arles.«

»Hast du dort jemanden umgelegt?«

»Es gibt Kollegen, die das glauben.«

»Ich hätte mitkommen sollen!«

Blanc streichelte Avelines Hand. »Das wäre möglicherweise keine gute Idee gewesen.« Aveline las in der Zeitung, doch nun sah sie kurz auf und bedachte ihn mit einem nachsichtigen Lächeln.

Er atmete tief durch. »Hör zu, ich werde dir später alles erklären. Du musst für mich herausfinden, ob die Gendarmerie etwas über einen Thierry Gravet im Computer hat.« Er buchstabierte den Namen und gab Alter und Adresse an. Er hörte am Telefon das Klappern von Computertasten und dann Fabiennes Pfiff.

»Ich habe es im Netz gefunden. Ist das der Typ, den du in Arles erwischt hast? Mitten im Amphitheater. Am helllichten Tag. Das hat Stil.«

»Ich suche Gravets Mörder.«

»Warum klingelst du mich dafür aus dem Bett? Das ist nicht dein Job, Arles gehört zum Gebiet der Police Nationale. Wenn dich die Sache interessiert, dann ruf da an und ...«

»Das kann ich nicht. Die Sache ist ...«, er suchte nach dem richtigen Wort, »... komplizierter.«

Fabienne lachte. »Es ist ein Wunder, dass sie dich nicht schon längst gefeuert haben. *D'accord*, ich frag dich nicht, warum du mit den Kollegen in Arles nicht reden willst. Ich frage dich nicht, warum dich dieser Tote überhaupt interessiert. Ich freue mich, wenn du mir das alles am Montag erklärst. Was kann ich noch für dich tun?«

»Ich brauche die Namen aller Halter von metallicgrünen Mercedes-G-Klasse-Autos in Arles und Umgebung.«

»Der Mörder ist immer der Mercedesfahrer.«

»Ich habe es wirklich eilig.«

Fabienne seufzte. »Roxane wird mich killen. Du weißt, dass ich mit meinem Mac nicht einfach den Gendarmerie-Computer hacken kann? Ich muss für deine Neugier nach Gadet fahren und mich ins Büro einschließen.«

»Ich werde dich und deine Frau zum Essen einladen.«

»In ein schickes Restaurant in Arles, nehme ich an.«

Aveline blickte ihn aufmerksam an, nachdem er das Gespräch beendet hatte. »Und nun?«, fragte sie. »Es wird dauern, bis Ihre Kollegin etwas herausgefunden hat. Falls sie überhaupt etwas herausfindet.«

Blanc schenkte sich noch einmal Kaffee nach. Er musste unbedingt wach bleiben. »Wir finden den Täter über das Opfer«, erwiderte er. »Es war ein Anschlag. Gravet ist gezielt getötet worden. Er muss etwas getan haben, das eine so brutale Reaktion heraufbeschworen hat.«

»Ein Ehebruch war es nicht. Er war nicht verheiratet.«

»Er könnte eine verheiratete Frau zur Geliebten gehabt haben.« Blanc rührte nachdenklich in der Tasse und blickte Aveline nicht an. »Wir können uns nicht in seiner Wohnung umsehen, das hat Lizarey längst getan. Und jetzt ist die Wohnung versiegelt und wird wahrscheinlich bewacht. Wir haben kein Recht, uns Gravets Kontoauszüge, Telefonverbindungen oder Mails anzusehen. Wir können nicht einmal im Lehrerkollegium die Runde machen und seine Kollegen unauffällig nach ihren Meinungen befragen, denn es ist Wochenende.«

»Das klingt nicht gerade, als hätten wir viele Möglichkeiten.«

»Mir kommt bloß eine in den Sinn«, erwiderte Blanc.

Der schwierige Experte

Den Zimmerschlüssel hatten sie nicht an der Rezeption abgegeben, sondern mitgenommen. Je seltener sie mit jemandem vom Hotel sprachen, desto sicherer war es. Sie schlenderten ein paar Hundert Meter bis zum Ufer der Rhône. Aveline hatte sich bei ihm untergehakt, so selbstverständlich, als wären sie schon seit ewigen Zeiten ein Paar. Das fühlt sich gut an, dachte Blanc. Sie hatte ihm, bevor sie das Hotel verließen, mit spöttischer Lässigkeit die Baseballcap abgenommen, damit, so hatte sie gesagt, ihre »Haare nicht im Wind verknoten.« Er hatte in seiner Sporttasche herumgekramt und eine zweite Kappe zutage gefördert. Solange sie nicht zu laut redeten, würde sie jeder Passant für amerikanische Touristen halten, hoffte Blanc.

Nicht, dass die Gefahr an diesem Morgen groß gewesen wäre, von einem Passanten belauscht zu werden. Um diese Uhrzeit flanierten nur wenige Menschen über das helle Pflaster am Quai de la Roquette. Über Nacht hatte der Wind gedreht. Er pfiff jetzt aus Nordosten, die trockene Luft schmeckte nach Sibirien. Böen trieben die letzten Wolkenbänke Richtung Mittelmeer, über Arles war ihre Decke schon zerrissen, der Himmel darüber leuchtete so blau, dass es in den Augen schmerzte. Aveline setzte ihre Sonnenbrille auf, und diesmal würde das niemandem auffallen. Über das schlammige Flusswasser zogen Wellenkämme wie zitternde Stromstöße. An beiden Rhôneufern waren flache, langgestreckte Ausflugsschiffe winterfest vertäut. Ein Motorfrachter tuckerte in der Mitte des Stroms dahin. Blanc sah die Lastwagen, die über die Brücke der Route nationale 113 donnerten. »Es ist nicht mehr weit bis zum Museum«, sagte er.

Aveline schnippte eine Kippe in den Fluss. »*Mon Capitaine,* ich sehe ja ein, dass wir nur dort mehr über Gravet herausfinden können. Aber sobald wir das Museum betreten, nimmt uns eine Überwachungskamera auf. Die Bilder landen direkt in der Einsatzzentrale der Police in Arles. Wenn Lizarey zufällig darauf guckt, kann er uns live bei unserem kleinen Abenteuer zusehen.«

»Ich war gestern im Amphitheater. Heute gehe ich ins Antikenmuseum. Ich bin der perfekte Bildungsreisende. Lizarey wird sich zwar wundern, dass ich immer noch in der Stadt bin. Aber er wird trotzdem glauben, dass ich ihm die Wahrheit erzählt habe. Falls er mich überhaupt entdeckt. Er wirkte auf mich nicht gerade wie ein Flic, der stundenlang geduldig vor einem Bildschirm ausharren könnte.«

»Aber wenn Lizarey doch zufälligerweise einen Blick darauf wirft und Sie dabei entdeckt, dann wird er sich auch fragen, wer die Frau an Ihrer Seite ist. Und möglicherweise ist sein Hirn groß genug, dass er sich an die Zeugenaussage von gestern erinnert.«

»Der Holländer hat eine elegante Dame gesehen. Über meine Baseballcaps habe ich schon ein paar Kommentare gehört, aber es hat noch nie jemand behauptet, dass die elegant sind.«

»Sie haben Lizarey gestern im Amphitheater gesagt, dass Sie allein unterwegs sind. Und dass Sie keine Frau gesehen haben. Wenn er Sie heute mit mir sieht, dann wird der Commissaire eins und eins zusammenrechnen.«

Blanc nickte. »*D'accord.* Sie gehen als Erste hinein, als eine Besucherin unter vielen, niemand wird auf Sie achten. Ich komme später – und durch einen Nebeneingang. Ich spreche mit einem Experten, den ich noch von einem früheren Fall her kenne. Ist noch gar nicht so lange her. Wenn ich mit dem Wissenschaftler fertig bin, schlendere ich in den Ausstellungsbereich und wir treffen uns dort unauffällig. Sagen wir, vor dem Kopf von Caesar?«

Das Musée départemental Arles antique war in dem Stil errichtet worden, der in den Achtzigerjahren für Kulturbauten en vogue war. Es sah aus wie ein mit blauen Fliesen verkleidetes Raumschiff, das zufällig am Rhôneufer gelandet war. Blanc ließ Aveline vorgehen. Sie schritt über den Vorplatz, sehr lässig, obwohl die Windböen mit der Gewalt von Faustschlägen über die freie Fläche rauschten. Sie hielt nicht direkt auf den Eingang zu, sondern auf eine Haltestelle in der Nähe, an der gerade ein Reisebus eine Gruppe skandinavisch aussehender Touristen ausspie. Aveline verschwand fast zwischen all den groß gewachsenen, höflichen Menschen. Blanc musste sich um sie keine Sorgen machen.

Er wartete noch einige Minuten nahe am Flussufer, dann schlenderte er heran wie jemand, der alle Zeit der Welt hat. Am Museum ragten Erker auf grauen Stelzen hervor. Eine riesige Betonmauer stand vor der Fassade, ihr einziger Zweck bestand darin, da zu sein. Blanc ging wie zufällig zwischen den wüsten Formen und ihren gezackten Schatten dahin. Wenn hier irgendwo Überwachungskameras versteckt waren, dann würden sie ihn kaum deutlich in den Fokus nehmen können. So erreichte er schließlich einen gläsernen Nebeneingang und drückte eine Klingel.

Ein junger Mitarbeiter, der zufällig in diesem Moment über den Flur hinter der Tür ging, öffnete ihm. Seine Brillengläser waren so dick, dass sie die Augen furchterregend vergrößerten.

»Gendarmerie«, sagte Blanc und hielt seinen gelben Dienstausweis absichtlich mit ziemlich weitem Abstand vor diese Brille. Er nannte auch nicht seinen Namen. »Ich muss Doktor Kojfer sprechen.«

»Da lang.« Der Mann reagierte so phlegmatisch, als würden jeden Tag Flics durch Seiteneingänge ins Museum kommen. Er wedelte mit seiner Rechten unbestimmt den Flur hinunter.

»Ich kenne den Weg, danke«, erwiderte Blanc und wartete, bis der Mitarbeiter davongeschlurft war. Manchmal hatte es auch seine Vorteile, wenn den Leuten alles scheißegal war.

Er kam zu einem Büro, das vermutlich der düsterste Raum im ganzen Gebäude war: Staubige Zimmerpalmen auf der Fensterbank saugten das Sonnenlicht auf, vor den Seitenwänden standen hoffnungslos überladene Regale voller Leitzordner und angestoßener Bücher.

Doktor Jacques Kojfer war etwa einsfünfundachtzig groß und beinahe dick. Seine dunklen Haare waren wirr, aber nur leicht, sodass es schon wieder charmant wirkte. Er war schlecht rasiert, auf seinem Nasenrücken balancierte er eine Brille mit Stahlgestell, die er wahrscheinlich 1975 gekauft und seither niemals wieder abgesetzt hatte. Zwischen seinen vollen Lippen klemmte eine Pfeife, süßlicher Tabakrauch waberte durch die trübe Luft. Kojfer betrachtete durch eine Lupe ein kleines, metallisches Objekt auf seinem Schreibtisch, blickte irritiert auf und sagte seufzend: »Ach, Sie sind es.«

Blanc räumte vorsichtig einen instabilen Stapel kopierter Blätter vom einzigen Besucherstuhl und setzte sich. Auf dem Schreibtisch lag eine am Rand angestoßene, aber glänzend polierte antike Silbermünze. Kojfer war Numismatiker, Spezialist für alte Münzen, und er hatte Blanc vor einigen Wochen bei Ermittlungen geholfen, als er einen unscheinbaren, aber, wie sich bei näherem Hinsehen herausstellte, einmaligen römischen Denar identifiziert hatte.

»Ich nehme nicht an, Sie sind gekommen, um unserem Museum die Münze des Brutus zu spenden«, fuhr Kojfer resigniert fort.

»Sie liegt noch im Archiv der Gendarmerie«, erwiderte Blanc. »Vielleicht wird sie eines Tages Beweisstück in einem Prozess sein. Danach dürfen Sie hoffen.«

»Danach, danach«, murmelte Kojfer und wedelte mit der Hand. »Prozesse dauern in diesem Land länger als Weltkriege. Nichts gegen Sie persönlich, *mon Capitaine*, aber antike Münzen sind nun wirklich nichts für einen Gendarmen. Sie haben da ein einmaliges Stück sichergestellt, und die Wissenschaft könnte ...«

»... sich in der Zwischenzeit mit anderen einmaligen Stücken befassen«, unterbrach ihn Blanc. »Zum Beispiel mit der Neuen Venus von Arles.«

»Ich bin Numismatiker. Für Skulpturen müssen Sie den Flur hinuntergehen und …«

»Doktor Kojfer, Sie sind der einzige Wissenschaftler hier, den ich kenne. Ich bin mir sicher, dass Sie mir weiterhelfen können.« Blanc lächelte gewinnend.

Kojfer lehnte sich so weit zurück, dass die Lehne seines sperrmüllreifen Bürostuhls knackte. Er stierte lange auf eine Wanduhr, saugte an seiner Pfeife und nickte schließlich. »Anders bekomme ich Sie nicht aus diesem Büro?«

»Ich spüre, dass dies der Beginn einer wundervollen Zusammenarbeit sein wird.«

»Wenn Sie mich schon fragen: Von mir aus hätte man diese Venus nicht finden müssen.«

»Eine erstaunliche Aussage für einen Mann, der im Museum arbeitet.«

»Ich bin Wissenschaftler.« Kojfer sagte das so selbstverständlich, als sei damit alles geklärt.

Blanc unterdrückte ein Seufzen und tastete sich mit dem Rücken an die Lehne des genauso schrottreifen Besucherstuhls heran. Als er sicher war, dass der nicht kollabieren würde, lehnte er sich dagegen und fummelte aus seiner Jackentasche Notizblock und Stift hervor. »Ich bin kein Wissenschaftler«, erklärte er geduldig, »aber ich vermute, dass der Tod von Monsieur Gravet, über den Sie sicher in der Zeitung gelesen haben, etwas mit …«, er suchte nach dem richtigen Ausdruck, »… mit einem wissenschaftlichen Disput zu tun haben könnte.«

»Ich dachte mir schon, dass Sie wegen Gravet hier sind.« Kojfer klopfte seine Pfeife in einem bereits gefährlich überquellenden Aschenbecher aus. Tabakasche rieselte auf den Schreibtisch wie der Niederschlag eines winzigen Vulkans. »Was wollen Sie wissen?«

»War Gravet ein Querulant, ein Störenfried, jemand, der aussprach, was anderen nicht passte? Und warum hat er das getan? Und was genau hat er behauptet?«

Kojfer verzog sein Gesicht zu einem überraschenden Ausdruck der Selbstironie, der ihm für eine Sekunde etwas Jungenhaftes verlieh. »Alle Althistoriker sind Querulanten, sonst wären sie ja nicht Althistoriker geworden.« Er suchte in seinen Schreibtischschubladen herum, bis er eine Dose Tabak hervorkramte und den Pfeifenkopf neu stopfte. »Arles ist gewissermaßen das natürliche Biotop eines Althistorikers. Wo sonst außerhalb von Italien und Griechenland können Sie quasi mitten in einer antiken Stadt leben und arbeiten?«

»Arles ist Weltkulturerbe. Wer hier arbeitet, steht im Rampenlicht.«

»Und die Bühnenscheinwerfer leuchten Tag und Nacht.« Kojfer schien Blanc langsam zu vergessen, er blickte auf sein zugestelltes Fenster, seine Züge entspannten sich, als er zu dozieren begann. »*Arelate* ist griechisch, die ›Stadt im Sumpf‹, gallisch *Arlath*, ›Stadt neben dem stillen Wasser‹. Das klingt poetischer, meint aber dasselbe: Das Ganze hier«, er deutete vage nach draußen, »war einst gewissermaßen eine Verlängerung der Camargue. Ein großer Sumpf, durch den die Rhône strömte. Nur ein Felssporn war einigermaßen trocken. Seit zweitausend Jahren steht auf seiner Kuppe das Amphitheater. Diese felsige Insel mitten im Feuchtland war ein strategisch wichtiger Ort. Über den Fluss kamen Waren aus Gallien und konnten weiter Richtung Mittelmeer transportiert werden – aber niemand konnte Arles überraschend angreifen, denn dafür hätte man ein Heer durch den Sumpf führen müssen. Die Gallier haben deshalb hier gebaut, dann die Griechen, schließlich die Römer. Caesar hat Veteranen angesiedelt, ehemalige Legionäre. Die haben die Stadt groß gemacht, richtig groß: Arles wurde bedeutender als Marseille und war für einige Jahre sogar Hauptstadt des Weströmischen Reiches. Kaum zu glauben, wenn man dieses Kaff heute sieht, eh?«

»Vielleicht ist Paris in tausend Jahren auch nur noch eine verschlafene Ruinenstadt.«

»Man soll die Hoffnung nie aufgeben.«

»Sie mögen Paris nicht?«

»Paris mag uns nicht.« Kojfer entzündete seine Pfeife, eine Prozedur, die seinen gelb verfärbten Daumen, eine metallene Gerätschaft, mehrere Streichhölzer, gewaltige Qualmwolken und einige Minuten in Anspruch nahm. »Seit dem 16. Jahrhundert werden in Arles antike Kunstwerke geborgen, vor allem prachtvolle Sarkophage und Statuen. Das meiste ist fort.«

»Im Louvre«, sagte Blanc. »Ich habe davon gelesen.«

»Ja, die Venus aus dem Theater. Die Regierung hat uns jahrhundertelang regelrecht ausgeplündert.«

»Ihr Museum ist doch nicht gar so schlecht bestückt.«

Kojfer ignorierte Blancs Einwurf. »Und die Pariser Historiker sind so verdammt hochnäsig. Wenn sie uns Schätze physisch nicht wegnehmen können, dann stehlen sie sie uns geistig.«

»Das werde ich so nicht notieren können.«

»Sie belassen die Funde jetzt in Arles, aber sie reduzieren ihren historischen und künstlerischen Wert, ihre Bedeutung. Ihre Seele!« Kojfer deutete Richtung Tür. »Dahinter in den Ausstellungsräumen ist eines unserer Prunkstücke ein Marmorkopf Caesars, den Taucher vor einigen Jahren aus der Rhône geborgen haben. Ein lebensgefährliches Unterfangen für die Taucher, aber es hat sich gelohnt. Was für ein Kopf! Aber was behaupten einige Kollegen aus Paris? Dass es gar nicht Caesars Büste ist. Bloß irgendein alter Römer, dessen Kopf mehr oder weniger zufällig aus dem Schlamm des Flusses gezogen worden ist. Es ist der Neid, *mon Capitaine,* die pure Eifersucht! Wie kann eine kleine Provinzstadt es wagen, Schätze zu präsentieren, die das große Paris nicht hat?! Unmöglich. Also schreiben sie uns nieder.«

»Und Gravet hat mitgemacht? Der Verräter in den eigenen Reihen?«

Kojfer verzog das Gesicht zu einem verächtlichen Lächeln. »Gravet war nur ein Lehrer, *mon Capitaine*!«

»Es gibt schlimmere Berufe.«

»Wirklich? Haben Sie Kinder?«

»Zwei.«

»Und? Haben die etwas in der Schule gelernt?«

»Sie haben Berufe gefunden, von denen ich nicht einmal wusste, dass es sie gibt.«

»Erstaunlich.« Kojfer nuschelte nun, weil er seine Pfeife beim Reden im Mund behielt. »Gravet wollte eigentlich an der Universität Karriere machen. Aber er war nicht gut genug für die Wissenschaft. Also ist er auf dem Collège gelandet. Ein Abstieg in die zweite Liga, den er wohl nie verwunden hat.«

»Und deshalb wurde er zum Nestbeschmutzer?«, fragte Blanc.

»Die Sache ist ziemlich verworren. Gravet war, gewissermaßen als Hobby, Heimatforscher. Er hat hin und wieder über einzelne Aspekte der antiken Geschichte von Arles publiziert. Nichts Bedeutsames, aber auch nichts, das irgendwen provoziert hätte.

Die ganze Stadt steht auf antiken Fundamenten: Sie sehen heute noch das Amphitheater, das Theater, die Thermen des Konstantin, Les Alyscamps. Am Place du Forum sind Säulen eines Tempels in ein barockes Haus eingemauert. Die Rhône ist eine einzige Schatzkiste. Hätten wir genug Geld, würden wir jeden Tag Taucher hinunterschicken, und die würden jeden Tag mit antiken Funden wieder hochkommen. Neben dem Caesarkopf steht eine bronzene Figur der Siegesgöttin Victoria. Daneben ein bronzener Gallier. Ein Neptun aus griechischem Marmor. Und selbstverständlich das römische Frachtschiff, ein Holzboot, die Planken sind beinahe zwei Jahrtausende alt. So etwas finden Sie nicht einmal in Rom!« Kojfer holte Luft. »Kurz gesagt: Wir finden hier so viel, da ist für jeden etwas dabei. Wir Wissenschaftler am Museum können gar nicht alle Funde auswerten und publizieren. Es sind Hobbyforscher wie Gravet, die sich auf Stücke stürzen, die wir Profis nicht bearbeiten können.«

»Und darüber werden die Hobbyforscher selbst irgendwie zu Profis, nehme ich an.«

»Wenn Sie es sagen.« Kojfer rückte unbehaglich auf seinem Stuhl hin und her. »Jedenfalls hätte das mit Gravet für immer so weitergehen können.«

»Aber seit drei Monaten ist es nicht mehr so weitergegangen.«

»Haben Sie mal etwas von den Kryptoportiken gehört?«

»Ich habe darüber heute Morgen zum ersten Mal in der Zeitung gelesen, aber ich wüsste schon nicht mehr, wie man das schreibt.«

»Sie können die Kryptoportiken besuchen. Die haben da eine Broschüre, schreiben Sie einfach alles ab. Die Kryptoportiken sind unterirdische Gewölbe, Sie können vom Rathaus aus hinabsteigen.«

»Direkt neben der Kirche Saint-Trophime?«

»Ja, bloß ein paar Meter weiter. Es ist wie ein riesiges unterirdisches ›U‹, was die Römer gebaut haben: Zwei Gänge sind mehr als einhundert Meter lang, der Quergang dazwischen misst gut siebzig Meter. Die Gänge sind vier Meter breit und bis zu drei Meter hoch. Sie finden dort Gewölbe und Kammern, aber kein Fenster und keinen Lichtschacht. Irgendwie gruselig. Und sehr faszinierend. Bis heute weiß nämlich niemand, warum die Römer so eine Art Labyrinth in den felsigen Boden geschlagen haben. In der Nähe befand sich damals das Forum, der Marktplatz. Ich vermute, dass die Kryptoportiken so eine Art groß geratener Vorratskeller waren. Hier lagerten Waren. Aber beweisen kann man das nicht. Na, jedenfalls sind die Kryptoportiken schon vor Jahrhunderten wiederentdeckt worden, aber erst seit wenigen Jahren graben Archäologen hier. Die U-förmigen Gänge liegen unter dem Rathaus und damit quasi auf öffentlichem Grund und Boden. Kein Problem, da eine Grabung zu organisieren.«

»Und so ist die Neue Venus gefunden worden?«

»Die Statue ist bei Renovierungsarbeiten in den Kryptoportiken freigelegt worden. An einer Stelle, die schon seit Jahrzehnten bekannt ist und wo man bislang noch nie etwas gefunden hat. Doch plötzlich liegt da eine Marmorvenus im Schutt. Seltsam, nicht wahr? Seither haben zwei Privatleute aus den angrenzenden Häusern behauptet, dass sie auch etwas gefunden haben, als sie ihre Keller ›renoviert haben‹ oder ›gegen Feuchtigkeit abdichteten‹. Zwei Zufälle, selbstverständlich. Und zufälligerweise zwei erstklassige Antiken: eine Neptunstatue und ein Kaiserbildnis, vielleicht Hadrian. Beide gut erhalten. Beide aus Marmor.«

»Marmor ist hart und überdauert die Zeiten.«

»Münzen sind auch zähe kleine Biester. Aber niemand hat rund um die Kryptoportiken eine Münze gefunden. Niemand hat je eine Bronzearbeit herausgeholt. Keine Amphore. Keine Öllampe aus Terrakotta, obwohl Lampen doch das Erste wären, was Sie in ein fensterloses Gewölbe mit hinunternehmen würden. Bloß dreimal Marmor.«

»Offenbar hat sich Gravet darüber genauso gewundert wie Sie.«

Kojfer hustete. »Nun ja«, gab er zu. »Als Experte wundert man sich. Aber, wie gesagt, ich bin Münzexperte, kein Spezialist für Marmorskulpturen. Es hat auswärtige Expertisen gegeben, und sie kamen zu dem Schluss: alles echt. Ausgerechnet. Den Caesarkopf machen uns die Fremden mies, aber diese Venus, die bekommt eine Eins-a-Expertise. Gravet und ein paar andere Hobbyforscher haben das nicht geglaubt. Die Skulptur sei eine Fälschung, die anderen beiden Funde rund um die Kryptoportiken auch. Gravet hat gemeckert und gezetert und gegen die Neue Venus geschrieben, bis ihn niemand mehr veröffentlichen wollte.«

»Was hat Gravet vermutet?«

»Dass die Neue Venus eine moderne Fälschung ist. Eine Marmorfigur, die geschickte Handwerker nach antiken Vorbildern hergestellt haben und die im Schutt der Kryptoportiken versteckt wurde, damit man sie ›findet‹.«

»Warum sollte jemand so etwas tun?«, wollte Blanc wissen. »Was wäre das Motiv? Ist es das Werk eines Scherzboldes, der die Experten lächerlich machen möchte?«

»Ein bisschen viel Aufwand für einen Gag, finden Sie nicht, *mon Capitaine*? Ich glaube eher, dass …«

In diesem Augenblick ging die Bürotür auf und Kojfer verstummte schlagartig.

»Irgendwann setzen Sie mit Ihrer Pfeife die Aktenordner in Ihrem Büro in Brand und dann fackeln Sie unser ganzes Museum ab, Doktor Kojfer.« Eine auffallend groß gewachsene Frau trat ein, ging quer durch den Raum, schob ein paar Zimmerpalmen beiseite und riss die Fenster auf. Eisige Luft drang herein.

Blanc blickte sie an, verblüfft über die selbstverständliche Autorität, mit der sie das Büro des Wissenschaftlers durchlüftete. Sie war Mitte fünfzig, schätzte er. Ihre halblangen Haare glänzten gepflegt, doch machte sie sich nicht die Mühe, sie zu färben, sie zeigten alle Schattierungen zwischen hellbraun und grau und wirkten so irgendwie gänzlich farblos. Ihr Gesicht war schmal, ihre Augen leuchteten grün, ihre Lippen waren unsinnig dünn und in diesem Augenblick zu einem nachsichtigen, aber trotzdem nicht gerade sympathischen Lächeln verzogen. Ihr Oberkörper war noch schlank, doch an Bauch und Oberschenkeln ging sie auseinander, was selbst ihr dunkles Designerkleid nicht verbergen konnte.

»Ich rauche ja auch wieder, seit ich zurück in der Politik bin, aber heute gibt es doch E-Zigaretten. Vielleicht kann man auch schon E-Pfeifen kaufen? Meine Referentin wird Ihnen eine besorgen.«

»*Bonjour*«, sagte Blanc und stand der Höflichkeit halber auf. Er hoffte, dass Kojfer ihn nicht vorstellen würde, denn er hielt es für keine gute Idee, wenn diese energische Frau seinen Namen und seinen Rang erfuhr. Der Wissenschaftler sagte glücklicherweise gar nichts. Er starrte schuldbewusst auf seine Schreibtischplatte und erinnerte Blanc an einen Schüler, der sich in einer Ecke des Pausenhofs verkrochen hat, in der plötzlich seine Rektorin auftaucht.

»Eisiger Wind draußen, was?«, erwiderte die Besucherin. Sie hielt es offenbar ebenfalls für unnötig, sich vorzustellen. Sie bedachte ihn eine Sekunde lang mit einem formellen Lächeln, dann wandte sie sich wieder Kojfer zu.

Die interessiert sich nicht für andere Menschen, dachte Blanc. Er war sicher, dass sie ihn, sobald sie das Büro verlassen haben würde, schon wieder vergessen hätte. Aber ich kenne dich, *merde*, doch woher bloß? Seine Gedanken rasten. Er war ein einziges Mal zuvor in Arles gewesen – bei Kojfer im Museum. War sie ihm da begegnet? Nein. In den paar Monaten, die er jetzt in der Provence lebte? Nein. Also in Paris? Er versuchte sie sich jünger vorzustellen, braunere Haare, schlankerer Leib, fröhlicher vielleicht, weniger gestresst. Stress … Da war es wieder: Blanc kam plötzlich ein Gesicht in den Sinn, ein Gesicht aus dem Heer jener einflussreicher Aktenkofferträger, die um Minister schwirrten wie aufgeregte Bienen um eine Königin: junge, kluge, effiziente Frauen und Männer, die von der Droge Politik nicht mehr loskamen, clever, fleißig, skrupellos. Frauen und Männer, die fast alles tun würden für einen sicheren Listenplatz und die wirklich alles tun würden, um selbst einmal ein umschwirrter Minister zu werden. Diese Frau in Kojfers Büro war eine dieser Ministeriumsbienen gewesen, vor vielen Jahren in Paris. Aber du bist jetzt Mitte fünfzig und nicht auf einem Parlamentssitz gelandet, sondern bloß in Arles, dachte Blanc und beobachtete sie unauffällig, indem er ihr Spiegelbild in der Fensterscheibe studierte. In welchem Ministerium habe ich dich bloß früher einmal gesehen?

»Ich habe mir gedacht, dass wir für morgen einige Münzen aus den Sammlungen holen und in den Espace Van Gogh bringen«, fuhr die Besucherin fort. »Gold und Silber glänzen so schön, gerade im Fernsehen. Stellen Sie unsere besten Stücke zusammen.«

Kojfer räusperte sich unglücklich. »Dafür muss ich die Alarmanlage ausschalten. Und es besteht ein gewisses Risiko, wenn wir antike Münzen quer durch die Stadt …«

»Vier oder fünf Münzen reichen. Der Kameramann wird sowieso nur einen Take davon machen. Das nennt man doch Take, oder?«

Sie erwartete nicht ernsthaft, dass Kojfer ihr antwortete. »Dieser Fernsehtermin ist wirklich stressig. Manchmal beneide ich Sie ja, dass Sie hier in Ihrem Büro hocken. In Deckung, gewissermaßen. Aber andererseits ist das doch aufregend, oder nicht? Und was für eine Chance für unsere Stadt! Sie haben die Konferenz gleich nicht vergessen, oder? Es ist wichtig, dass wir noch einmal alle Mitarbeiter briefen.« Sie war schon wieder an der Tür, hielt dann inne. »Doktor Kojfer? Bevor das TV-Team morgen kommt, gehen Sie mit einem Kamm durch Ihre Haare, *d'accord*? Und vielleicht finden Sie zu Hause in Ihrem Schrank auch noch ein Jackett. Bis gleich.« Die Tür knallte zu.

Kojfer atmete tief durch. Er stand ächzend auf, watschelte zum Fenster und schloss es behutsam. Nachdem er sich wieder gesetzt hatte, zog er an seiner Pfeife und machte ein unzufriedenes Gesicht, denn sie war erloschen.

»Das war Madame Pelherbes, nehme ich an?«, fragte Blanc.

»Die *Conseillère déléguée à la culture* von Arles. Sie ist so aufgeregt wegen dieser Fernsehleute.« Kojfer kramte auf seinem Schreibtisch herum und stopfte einige Zettel und Stifte in eine Ledermappe.

»Es wird die Show von Madame Pelherbes …«

»Ich bin so froh, wenn dieser Rummel vorbei ist.«

»… und von der Neuen Venus aus Arles. Weiß Madame Pelherbes, dass auch Sie die Statue für eine Fälschung halten? Wie Monsieur Gravet?«

Kojfer hatte sich wieder erhoben und blickte alarmiert zur Tür. »Das ist jetzt nicht der richtige Zeitpunkt, um weiter über solche Dinge zu reden.«

»Warum sollte die Statue gefälscht sein? Sie wollten es mir gerade sagen, bevor wir unterbrochen wurden.«

»Jetzt nicht. Ich habe keine Zeit. Sie haben es ja gehört, *mon Capitaine*, Madame Pelherbes ruft zu einer Konferenz. Und wenn Madame Pelherbes zum Tanz ruft, dann tanzt ein kluger Mann.

Danach muss ich mich um den Transport der Münzen morgen kümmern. Das fehlt mir noch, aber was soll ich machen?«

Blanc nickte. Er wusste von der letzten Ermittlung, dass Kojfer eine Telefonphobie hatte. Er besaß kein Handy, kein privates Festnetztelefon, er ging im Museum niemals an klingelnde Apparate, ein Zombie der modernen Kommunikation. Er fragte sich, wie er den Transport kostbarer Münzen organisieren würde. »Ich komme wieder vorbei«, sagte er. »Dann führen wir unser interessantes Gespräch fort. Sagen wir: heute um sechzehn Uhr?« Er erhob sich lächelnd, ging in drei großen Schritten zur Tür und verschwand, bevor Kojfer antworten konnte.

»Ich wette, Kojfer hat der Pelherbes nichts von seinen Zweifeln erzählt«, flüsterte Blanc. Er stand zwischen anderen Besuchern vor dem Caesarkopf, Aveline wie zufällig zu seiner Rechten, weit genug entfernt, als würden sie sich nicht kennen, aber so nah, dass sie sich leise unterhalten konnten. Die Leute lauschten, Kopfhörer im Ohr, den Audiokommentaren oder schossen Selfies mit dem berühmten Kunstwerk, niemand schien auf sie zu achten. Sie hatte eine Broschüre gekauft und studierte scheinbar einen Text über das Kunstwerk. Ihre Blicke wanderten zwischen dem Marmorkopf und dem Büchlein, sie schien den Mann an ihrer Seite nicht einmal zu bemerken.

Der marmorne Caesar – oder irgendein namenloser älterer Römer, wenn die Pariser Gelehrten denn recht hatten – starrte Blanc aus leeren Augen an. Der Kopf, erstaunlich klein, fand Blanc, er hatte ihn sich irgendwie monumentaler vorgestellt, steckte auf einer Art Säule wie ein abgeschlagener Schädel, der als Trophäe aufgespießt worden ist. Effektvolle Ausleuchtung, samtroter Hintergrund, vielleicht hätte die Inszenierung Caesar gefallen. Wie Madame Pelherbes wohl die Venusstatue präsentieren würde? Erhaben und ein wenig frivol? Mit einem Licht, das die Besucher geradezu aufforderte, über die marmorglatten Rundungen eines perfekten nackten Frauenkörpers zu streicheln? Oder düster und mystisch, denn immerhin war sie eine Göttin? Vielleicht würde Madame Pelherbes sich von den Fernsehleuten beraten lassen, die waren Profis der Inszenierung.

»Gravet hat laut über die Neue Venus geschimpft«, fuhr Blanc fort. »Aber er war vielleicht gar nicht der Spinner und Einzelgänger, als den ihn die Zeitung dargestellt hat. Kojfer denkt wahrscheinlich genauso. Und womöglich denken noch weitere seriöse Wissenschaftler ähnlich. Es traut sich von denen nur keiner, den Mund aufzumachen.«

»Kein Wunder. Die Pelherbes hat einige Skelette im Schrank«, erwiderte Aveline leise.

»Sie kennen die Dezernentin?«, fragte Blanc überrascht.

»Nicht persönlich, bloß ihre Reputation.« Aveline blickte ihn für einen Moment an.

»Sie war früher mal eine Arbeitsbiene in Paris«, sagte Blanc.

»Und nun ist sie …« Aveline hielt inne. Sie hatte sich halb zu ihm gedreht. Ihr Blick fiel dabei zufällig durch eines der großen Fenster bis auf den Vorplatz des Museums. »Commissaire Lizarey interessiert sich offenbar auch für Kultur«, fuhr sie wie beiläufig fort.

Blanc wandte sich möglichst unauffällig um. Der Polizist stand neben einem geparkten Streifenwagen und rauchte. Am Steuer saß ein zweiter Uniformierter und starrte gelangweilt geradeaus. »Die warten auf jemanden«, zischte Blanc.

»Ich kann mir denken, auf wen.«

»Lizarey könnte auch zu irgendeinem anderen Einsatz hierhergerufen worden sein.«

»Wenn Sie gleich rausgehen, *mon Capitaine,* werden Sie ja feststellen, ob das bloß ein Zufall ist.«

»Wenn die mich mitnehmen, dürfen sie keine Pistole bei mir finden.«

Aveline ließ ihre Broschüre fallen. Blanc bückte sich galant, schob die Star CK unauffällig zwischen die Seiten und reichte ihr das Heft zurück.

»*Au revoir, mon Capitaine.* Wir sehen uns später in der Stadt, wenn Sie das da überstanden haben.« Aveline glitt durch die Menge, ohne sich noch einmal nach ihm umzublicken.

Blanc fühlte sich wie ein Tier in der Falle. Sollte er durch einen Nebenausgang verschwinden? Aber wenn Lizarey sich tatsächlich vorn aufgebaut hatte, um ihn abzufangen, dann würde er auch die anderen Türen überwachen lassen. Blanc blickte auf sein Nokia. Fast elf Uhr. Er konnte es sich nicht leisten, tatenlos im Museum auszuharren und zu hoffen, dass Lizarey irgendwann die Geduld verlieren und abziehen würde. *Merde,* dachte er, bringen wir die Sache hinter uns. Er strebte mit raschen Schritten zum Ausgang und sah Lizarey ironisch lächeln, als er ihn erkannte.

Auf der falschen Seite

»Im Hotel sagte mir der Rezeptionist, dass Sie hier sind«, begrüßte ihn der Commissaire.

»Ich sehe mir nun mal gern alte Sachen an.« Blanc schwindelte, während er versuchte, möglichst gelassen zu wirken. Woher wusste Lizarey, dass er im *Hôtel de la Muette* abgestiegen war? Blanc hatte beim Einchecken seinen richtigen Namen angegeben – hatte die Polizei heute Morgen etwa alle Hotels überprüft? Oder war ihnen jemand in der Nacht gefolgt und hatte gesehen, wo sie untergetaucht waren? Wusste Lizarey dann auch von Aveline? Von dem Mörder? Eines war sicher: Blanc hatte dem Rezeptionisten an diesem Morgen nicht gesagt, dass er ins Musée départemental Arles antique gehen wollte. Ob es doch die Kameras gewesen waren, die ihn verraten hatten? Oder war er die ganze Zeit beschattet worden?

»Ich meine mich zu erinnern, dass Sie mir gestern gesagt haben, Sie wollten wieder nach Hause fahren.« Lizarey lächelte maliziös.

»Es war eine spontane Entscheidung«, erwiderte Blanc. »Arles ist schön. Und so gastfreundlich.«

»Da wir von Gastfreundschaft sprechen«, sagte der Commissaire und öffnete die Tür des Streifenwagens. »Erlauben Sie mir, Sie in die Stadt zurückzufahren.«

Als Blanc sich auf die Rückbank zwängte, fühlte er sich schon halb verhaftet. Zugleich war er erleichtert. Der wartet nicht auf Aveline, fuhr es ihm durch den Kopf. Lizarey hat mich abgefangen, aber er weiß nichts von ihr.

Die Fahrt dauerte nur wenige Minuten. Niemand machte sich die Mühe, Smalltalk zu betreiben. Der Uniformierte am Steuer hatte ihn nicht einmal gegrüßt, Lizarey hatte sich auf den Beifahrersitz geworfen und studierte irgendein Schriftstück. Blanc saß hinten und starrte aus dem Fenster. Sie fuhren über den Boulevard Georges Clémenceau, ein ziemlich großspuriger Name für eine ziemlich kleine Straße. Der Streifenwagen rollte am Theater vorbei, das Aveline und ihr Mann hin und wieder besuchten. Die Straße ging in den Boulevard des Lices über, Blanc erkannte das *Waux-Hall* wieder und den verwilderten Park. Erst vor wenigen Stunden waren Aveline und er dort fast totgefahren worden, aber es erschien ihm doch schon so irreal wie ein mieser Horrorfilm. Er blickte möglichst unauffällig nach vorn, und versuchte, die Länge der Straße abzuschätzen: Der Boulevard des Lices war in Höhe des Parks schnurgerade, für einen mordwilligen Fahrer waren Fußgänger so leicht anzuvisieren wie Kegel auf der Bowlingbahn. Aber schon einige Meter weiter blinkten die Lichter einer Ampel vor einer Kreuzung. Hatte der Mörder seinen Mercedes jenseits der Kreuzung geparkt und war von dort aus losgebraust? Aber dann wäre er, wenn die Ampel zufällig auf Rot gestanden hätte, das kleine, allerdings nicht zu unterschätzende Risiko eingegangen, auf der Kreuzung in ein anderes Auto zu krachen. Also hatte er seinen schweren Geländewagen wahrscheinlich auf dem Seitenstreifen auf dieser Seite der Kreuzung versteckt, dort wo der Park begann.

Und exakt gegenüber der Polizeistation.

Würde das hier alles normal laufen, dann würde Blanc Lizarey jetzt um die Aufnahmen der Überwachungskameras bitten. Jede Station war videogesichert, die Eingänge, die Parkplätze davor, alles wurde gefilmt. Vielleicht war der Winkel der Objektive zufällig so groß, dass auch die Straße auf dem Bild zu sehen wäre? Dann wüsste Blanc, wann der Typ seinen Mercedes in Position gebracht hatte. Und vielleicht würde er sein Gesicht erkennen. Und vielleicht würde er erkennen, wer der zweite Mann im Wagen gewesen war.

Das *Hôtel de Police* war ein graubrauner Betonklotz mit Eisengittern vor jedem Fenster, als wären hier Beamte wie Verbrecher in Zellen eingesperrt.

»Willkommen zu Hause«, sagte Lizarey und faltete das Dokument zusammen, in dem er gelesesen hatte. Er führte Blanc in ein schmuddeliges Büro im ersten Stock. In der Luft hing der gleiche Flic-Geruch wie in Gadet, ein trostloses Aroma aus zu scharfen Reinigungsmitteln, ungelüfteten Mänteln und eingestaubtem Papier. Von Lizareys Bürofenster aus hatte man freien Blick auf den Boulevard des Lices und den Park gegenüber.

Ich wüsste zu gerne, ob du letzte Nacht hier warst, dachte Blanc und setzte sich. Lizarey hatte mit Kad Djendelli telefoniert, direkt danach hatte Kad ihn angerufen. Da war es ein Uhr nachts gewesen. Wenn Lizarey von seinem Dienstapparat aus gesprochen hatte, dann könnte er durchaus auch abends noch in diesem Büro gewesen sein, als der schwere Wagen Gas gegeben hatte. »Was wollen Sie wissen, Commissaire?«, fragte Blanc.

»Lassen Sie uns den Vorfall von gestern noch einmal durchgehen.«

»Vorfall? Das war Mord.«

»Dann wissen Sie mehr als ich, Kollege. Wir hier wollen auch einen Unfall oder einen Selbstmord nicht ausschließen. Deshalb suchen wir ja Zeugen.« Lizarey starrte ihn an.

»Glauben Sie, dass ich Ihnen heute etwas anderes erzählen könnte als gestern?«

»Sagen wir so: Ich würde ruhiger schlafen, wenn ich eine zweite Zeugenaussage hätte, die Ihre Geschichte bestätigt.«

Blanc zwang sich, nicht laut zu werden. Er zwang sich, nicht auf die Uhr seines Handys zu schauen. Keinen Blick aus dem Fenster auf den Boulevard zu werfen. Er lächelte. »Ich schlafe hin und wieder auch nicht so ruhig«, sagte er.

»Dagegen helfen Tabletten.« Lizarey schien für einen winzigen Moment enttäuscht zu sein. »Bitte verstehen Sie mich nicht falsch, *mon Capitaine*: Aber ein schwarz gekleideter Koloss, der mitten in unserem berühmtesten Denkmal wie ein Gespenst auftaucht, einen harmlosen Lehrer in die Tiefe stößt und dann wieder wie ein Gespenst verschwindet – dafür hätte ich wirklich gerne eine zweite Aussage. Oder eine Spur. Irgendetwas.« Er tippte auf eine dünne Akte mit Pappumschlag auf seinem Schreibtisch. »Der Gerichtsmediziner hat Gravet noch in der Nacht auf den Tisch gelegt. Todesursache ist ein schweres Schädel-Hirn-Trauma, hervorgerufen durch den Sturz. Der Mann ist mit dem Kopf zuerst auf die Steine geknallt.«

»Hat der Gerichtsmediziner Hämatome festgestellt?«, fragte Blanc.

»Der Typ hatte einen zertrümmerten Schädel. Wen interessiert es, ob er da noch blaue Flecken hatte?«

»Mich interessiert das. Hat Gravet Hämatome an den Armen, an den Schultern, am Leib? Niemand lässt sich freiwillig wie ein Holzstock in die Tiefe werfen. Gravet wird sich mit aller Kraft gewehrt haben, sein Mörder muss eisenhart zugepackt haben. Also zeigt sein Körper vielleicht Blutergüsse an Stellen, an denen selbst ein fürchterlicher Sturz keine Blutergüsse verursacht hätte.«

Lizarey blätterte zerstreut in der Akte. »Von Hämatomen steht hier nichts.«

Blanc dachte an sein eigenes Hämatom auf dem Bauch. Er hätte schreien mögen. Das Lächeln in seinem Gesicht war so mühsam, dass er sich fühlte wie nach einer Sitzung beim Zahnarzt. »Man kann diesen Teil der Obduktion nachholen«, schlug er vor.

»Tut mir leid, wir haben Gravets Körper bereits an die Familie überstellt.«

»Gravet hat keine Familie.«

Lizarey blickte ihn erstaunt an. »Sie kannten Monsieur Gravet?«

»Ich lese Zeitung. Es stand heute Morgen in *La Provence*.«

»Man muss ja nicht alles glauben, was die Journaille schreibt.«

Das kann nicht wahr sein, dachte Blanc, das kann einfach nicht wahr sein. Die Gitterstäbe warfen Schattenmuster auf Lizareys Schreibtisch. Wenn ich nicht höllisch aufpasse, sitze ich das Wochenende ein. Er atmete tief durch. »Da kann man wohl nichts machen«, brachte er hervor.

»Genau.« Der Commissaire nickte, Verständnis heuchelnd. »Da kann man rein gar nichts machen.« Er schlug eine andere Akte auf. »Sie sind der einzige Besucher, der einen Mörder gesehen haben will, *mon Capitaine*. Und Sie wollen eine elegante Frau auf dem Turm der Arena *nicht* gesehen haben. Erstaunlich.«

Die nächsten Minuten ging Lizarey noch einmal alle Details von Avelines Äußerem durch: Größe und Haarfarbe, der elegante Mantel, sogar die Tasche. »Longchamp, hat eine Zeugin behauptet, die wir gestern Abend ein zweites Mal befragt haben. Die Frau des holländischen Rentners.«

»Meine Frau hat sich von mir scheiden lassen, weil ich nicht einmal ihre Designer-Handtaschen von Einkaufstüten unterscheiden konnte.«

»Gut, dass Scheidungen heute so wenig kosten, was? Ein paar Euro für einen Anwalt, und dann ist man die Handschellen wieder los.«

»Meine Scheidung hat nicht so lange gedauert wie dieses Verhör.« Für Blanc war es eine Qual. Lizarey ignorierte seinen Einwurf. »Ich überlege mir auch gerade, mich von meiner Alten zu trennen und noch einmal richtig durchzustarten. Vielleicht probiere ich mal Ihren Trick aus und sage ihr, dass mich ihre blöde Tasche an eine Tüte vom *Géant Casino* erinnert.« Der Commissaire lachte.

Irgendwann poliere ich dir die Fresse, dachte Blanc. »Ich fürchte, Ihre Zeugin mit der Longchamp-Tasche müssen Sie allein finden«, erwiderte er.

»Vielleicht doch nicht ganz allein. Wie es scheint, habe ich einen Helfer.« Lizarey öffnete die zweite Schublade seines Schreibtisches, holte ein Foto aus einem Umschlag und schob es über den Schreibtisch.

Blanc sah auf das Schwarz-Weiß-Bild. Es zeigte einen jungen, skandinavisch aussehenden Mann mit markanten Zügen. Der perfekte Mann. Eine Studioaufnahme in einer Qualität, mit der sich der Unbekannte überall als Fotomodel bewerben könnte. Blanc drehte das Foto um – und musste sich beherrschen, damit seine Hand nicht anfing zu zittern. Auf der Rückseite hatte jemand mit blauem Kugelschreiber einen Namen sowie Ort und Datum notiert: *Cedric – Aix-en-Provence, 20. Oktober*. Blanc hätte diese klare, große Schrift unter Tausenden wiedererkannt.

Avelines Handschrift.

Merde, merde, merde. Er zwang sich, weiter zu lächeln, weiter und immer weiter, auch wenn sein Grinsen so bescheuert war wie das eines Staubsaugervertreters. »Der Typ sieht nicht gerade aus wie eine Dame im eleganten Mantel.«

»Jetzt, wo Sie es sagen, fällt es mir auch auf.« Der Commissaire schien wieder einen Moment lang enttäuscht zu sein. »Haben Sie diesen Mann schon einmal gesehen?«

»Nein«, erwiderte Blanc. Seine Gedanken rasten: Avelines Handschrift. Ein unbekannter Mann. Modelfoto. Die Erkenntnis traf ihn wie ein Schlag: Dieses Bild hatte sie in ihrer Handtasche mitgeführt. Und jetzt war es bei Lizarey.

»Der Polizeicomputer kennt den Kerl auch nicht.«

»Das sieht auch nicht aus wie ein Polizeifoto.«

»Jetzt, wo Sie es sagen …« Lizarey trommelte mit den Fingern ungeduldig auf den Schreibtisch, merkte, was er tat, und ballte seine Hände zu Fäusten. Er wendete das Bild hin und her. Lizarey betrachtete lange das Porträt, studierte dann wieder jeden Buchstaben der Handschrift. Blanc schwindelte. Sollte der Commissaire dieses Foto zufällig irgendeinem Mitarbeiter des Justizpalastes in Aix-en-Provence zeigen, dann würde er höchstwahrscheinlich erfahren, dass Aveline das geschrieben hatte. Was mochte sie in dieser Tasche verbergen? Wer war dieser Kerl? Ausgerechnet das Foto eines so gut aussehenden Mannes wollte sie am Montagmorgen ihrem Gatten präsentieren? Im Ministerium? Blanc war ein Narr, aber er war kein so großer Narr, dass er das noch glaubte. Cedric, kein Nachname, ihre Handschrift …

»Kennen Sie einen Cedric?«, fragte Lizarey.

»Den Namen habe ich noch nie gehört«, antwortete Blanc. Das war immerhin nicht gelogen.

»*Bien*«, fuhr Lizarey schließlich fort, »ich will Ihnen was sagen, gewissermaßen von Kollege zu Kollege. Immerhin waren Sie gestern in der Arena, Sie hängen irgendwie mit drin, nicht wahr?«

»Ich wünschte, es wäre nicht so.«

»Das wünschte ich auch. *Alors:* Das Foto dieses Unbekannten steckte in einem Umschlag, den jemand irgendwann in der vergangenen Nacht unter den Notausgang auf der Rückseite des Gebäudes geschoben hat. Außer dem Bild gibt es sonst fast nichts in dem Umschlag, keinen Brief, keine Notiz – nur das hier.« Lizarey fischte eine Postkarte aus dem Umschlag.

Eine gewöhnliche, kitschige Ansichtskarte des Amphitheaters von Arles.

Blanc wollte nach der Karte greifen, besann sich dann und holte ein Taschentuch hervor, mit dem er seine Fingerkuppen schützte, bevor er das Dokument anfasste.

Lizarey beobachtete ihn und nickte anerkennend. »Machen Sie sich keine Sorgen, *mon Capitaine*. Die Spurensicherung hat sich die Karte schon vorgenommen. Kein Fingerabdruck und keine Anhaftung, aus der sie eine DNA-Spur gewinnen könnten.«

Blanc wendete die Ansichtskarte. Die Rückseite war unbeschrieben. »Also?«, fragte er.

»Wir haben einen«, Lizarey zögerte, »Todesfall im Amphitheater. Und ein paar Stunden später schiebt uns jemand anonym einen Umschlag unter der Tür durch, mit einer Karte des Amphitheaters und einem Foto. Vielleicht soll das ein Hinweis sein?«

Mehr, als du dir vorstellen kannst, sagte sich Blanc. Er konnte sich denken, dass es der Mörder selbst war, der sich gemeldet hatte.

Er hatte das Bild aus Avelines Tasche genommen und zusammen mit der Postkarte der Polizei zukommen lassen. Vielleicht, um die Fahnder zu verwirren. Sollten sie doch nach diesem Cedric suchen, bis ihnen die Augen aus dem Kopf fielen. Vielleicht aber auch, weil er dachte, dass Aveline, die Untersuchungsrichterin, den Fall an sich ziehen würde. Möglicherweise war das seine subtile Warnung: Ich habe etwas gegen dich in der Hand! Ich weiß, wer du bist! Ich weiß, was dich umtreibt! Der Mörder konnte ja nicht ahnen, dass Aveline alles tun würde, um nicht in diesen Fall verwickelt zu werden. Und wahrscheinlich wusste der Mörder, nachdem er die Tasche durchsucht hatte, mehr über Aveline als Blanc. Er hätte schreien mögen.

»Das könnte bloß ein Spinner sein«, sagte Blanc und bemühte sich, nicht zu angespannt zu klingen. »Wichtigtuer und Scherzbolde melden sich doch immer nach spektakulären Verbrechen.«

Lizarey nickte. »Wahrsager, Geisterseher und Verschwörungstheoretiker. Kann sein. Aber ist das hier«, er deutete auf Foto und Postkarte, »nicht etwas zu subtil für die üblichen Wirrköpfe? Ich meine, die Idioten dieser Welt denunzieren normalerweise den amerikanischen Präsidenten, den Mossad oder eine Nachbarin mit schwarzen Katzen. Aber diesmal gibt es kein einziges Wort. Das hier ist irgendwie zu … raffiniert.«

»Ein Zeuge, der sich nicht traut, der Polizei mehr zu sagen?«

»Oder ein Psychopath, der mit uns ein Scheißspiel treibt. Vielleicht ist das ein mieser Scherz? Oder eine Art Spur in einer perversen Schnitzeljagd? Wenn das von dem Mörder kommt und der mich verarschen will, dann …« Lizareys Stimme verklang. Er war zu wütend, um weiterzusprechen.

Blanc kam eine Idee. »Die Kamera«, sagte er. »Haben Sie nicht eine Überwachungskamera am Notausgang?«

Der Commissaire fuhr sich mit der Zungenspitze über die Lippen. »Haben wir«, gab er zu. »Aber die ist seit drei Wochen defekt. Wir haben einen Techniker gerufen, aber Sie wissen, wie Handwerker sind. Eher kommt der Papst zu dir nach Hause als ein Handwerker.«

Blanc schauderte. »Sind noch mehr Kameras defekt?«

»Nur diese eine. Muss irgendwas mit dem Stromkabel zu tun haben.«

»Nur diese eine defekte Kamera. Und genau da hat der Unbekannte den Umschlag abgegeben.«

»Seltsamer Zufall, nicht wahr?«

Blanc lehnte sich zurück. Er wollte bloß noch raus aus diesem stickigen Büro, wollte keine Gitterstäbe zwischen sich und der Sonne haben, wollte kühle, frische Luft einatmen. Aber wenn er seine Ungeduld zeigte, dann würde ihn Lizarey erst recht schmoren lassen. Also beschloss Blanc, das Beste aus seiner Situation zu machen und zu versuchen, einige Informationen aus diesem Commissaire herauszuhauen. »Dieses Foto bringt uns im Moment keinen Schritt weiter, oder? Es sei denn, das ist ein Hinweis auf das Opfer. Was wissen Sie über Gravet? Ist der junge Mann auf dem Foto vielleicht ein ehemaliger Schüler? Oder ein Kollege? Oder …«

»… ein Stricher?« Lizarey lachte hart auf. »Der Typ auf dem Foto sieht so aus wie eine Schwuchtel, finden Sie nicht? So herausgeputzt.«

»War Gravet schwul?«

»Die Beamten von der Sitte dürfen sich nicht mehr um die warmen Brüder kümmern. Jetzt sind diese Tunten sogar bei der Polizei. Ich habe einen Kollegen«, der Commissaire räusperte sich, »na, jedenfalls behauptet der, dass Gravet in der Szene nicht bekannt gewesen ist. So groß ist die Schwulenszene von Arles ja nicht. Zum Glück.«

»Keiner Ihrer Leute hat den Mann auf dem Foto je gesehen?«

»Nicht auf dem Strich und auch sonst nirgendwo. Und im Computer können Sie lange nach einem Cedric suchen. Die drei Männer mit diesem Vornamen, die wir gespeichert haben, sehen diesem Kerl hier auch bei bestem Willen nicht ähnlich.«

»Gibt es einen Eintrag zu Gravet in Ihrem Computer? Der Mann war nicht gerade beliebt«, warf Blanc ein.

»Wenn das, was gestern in der Arena passiert ist, das Werk eines Psychopathen ist, dann war Gravet bloß ein zufälliges Opfer.«

»Gravet ist am helllichten Tag mitten in der Arena angegriffen worden, aber kein Zeuge hat zuvor Schreie oder irgendetwas anderes Ungewöhnliches gehört oder gesehen. Niemandem ist eine Person aufgefallen, die irgendwie gestört gewirkt hätte. Ich glaube nicht an die unerklärliche Wahnsinnstat eines Psychopathen. Gravet ist gezielt angegriffen worden. Und dafür muss es ein Motiv geben.«

»Gravet war Lehrer. Glauben Sie, dass ihn einer seiner Schüler auf dem Gewissen hat? Vielleicht war dieser Cedric einer seiner ehemaligen Schüler. Ich könnte alle Klassenlisten nach diesem Namen durchforsten und …«

»Gravet hielt die Neue Venus für eine Fälschung«, unterbrach Blanc ihn. Wenn dieser Cedric nicht in einem Polizeicomputer gespeichert war, dann sollte Lizarey ihn vergessen. Denn wenn er erst einmal ganz Frankreich nach diesem Kerl absuchen würde, dann könnte er bei diesen Nachforschungen noch auf einen ganz anderen Namen stoßen. »Die Neue Venus ist der Stolz der Stadt. Der Star einer Fernsehsendung.«

»Davon habe ich gehört. Gravet ist einigen Leuten ganz schön auf den Senkel gegangen mit seiner Nörgelei.«

»Vielleicht ist er diesen Leuten so sehr auf die Nerven gegangen, dass sie ihn zum Schweigen gebracht haben?«

Lizarey schüttelte amüsiert den Kopf. »Ermitteln Sie immer so, *mon Capitaine*? Ich habe ja aus Paris so dies und das über Sie gehört, aber ich wollte es kaum glauben. Sie sind ein talentierter Verschwörungstheoretiker, oder?«

Blanc ließ sich nicht beirren. »Viele Leute in Arles profitieren davon, wenn die antike Statue so berühmt wird wie die Mona Lisa: Politiker, Museumsmitarbeiter, Geschäftsleute. Stellt sie sich hingegen als Fälschung heraus, dann ist das eine Riesenpeinlichkeit, vielleicht ein Skandal und möglicherweise sogar ein Verbrechen. Es sind schon Menschen aus schlechteren Motiven ermordet worden.«

»Noch schlechter als dieses?«

»Gravet hat die Neue Venus kritisiert. Niemand nahm ihn ernst. Nach und nach verlor er den Zugang zu allen Zeitungen und Zeitschriften, in denen er bis dahin schreiben durfte. Aber der Typ hat einfach weitergemacht. Er schrieb im Internet. Und wer weiß, was er alles in der Stadt herumerzählt hat. Und jetzt kommt das Fernsehen. Eine Veranstaltung mitten in Arles, jeder darf kommen. Scheinwerfer an, Klappe, Auftritt Madame Pelherbes – und plötzlich springt da ein querulantischer Lehrer auf und erzählt vor laufender Kamera, dass das alles eine Scharade ist. Wäre ziemlich peinlich, oder, *mon Commissaire?*«

Lizarey stand auf. Plötzlich schien auch er das dringende Bedürfnis zu verspüren, dass Blanc an die frische Luft kam. »Sie würden wahrscheinlich jetzt unsere Kulturdezernentin und sämtliche Wissenschaftler des Museums in Untersuchungshaft nehmen.«

»Ich würde sie zumindest befragen.«

»Wenn die Kollegen der Spurensicherung jemals Ihre DNA-Probe nehmen, werden Sie ein Selbstmord-Gen darin identifizieren, *mon Capitaine*. Ich wünsche Ihnen noch einen schönen Tag.«

»Sie sollten wirklich über mögliche Motive nachdenken, Lizarey.«

»Seien Sie versichert, dass ich genau das tue. Da gibt es schon ein Motiv, warum man Gravet töten wollte – aber dieses ist es nicht«, sagte Lizarey und sah dabei nicht so aus, als habe er jemals vor, Blanc dieses andere Motiv zu verraten.

Ein Lehrer auf dem Turm

Sobald er die Polizeiwache verlassen hatte, zückte Blanc sein Nokia: 13.03 Uhr. Sie hatten nur noch einunddreißig Stunden. Er wollte das Handy schon wieder in die Jeanstasche stecken, als er plötzlich zögerte. Er wandte den Kopf zurück zur Polizeistation, blickte auf die Überwachungskameras über der Tür, schaute wieder auf das Display – dann schaltete er das Handy aus. Er eilte durch die Gassen der Innenstadt, bis er einen Telefonshop fand. Zehn Minuten später hatte er eine neue Prepaidkarte in sein Nokia eingesetzt und rief Aveline an.

Sie ging nicht dran.

Blanc versuchte es noch zweimal. Sie hob nicht ab, sein Anruf wurde aber auch nicht auf die Mailbox weitergeleitet. Aveline ignorierte wahrscheinlich die Nummer, die sie nicht kannte. Er versuchte es mit einer SMS.

Ich habe mir gerade eine Prepaid zugelegt. Vielleicht wird meine alte Nummer überwacht. Vielleicht bin ich auch bloß paranoid.

Dreißig Sekunden später klingelte sein Handy.

»Soll ich Ihnen einen guten Psychiater empfehlen, *mon Capitaine*?«

Blanc atmete erleichtert durch. »Lizarey hat mich im Visier. Er kannte mein Hotel. Er hat mir vor dem Museum aufgelauert. Vielleicht hat er die ganze Zeit mein Handy angepeilt.«

Aveline dachte einen Augenblick nach, bevor sie antwortete. »Vielleicht haben Sie recht. Lizarey wusste zwar, dass er Sie im Museum finden würde, aber er ahnte nichts von mir. Also hat uns keiner seiner Beschatter vom Hotel bis dorthin verfolgt. Denn der hätte seinem Chef dann uns beide gemeldet.«

Blanc strich sich über die Stirn. Diese Müdigkeit. Er fühlte sich wie ein Tier in der Falle. »Lizarey kann meine Nummer jetzt nicht mehr verfolgen. Es wird nicht lange dauern, bis er das bemerkt. Vielleicht hetzt er mir dann einen Beschatter auf den Hals. Der darf mich nicht mit Ihnen zusammen sehen.«

»Wir könnten uns im antiken Theater treffen.«

»Ich habe langsam genug von römischen Trümmern.«

»Trümmer sind gute Verstecke«, erwiderte sie knapp. »Das Theater wird von einer hohen modernen Mauer umschlossen, in der es nur einen Zugang gibt. Jeder Besucher muss durch einen Kassenraum mit gläsernen Türen. Das Ganze sieht aus wie eine Sicherheitsschleuse. Die Besucher kommen nur langsam voran, und durch die Glastüren kann man jeden schon von Weitem erkennen. Ich werde wie eine Touristin ins Theater gehen und unauffällig in der Nähe des Eingangs bleiben. Sie kommen später. Wenn jemand Sie beschatten sollte, dann muss Ihr Verfolger ebenfalls durch den gläsernen Kassenraum, es gibt keinen anderen Weg. Dann werde ich ihn auf jeden Fall entdecken und Sie mit einer SMS warnen. Sie schlendern dann durch das Theater und tun so, als würden Sie mich nicht kennen. Folgt Ihnen niemand, können wir uns gefahrlos treffen. Neben den beiden großen Säulen, Sie können das gar nicht verfehlen.«

»Haben Sie solche Tricks in Ihrem Jurastudium gelernt?«

»Ich bin eine fantasievolle Frau.«

Blanc wanderte durch die Innenstadt. Immer wieder blickte er sich um. Manchmal verschwand er unvermittelt in einem Souvenirladen oder in einer Boutique, hin und wieder bog er in Gassen ein, an denen er schon beinahe vorübergegangen war. Niemand schien ihm zu folgen. Die Häuser schwitzten den Regen aus. Über den Dächern gleißte der Himmel, sein grelles Licht legte unbarmherzig die stockfleckigen Fassaden, das rissige Straßenpflaster, die Regenrohre und Fenstergitter in allen Defekten und Schrammen frei. Arles kam Blanc wie eine erschöpfte Armee vor – die Überlebenden eines sehr, sehr langen Marsches, die sich weigerten zu kapitulieren. Und er selbst fühlte sich so ausgelaugt wie ein Soldat dieser Armee. Von der Rhône her drückte der Wind in eisigen Stößen durch die engen Straßen und wirbelte zerfledderte Supermarktprospekte vor sich her. Selbst die Touristen hatten ihre Mantelkragen hochgeschlagen und gingen eilig dahin, als wären dies die Boulevards von Paris an einem grauen Morgen um acht Uhr.

Das antike Theater lag bloß einen Steinwurf von der Arena entfernt, von jedem Platz in der Altstadt aus hätte Blanc in fünf Minuten dort sein können. Doch er wollte Aveline genügend Zeit lassen, sich in der Nähe der Kasse zu verstecken, und so wanderte er in Schleifen und Haken durch die Gassen, der einzige Flaneur in einer kalten, hektischen Stadt. Endlich glaubte er, dass es nun gut sei, und bog in die Rue de la Bastille ein, die ihn zu seinem Ziel hinführte.

Blanc ging am Collège Saint-Charles vorbei, groß und alt und streng wie ein Kloster. An einer Wand prangte ein Graffito von Tintin, der kopfüber aus dem Himmel stürzte, und aus einem ummauerten Innenhof wehten fröhliche Kinderstimmen auf die Gasse. Was machen die am Samstagmittag in der Schule?, fragte er sich einen Moment lang. Flüchtig erinnerte er sich an andere Zeiten, an eine andere Stadt: Blanc in Paris, vor dem Collège von Eric und Astrid, kurz vor Schulschluss, der anschwellende Lärm der Kinder drinnen, die wissen, dass der Augenblick der Befreiung naht. Ich hätte sie öfter abholen sollen, sagte er sich. Weihnachten, dachte er dann, Astrid wird über die Feiertage kommen. Zeit, ein paar alte Fehler wieder gutzumachen. Vorausgesetzt, er kam aus diesem Albtraum in Arles heil heraus.

Das antike Theater lag hinter einer doppelt mannshohen Mauer verborgen. Der Eingang sah aus, als habe sich der Architekt nicht entscheiden können, ob er einen Bunker oder ein Gewächshaus bauen wollte: ein Betonkasten mit Glasfassaden an Vorder- und Rückseite barg die Kasse. Aveline musste auch hier schon einmal gewesen sein, dachte Blanc, sonst hätte sie nicht so präzise gewusst, dass sich jeder Ankömmling in dieser Glasschleuse sehr gut observieren ließ. Er löste eine Karte und ging hinein. Nahe am Eingang erblickte er ihre vertraute schlanke Gestalt, halb verborgen hinter einem großen Steinblock. Er ließ sich nichts anmerken und ging mit ausladenden Schritten auf die Säulen zu. Wenn ihm jemand folgen wollte, dann musste er sich jetzt beeilen und würde Aveline sofort auffallen.

Blanc trat auf eine weite Fläche, die ihn im ersten Augenblick eher an eine moderne Baustelle als an ein antikes Monument erinnerte. Der Boden war mit großen Steinplatten gepflastert, Blöcke unterschiedlicher Größe und Form standen darauf, wie es ihm schien: ohne Ordnung und Sinn. Manche waren zerplatzt wie nach einem Bombenangriff, andere wurden noch immer von kunstvoll verschlungenen abstrakten Reliefs oder von Blütenkränzen geschmückt. Die beiden Säulen, von denen Aveline gesprochen hatte, waren wie zwei polierte Riesenfinger, die zum Himmel wiesen. Am gegenüberliegenden Ende des Areals wuchsen Sitzreihen nach oben, wie eine aus dem Stein herausgemeißelte graue Woge. Zwischen Säulen und Sitzreihen lag eine moderne Bühne aus Stahl und Holz, eckige Rohrkonstruktionen für Spots und Lautsprecher überragten die Säulen beinahe. Mit der gleichen lässigen Selbstverständlichkeit, mit der man in der Arena die Kämpfe der Antike bis zum heutigen Tag fortführte, hatte man hier die zweitausend Jahre alten Überreste des Theaters in eine Open-Air-Bühne verwandelt.

Geschichte ist ein Geschäft, dachte Blanc, und er wünschte, er könnte einfach seinen Gendarmerie-Ausweis zücken und jemanden zwingen, ihm zu verraten, wie viel Geld das jedes Jahr einbrachte. Politiker wie Hélène Pelherbes verwandelten das römische Erbe in einen Schlauch, der unablässig Euro nach Arles spülte – bis jemand wie Gravet dahergekommen war und offen damit gedroht hatte, seinen Fuß auf diesen Schlauch zu stellen.

Nur wenige Besucher streiften durch das Ruinenfeld. Blanc glaubte, sich vage an das eine oder andere Gesicht erinnern zu können – wohl dieselben Touristen, die gestern im Amphitheater gewesen waren. Er hoffte, dass ihn wiederum niemand erkannte, denn er wollte so wenig Aufmerksamkeit wie möglich erregen. Aus den Augenwinkeln sah er, dass sich Aveline in seine Richtung aufgemacht hatte. Sie lächelte und schüttelte unauffällig den Kopf. Kein Verfolger. Er verlangsamte seine Schritte trotzdem erst, als er nahe bei den Säulen war. Er blickte zwischen ihnen hindurch, genau auf den Turm von Saint-Trophime, die Kirche lag bloß ein paar Dutzend Meter hinter dem Theater. Von seinem Standpunkt aus ragte der christliche Kirchturm exakt zwischen den heidnischen Steinen auf.

»Die zwei Witwen und der alte Heilige. Kein schlechtes Bild, nicht wahr?«

Blanc fuhr erschrocken herum. Vor ihm stand ein Mann Anfang vierzig, nicht besonders groß, dünn, Sommersprossen, das Auffälligste an ihm war sein Haar: die lange Mähne und der Bart leuchteten so rot wie eine mittelalterliche Teufelsfigur. Er schleppte eine faltbare Staffelei, einen Campingstuhl und einen großen Malkasten mit sich.

»Lukas«, rief Blanc, »welche Überraschung!« Er musste nicht heucheln, um das zu sagen. Lukas Rheinbach war ein deutscher Künstler, den er vor einigen Monaten kennengelernt hatte, ein Nachbar zudem. »Du suchst nach neuen Motiven?«

»Ich habe schon eins gefunden.« Rheinbach deutete auf die Säulen und den Kirchturm. »*Les deux Veuves* werden die beiden Säulen genannt, *die zwei Witwen*. Das wäre kein schlechter Titel für ein Bild, oder? Ich fürchte nur, mein Kunde sieht das anders. Wer würde schon zwei Witwen im Weihnachtsgeschäft kaufen? Am Ende wird es *Römisches Theater in Arles und Kirche Saint-Trophime* heißen, es sei denn, es fällt ihm noch etwas Langweiligeres ein.« Rheinbachs einziger Kunde war ein Spielwarenhersteller irgendwo in Deutschland, der seine Bilder als Vorlagen für Puzzles benutzte. Rheinbach klappte Staffelei und Campingstuhl auseinander. »Ich laufe hier schon seit einer Stunde über das Gelände, aber diese Perspektive habe ich jetzt erst entdeckt. Ich muss mich beeilen, das Licht ist großartig. Wer weiß, wie lange sich das hält. Was führt dich am Wochenende hierher? Doch nicht etwa Ermittlungen?«

»Ich hole mir Inspirationen für die Renovierung meines Hauses«, erklärte Blanc vage.

»Es ist irgendwie beruhigend, Ruinen zu sehen, die noch verfallener sind als die eigene Bude.« Rheinbach wohnte im Wald unterhalb von Caillouteaux in einem winzigen Haus, dessen Steinwände er eigenhändig zusammengefügt hatte. Er hatte seine Erfahrungen mit Katastrophen gemacht, und das nicht nur bei Häusern. Rheinbach war Blanc bei seinen ersten Ermittlungen in der Provence eine Zeit lang ins Visier geraten – Ermittlungen, an denen auch Aveline als Untersuchungsrichterin beteiligt gewesen war. Der Maler würde sie wiedererkennen. Blanc blickte Rheinbach nervös über die Schulter, während der seine Ausrüstung aufstellte. Aveline war näher gekommen. Der Maler musste schon hier umhergestreift sein, bevor sie angekommen war, weshalb sie ihn von ihrem Beobachtungsposten nahe an der Kasse nicht entdeckt hatte. Noch hatte Rheinbach auch sie nicht gesehen. Er robbte jetzt auf allen vieren herum, um von den Füßen der Staffelei aus Seile zu Ruinenblöcken hin zu spannen.

»Was tust du da, Lukas?«, fragte Blanc lauter als notwendig, in der Hoffnung, dass Aveline ihn hörte.

»Der schreckliche Mistral wird mir die Staffelei wegblasen, wenn ich sie nicht festbinde wie ein Zelt«, erklärte Rheinbach schnaufend.

Aveline hielt einen winzigen Moment inne, dann drehte sie sich nonchalant um und schlenderte Richtung Zuschauerränge davon. Mit beiläufiger Geste nahm sie Blancs auffällige Baseballcap vom Kopf und schlug den Mantelkragen hoch. Blanc atmete durch.

»Ich würde ja gern mit dir plaudern, aber ich habe meinem Kunden zehn Bilder aus Arles versprochen«, erklärte Rheinbach entschuldigend, nachdem er sich auf den Stuhl gesetzt und den Malkoffer geöffnet hatte. »Die meisten muss ich noch anfertigen: die Monster aus Saint-Trophime. Les Alyscamps. Das ehemalige Krankenhaus, das schon van Gogh gemalt hat. Ich soll es ganz genau so malen wie van Gogh, nur anders. Vielleicht hätte ich doch auf meinen Vater hören und zur Stadtsparkasse gehen sollen.«

»Künstler soll man nicht aufhalten«, erwiderte Blanc erleichtert und hob die Hand zum Gruß. Im Wegdrehen kam ihm plötzlich eine Idee. »Hast du schon das Amphitheater gemalt?«

»Klar, alle vier Ecken.«

»Das Ding ist oval.«

Rheinbach lachte. »Es ist verdammt schwer, so eine Schüssel zu malen. Deshalb war es das erste Motiv, das ich mir vorgenommen habe.«

»Warst du gestern da?«

»Als dieser Typ vom Turm gesprungen ist? Nein, zum Glück nicht. Ich kann kein Blut sehen. Ich habe davon heute Morgen im Radio gehört.«

»Das wäre kein Puzzlebild fürs Weihnachtsgeschäft geworden.«

»Oh, diesen armen Kerl werde ich auf einem Puzzle verewigen. Ich habe ihn nämlich gemalt. Es erkennt ihn nur keiner, fürchte ich.«

Blanc glaubte, sich verhört zu haben. »Du hast Gravet gemalt?«

»Du ermittelst also doch?«

»Das ist nicht mein Fall. Aber ich bin nun mal ein Flic.«

Rheinbach holte einen Skizzenblock aus dem Koffer und blätterte. Blanc drehte sich währenddessen unauffällig nach Aveline um: Sie war inzwischen ein gutes Stück weitergegangen. Schließlich zeigte der Künstler Blanc eine Rötelzeichnung: das Amphitheater von innen, Rheinbach musste dafür auf dem Sand der Arena gestanden haben, die Ränge, der Turm – und, winzig, ein Mann auf dem Turm, das Gesicht kaum mehr als ein rötlich verwischter Strich.

»Das soll Gravet sein?«, fragte Blanc enttäuscht.

»Wenn der Tote so hieß: Ja, das war Gravet. Ich war die letzten zwei Wochen immer wieder im Amphitheater. Sie lassen Maler dort kostenlos rein, wusstest du das? Na, wie gesagt, es ist schwierig, ein Bauwerk zu malen, das eigentlich nur aus grauen Steinringen besteht. Ich meine, wer soll so etwas jemals zusammenpuzzeln? Also war ich Tag für Tag dort, außer wenn es geregnet hat, um zunächst Skizzen zu machen, so wie diese. Und danach habe ich die farbigen Varianten gemalt, für den Kunden. Das Ölbild vom Amphitheater trocknet in meinem Atelier. Da ist der Mann auch drauf. Wenn er Glück hat, dann stanzen sie die Puzzleteile nicht quer durch seinen Oberkörper.«

»Warum hast du ihn gemalt?«

»Jedes Mal, wenn ich in den letzten zwei Wochen da war, jeden Nachmittag zur gleichen Zeit, ist dieser Mann auf den Turm gestiegen. Du hättest die Uhr nach ihm stellen können.«

Blanc dachte einen Augenblick nach. »War Gravet immer allein?«

»Manchmal waren andere Besucher zur selben Zeit auf dem Turm. Aber ich glaube nicht, dass er je mit einem von denen gesprochen hat.«

»Was hat er da oben gemacht?«

»Nichts. Zumindest nichts, was ich hätte erkennen können. Er ist hochgegangen, hat dort eine Stunde lang in die Landschaft gestarrt und ist dann wieder verschwunden. Das schien so eine Art Ritual zu sein.«

»Hat er gebetet? Gestikuliert?«

»Nein, nichts Verrücktes. Er hat einfach nur auf die Stadt geblickt. Zuerst stand er an der Mauer, die zur Arena zeigte. Dann eine Zeit lang an der nächsten, dann an der nächsten und schließlich an der vierten. Er hat über die Stadt geblickt, so als«, Rheinbach zuckte mit den Achseln, »so als ob ihm Arles gehören würde. Oder wie du eine schöne Frau anblicken würdest. Deine Frau. Zumindest habe ich mir eingebildet, dass er so guckt. Ich meine: mit Besitzerstolz.«

»Arles war wie Gravets Gattin?«

»Klingt bescheuert, was? Wenn ich meinem Kunden nicht so verdammt viele Bilder in so verdammt kurzer Zeit versprochen hätte, hätte ich ihn gefragt, ob ich ihn porträtieren darf. Der Typ hatte etwas Einsames an sich. Und etwas …«, Rheinbach suchte nach dem richtigen Wort.

»… Entschlossenes?«, riet Blanc.

»Ich war später mal auf dem Turm, um mir die Arena von oben anzusehen. Der Kerl war da und wirkte irgendwie grimmig. Interessante Züge. Ein wenig verbittert. Asketisch. Ich hätte für eine Skizze bloß ein paar Minuten gebraucht, aber ich habe gedacht: später. *Spät, später, Lukas Rheinbach* – das werden sie mir mal auf den Grabstein meißeln.«

Blanc verabschiedete sich von Rheinbach. Aveline schlenderte derweil über einen der mittleren Zuschauerränge. Ihre schlanken Finger flogen über ihr iPhone. Sekunden später vibrierte Blancs Handy mit einer SMS.

Hat Rheinbach mich gesehen?

Blanc antwortete: *Nein. Er hat nur Augen für zwei Säulen.*

Trotzdem zu gefährlich. Von seinem Platz aus hat er das ganze Theater im Blick.

Sie gehen zuerst. Kein großes Risiko. Er ahnt nicht, dass Sie hier sind.

D'accord. Wir treffen uns im Criquet, *direkt neben dem Theater.*

Blanc hätte ihr gern noch eine Nachricht geschickt, wie: *Passen Sie auf sich auf,* oder wenigstens ein banales: *Bis gleich!* Aber Aveline hatte das iPhone in ihre Manteltasche gleiten lassen und ging langsam Richtung Ausgang. Sie wirkte ein wenig gelangweilt und nicht so, als würde sie das Handy beim nächsten Vibrieren noch einmal hervorholen. Er trieb sich noch eine Zeit lang auf den Zuschauerrängen herum, ungeschützt vor dem eisigen Wind. Rheinbach malte mit raschen, sicheren Strichen, sein Blick tanzte zwischen Säulen und Leinwand hin und her. Ein kleiner Ring neugieriger Besucher hatte sich um ihn geformt, der ihm die Sicht beeinträchtigen würde, sollte er sich tatsächlich einmal umsehen. Blanc strebte zum Ausgang.

Das *Le Criquet* in der Rue Porte de Laure war so klein, dass er beinahe daran vorbeigelaufen wäre: eine alte, schwarze Eisentür mit Fenster, dahinter ein Speiseraum, der vielleicht einmal die gute Stube eines mittelalterlichen Hauses gewesen war, weiß gekalkte alte Deckenbalken, kaum ein halbes Dutzend Tische, alle Stühle besetzt – bis auf einen. Er setzte sich Aveline gegenüber.

»Ich habe schon für uns beide bestellt«, sagte sie.

»Ich lasse mich überraschen«, erwiderte Blanc. »Wie immer.«

Einen verwirrenden Augenblick lang, eine Sekunde voller Freude und Schrecken zugleich, glaubte Blanc, seine Tochter trete plötzlich auf ihn zu. Die Kellnerin hatte sich lautlos genähert, sie war so jung wie Astrid, sie hatte denselben sportlichen Körper, sie trug die Haare zu einem komplizierten Zopf geflochten, wie seine Tochter ihn auch einmal ausprobiert hatte. Was würden seine Kinder zu der Affäre mit Aveline sagen? Blanc fühlte sich ertappt und brachte es kaum fertig, die junge Frau anzublicken. Sie stellte zwei Teller dampfenden *Veau aux Gambas* auf den Tisch: Krebse, Zitronenstücke und grüne Bohnen auf Kalbsgulasch. Blanc merkte, dass sein Magen knurrte.

»Sie sehen etwas mitgenommen aus, *mon Capitaine.*«

»Im Alter braucht man angeblich weniger Schlaf, aber für drei

Stunden Schlaf in der Nacht bin ich noch nicht alt genug.« Blancs Bauchdecke schmerzte immer noch bei jedem Atemzug, in seinem Fußgelenk hatte sich ein beharrliches Pochen festgesetzt. Wie konnte Aveline nach so einer Nacht noch immer so fantastisch aussehen?

»Wir werden leider keine Zeit haben für eine Siesta«, sagte sie.

»Wir haben jetzt noch ein weiteres Problem: Monsieur Reinbaque.« Blanc würde es niemals fertigbringen, das deutsche »ch« auszusprechen.

»Er wirkt auf mich nicht gerade gefährlich.«

»Er hat Augen im Kopf. Reinbaque muss in Arles noch fast ein Dutzend Bilder malen, er hat es mir gerade gesagt. Er könnte also ständig unsere Wege kreuzen. Wir müssen aufpassen, wohin wir gehen. Trotzdem ist es gut, dass ich ihn getroffen habe.« Blanc berichtete während des Essens davon, dass der Künstler Gravet jeden Tag auf dem Turm des Amphitheaters gesehen hatte. »Wenn Reinbaque das aufgefallen ist, dann ist es auch anderen aufgefallen«, schloss er. Er bestellte zwei Espressi.

Aveline nickte nachdenklich. »Der Mörder muss gewusst haben, dass Gravet immer zur selben Zeit auf dem Turm war. Vielleicht war es für den Täter nirgendwo so einfach, einen Anschlag zu verüben. In der Schule hätte er Dutzende Zeugen gehabt. Und vielleicht lag Gravets Wohnung so, dass Nachbarn einen Eindringling gesehen hätten. Also lauerte er ihm im Amphitheater auf.«

»Was wiederum bedeutet, dass der Täter Gravet einige Tage oder sogar wochenlang observiert hat. Der Mord war von langer Hand geplant.« Der Espresso war stark und bitter und brannte in seinem Magen, doch er lichtete den Nebel in seinem Kopf. Blanc räusperte sich. »Und es sieht so aus, als hätte der Mörder noch ein paar Pläne – zumindest mit Ihnen, *Madame le Juge*.« Er erzählte von seinem Treffen mit Lizarey und dem Bild auf dem Schreibtisch. Er wollte Aveline nicht in die Augen sehen, rührte in der kleinen Tasse, obwohl sie längst ausgetrunken war, bemerkte, was er tat, legte den Löffel beiseite.

»Vielleicht hat der Mörder gedacht, er ist mein Liebhaber. Und nun will er mich erpressen«, spottete Aveline und wirkte dabei nicht im Mindesten beunruhigt.

»Das wäre möglich«, erwiderte Blanc und blickte seine Geliebte endlich an. »Wer ist der Mann auf dem Foto?«

»Ein Mann aus meiner Akte, die ich im Ministerium präsentieren muss«, antwortete Aveline. »Das ist vertraulich, *mon Capitaine.*«

»So vertraulich, dass Sie mit Ihrem Gatten, aber nicht mit mir über ihn sprechen wollen?«

»Jean-Charles interessiert sich sehr für diesen Herrn.«

Aveline lügt, erkannte Blanc. Er war erschöpft, er fühlte sich von allen Seiten belauert und bedrängt, er wollte nach Hause und bloß noch schlafen. Doch dann lächelte ihn seine Geliebte an – und er gab seinen Widerstand auf. Ich bin ein Junkie, dachte er, und Aveline ist meine Droge. Ich weiß, dass es fatal ist, aber ich komme nicht von ihr los. »Ihr Gatte wird den Mann nicht zu Gesicht kriegen. Selbst wenn es uns gelingt, bis morgen Abend Ihre Tasche zurückzubekommen – dieses Foto liegt nun bei Lizarey. Ich weiß nicht, wie wir es uns so schnell zurückholen können.«

»Ich nehme an, dieser Commissaire hat Sie in seinem Büro verhört? Dort hat er Ihnen das Foto gezeigt? Und dort hat er es auch wieder weggeräumt?«

»Sie schlagen vor, dass ich dorthin zurückkehre? Ich habe keine große Lust auf ein zweites Verhör.«

»Wir sollten das Büro lieber ohne Commissaire Lizarey besuchen. Heute Nacht.«

Blanc blickte Aveline lange an. »Sie wollen bei der Polizei einbrechen?«

Das Comeback der Madame Pelherbes

Als sie das *Le Criquet* verließen, spürte Blanc einen Augenblick ihre Hand in seiner Jackentasche, danach ein Gewicht und eine inzwischen vertraute Form. »Hier haben Sie das Souvenier aus Spanien zurück«, flüsterte Aveline.

Blanc betastete die Pistole kurz, um zu prüfen, ob der Abzug gesichert war. »Wir werden sie in den nächsten Stunden nicht brauchen«, sagte er. »Solange es hell ist und wir uns nur dort aufhalten, wo viele Menschen sind, wird uns der Koloss nicht angreifen. Hoffentlich …« Er blickte in den Himmel. Der Mistral war verweht, als hätte jemand eine große Düse zugedreht. In die arktische Bläue waren feine Wolkenbänder eingezogen, graue, ausgefranste Streifen, deren obere Ränder leicht rosafarben leuchteten. Stromabwärts der Rhône, über der Camargue und dem Mittelmeer, quollen schwarzgraue Wolkentürme auf. In kleinen Böen kam nach und nach ein Wind aus Süden auf, der nach warmem Nebel roch.

»Vielleicht sind wir bald allein auf der Straße. Die Sonnenbrille können Sie jedenfalls einpacken«, bemerkte Blanc. »Wären wir vernünftig, dann würden wir uns rechtzeitig ein trockenes Plätzchen suchen.«

»Lizarey soll ruhig denken, dass Sie vernünftig sind.« Aveline deutete auf einen arabischen Shop in einer Seitengasse, in dessen Schaufenster gebrauchte Handys auslagen. »Kaufen Sie sich eins dieser Dinger. Das ist kein Risiko, niemand wird Sie melden. Die Besitzer solcher Läden sehen Flics am liebsten von hinten.«

»Ich habe mir schon eine neue Simkarte besorgt.«

»Das gebrauchte Handy ist für Ihre alte Simkarte. Stecken Sie die in ein altes Telefon, schalten Sie es ein und lassen Sie es im Hotelzimmer liegen. So schaffen wir uns Lizarey vom Hals, wenigstens für ein paar Stunden. Er wird Ihre Nummer wieder anpeilen können und denken, dass Sie sich im Hotel vor dem aufkommenden Regen verkriechen. Er wird das zunächst unverdächtig finden und nicht länger nach Ihnen suchen lassen. Damit gewinnen wir zumindest eine Atempause, bevor er anfängt, misstrauisch zu werden.«

Blanc gehörte offenbar nicht zu den typischen Kunden des Ladens, denn der junge, ausgemergelte Maghrebiner hinter der Verkaufstheke musterte ihn so, wie ein Dealer einen Touristen mustern würde, der ihn an der Straßenecke nach dem Weg zum Kunstmuseum fragt. Blanc überflog die Auslage und deutete auf ein Handy, das ungefähr so aussah wie sein eigenes und nur ein paar Euro kostete. »Das da«, sagte er.

»Funktioniert tadellos«, erklärte der Maghrebiner, der erleichtert darüber zu sein schien, dass sein Kunde genauso schnell verschwinden würde, wie er aufgetaucht war. Er packte das antiquierte Motorola und sein Ladegerät mit flinken Fingern in einen Karton, zählte die Scheine nicht nach, die Blanc ihm reichte, und eilte sogar hinter der Theke hervor, um ihm die Tür aufzuhalten.

Fünf Minuten später war Blanc allein im Hotelzimmer. Aveline hatte sich unter den Arkaden versteckt, falls das Hotel oberviert wurde. Blanc steckte seine Simkarte in die Halterung und schaltete das Gerät ein. Er verband es mit dem Ladegerät, weil er dem alten Akku nicht traute. Dann wollte er den Raum schon wieder verlassen, als ihm einfiel, dass es noch glaubhafter wirken würde, wenn ein Lauscher nicht bloß das Signal der Simkarte registrieren würde, sondern auch wenn er tatsächlich unter dieser Nummer telefoniert hatte. Also rief er kurz seine Mailbox an. Niemand hatte darauf gesprochen, aber Fabienne hatte dreimal versucht, ihn zu erreichen. Er legte das Motorala auf den Nachttisch. Endlich glitt er möglichst unauffällig aus dem Eingang des *Hôtel de la Muette*.

»Lizarey ist vorerst abgelenkt«, erklärte er, als er wieder unter die Arkaden trat. Anschließend schlenderte Blanc mit Aveline durch die Gassen. Sie konnten bei der Polizei erst in der Nacht einbrechen, wenn überhaupt. Bis dahin hatten sie ein paar Stunden – Zeit genug, um sich ihre nächsten Schritte zu überlegen. Er versuchte mit seinem neuen Handy, Fabienne zu erreichen, doch sie ging weder unter ihrer mobilen noch ihrer Büronummer dran. Samstagnachmittag, vielleicht fraß sie mit ihrer Ducati Kurven, bevor der Regen kam. Nachdem er seinen Apparat nach mehreren vergeblichen Versuchen eingesteckt hatte, besprachen sie noch einmal leise Einzelheiten seiner Begegnungen mit Kojfer und Lizarey. Punkt für Punkt gingen sie durch, zwei methodische Buchhalter auf der Suche nach dem entscheidenden Rechenfehler in der Bilanz. Sie spazierten diskutierend auf erratischen Wegen, vorbei an aufgegebenen Läden, deren Schaufenster mit Postern für Kunstausstellungen beklebt waren, an einer Buchhandlung, an der Fondation Manuel Rivera-Ortiz, deren kahle Wände von Schwarzweißfotos geschmückt wurden, die Blanc sich in einer ruhigeren Stunde gerne angesehen hätte. Er dachte an seine alte Leica, die in der Ölmühle lag. Er hatte kurz mit sich gerungen, sie mitzunehmen, sich dann jedoch dagegen entschieden, weil er die wenigen Stunden, die er mit Aveline teilen konnte, nicht an den klobigen, schweren Apparat verschwenden wollte.

Noch war kein Regen niedergegangen, es fühlte sich schon beinahe irreal an. Die Wolken hatten über der Camargue geankert, es war, als warteten sie geduldig ab, bis sie Arles überfallen würden. Aus den Bars duftete es nach Kaffee, doch Blanc war zu unruhig, um sich noch einmal irgendwo hinzusetzen. Auch seine Geliebte wirkte nicht so, als sehnte sie sich nach einer Pause. Wahrscheinlich dachte sie das Gleiche wie er: Wer stehen bleibt, ist das perfekte Ziel. Nur, wenn sie sich ständig bewegten, waren sie einigermaßen sicher, dass der Mörder keinen Anschlag vorbereiten konnte.

»Lizarey hat geschlampt, wenn nicht Schlimmeres«, sagte er zu Aveline. »Es hat ihn einen Dreck interessiert, ob Gravets Körper Hämatome zeigte oder nicht. Es sieht so aus, als wollte er die Leiche so schnell wie möglich wieder loswerden. Was auch immer er mit ihr angestellt hat, an die Familie kann er sie nicht überstellt haben, wie er es behauptet hat.«

»Vielleicht brennt Gravet in diesem Augenblick schon im Krematorium und die Spuren lösen sich in Rauch auf«, erwiderte Aveline. »Hoffen wir, dass Gravets ruheloser Geist Commissaire Lizarey heimsucht.«

Blanc blickte sie spöttisch an. »Sie glauben an Gespenster?«

»Ich glaube an das schlechte Gewissen. Der Friedhof von Arles liegt direkt neben der Altstadt. Lizarey kann von seinem Büro aus quasi auf die Gräber blicken. Der Anblick von Toten hat schon so manchen zermürbt.«

»Lizarey würde sich Gravets Urne ins Schlafzimmer stellen und mit der Asche seine Geranien auf dem Balkon düngen«, brummte Blanc. »Der Mann hat kein Gewissen.«

»Da ist er nicht der Einzige in dieser alten Stadt. Was halten Sie von Madame Pelherbes?«

»Im Museum scheint sie so etwas wie der Boss zu sein. Kojfer hat jedenfalls Angst vor ihr.«

»Doktor Kojfer ist ein kluger Mann.« Aveline lächelte fein. »Die energische *Conseillère déléguée à la culture* interessiert sich noch nicht sehr lange für Kultur«, fuhr sie fort. »Und sie wird sich vielleicht auch nicht mehr sehr lange dafür interessieren. Hélène Pelherbes war«, sie zögerte kurz, »eine zeitweilige Weggefährtin meines Mannes.«

Blanc hielt überrascht inne. Für einen Moment tauchte ein absurdes Bild vor seinem inneren Auge auf: der überkultivierte, zynische, hagere Staatssekretär und diese dampfplaudernde, energiegeladene, korpulente Lokalpolitikerin …

Aveline musste seine Gedanken auf seinem Gesicht abgelesen haben, denn sie bedachte ihn mit einem gelinde mitleidigen Blick. »Die Pelherbes und mein Mann waren in derselben Partei, nicht im selben Bett«, erklärte sie. »Sie war in Bercy.«

»Ich wusste, dass ich sie schon einmal gesehen habe!« Eine

ehemalige Referentin aus dem Finanzministerium. Als Korruptionsfahnder hatte Blanc oft mit Beamten aus Bercy zu tun gehabt, manche waren Spezialisten, mit denen er zusammengearbeitet hatte – andere waren Ziele seiner Ermittlungen gewesen, weil sie es mit Mein und Dein nicht gar so genau genommen hatten. »Sie kann aber in Bercy kein hohes Tier gewesen sein, sonst wäre sie mir besser in Erinnerung geblieben.«

»Die Pariser Karriere von Madame Pelherbes glich dem Flug einer russischen Rakete: ein spektakulärer Start, dann gab es eine grelle Explosion am Himmel.«

»Und Ihr Gatte saß dabei im Kontrollzentrum?«, riet Blanc.

»Sie sind nicht der Erste, dessen Karriere Jean-Charles beendet hat«, bestätigte Aveline. Sie hörte sich nicht so an, als würde sie das besonders tragisch finden. »Die Pelherbes war so ehrgeizig wie alle in der Politik, aber sie war nicht so diskret, wie man es in Paris sein sollte. Sie hat ziemlich früh und ziemlich laut verkündet, auf welchem Ministersessel sie gern Platz nehmen würde. Ihr Problem war, dass auf diesem Sessel selbstverständlich schon jemand saß, jemand mit sehr großen Ohren. Mein Mann war seinerzeit persönlicher Referent dieses Ministers und hat die Sache geräuschlos erledigt. Gut für meinen Mann. Schlecht für Madame Pelherbes.«

»Und seither ist sie in Arles?«

»Da kam sie ursprünglich auch her. Nach ihrem Absturz ist sie aus Paris zurück in die Heimat gegangen und war etliche Jahre lang unsichtbar, aber leider nicht untätig. Sie hat sich, wie soll man sagen: neu erfunden?«

»Sie ist von den Finanzen zur Kultur gewechselt.«

»Und von der Partei meines Gatten zum Front National.«

»Das kommt in den besten Familien vor.« Blanc lächelte. Seit er in die Provence versetzt worden war, waren ihm schon Dutzende Politiker wie Hélène Pelherbes über den Weg gelaufen: Karrieristen, die bei den Gaullisten oder Sozialisten ziemlich hoch, aber nie ganz nach oben gekommen waren. Und die nun mit dem Ticket des Front

National ihre Rivalen in mehr als einer Hinsicht rechts überholen wollten. Er konnte sich denken, wie es in diesem Fall abgelaufen war. »Die Pelherbes hat bei Marine Le Pen angeklopft. Sie hat in Arles Lokalpolitik gemacht und sich rechtzeitig aufstellen lassen: Gemeinderat. Kulturdezernentin. Sieht nach einem zweiten Raketenstart aus.«

»In Arles ist der Front National längst die stärkste Partei. Und die Pelherbes hat sich extra einen blauen Peugeot gekauft und auf ihrer Facebook-Seite verkündet, dass ihr Auto ›bleu Marine‹ gestrichen ist. Diese Frau kennt keine Hemmungen.«

»Wenn das so ist, wird sie es nicht allzu lange in Arles aushalten. Dann will sie wieder zurück nach Paris.«

»Jean-Charles wäre darüber nicht besonders glücklich.«

»Das Glück Ihres Mannes ist nicht meine oberste Priorität.«

Aveline schenkte ihm ein spöttisches Lächeln, als wollte sie sagen: *meine auch nicht*. Laut fuhr sie jedoch fort: »Die Kultur ist für Arles das, was mal die Kohle für Lothringen war: eine Schlüsselindustrie. Kulturdelegierte ist hier der zweitwichtigste Posten nach dem Bürgermeister.«

»Lassen Sie mich raten: Wenn es gut läuft mit der Kultur, dann sitzt Madame Pelherbes demnächst auf dem wichtigsten Posten.«

»Diese neu gefundene Venus ist genau das, was die Pelherbes braucht: spektakuläre, solide, durch und durch ehrwürdige Kunst. Kein Multikultizeug. Nichts Kritisches. Das Gute, Schöne, Wahre. Marmor. Museum. Und jetzt das Fernsehen. Die Neue Venus wird ein Star in Arles und mit ihr Madame Pelherbes. Und da der Bürgermeister auf die siebzig zugeht, wird sie bei der nächsten Wahl praktisch seine natürliche Erbin sein. Und hat sie erst einmal Arles erobert, dann könnte Madame Le Pen sie beizeiten noch auf ganz andere Posten heben.«

»Ich hätte nie gedacht, dass ich Marine Le Pen einmal beim Heben helfen wollen würde. Wenn Hélène Pelherbes nicht irgendwie in diesem verdammten Fall drinhängen würde, dann wäre es mir glatt ein Vergnügen zuzusehen, wie sie sich in Paris an Ihrem Gatten rächt.«

»Sollte mein Mann abgeschossen werden, dann landet er mit einem goldenen Fallschirm in unserem Haus in Caillouteaux«, erinnerte ihn Aveline. »Wann könnten wir uns dann noch sehen, *mon Capitaine?*«

Blanc atmete tief durch. »Die Pelherbes nutzt die Marmorfigur für eine Art Wahlkampfauftritt, Fernsehen inklusive. Sie kann alles brauchen, bloß keinen nörgelnden Oberlehrer, der mitten in einer Liveshow herauskrähen würde, dass die Venus eine Fälschung ist. Hélène Pelherbes ist Mitte fünfzig. Sie hat bereits einmal die Partei gewechselt. Sie ist bereits einmal tief gefallen. Der Front National ist ihre einzige Hoffnung, doch die Partei hat bei den letzten Parlamentswahlen schlechter abgeschnitten, als Marine Le Pen sich das gedacht hatte. Sie haben zum ersten Mal Stimmen verloren und nicht dazugewonnen. Vielleicht ist das eine Trendwende. Man sieht jedenfalls beim Front National schon die Treppenstufen, die nach unten führen, tiefer und immer tiefer hinab. Die Pelherbes ist also eine alternde Politikerin, die für eine krisengeschüttelte Partei kandidiert. Diese Präsentation in Arles ist ihre allerletzte Chance, um durchzustarten. Wenn sie es jetzt nicht packt, dann packt sie es nie. Damit hat sie ein Motiv, sogar für einen Mord.«

Aveline nickte nachdenklich. »Schade bloß, dass der Mörder auf dem Turm eindeutig ein Mann war. Ich konnte sein Gesicht zwar nicht erkennen, aber seine Hände waren wie die Pranken von King Kong.«

Blanc blinzelte in den Himmel. Irgendwie waren sie wieder bis zum Ufer der Rhône gelangt. Der Fluss war so grau wie die Wolken über ihm, ein Odem Fäulnis quoll aus den Wellen. »Kein Politiker macht sich die Finger schmutzig, schon gar nicht mit einem Mord am helllichten Tag. Dafür hat man seine Leute.«

»Und einer von diesen Leuten ist Pelherbes' Sohn.« Aveline zündete sich eine neue Gauloises an. »Suchen wir uns ein Bar-Tabac«, fuhr sie fort und hakte sich bei Blanc unter. »Ich brauche eine neue Packung. Oder zwei.«

»Pelherbes' Sohn ist zwei Meter groß, hundertzwanzig Kilo schwer und trägt schwarze Hoodies?«, fragte Blanc zweifelnd.

»Er ist kleiner als seine Mutter, dünn und sieht so aus, als wäre er schon als Modepuppe geboren worden.«

Blanc blieb abrupt stehen. Drei Männer waren gestern in der Arena gewesen. Er hatte das Gefühl, der Boden unter seinen Sohlen verwandle sich in Treibsand. Er starrte auf ein Haus an der Uferstraße. In einer Nische stand eine Heiligenfigur: Christopherus mit dem Jesuskind auf der Schulter. Wahrscheinlich wurde er von den Leuten heute noch angebetet, doch ihm kam der energisch ausschreitende Riese bedrohlich vor. Drei Männer: Der Koloss. Marius. Und der Typ mit dem Flanellhemd ... »War das der junge Pelherbes, gestern in der Arena mit Marius und dem Riesen?«, fragte er.

Aveline schnippte Asche von ihrer Zigarette. »Höchstwahrscheinlich«, gab sie zu. »Ich kenne die Pelherbes kaum, und ihren Sohn habe ich nur einmal auf einem Foto gesehen, das sie in einer ihrer Wahlkampfbroschüren abgedruckt hatte. Das muss einige Jahre her sein. Da war ihr Sohn dreizehn oder vierzehn Jahre alt, Schüler in Arles und trug noch Nickelbrille, Anzug, Aktenkoffer. Das war zu der Zeit, als Manager groß in Mode waren.«

»Jetzt ist der Naturburschenlook angesagt.«

»Und der junge Pelherbes ist zehn Jahre älter. Jetzt trägt er einen Vollbart. Deshalb habe ich ihn gestern in der Arena nicht sofort erkannt. Aber irgendwie kam mir sein Gesicht bekannt vor. Später tauchte bei unseren Nachforschungen die Pelherbes auf, da ging bei mir eine Alarmglocke an. Heute Morgen, als Sie unterwegs waren, habe ich das alte Teenagerfoto ihres Sohnes gegoogelt. Er ist bei einer Veranstaltung aufgenommen worden, als Madame Pelherbes und mein Mann beide noch bei den Gaullisten waren. Ich habe im Geist den Jungen von damals mit dem Mann gestern aus dem Amphitheater verglichen. Das passt.«

Sie fanden ein Bar-Tabac in der Rue du 4 Septembre. Aveline stellte sich auf die gegenüberliegende Seite und tat so, als würde sie die Kleider im Schaufenster einer kleinen Boutique studieren, während sie tatsächlich die Gasse im Auge behielt. Als eine Gruppe Touristen die Kirche Saint-Julien verließ, schlug sie ihren Mantelkragen hoch. Doch die Reisenden bogen in die nächste Straße ab, die zum Amphitheater führte, niemand beachtete sie. Blanc trat währenddessen in den Bar-Tabac und kaufte zwei Packungen sowie eine Dose Gas, mit dem er Avelines elegantes silbernes Zippo Blu auffüllte. »Sie haben doch heute Morgen nicht bloß das Foto des Juniors gegoggelt«, vermutete Blanc, als er wieder zu ihr trat. »Welche Rolle spielt der Sohn?«

»Die des Türöffners«, erklärte Aveline, zündete sich eine neue Gauloises an und nahm einen tiefen Zug. »Ich habe in der Tat ein bisschen recherchiert, das meiste war leicht herauszufinden. Die Pelherbes ist geschieden und hat zwei Jungen. Der Ältere ist Vulkanologe auf La Réunion. Angeblich ist er das bloß geworden, um möglichst weit von seiner Mutter wegzukommen. Der Jüngere dagegen ist irgendwie immer an ihrer Seite geblieben. Ludovic Pelherbes hat sie ihre zweite Karriere zu verdanken.«

»Beim Front? Der Filius ist ein Rechter?«

»Und wie. Ludovic Pelherbes ist seit Jahren im *Bloc identitaire*.«

»*Merde.*« Die Rechtsextremen waren zwar nie Blancs Spezialgebiet gewesen, doch jeder Flic, der einige Jahre in Paris Dienst getan hatte, war früher oder später über den *Bloc* gestolpert. Für den Nationalfeiertag am 14. Juli 2002 hatten einige junge, radikale Nationalisten ein Attentat auf Präsident Jacques Chirac geplant. Das Komplott war aufgeflogen und hatte bei den Fahndern einige Aufregung ausgelöst. Die Verschwörer waren von einem Richter skandalös glimpflich abgeurteilt worden – und hatten kurz darauf den *Bloc identitaire* gegründet. Ganz legal.

2012 hatten *Bloc*-Aktivisten in Poitiers das Dach einer Moschee besetzt. Blanc erinnerte sich daran, wie angepisst er und die anderen Flics gewesen waren. Die Vorstädte brannten, die ersten isla-mistischen Mörder waren unterwegs – und da besetzten ein paar Typen mit einer Fahne, deren Logo ein Wildschwein zierte, eine Moschee.

»Einer von den *Bloc*-Kerlen, die damals die Moschee gestürmt haben, sitzt doch jetzt für den Front National im Conseil Régional, oder?«, fragte er.

»Philippe Vardon. Wenn Sie ein bisschen googeln, finden Sie im Netz noch Videos, wo er mit ein paar anderen Skins grölt, dass er zur *Zyklon Army* gehört.«

»*Zyklon Army?*«

»Zyklon B war das Gas in den Todeskammern der Konzentra-tionslager. Nun ist dieser Gasmann Abgeordneter im Regionalpar-lament.« Aveline schnippte ihre Kippe achtlos in die Rhône. An einem Haus an der Uferstraße standen die Fensterläden halb offen und flatterten bei jeder Böe: schmutzig weiß, rissig, im trüben Ta-geslicht wirkten sie wie zerschlissene Segel eines von seiner Besat-zung aufgegebenen Bootes.

»Die Jungs vom *Bloc* sind gebildet, sie föhnen sich die Haare und würden niemals Springerstiefel tragen«, fuhr Aveline fort. »Ideale Schwiegersöhne, solange Sie kein Muslim sind. Der jüngere Pel-herbes hat irgendetwas an der Côte d'Azur studiert, ich habe ver-gessen, was. Es ist auch unwichtig, denn es hat ihn in die Politik gezogen. In Nizza ist Ludovic Pelherbes jedenfalls sehr früh zu Vardons *Bloc* gestoßen. Da war seine Mutter noch in Paris und schielte auf den Ministersessel.«

Blanc lachte spöttisch auf. »Da war ihr ein rechtsextremer Sohn sicher noch peinlich.«

Aveline schüttelte den Kopf. »Kommt darauf an: in Paris ja, im Süden nein. Es sind in ganz Frankreich vielleicht zweitausend Leute im *Bloc*, die meisten leben im Midi. Hier haben die Rechten schon Karriere gemacht, als sie anderswo noch Parias waren. Waren Sie schon einmal in Orange, *mon Capitaine?*«

Blanc schüttelte den Kopf. Sein Blick folgte einem schweren Geländewagen, der über den Boulevard röhrte. Dunkel. Schwarz, nicht metallicgrün. Das Auto fuhr an ihnen vorüber, ohne dass der Fahrer es verlangsamte. Blanc entspannte sich wieder ein wenig.

»Schöne Stadt, antik, beinahe so wie Arles«, fuhr Aveline fort. »In Orange ist Jacques Bompard Bürgermeister, ich weiß nicht mehr, seit wie vielen Jahren schon. Der war 1972 ein Gründungsmitglied des Front National. Als der *Bloc* sein zehnjähriges Jubiläum begangen hat, hat er den Typen einen Gemeindesaal gegeben. Die Feier lief unter dem Motto *Direction Reconquête*, ›Richtung Wiedereroberung‹. Der junge Pelherbes war damals schon dabei. Und als seine Mutter später in Paris eine Bruchlandung hingelegt hat, da hat er ihr als Erster geholfen, in Arles das anzupacken, was Bompard im benachbarten Orange bereits gelungen ist: die Macht zu erobern.«

»*D'accord.*« Blanc fuhr sich mit der Hand über die Augen. »Madame Pelherbes ist im Front National. Ihr Sohn ist im *Bloc identitaire*. Die beiden Organisationen sind verbündet. Der *Bloc* erledigt die Drecksarbeit für den Front. Wenn Madame Pelherbes ein Problem hat, dann löst das jemand aus dem *Bloc* für sie.«

»Die Pelherbes hat öffentlich verkündet, dass der *Bloc* die beste Propaganda für den Front National macht. Sie hat das tatsächlich ›Agit-Prop‹ genannt. Die Achtundsechziger werden das nicht gerade gern gehört haben. Aber in einem hat diese Dame recht: Das sind keine biertrinkenden Glatzköpfe. Ich hatte schon einige Dossiers auf meinem Schreibtisch«, sagte Aveline. »Beim *Bloc* sind die Übergänge vom Schwiegermutterliebling zum Schläger fließend. Die Jungs sind clever. Zumindest clever genug, um sich gut zu organisieren. Der *Bloc* ist auf Facebook, Twitter und YouTube unterwegs wie eine hippe Modemarke. Und ich wette, sie machen im Netz sogar größeren Umsatz als manches Label. Sie können online T-Shirts in einer *Boutique identitaire* kaufen. Für Marine Le Pen ist der *Bloc* so was wie eine Jugendorganisation, eine PR-Agentur und eine Schlägertruppe zugleich. Auch wenn sie das nie zugeben würde.«

Blanc lächelte dünn. »Das klingt, als wären die hippen Jungs clever genug, um ein Attentat zu organisieren.«

»Wer mitten in Paris den Präsidenten umbringen will, der hätte jedenfalls keine Skrupel, mitten in Arles einen Lehrer zu töten.«

Sie wanderten noch eine Zeit lang auf der Uferpromenade entlang. Blanc konnte die Rhône mittlerweile lesen wie eine Landkarte: Strudel hinter einem Brückenpfeiler; ein helleres Grau dicht am Ufer, wo das Wasser vielleicht nur ein paar Zentimeter tief war; unterschiedlich starke Strömungen in der Mitte, die sich umschlangen und verwoben wie Strähnen eines riesigen Zopfs; stille Stellen am gegenüberliegenden Kai, wo der Strom in einem Bogen floss. Über den Himmel zog ein Schwarm dunkler Vögel, ein großes Gespenst, das hierhin und dorthin flatterte und dann wieder verschwand. Späte Zugvögel, die in die Camargue einfielen auf ihrem Weg nach Süden? Oder spukten sie das ganze Jahr am Himmel über Arles?

Blanc zog sein Handy aus der Tasche und versuchte wieder einmal, Fabienne zu erreichen. Diesmal nahm sie endlich ab. »Ich dachte schon, du bist zum ersten Mal in deinem Leben offline«, sagte er erleichtert.

»Und du? Was ist das für eine Nummer? Hat man dir dein Handy geklaut?«

»Niemand klaut mein altes Nokia. Ich musste bloß …«, er suchte nach der richtigen Ausflucht, »… auf einen anderen Provider ausweichen. Hier ist der Empfang so schlecht.«

»Mitten in Arles?«

»Bei dir ist der Empfang auch nicht besser. Ich habe schon mehrmals versucht, dich zu erreichen.«

»Ich bin seit Stunden im Keller des Rechenzentrums. Nicht einmal Gott könnte dort zu mir sprechen. Du hast Glück, dass ich mir gerade die Füße vertrete, um mal ein bisschen Sonne zu sehen. Geht es dir wirklich gut?«

Blanc hörte die Sorge in der Stimme seiner jungen Kollegin und fühlte sich schlecht dabei, sie anzulügen. »Alles bestens. Wie war's im Keller?«

»Mittelgut.« Fabienne lachte. »Ich weiß ja nicht, wo du bist und was du machst, aber ich habe das Gefühl, es wäre spannender, jetzt bei dir zu sein.«

»Du hast einen Halter für den Mercedes gefunden?«

»*Oui, mon Capitaine*. G-Klasse, grünmetallic, Arles – das war der leichte Teil der Übung. Es gibt nur eine solche Angeberkarre in fünfzig Kilometer Umkreis um die Stadt. Ihr Halter ist ein gewisser Loïc Navarin. Keine Vorstrafen, nicht so richtig zumindest.«

»Aber?«

»Der Typ ist polizeibekannt. Einunddreißig Jahre alt, Bodybuilder, Mixed Martial Arts.«

Blanc konnte seine Erregung kaum zähmen. »Groß?«, fragte er.

»Godzilla ist eine Eidechse im Vergleich zu ihm. Wir haben ein paar Fotos von Navarin im Rechner. Ich schicke dir eins aufs Handy. Den Typen willst du jedenfalls nicht als Hintergrundbild auf deinen Screen laden.«

»Vielleicht doch«, murmelte Blanc.

»Du legst dich gern mit den falschen Kerlen an, was?« Fabienne klang wieder besorgt. Sie atmete tief durch. »*D'accord,* es geht mich ja nichts an, was du mit deinem Wochenende machst, aber willst du nicht lieber ins Kino gehen?«

»Was weißt du noch über diesen Navarin?«

»Der perfekte Neonazi.«

»Er ist im *Bloc*?«, fragte Blanc mühsam beherrscht.

»Dafür ist der Typ zu blöd. Navarin steht auf die härtere Variante. Er hat vor einigen Jahren in Marseille seine eigene Gruppe gegründet, einen Ableger einer amerikanischen Nazitruppe: *Blood and Honour Hexagone*.«

»Klingt wie der Ku-Klux-Klan.«

»Sieht auch ungefähr so aus. Im Netz gibt es ein Bild, auf dem sie posieren. Zwanzig Fleischklopse, nur ohne weiße Zipfelmützen. Dafür in Bomberjacken.«

»Und Navarin hat nie eine Vorstrafe kassiert?«

»Unglaublich, was? Ende 2015 hat er mit seiner Truppe eine Veranstaltung der Sozialisten im Theater von Arles gestürmt. Der Abgeordnete wollte eine Neujahrsansprache vor Parteimitgliedern halten, diese Typen haben gegrölt und ihm mit dem Tod gedroht. Ein paar Kollegen von der Police sind schließlich dazwischengegangen und haben die Personalien aufgenommen. Seitdem hat Navarin eine Akte beim Inlandsgeheimdienst. *Fiche S,* ein staatsgefährdender Radikaler, wie die Kerle, die nach Syrien gehen, nur andersherum.«

»Ist Navarin verurteilt worden?«

»Bis heute ist wegen der Sache in Arles noch nicht einmal ein Gerichtsverfahren eröffnet worden.«

»Nichts, gar nichts?«

»Wenn du falsch parkst, hätte das Gesetz dich härter getroffen. Du bist sicher, dass du dich mit Navarin anlegen willst?«

»Hast du noch etwas?«

Fabienne seufzte. »30. Januar 2017: Navarin zieht mit etwa siebzig Rechten durch Aix-en-Provence. Ein Fackelmarsch.«

»Am Tag von Hitlers Machtergreifung?«

»Da hat jemand im Geschichtsunterricht aufgepasst.«

»Das hat niemand verboten?«

»Die Typen haben bei der Stadtverwaltung eine *manifestation culturelle* angemeldet, und eine Kulturveranstaltung war das schon, irgendwie. Zum Abschluss haben sie auf dem Cours Mirabeau die *Coupo Santo* gesungen. Und zuvor haben sie für die *Identité Aixoise* demonstriert, was immer das sein sollte.«

»Ich kann es mir vorstellen.« Blanc schloss die Augen. »Ein paar Dutzend? Das waren dann doch mehr als die zwanzig Typen von *Blood and Honour Hexagone*?«

»Ein Funktionär vom Front National ist vorneweg dabei gewesen. Aber der eigentliche Organisator war der *Bloc identitaire*. Der *Bloc* hat das alles gemanagt, der Front National hat den Zug angeführt, und die Typen von *Blood and Honour Hexagone* haben jeden eingeschüchtert, der sich dem Zug in den Weg stellen wollte. Nette Arbeitsteilung.«

»Das ist genau das, was ich hören wollte!«, rief Blanc. »Jetzt brauche ich bloß noch Navarins Wohnsitz.«

»Ich habe ja gesagt, es gibt einen leichten Teil der Übung. Und einen nicht so leichten.«

»Du hast keine Adresse?!«

»Es ist Samstagnachmittag und bis heute Morgen wusste ich nicht einmal, dass es einen Typen wie Navarin gibt.«

»Entschuldige. Es ist wichtig, dass ich diesen Kerl finde. Dass ich ihn sehr, sehr schnell finde.«

»Die Angaben der Fahrzeugpapiere sind falsch. Navarin hat niemals dort gewohnt, wo er behauptet hat, gewohnt zu haben. Ich habe das gecheckt. Da wohnt ein Typ mit demselben Nachnamen, der aber nicht mit unserem Navarin verwandt ist und noch nie etwas von ihm gehört hat. Im Netz findest du ebenfalls nichts. Das Seltsame ist, dass das den Kollegen der Police von Arles nicht aufgefallen ist, als sie Ende 2015 Navarins Personalien festgehalten haben. Sie haben ihn einkassiert und seinen Namen aufgeschrieben. Aber das Adressfeld in der Computerdatei ist leer. Da hat vielleicht jemand geschlampt. Du könntest bei den Beamten in Arles anrufen, vielleicht haben die irgendwo Navarins richtige Adresse. Soll ich dir deren Nummer geben?«

»Ich glaube nicht, dass es eine besonders gute Idee ist, mit den Kollegen aus Arles zu telefonieren«, erwiderte Blanc leise.

Schlagende Argumente

Blanc behielt sein Nokia in der Hand. Fabienne hatte ihm versprochen, einige Dokumente zu senden. Er wollte sie sich ansehen und sich wieder melden, um zu besprechen, wie sie weiter vorgehen würden. Aveline und er waren inzwischen bis zum Amphitheater zurückgeschlendert, Arles war so klein, er kannte das Netz der Gassen bald auswendig. Aveline betrachtete rostrote, schmiedeeiserne Souvenirs in der Auslage vor einem Geschäft: das Kreuz der Camargue mit Herz und Anker, Garderobenhaken in Form eines Geckos, Frauen in provenzalischer Tracht, die als Türstopper fungierten. Blanc kannte sie längst gut genug, um zu wissen, dass sie sich solche Dinge niemals kaufen würde. Während sie zerstreut die Waren inspizierte, schaute er auf sein Handy. Sie wirkten wie zwei leicht gelangweilte Touristen. Gut so. Selbst der Ladenbesitzer beachtete sie nicht.

Endlich vibrierte sein Apparat: ein Foto von Loïc Navarin. Einunddreißig Jahre alt, hatte Fabienne gesagt, älter, als Blanc einen Nazi-Schläger erwartet hatte. Sein Kopf war eine Bowlingkugel mit Vollbart, der bis unter seine kleinen, harten Augen wucherte. Navarins Hals war kurz und so breit wie sein Kopf, die oberen Schultermuskeln waren so extrem entwickelt, dass sie sich sogar durch die weite Bomberjacke nach oben wölbten. Fabienne hatte offenbar einen Ausschnitt aus einem größeren Bild herausgezogen, man sah zu beiden Seiten weitere stiernackige Gestalten – doch alle reichten Navarin höchstens bis zur Schulter.

Die nächste MMS: Kopien von Statusmeldungen auf Navarins Facebook-Account. Er hatte einmal als Neujahrswunsch zu einer *chasse à l'arabe* aufgerufen, zur »Araberjagd«: »*Wer tötet den ersten Araber in diesem Jahr? Letztes Jahr war ich es!*« Mehr als eintausend Likes. Werbung für illegale Mixed-Martial-Arts-Kampfabende. Mehr als eintausend Likes. Das Foto eines Baseballschlägers und darunter: »*Wir bekämpfen die Republik mit allen Mitteln, sogar mit legalen!*« Mehr als eintausend Likes. Unterstützungsaufrufe für den Besitzer eines Tätowierstudios, der wegen Mordes gesucht und untergetaucht war. Mehr als eintausend Likes. Keine Verurteilung, dachte Blanc fassungslos, dieser Kerl hat sich noch keine einzige verdammte Verurteilung eingefangen.

Er betrachtete das Foto wieder und zoomte das Gesicht größer. War das der Koloss, der ihn auf dem Turm niedergeschlagen hatte? Er versuchte, sich an die dunklen Augen zu erinnern. An den Bart. Doch da war nur ein schwarzes Nichts gewesen unter der Kapuze. Er zoomte auf die Hände, die man aber kaum erkennen konnte, weil Navarin mit vor der Brust gekreuzten Armen posiert hatte. Er zeigte das Foto Aveline.

Für einen winzigen Moment verlor sie ihre Gelassenheit. »Ich bin keine Maniküre«, erwiderte sie und starrte auf das Foto der Hände, dann drehte sie sich brüsk um und nahm einen schweren, schmiedeeisernen Türstopper in die Hand.

Zwei neue Dateien leuchteten auf dem alten Nokia auf, ziemlich umfangreich, ein PDF und ein Word-Text mit vielen eingesetzten Fotos und Tabellen. Das erste Dokument war ein Aufsatz, den Gravet drei Jahre zuvor für die Zeitschrift eines Heimatvereins geschrieben hatte. Blanc stellte sich unter die Markise des Souvenirladens neben einen Stand mit Postkarten und begann zu lesen. Gravet wog das Für und Wider ab, ob der Caesarkopf im Museum nun tatsächlich Julius Caesar darstellte oder nicht. Ausschweifend stellte Gravet die Umstände des Fundes dar – am rechten Rhôneufer, einige Meter vor dem Pont de Trinquetaille, zehn Meter Wassertiefe. Er führte auf, dass man den Marmor, aus dem das Haupt geschlagen worden war, genau identifizieren konnte (ein Steinbruch in der Türkei). Er listete die Argumente gegen eine Zuschreibung zu Caesar auf. (Das beste erhaltene Caesar-Porträt wurde in einem Museum in Turin aufbewahrt. Bei dem italienischen

Caesar-Kopf befanden sich das Innere der Ohren und die Augen auf gleicher Höhe, eine seltene, charakteristische Deformation. Bei dem Marmorkopf aus Arles hingegen lagen, wie bei den meisten Menschen, die Ohren etwas tiefer als die Augen.) Er listete die Argumente dafür auf. (Beim Porträt aus Arles war auch der Hals zu sehen. Dort hatte der Künstler charakteristische Falten modelliert, die als »Ringe der Venus« bereits zu Caesars Lebzeichen als Kennzeichen der Familie der Julier galten.) Gravets Fazit: Am Ende sprach mehr dafür als dagegen, dass der Kopf in Arles tatsächlich Julius Caesar darstellte.

Gravet schrieb umständlich und pedantisch, doch sein Aufsatz war nicht umständlicher oder pedantischer als die Berichte, die die meisten Gendarmen täglich ablieferten. Blanc fand den Text ausgewogen, präzise und, ja doch, überzeugend. Und Gravet hatte am Ende den berühmten Caesarkopf für echt erklärt. Er war vielleicht pingelig und humorlos, aber das war kein Nörgler, kein Querulant, kein Spinner, dachte er.

»Interessante Lektüre?« Aveline war inzwischen bis ins Innere des klaustrophobisch zugestellten Souvenirladens vorgedrungen. Sie hielt mehrere Tücher aus Kunstseide hoch, die mit Kopien von Van-Gogh-Gemälden bedruckt waren.

»Ich fürchte, Kunstseide ist nicht ganz Ihr Stil«, sagte Blanc.

»Eine Erkältung ist auch nicht mein Stil. Ich habe meinen Schal im Hotel gelassen, falls sich einer von Lizareys Zeugen zufälligerweise auch an dieses Detail erinnert haben sollte.«

»*Eh bien,* dann suchen wir uns das schönste Stück aus.« Blanc griff nach einem Tuch, das van Goghs blühende Mandelzweige zeigte: verknotetes Holz, weiße Blüten und ein Himmel so türkisfarben wie das karibische Meer. Während er zahlte, sah er zu, wie Aveline es sich um den Hals schlang. »Bin gespannt, ob es Ihrem Mann gefällt«, sagte er.

»Es wird dem Mann einer Putzfrau der SNCF gefallen. Ich lasse es Sonntagabend im Zug liegen«, antwortete sie.

Sie traten hinaus und schlenderten weiter durch die Altstadt. Blanc schickte das PDF des Aufsatzes auf Avelines Handy weiter, dann überflog er im Gehen das zweite Dokument. »Meine Kollegin hat den Text aus Gravets Blog heruntergeladen«, erklärte er ihr. »Es ist sein letzter Eintrag gewesen.«

»Von wann?«

»Letzten Mittwoch.«

»Zwei Tage vor seinem Tod.«

Blanc nickte nachdenklich. Der Tonfall war polemischer als im ersten Aufsatz, verbitterter auch. Aber die Sätze waren noch immer verschachtelt und lang und trotzdem saß noch das letzte Komma am richtigen Platz. Gravet war wütend gewesen, als er das geschrieben hatte, vermutete Blanc, aber er war nicht blind gewesen vor Wut. Besserwisserisch, oberlehrerhaft, die Arroganz des Autodidakten, der sich sein Wissen erkämpft hat. Endlose Zahlenkolonnen. Quälend lange Argumentationsketten: *Erstens gilt ... Zweitens muss man annehmen ... Daraus folgt drittens, dass ...* Ein Staatsanwalt argumentiert so, dachte Blanc, wenn er in seinem Plädoyer den Angeklagten für viele Jahre hinter Gitter bringen will.

»Es geht, um es kurz zu machen, um die Neue Venus von Arles«, erklärte er.

»Wer hätte das gedacht?« Aveline blickte von ihrem iPhone auf und lächelte. »Beweist Gravet darin, dass bei der Venus die Ohren an der falschen Stelle vom Kopf abstehen?«

Er schüttelte den Kopf. »Warum Gravet die Venus für eine Fälschung hält, steht da nicht. Das hat er offenbar bereits früher in seinem Blog geschrieben. Hier legt er dar, welche Gründe es gibt, um eine antike Statue überhaupt zu fälschen.«

»Antiken sind teuer.«

»Ja, Gravet nennt Beispiele. Ein Scheich aus Katar hat vor einigen Jahren eine nackte römische Venus für zwölf Millionen Euro ersteigert.«

»Für seinen Harem, nehme ich an.«

»Darüber hat Gravet nichts geschrieben. Aber unser Lehrer nennt weitere Deals: Hedgefondsmanager, Oligarchen, kalifornische Museen. Nur«, Blanc lächelte versonnen, »die Venus von Arles ist ja von städtischen Angestellten beim Renovieren auf öffentlichem Grund gefunden worden. In den Kryptoportiken. Und jetzt soll sie ins Museum kommen. Niemand hat auch nur einen Cent für dieses Kunstwerk ausgegeben. Ein Geschenk der Götter an die Stadt Arles gewissermaßen. Niemand wird mit der Neuen Venus Geld verdienen. Zumindest nicht direkt.«

»*Alors?*«

»Wenn ich Gravets ausschweifende Argumentation richtig zusammenfasse, dann geht die Geschichte ungefähr so: Die Venus wird gefunden. Die Experten sind hingerissen. Die Statue wird zum Star. Und dann, nach und nach und vielleicht noch mit Jahren Abstand, ›finden‹ manche Besitzer der Häuser nahe bei den Kryptoportiken ›zufällig‹ weitere antike Figuren – in uralten privaten Kellern und Gewölben, dort, wo zuvor niemand je nachgesehen hat. Und dort, wo auch niemand je dabei sein wird, wenn diese Kunstwerke gefunden werden ...«

Aveline schenkte ihm ein bezauberndes Lächeln. »Diese antiken Meisterstücke dürfen die Hausbesitzer wann immer sie wollen verkaufen, nehme ich an.«

»Ja«, bestätigte Blanc und blickte auf das Handydisplay. »Gravet behauptet, dass das der Trick der Fälscher ist. Der Ruhm der Neuen Venus ist gewissermaßen das Echtheitssiegel für alle später gefundenen Werke: Die Venus steht schließlich im Museum, bestaunt von Zehntausenden, gefeiert von Wissenschaftlern. Und wenn die Neue Venus echt ist, dann sind auch alle zukünftigen Funde aus dem Boden neben den Kryptoportiken echt.«

»Klingt, als wäre es eine lohnende Investition, jetzt ein Haus mit Keller in Arles zu kaufen.«

»Gravet meint, dass die Hausbesitzer bloß Strohmänner sind. Sie bekommen eine kleine Summe von den Leuten, die in ihren Gewölben gefälschte Statuen platzieren, die bei passender Gelegenheit ›gefunden‹ und dann an ahnungslose reiche Nichtsnutze wie diesen Scheich verkauft werden. Der Löwenanteil des Erlöses geht an die Fälscher. Gravet nannte diese Leute ›Mafia‹. Man kann nicht behaupten, dass er diskret war.«

»Hat er Namen genannt?«

»Er hat einige bekannt gewordene Skandale aufgelistet: Shaun Greenhalgh, ein britischer Fälscher, verurteilt im November 2007. Er hatte eine ägyptische Prinzessinnenstatue kopiert, die angeblich aus Amarna stammte.«

»Die kleinen Schwestern von Tutanchamun? Wer kauft so ein Zeug?« Aveline schüttelte den Kopf, eher belustigt als empört.

»Es geht noch besser: Beim Antiquitätenhändler Robert Symes sind vor ein paar Jahren dreiunddreißig Depots mit angeblich echten Kunstwerken sichergestellt worden, die er für mehr als einhundertachtzig Millionen Euro auf den Markt schleusen wollte.«

»So viele Millionen schafft nicht einmal der fleißigste Drogendealer von Marseille.«

»Das ist bloß der unverkaufte Rest, den die Polizei noch in den Verstecken gefunden hat. Niemand weiß bis heute, was Symes zuvor verscherbelt hat und wo das Zeug heute überall steht. Symes faules Zeug schmückt wahrscheinlich mehr als ein ehrenwertes Museum.« Blanc tippte wie zur Bestätigung auf sein Nokia. »Gravet behauptet außerdem, dass Arles für die Fälscher das werden könnte, was Medellín für die Dealer ist: viel Stoff, keine Polizei. Die Stadt ist einerseits ein Tagebau antiker Schätze. Wo man hier auch gräbt, man stößt immer auf irgendetwas Altes. Aber Arles ist, anders als Rom oder Athen, tiefste Provinz. Keine internationalen Forschungseinrichtungen, keine Universität – nur wenige Experten in der Stadt können wirklich beurteilen, was echt ist und was nicht. Wenn man in Arles einen verschrammten Stein in die Höhe hält, dann glaubt jeder gleich, dass es Caesars Nase ist, aber kaum jemand kann das überprüfen. Wenn es also einen idealen Ort gibt, um römische Fälschungen auf den internationalen Markt zu schleusen, dann ist es Arles. Hier hat sich, schreibt Gravet, *seit einigen Jahren eine Mafia-ähnliche Organisation eingenistet, die sich im großen Stil Geld ergaunern will. Geld, mit dem diese Organisation noch ganz andere Ziele verwirklichen will, politische Ziele.*«

»Klingt nach einem Verschwörungstheoretiker. Sind Sie sicher, dass Gravet nicht einfach bloß ein Internet-Troll ist?«

»Hört sich hysterisch an, das gebe ich zu. Im allerletzten Absatz seines Blogs nennt Gravet allerdings eine angebliche Mafiosa bei ihrem vollen Namen.«

»Hélène Pelherbes?«

Blanc lächelte. »Und achtundvierzig Stunden später ist Gravet tot.«

Irgendwie waren sie bis zu einem Platz gekommen, der von Cafés und Restaurants gesäumt war. Bei einem war die Fassade sonnenblumengelb gestrichen, der Fensterrahmen mohnblumenrot, der Name *Vincent van Gogh* leuchtete unter einem Baldachin. Blanc erinnerte sich vage an ein Bild des berühmten Malers, ein Café in Gelb, nachts in Arles. Auch in der Platzmitte waren Tische und Schirme aufgebaut, aber es saßen so wenige tapfere Touristen daran, dass sich die Kellner nicht die Mühe gemacht hatten, die Heizpilze zu entzünden. Blanc erkannte das Schild wieder: Place du Forum. In die barocke Fassade eines teuren Hotels war die Ruine eines antiken Tempels eingelassen: zwei polierte Säulen aus einem grauen Stein steckten zwischen den Steinen wie eingemauerte Gefangene. Darüber reliefgeschmückte Kapitelle und ein halber Giebel, ziselierte, ockerfarbene Fragmente, deren feine Rundungen selbst von zweitausend Jahren Sturm und Regen nicht verwittert worden waren. Gravet hatte recht gehabt: In einer Stadt, die ihr antikes Erbe zugleich so stolz herzeigte und so lässig recycelte, würde man jede alte Statue für echt halten.

Blanc tippte Fabiennes Nummer ins Handy. »Ich habe die Texte von Gravet gelesen. Hast du noch mehr über ihn herausgefunden?«

»Wie wäre es mit einem: ›Vielen Dank für diese Unterlagen, die du an einem Samstag für mich zusammengesucht hast.‹?«

»Sei nicht eingeschnappt. Ich stehe unter einem gewissen Druck. Die Texte sind eine gute Spur. Ich weiß nur noch nicht genau, wohin.«

Fabienne seufzte. »Dass ihn die Kulturdezernentin von Arles angezeigt hat, weißt du schon? Es stand im Netz.«

»Und im Recyclingpapier, ja. Wann genau hat Madame Pelherbes Gravet angezeigt?«

»Vor ungefähr zwei Monaten.«

»Hatte sie mit ihrer Anzeige Erfolg?«

»Du kennst doch unsere Gerichte. Die sind so überlastet, dass es frühestens im nächsten Jahr zum Verfahren gekommen wäre. Und wenn du mich fragst: Das hätte die Pelherbes niemals gewonnen. Welcher Richter Frankreichs verurteilt dich schon, nur weil dir eine alte Marmorfigur nicht alt genug vorkommt? Schlimmstenfalls hätte doch ein Wissenschaftler, der die Neue Venus in einer Expertise für echt erklärt hat, gegen Gravet vorgehen können, weil dessen ständige Nörgeleien so etwas wie Rufschädigung sein könnten. Aber die Kulturdezernentin einer Stadt? Warum sollte die beleidigt sein?«

Blanc spürte einen sanften Druck am Ellenbogen. Er hatte sich während des Gesprächs unbewusst Richtung Platzmitte bewegt. Aveline hakte sich bei ihm unter und zog ihn zurück, unter die Markisen eines Cafés. Hier konnte sie der Mörder weniger leicht entdecken. Sie schlängelten sich zwischen den Tischen hindurch. »Gravet hat Madame Pelherbes ›Mafiosa‹ genannt«, fuhr Blanc fort.

»Ja, in seinem letzten Blog-Eintrag. Aber der ist *nach* der Anzeige geschrieben worden. Bis zu dem Zeitpunkt, als die Pelherbes sich einen Anwalt genommen hat, hat Gravet zwar die Statue mehrmals

als Fälschung bezeichnet, aber niemals die Kulturdezernentin direkt angegriffen.«

»Also hat sie ihn bloß angezeigt, um ihn einzuschüchtern. Madame Pelherbes wusste wahrscheinlich von Anfang an, dass ihre Anzeige vor Gericht keine Chance haben würde. Sie wollte Gravet bloß so verunsichern, dass er mit seiner Meckerei aufhört. Ein Warnschuss.«

»Der nach hinten losging. Nach allem, was ich im Netz gesehen habe, hat Gravet *nach* der Anzeige erst so richtig aufgedreht. Vielleicht war er angepisst.«

»Oder er wollte es darauf anlegen, dass es auf jeden Fall zum Prozess kommt. Das wäre schließlich eine große Bühne für ihn und seine Thesen geworden. Er hat die Pelherbes provoziert.«

Mit einer Selbstverständlichkeit, als hätten sie dort ein Zimmer gebucht, führte Aveline ihn ins luxuriöse Hotel. Sie setzten sich in der Lobby auf zwei Stühle. Während Blanc weitertelefonierte, musterte Aveline durch ein Fenster den ganzen Platz. Sie machte ihm ein beruhigendes Zeichen: keine Gefahr.

»Die Provokation scheint bei ihm so eine Art Leidenschaft gewesen zu sein«, erklärte Fabienne. »Als Student in Aix-en-Provence war Gravet mal bei den Kommunisten. Keine zwei Jahre, dann haben sie ihn wegen ›parteischädigenden Verhaltens‹ rausgeworfen. Das war zu der Zeit von Gorbatschow, als den Kommunisten die Mitglieder schreiend davongelaufen sind. Er muss einiges angestellt haben, dass ihn die Genossen ausgerechnet in so einer Krise freiwillig aus dem Haus gejagt haben. Es hat auf jeden Fall heftig gekracht, denn eine kleine Meldung davon hat es bis ins kommunistische Blatt *La Marseillaise* geschafft. Sonst hätte ich das im Netz nie gefunden. Kurz darauf gehörte Gravet plötzlich zum lokalen Vorstand der EELV in Aix. Aber schon auf dem darauffolgenden Parteitag der Grünen ist er nicht mehr dabei, er wird nicht mal erwähnt. Wieder ein paar Jahre später taucht Gravets Name plötzlich auf einer obskuren Antifa-Website auf. Die denunzieren dort angebliche Neonazis mit Namen. Da findest du den Eintrag: *Thierry Gravet, Lehrer, Arles.*«

»Und wie schafft es ein Ex-Kommunist und Ex-Grüner auf eine Neonazi-Liste?«

Fabienne zögerte. »*Eh bien.* Diese Antifa-Typen, von denen ich übrigens sonst noch nie gehört habe, behaupten auf ihrer Website, dass Gravet zum *Bloc identitaire* in Arles gehört.«

»*Merde.*«

»Es ist doch immer wieder toll, gelobt zu werden.« Fabienne lachte. »Könnte sein, dass das alles bloß ein Missverständnis ist. Oder eine Denunziation. Oder einfach bloß Hetze. Ein Schüler kriegt von Gravet eine miese Note. Er ärgert sich – und, zack, schon steht sein Lehrer am Pranger irgendwelcher Antifa-Leute. Das Interessante ist nämlich, dass ich bei meinen eigenen Nachforschungen zum *Bloc identitaire*, als ich Navarin im Visier hatte, niemals über Gravets Namen gestolpert bin. Er war definitiv nicht dabei, als diese Typen die Parteiversammlung der Sozialisten gesprengt haben. Er war nicht beim Fackelmarsch vom 30. Januar 2017 dabei. Er war nirgendwo dabei, wo du als Rechter jemals in einem Polizeicomputer landen könntest. Es gibt kein Foto von ihm, das ihn mit Rechten zeigt, keine Anzeige, keine Äußerung von ihm selbst im Blog oder auf Facebook oder sonstwo, rein gar nichts, schon gar kein *Fiche S*. Gut möglich also, dass Gravet niemals beim *Bloc* war, ganz egal, was diese Antifa-Typen behauptet haben.«

»Oder dass er erst seit Kurzem dabei war, sodass es außer denen niemandem aufgefallen ist. Gravet scheint immer da gewesen zu sein, wo er andere ärgern konnte: Bei den Kommunisten, als die noch Bürgerschrecks waren. Bei den Grünen, als alle die noch für Spinner hielten. Und bei den Rechten, als die noch Asoziale waren. Und immer, wenn eine Bewegung niemanden mehr aufregt, tritt Gravet wieder aus. Als die Kommunisten nur noch eine nostalgische Traditionstruppe sind, tritt er aus. Als es die EELV bis in die Regierung schafft, tritt er aus. Als die Rechten im Süden ein Drittel der Stimmen erobert haben, tritt er aus. Er hat sich mit allen überworfen.«

»Den möchtest du nicht zum Nachbarn haben.«

Blanc rieb sich die Stirn. Der Stuhl in der Lobby war verteufelt bequem. Er hätte sich so gern hingelegt. »Trotzdem ist das eine Spur. Der *Bloc* ist das Einzige, was Thierry Gravet mit Loïc Navarin und Hélène Pelherbes verbindet. Alle drei hatten oder haben irgendwie mit dem *Bloc* zu schaffen. Vielleicht hat der Mord gar nichts mit der Neuen Venus zu tun.«

»Und vielleicht verrate ich dir jetzt noch etwas, das ich bereuen werde.« Er konnte am Telefon hören, dass Fabienne tief durchatmete. »Ich will dich wirklich nicht in die Scheiße reiten.«

»Klingt nach einer interessanten Information.«

»Sei bloß vorsichtig. Ich habe bei meinen Nachforschungen den einen oder anderen Account gehackt. War nicht besonders schwer, niemand hat je behauptet, dass Rechte außerordentlich klug sind. *Blood and Honour Hexagone* und der *Bloc* veranstalten diese Nacht ein Treffen. Fackeln, Musik, Alkohol, das ganze Programm. Das machen die wohl öfter. Um Mitternacht geht es los.«

»Wo?«

»Keine Ahnung. Denn alle wissen offenbar, wo der Treffpunkt ist. Niemand erwähnt den Ort.«

»Vielleicht sind die Typen doch nicht so dumm.«

»Nur einer hat gepostet: ›*Wir sehen uns nachher auf dem großen Berg!*‹«

»Sie fahren zum Skifahren in die Alpen.«

»Das war nicht der beste Witz, den ich in meinem Leben gehört habe.«

»Mir fehlen ein paar Stunden Schlaf.«

»Ein anderer Typ hat gepostet, dass er heute Nacht die erste Schicht als Türsteher eines Clubs in Arles hat. Sein Job endet um 2.00 Uhr. Er hat angekündigt, dass er deshalb erst gegen 2.30 Uhr aufkreuzen könnte. Wo immer dieser ›große Berg‹ ist, er muss also in oder nahe bei Arles sein, sonst könnte er das nicht in dreißig Minuten schaffen.«

Blanc fluchte. »Die Stadt ist platt. Die einzige Erhebung ist das Amphitheater. Das ist seit gestern ein Tatort im Visier der Polizei. Da werden garantiert nicht ein Haufen Glatzen mit Fackeln, Bier und Rockmusik auftauchen.«

»Dann such mal einen anderen Berg. Du hast ja noch ein paar Stunden, um das Rätsel zu knacken. Und falls du tatsächlich herausfindest, wo diese Typen sich treffen, dann nimm dir Leute mit. Du kannst nicht einfach nachts bei solchen Kerlen ankommen und den einsamen Sheriff spielen.«

Blanc warf Aveline einen Blick zu. »Ich habe mich schon um Verstärkung gekümmert.«

Besser als Heroin

Sie traten aus der Lobby ins Freie. »Was nun?«, fragte Aveline.

»Ich knöpfe mir noch einmal Kojfer aus dem Museum vor«, verkündete er. »Madame Pelherbes hat unser Gespräch über Gravet und Kunstfälschungen in dem Moment abgewürgt, als es gerade interessant wurde.«

Aveline nickte. »D'accord. In der Nähe des Place du Forum gibt es eine große Buchhandlung. Da haben sie viel Literatur über Arles und vielleicht finde ich sogar einen Buchhändler, der sich damit auskennt. Irgendwo muss jemand etwas über einen ›großen Berg‹ geschrieben haben. Wir treffen uns in einer Stunde wieder.« Sie drehte sich um, ohne seine Antwort abzuwarten.

Blanc ging rasch durch die Gassen. Zwischen den Mauern wirkte die Luft selbst grau. Die Stadt schien ihm belebter und unruhiger zu sein als sonst: Angestellte, die in den Feierabend eilten, Schüler auf dem Heimweg, kauflustige Touristen, fast alle gegen Nässe und Kälte dick eingepackt und so hektisch, als müssten sie in Paris über die Boulevards zur nächsten Metro eilen. Er blickte sich hin und wieder um. Kein Navarin. Kein Lizarey. Kein … Er sprang in den Schatten eines Hauseingangs und wagte kaum zu atmen.

Marius.

Sein Kollege schlenderte über das Pflaster, nur ein paar Schritte vor ihm. Er hielt ein großes Pizzastück in der Linken und eine Flasche in der Rechten, die verdächtig nach Heineken aussah. Was, zum Teufel, tat Marius da? Er verschlang die Pizza im Gehen, wischte sich mit einer Papierserviette über den Mund, trank den letzten Zug aus der Flasche und warf Serviette und Flasche lässig in einen Abfalleimer. Er wirkte nicht gerade gehetzt.

Blanc folgte ihm. Er wünschte sich nicht zum ersten Mal, einen

Kopf kleiner zu sein, einfach unterzutauchen in der Menge und nicht wie ein Leuchtturm in der Gegend herumzustehen. Doch Marius schien weder unruhig noch misstrauisch zu sein und bemerkte ihn nicht. Er schlenderte durch die Gasse, blieb lange vor einem Souvenirshop stehen, studierte die ausgestellte Speisekarte eines Restaurants. Er telefonierte nicht, schien sich nach niemandem umzublicken, der perfekte Müßiggänger.

Und irgendwann stand Marius vor dem Amphitheater.

Blanc war in einer Seitenstraße zurückgeblieben und sah, wie sein Kollege eine Eintrittskarte kaufte und zwischen den steinernen Gewölben verschwand. Was trieb der Kerl bloß? Blanc stand einen Augenblick unentschlossen neben einer Hauswand. Sollte er Marius folgen? Andererseits musste er jetzt zu Kojfer, bevor der mit seinen Münzen und dem Fernsehtermin so viel zu tun bekam, dass er gar nicht mehr mit ihm reden würde. Er zögerte noch einen Moment, dann holte er sein Handy hervor und tippte hastig eine SMS an Aveline: *Tonon ist wieder im Amphitheater. Keine Ahnung, warum.*

Dreißig Sekunden später bekam er ihre Antwort: *Habe auf der Place du Forum Ludovic Pelherbes gesehen. Bog in die Rue des Arènes ein, die zum Amphitheater führt.*

Blanc fluchte leise und wünschte, er könnte sich teilen. Er wünschte, er könnte Marius und den jungen Pelherbes im Amphitheater belauschen, denn er war sicher, dass sich die beiden dort treffen wollten. Und er hoffte, dass die beiden nicht irgendwie und irgendwo Avelines Weg kreuzten. Doch dann machte er sich schweren Herzens auf den Weg zum Museum. Er eilte dabei zufällig an einem Minisupermarkt vorbei. Plötzlich kam ihm eine Idee, und er sprang kurz hinein. Fünf Minuten darauf stand er vor dem Musée départmental Arles antique. Er scherte sich nicht um die Videoüberwachung, er hatte keine Zeit mehr für Schleichwege. Wenn Lizarey ihn wieder hier aufstöbern würde, dann war es eben so. Er ging durch den Haupteingang, löste wie jeder Besucher eine Karte, schritt dann jedoch rasch einen Flur hinunter bis zu Kojfers Büro.

»Damit schaffen Sie es bis ins Fernsehen«, sagte er zur Begrüßung und reichte dem Wissenschaftler einen gelben Plastikkamm. »Im Supermarkt war die Farbauswahl nicht gerade überwältigend. Aber Madame Pelherbes wird mit dem Resultat zufrieden sein.«

Kojfer betrachtete den Kamm. Dann betrachtete er Blanc. Es war klar, dass ihm nicht gefiel, was er sah. »Lassen Sie uns einen Spaziergang machen«, sagte er. Er zwängte sich in einen alten, blauen Anorak, in dem er aussah wie der Teilnehmer einer Antarktisexpedition aus den Fünfzigerjahren. Den Kamm ließ er auf dem Schreibtisch neben dem übervollen Aschenbecher liegen. »Hier lang«, wies er Blanc an. Mit einem Schlüssel öffnete er einen Hinterausgang. Niemand war dort zu sehen. Sie eilten durch einen kleinen, gepflegten Park hinter dem Museum, bis sie das Ufer des großen Flusses erreicht hatten. Auf der Uferpromenade schlugen sie den Weg Richtung Innenstadt ein.

Es nieselte jetzt, so fein, dass es wirkte, als würden die Tropfen in der Luft schweben. Dunst stand über der Rhône und verschleierte den Blick auf das Viertel Trinquetaille. Es stank süßlich nach Wasser und Fäulnis, vermischt mit dem Brandgeruch eines alten Dieselmotors. Ein langer, plumper Frachtkahn kämpfte qualmend gegen die Strömung. Blanc betrachtete den verbeulten, mit Rostschlieren überzogenen Rumpf. Vor zwei Jahrtausenden hatten hölzerne Barken den Fluss durchpflügt, sie waren den Römern wahrscheinlich genauso gewöhnlich und heruntergekommen erschienen. Ob dieser Frachtkahn, wenn man ihn in zwanzig Jahrhunderten aus dem Flussschlamm bergen würde, auch einen Ehrenplatz in einem Museum erhalten könnte? Neben der kitschigen Madonna in einer Hausecke der Altstadt, die im Regen wirkte, als weinte sie? Würde man diese bunte Heiligenfigur aus Porzellan sorgfältig restaurieren, mit kunstvollen Spots illuminieren, vor rotem Samt präsentieren? Würde sich jemand die Mühe machen und ihr einen pedantischen Fachaufsatz widmen? Und würde gar irgendjemand in zweitausend Jahren Statuen der Mutter von Lourdes kopieren und in den Schutt legen, um sie anschließend für ein Vermögen zu verkaufen?

Blanc bemerkte, wie Kojfer sich im Gehen immer wieder nach hinten umblickte. »Uns folgt niemand«, beruhigte er den Wissenschaftler.

»Ich fühle mich wie in einem Film.«

»Am Ende gewinnen immer die Guten.«

»Sie gehen selten ins Kino, eh?«

Blanc lächelte. »Wenn ich diese Sache erledigt habe, nehme ich mir Zeit für einen richtig guten Film.«

»Dann war's das mit dem Kino für Sie. Diese Sache wird sich nämlich nie erledigen, dafür ist sie ein zu lukratives Geschäft.« Kojfer zog Pfeife und Tabak aus einer Anoraktasche und begann, den Kopf zu stopfen.

»Ich habe inzwischen zwei Texte von Gravet gelesen. Über den Scheich, der sich für mehrere Millionen Dollar eine Venus zur Verschönerung seines Harems kauft. Und den englischen Händler, der überall in Europa Depots versteckt hat. Solche Sachen.«

»Die Antike ist so wertstabil wie ein Barren Gold. Und dazu schöner anzuschauen. Sie können sich eine antike Marmorgöttin ins Wohnzimmer stellen, einen Goldbarren nicht«, erklärte Kojfer paffend. »Sehen Sie: Selbstverständlich können Sie auch Millionen für das Werk eines modernen Künstlers hinlegen. Aber was passiert, wenn dieser Künstler plötzlich außer Mode kommt? Sie können Ihre Millionen in Aktien anlegen. Aber was damit passieren kann, das wissen wir alle. Sie können Ihre Millionen in die Schweiz tragen. Aber dann steckt irgendein Typ Ihrem Finanzamt eine CD-ROM mit Ihren Kontodaten zu. Antike Kunstwerke hingegen sind hübsch, solide, sicher und mehr oder weniger steuerfrei.«

»Ein moderner Künstler kann jeden Tag ein neues Bild malen. Eine Firma kann jedes Jahr neue Aktien ausgeben. Sie können jeden

Monat mit einem Koffer voller Bargeld in die Schweiz fahren. Aber die Antike ist versunken. Da kommt nichts Neues mehr. Was nützt mir eine Geldanlage, bei der ich mein Geld gar nicht anlegen kann?«

»Können Sie doch, so viel Sie wollen.« Der Wissenschaftler schüttelte den Kopf. »Nur Laien wie Sie denken, dass längst alle antiken Schätze ausgegraben worden sind. Aber das ist nicht so. Immer wieder finden Bauern, die bloß ihr Feld umpflügen wollen, Krüge voller Silbermünzen oder goldenen Schmuck, in England, in Deutschland und erst recht in Südeuropa oder auf dem Balkan. Immer wieder entdecken Arbeiter, die eine U-Bahn bauen oder einen Keller, Marmorwerke oder Mosaiken. Manchmal stolpert ein Wanderer über ein verfallenes Grab, in dem neben dem Skelett noch kostbare Beigaben schlummern. Sie renovieren die Krypta einer Kirche und stoßen dabei auf einen römischen Minerva-Tempel. Sie legen einen Weinberg an und finden sich plötzlich mitten zwischen den Ruinen einer unbekannten gallo-keltischen Stadt wieder.« Kojfer blieb stehen und deutete auf das schmutzigbraune Wasser der Rhône. »Nur ein paar lächerliche Meter unter uns verstecken sich noch Schätze für die nächsten tausend Jahre. In die Flüsse haben die Menschen schon in der Antike ihren Abfall geworfen. Außerdem haben sie Opfergaben den Fluten übergeben. Und es sind Frachtkähne untergegangen, Ochsenkarren von den Brücken gestürzt und Betrunkene mitsamt ihrem Schmuck von der Uferpromenade getorkelt. Der Schlamm am Boden des Flusses nahm alles auf und konservierte es.«

»Man muss es also nur noch herausholen. So wie Ihren Caesarkopf.«

Kojfer lachte. Er blieb auf der Promenade stehen und deutete auf den grauen Strom. »Genau. Nur ist die Rhône bereits in zehn Meter Tiefe so schmutzig, dass sie kaum noch etwas sehen. Die Strömung ist mörderisch. Und im schlammigen Boden stecken Berge moderner Abfälle: skalpellscharfer Eisenschrott, alte Granaten aus dem Krieg, Fässer mit giftigen Chemikalien. Und über den Tauchern fahren die Schiffe, deren Schrauben wie Hackmesser sind.

Da hinunterzutauchen ist sehr, sehr gefährlich. Und sehr, sehr teuer. Deshalb wird es so selten gewagt.«

Blanc stellte sich neben den Wissenschaftler und blickte auf die Rhône. Schon in der Gendarmerie-Schule hatte er gelernt, dass Flüsse auch die idealen Verstecke waren, in die Täter ihre Waffen und Mörder ihre Leichen versenkten. Er fragte sich, was man da unten noch alles finden würde. »Langsam verstehe ich das Prinzip«, sagte er. »Ein Bauer findet in Sizilien einen Bronzekopf und verkauft ihn einem Oligarchen aus Sankt Petersburg.«

»Ungefähr. Der Bauer verkauft seinen Fund an einen Händler. Der Händler bietet ihn seinen Kunden in aller Welt an.« Der Wissenschaftler hob dozierend die Pfeife. »Der Käufer gibt sehr viel Geld aus – und er lebt sehr weit weg von demjenigen, der die Antike gefunden hat. Ein russischer Oligarch kann nicht beim sizilianischen Bauern nachfragen oder sich selbst auf dessen Feld umsehen. Er muss dem Händler vertrauen. Inzwischen bestellen die internationalen Sammler bei den Händlern Antiken, wie Sie ein Buch auf Amazon bestellen: ein Klick, und eine Marmorvenus wird geliefert. Oder eine Silbermünze. Oder ein altes Schwert. Und da fängt das Problem richtig an.«

Blanc strich sich nachdenklich durch die Haare, man lernte nie aus. »Das Problem ist, dass unser sizilianischer Bauer sein antikes Schätzchen ja bloß zufällig gefunden hat«, vermutete er. »Niemand kann vorhersagen, wann er etwas finden wird und was.«

Kojfer nickte. »Je reicher jemand ist, desto weniger Zeit hat er gewöhnlich. Und Sammler von Antiken sind gewöhnlich sehr reich. Vielen fehlt heute einfach die Geduld, auf Zufallsfunde zu warten und dann erst zuzuschlagen. Wenn irgendein Neureicher eine Statue haben will, dann will er sie sofort haben. Und wenn diese Statue eine Marmorvenus sein soll, dann wird er nicht einen Neptun aus Bronze kaufen, nur weil der gerade auf den Markt gekommen ist. Mit Antiken ist es wie mit der modernen Produktion geworden: Als Händler müssen Sie genau das gewünschte Teil just in time liefern.«

»Also wird schließlich just in time produziert.«

»Das nennt man Kapitalismus.« Kojfer nahm seinen Spaziergang wieder auf. Er ging mit den langsamen, etwas unsicheren Schritten eines Mannes, der es nicht gewohnt ist, längere Runden zu drehen. Seine Rechte wölbte sich schützend über die Pfeife, damit der Regen, der inzwischen stärker geworden war, die Glut nicht zum Erlöschen brachte. »Antiken zu fälschen ist illegal und teuer. Aber verglichen mit einem Tauchgang in der Rhône ist es weniger gefährlich und weniger teuer. Und das Ergebnis ist zugleich berechenbarer. Allerdings muss man gut sein, um das zu machen, richtig gut.

Unter Wissenschaftlern kursieren Gerüchte, und es sind wirklich nicht mehr als Gerüchte, dass es eigentlich nur zwei, wie soll ich sagen: Ateliers? Zwei klandestine Ateliers in Europa gibt, die in der Lage sind, überzeugend gefälschte Antiken herzustellen. Angeblich sitzen irgendwo in Süditalien solche Spezialisten und irgendwo in Spanien. Ich würde wirklich gerne einmal mit denen reden. Ihre Technik ist faszinierend.«

Kojfer blickte dem Frachtkahn hinterher, der langsam Richtung Norden verschwand. Der Dunst war wie eine Art Vorhang, der sich beinahe behutsam hinter dem Heck des Schiffes schloss. Blanc glaubte einen Moment lang, so etwas wie Sehnsucht in den Zügen des Wissenschaftlers zu erkennen. Ob der je hier herauskam?

Kojfer wedelte mit der Hand, als wäre ihm genau dieser unangenehme Gedanke gekommen, den es schnellstens zu verscheuchen galt. »Der Trick dabei ist«, fuhr er fort, » dass schon in der Antike Bildhauer am Fließband produziert haben. Da gab es gefeierte Statuen großer Meister, etwa von Praxiteles oder Lysippos. Deren Götterfiguren wurden danach einfach von Werkstätten in Athen oder Rom nachgeahmt, ein Copyright gab es in der Antike ja noch nicht. Deshalb finden Sie heute in vielen Museen ähnliche Statuen. Venus, die aus dem Bad steigt, Zeus, der Blitze schleudert, Poseidon mit dem Dreizack, der gefangene Gallier, und so viele römische Kaiser, dass Sie mit denen das *Vélodrome* füllen könnten.

Genau das machen die modernen Fälscher sich zunutze: Sie arbeiten einfach wie ihre Vorgänger im Altertum und kopieren antike Meisterwerke. Gleiche Formen, gleiches Material, gleiche Größe, das wird einfach eins zu eins übernommen. Bei Bronzefiguren müssen Fälscher allerdings höllisch aufpassen. Sie ahmen zum Beispiel die grünliche Patina uralter Skulpturen mithilfe von ätzenden Chemikalien nach. Forscher können solche Statuen aber mit Röntgengeräten durchleuchten. Da erkennen sie im Innern der Figur Gussnähte, wie sie nur bei modernen Herstellungsverfahren vorkommen – *voilà,* schon sind Sie ertappt.

Bei Marmorfiguren guckt aber auch ein Archäologe dumm aus der Wäsche. Denn die Fälscher besorgen sich Marmor aus antiken Steinbrüchen, das heißt aus Brüchen, die erwiesenermaßen schon in der Antike ausgebeutet wurden. Echter geht es nicht. Dann werden die Skulpturen mit Schabern und Zahneisen herausmodelliert, wie man sie auch vor zweitausend Jahren verwendet hat. Die Werkzeuge können Sie in jedem besseren Museum studieren, die sind ja auch von Archäologen gefunden worden. Am Ende haben Sie eine nagelneue Statue – aber in exakt der gleichen Pose wie in der Antike, gefertigt aus exakt demselben Marmor wie in der Antike und mit exakt den gleichen winzig kleinen Bearbeitungsspuren von Werkzeugen wie bei einem antiken Stück. Da können Sie selbst mithilfe von Hightechgeräten wenig feststellen.«

Blanc schüttelte verwundert den Kopf. »Kriminelle sind faul«, gab er zu bedenken. »Das ist doch der ganze Sinn professioneller Kriminalität: Man besorgt sich schnell und illegal haufenweise Geld, weil legale Arbeit mühsam und langwierig ist. Ein Wohnungseinbruch dauert keine zehn Minuten und bringt mehr ein als acht Stunden Arbeit in einer Fabrik. Aber wenn in einer geheimen Werkstatt ein Künstler mit Originalwerkzeugen an Originalmarmor arbeitet, dann muss das doch eine elende Schufterei sein. Wie lange wird er an einer einzigen Fälschung arbeiten? Ein halbes Jahr?«

»Eher ein Jahr. Danach muss man für die Fälschung noch eine Legende schaffen: Man behauptet, sie habe jahrhundertelang in der Privatsammlung eines italienischen Adeligen in irgendeinem Palazzo Staub angesetzt und sei jetzt erst auf den Markt gekommen. Oder man fälscht den Katalog irgendeines sehr alten, aber sehr wenig bekannten regionalen Museums in Italien oder Griechenland, in dem das Werk angeblich einst gestanden hat. Oder man kauft sich anerkannte Wissenschaftler, die eine wohlwollende Expertise schreiben. Allein so ein Gutachten kann Sie über einhunderttausend Euro kosten. Am Ende dauert es Jahre, bis eine gefälschte Statue marktreif ist – und die Fälscher haben bis dahin mindestens eine Million Euro vorgestreckt.«

»Klingt nicht so, als würde das jemals ein Massenmarkt werden.«

»Mit Cannabis oder Heroin können Sie vermutlich schneller Geld verdienen. Aber ob Sie damit auch mehr Geld verdienen? Und immerhin werden gefälschte Statuen ja nicht von Dealern illegal an Straßenecken verscheuert, sondern ganz legal in Galerien oder auf Auktionen angeboten. Die Fälscher sparen sich den ganzen Ärger mit den Flics und die Kalaschnikows und die Bandenkriege und das alles. Und die Millionen, die sie mit ihrem nachgemachten Plunder verdienen, müssen sie anschließend nicht teuer und risikoreich waschen. Sie versteuern das, ganz legal. Und mit dem großen Rest können sie in aller Öffentlichkeit protzen. Damit können sie Villen kaufen oder Jachten oder …«

»… politische Kampagnen finanzieren«, ergänzte Blanc und lächelte süffisant. »Zum Beispiel das Comeback einer Politikerin in einer gewissen südfranzösischen Stadt.«

»Das haben Sie jetzt gesagt.« Kojfer schritt nun rascher aus. Er zog an seiner Pfeife, als wollte er den Tabak selbst einsaugen. Er blickte sich wieder um.

»Es hört uns wirklich niemand zu«, versicherte Blanc. Bei diesem Wetter flanierte niemand außer ihnen über das Steinpflaster.

Entlang der anderen Seite der Promenade ragten die Gebäude

der Altstadt auf. Blanc musterte sie. Er sah keine verdächtige Bewegung hinter einem Fenster, keinen Schatten in einer offenen Eingangstür. Sie standen nun nahe bei einem Haus, in dessen Ecke eine Skulptur unter einem Baldachin stand. Blanc hielt sie im ersten Augenblick für eine der üblichen Madonnenfiguren, doch dann stutzte er: Es war die Steinfigur einer alten Frau mit sturmzerzaustem Mantel, die ängstlich stromabwärts in Richtung Meer blickte, den Oberkörper gegen die Windböen gebeugt. Ihre rechte Hand hatte sie zum Schutz über die Augen gehoben. Sie war genau für so einen windigen Herbsttag geschaffen worden wie der, dessen Regenschauer Kojfer und ihn gerade heimsuchten.

»Von Arles aus fuhren die Fischer und Händler aufs Meer«, sagte Kojfer, der Blancs Blick gefolgt war. »Ihre Frauen wussten nie, ob sie zurückkehren würden.« Er schnaubte verächtlich. »Für manche Künstler sind diese tapfer ausharrenden Ehefrauen Heldinnen oder Heilige gewesen, wie eine Venus oder eine Madonna.«

»Sie halten nichts von tapferen Ehefrauen, Doktor Kojfer?«

»Ich halte nichts von der Ehe.« Der Wissenschaftler deutete auf die regendunkle kleine Figur an der Hausecke. »Das ist bloß Kitsch. Die Neue Venus hat da schon eine andere künstlerische Qualität, aber«, er schnalzte mit der Zunge, »ihre Geschichte ist wirklich zu schön, um wahr zu sein. Ein Fund von solcher Qualität in einem antiken Bauwerk, das schon lange von Wissenschaftlern untersucht worden ist? Warum hat niemand zuvor diese Statue entdeckt? Was hat eine Venus überhaupt in unterirdischen Gemäuern zu suchen? Die Kryptoportiken waren sicherlich weder Tempel noch Wohnzimmer von Reichen noch öffentliche Schauräume wie Theater oder Foren. Wieso liegt also ausgerechnet da eine Götterfigur im Schutt? Ein Kunstwerk von so außerordentlicher Qualität?«

»Haben Sie oder Ihre Kollegen das denn nie öffentlich angezweifelt?«, fragte Blanc.

Kojfer zuckte mit den Achseln. »Wir haben die Neue Venus ja quasi gratis bekommen. Ein Fund auf öffentlichem Grund kommt ins öffentliche Museum, *voilà*. Und in Zeiten, in denen vom Staat immer weniger Geld überwiesen wird, da haben sich manche Kollegen gedacht: ›Was soll's, Augen zu, wir nehmen, was kommt!‹ Das bringt Besucher und damit Geld und damit können wir unsere eigene wissenschaftliche Arbeit fortführen. Eine Fälschung finanziert das Echte, gewissermaßen.«

»Dann war ein Außenseiter wie Gravet der Einzige, der den Mund aufgemacht hat?«

Kojfer zögerte lange. »Nein«, gab er schließlich zu. »Da gab es Bernard Jeseau, einen Archäologen an der Universität Aix-en-Provence, der auf einem Kongress gesagt hat, er würde zur Neuen Venus einen Aufsatz publizieren. Einen sehr, sehr kritischen Aufsatz. Dann kam leider ein Herzinfarkt dazwischen.«

»Jeseau ist tot?«

»Er war ein begeisterter Mountainbike-Fahrer. Als seine Angehörigen ihn vermissten und mit der Suche begannen, war es schon zu spät. Sie haben Jeseau erst nach Stunden auf einem Feldweg neben seinem Rad gefunden. Eine Woche davor hat er noch seinen fünfzigsten Geburtstag groß gefeiert. Ich wäre auch beinahe hingegangen. Tragisch.«

»Ich vermute, es gab keine aufwendige polizeiliche Untersuchung?«

Kojfer zuckte mit den Achseln. »Keine Ahnung. Das war vor drei Monaten. Uns kam das alles wie ein schrecklicher Zufall vor. Ein Herzinfarkt eben. Aber …«

»… vielleicht war dieser Tod schrecklich, aber eben doch kein Zufall?«, ermunterte ihn Blanc, als Kojfer nicht fortfahren wollte.

»Pascal Andréoni war ein Kunstlehrer aus Arles«, sagte der Wissenschaftler endlich. »Er war am selben Collège wie Gravet. Die beiden kannten sich natürlich, aber ich glaube, sie schätzten sich nicht besonders. Andréoni hat seit Jahren Antiken gesammelt, nichts Spektakuläres, bloß Kupfermünzen, kleine Figuren, Öllampen aus Terrakotta, das kann sich sogar ein Lehrer leisten. So ist er aber immerhin in gewisser Weise zum Spezialisten geworden. Auch Andréoni hatte seine Zweifel, wie Professor Jeseau. Er hatte auch noch nichts publiziert, aber er hat mit seinem Misstrauen nicht hinter dem Berg gehalten. Er hat mit uns im Museum geredet. Ich glaube, er wollte uns einen Text für einen Katalog anbieten. Er hat auf Kongressen gesprochen, auf dem Podium oder im Publikum. Er hat sich sogar in einem Brief an die Stadtverwaltung gewandt.«

»An Madame Pelherbes?«

»An wen sonst? Jedenfalls hat Andréoni lange und laut genug gesagt, dass er die Neue Venus für unecht hält. Er hat sie ›Allzu-Neue Venus‹ genannt. Und dann war er plötzlich auch tot.«

Blanc starrte Kojfer an. »Herzinfarkt?«

»Autounfall. Es hat ihn vor etwa zwei Monaten auf der Route nationale 113 erwischt, kurz vor der Brücke. Jemand hat ihn gerammt und seinen Wagen gegen die Begrenzung der Straßenmitte gedrückt. Die besteht aus Beton. Na ja.«

»Wer hat Andréoni gerammt?«

»Das weiß man nicht. Unfallflucht.«

Blanc schloss für einen Moment die Augen. Drei Tote in drei Monaten. Drei Morde, in denen niemand einen Mord sehen wollte. Ihn schauderte. »Aber seither reden Sie nicht mehr öffentlich über die Neue Venus? Und Sie haben sich auch nie an die Polizei gewandt?«

»Ich mag ja weltfremd sein, aber ich bin nicht lebensmüde.«

»Wenn die Neue Venus im Museum ausgestellt wird, dann ist das für Madame Pelherbes das Ticket zur nächsten Bürgermeisterwahl«, sinnierte Blanc laut. »Und nach der spektakulären Präsentation der Neuen Venus steigen die anderen Statuen, die rein zufällig aus der Erde von Arles geborgen werden, rasant im Wert. Es wird viel, viel Geld nach Arles fließen. Und wenn dabei einige Geldbündel in der Kasse von Madame Pelherbes landen, dann fällt das garantiert niemandem auf. So wird sie eine Kampagne finanzieren, die sie bis nach Paris zurückführen soll.«

»Ich bin kein Anwalt, aber das klingt für mich nicht so, als hätten Sie viele Beweise«, brummte Kojfer unbehaglich.

»Dieser Professor Jeseau aus Aix und dieser Kunstlehrer Andréoni – haben die Familien? Freunde? Vertraute?«

»Jeseaus Familie ist aus Aix-en-Provence weggezogen. In den Norden, glaube ich, da kommt seine Frau ursprünglich her. So genau kannte ich den Kollegen nicht. Aber Andréoni, ja, der hat Familie. Eine Witwe zumindest, Colette Andréoni. Seine erwachsenen Kinder wohnen allerdings nicht mehr in Arles.«

Blanc hatte seinen Notizblock gezogen und machte tief gebeugt Aufzeichnungen, um das Papier vor dem Regen zu schützen. »Sie haben nicht zufällig die Adresse parat?«

Kurz darauf schlurfte Kojfer davon, eine einsame Gestalt im grauen Dunst. Gut möglich, dachte Blanc, dass seine Befragung das längste Gespräch war, das Kojfer an diesem Tag geführt hatte. Oder das längste in der ganzen Woche. Oder das längste seit Monaten.

Er fand auf Google Maps rasch Andréonis genaue Adresse, denn der Wissenschaftler hatte ihm ungefähr sagen können, wo der Mann gewohnt hatte. Ein Haus in der Altstadt, zwischen antikem Theater und Amphitheater. Nur ein paar Minuten Fußweg. Er schaute auf die Zeitanzeige des Handydisplays: beinahe schon siebzehn Uhr. Gleich musste er sich mit Aveline treffen. Er musste um jeden Preis beim Treffen des *Blocs* dabei sein. Commissaire Lizarey würde irgendwann misstrauisch werden und nach ihm suchen. Marius schlenderte durch Arles. Und irgendwo schlich ein Mörder durch diese Gassen, der weiter morden wollte. Und doch …

Nur ein paar Minuten.

Er machte sich auf den Weg zur Witwe.

Der Tod kann jedem passieren

Blanc eilte die Uferpromenade entlang, bis die Ruine der Konstantinsthermen zu seiner Rechten aufragten, die auf ihn wirkte wie eine im letzten Krieg ausgebombte Kirche. Er bog in die Rue du Sauvage ein und stellte sich kurz unter das Vordach eines leer stehenden, heruntergekommenen Hauses. Er wählte eine Nummer in Marseille. »Kad!«, rief er. »Gut, dass du am Samstag Dienst hast.«

»Du weißt, dass Olympique gleich spielt?

»Ich brauche zwei Auskünfte. Das schaffst du in fünf Minuten.«

»Ich wünschte, mein Chef hätte auch so großes Vertrauen in mich.«

»Zwei Todesfälle, die die Police Nationale untersucht hat: Der erste ist der von Bernard Jeseau, Herzinfarkt bei einer Fahrradtour im Umland von Aix-en-Provence, vor ungefähr drei Monaten.«

Blanc hörte, wie Djendelli leise den Namen buchstabierte, während er auf der Computertastatur tippte. Blanc wartete ungeduldig auf seine Antwort und blickte die Rue du Sauvage hinauf und hinunter. Niemand schien auf ihn zu achten. Im Erdgeschoss des Hauses, das ihn ein wenig vor dem Regen schützte, musste einst ein Laden gewesen sein. Der Name war noch deutlich zu lesen: *Les Mauvais Garçons.* Vielleicht war das mal ein Café oder eine Boutique, dachte Blanc. Das Schaufenster und die Tür waren über und über mit Plakaten beklebt, die für Fotoausstellungen oder Musikkonzerte warben, die schon vor Monaten stattgefunden hatten. Der Raum dahinter war leer und schmutzig. *Les Mauvais Garçons,* dachte Blanc, »die bösen Jungen«, wie passend. Marius hätte darüber jetzt garantiert einen Witz gerissen.

»Herzinfarkt, da haben wir es«, sagte der Commissaire endlich. Er seufzte theatralisch. »Immer wieder erstaunlich, wie früh die Pumpe verstopft ist. Neulich haben sie hier einen Kollegen aus dem Büro getragen, der hat es noch nicht mal bis zu seinem Fünfzigsten geschafft.«

»Gab es bei Jeseau Ermittlungen?«

»Wozu? Nur ein Protokoll. Irgendjemand hat Jeseau neben seinem Rad gefunden und den Notarzt gerufen. Der hat nur noch den Tod durch Herzstillstand festgestellt und pro forma die Police hinzugezogen. Ein Beamter hat die Sache aufgenommen und fertig. Der Tod kann jedem passieren.«

»Hat der Beamte Fotos gemacht? Nach Zeugen gesucht?«

»Es war ein heißer Nachmittag im August.«

»Gab es später wenigstens eine Obduktion?«

»Davon steht hier nichts. Glaubst du, dieser Jeseau wurde ermordet?«

»Ich wäre nicht überrascht. Er war dabei, ein paar mächtigen Leuten in Arles auf die Füße zu treten. Sein Tod kam ihnen sehr gelegen. Vielleicht haben sie beim Herzanfall nachgeholfen.«

»Dieser Professor kann auch ganz ohne Nachhilfe tot vom Rad gefallen sein. Erinnerst du dich an die Hitzewelle letzten Sommer? Und dein Professor hat zwar in Aix-en-Provence gelebt – aber gefunden haben sie ihn auf einem Feldweg in der Crau. Das ist die Steppe hinter der Camargue, die trockenste Gegend in der ganzen Provence. Ich schätze, das ist siebzig, achtzig Kilometer von seinem Haus entfernt, und das bei beinahe vierzig Grad. Sieht mir nach Midlife-Crisis aus: Jeseau ist gerade fünfzig geworden, er will sich selbst beweisen, dass er noch ein Mann ist. Er macht sich mit seinem Mountainbike zu einer Höllentour auf und zu seiner Überraschung radelt er tatsächlich bis in die Hölle.«

»Es hat Jeseau in der Crau erwischt? Wo in der Crau?«

»Zwischen Raphèle und Arles. Es war ein Beamter aus Arles, der sich um die Sache gekümmert hat. Dein Freund.«

»Lizarey?« Blanc schwindelte. »Der Chef der Police kümmert sich persönlich um einen Radfahrer mit Herzinfarkt? Kommt dir das nicht merkwürdig vor?«

»Der kleine Alphonse war schon immer merkwürdig. Und er war damals nur Dezernatsleiter. Es waren Sommerferien. Mindestens die Hälfte der Beamten war in Urlaub und irgendjemand musste den Job tun. Vielleicht war Lizarey auch einfach langweilig. Wie heißt dein zweiter Toter?«

»Pascal Andréoni, ein Lehrer aus Arles. Es hat ihn vor zwei Monaten auf der Route nationale 113 erwischt, mitten in Arles. Unfallflucht. Da muss mehr im Computer zu finden sein als bei einem Herzinfarkt.«

Djendelli pfiff nach wenigen Sekunden durch die Zähne. »Die Fotos von Andréonis Smart möchtest du nicht sehen, wenn du Smartfahrer bist.«

»Jemand hat ihn gegen die Leitplanke in der Straßenmitte gedrängt, habe ich gehört.«

»Ich habe den Bericht der Unfallexperten auf dem Schirm. Demnach ist Andréoni mit seinem Smart auf der rechten Spur gefahren, mit neunzig Stundenkilometern. Mehr ist nicht erlaubt, es wird geblitzt, und das weiß auch jeder Einheimische. Die Route nationale ist in Arles vierspurig wie eine Autobahn, aber enger und unübersichtlicher. Es war noch sehr früh, ein Mittwoch kurz vor sechs Uhr morgens. Andréoni muss auf Höhe der Einfahrt Nummer sechs gewesen sein, als von dort ein anderer Wagen aufgefahren ist. Vielleicht war der Fahrer unaufmerksam oder von der noch sehr tief stehenden Sonne geblendet oder einfach bloß noch müde. Jedenfalls ist er offenbar vom Beschleunigungsstreifen direkt auf die rechte Fahrspur gezogen, hat weiter beschleunigt und ist auf die Überholspur gewechselt. Dabei hat er den Smart übersehen, der genau neben ihm gewesen sein muss, hat ihn seitlich gerammt, mitgerissen und regelrecht gegen die Leitplanke gequetscht. Der Smart wurde rechts von dem Unfallgegner zusammengedrückt, links vom Beton, und das alles bei neunzig Sachen. Der Kleinwagen ist komplett zerfetzt worden. Und Andréoni …« Djendelli schnalzte mit der Zunge.

»Gab es Zeugen?«

»Es hat sich jedenfalls niemand gemeldet. Es war noch so früh, da kann es durchaus sein, dass niemand sonst auf der Straße war.«

»Und der Todesfahrer hat Unfallflucht begangen. So, wie der angeblich gefahren ist – von der Auffahrt aus direkt bis zur Überholspur durchgezogen –, ist es doch wahrscheinlich, dass er schneller war als neunzig Stundenkilometer. Dann wäre er doch geblitzt worden.«

»In den Unterlagen ist nirgendwo vermerkt, dass sich jemand auch nur mal die Fotos des Blitzgerätes angesehen hätte, seltsam … Offiziell laufen die Ermittlungen allerdings noch. Aber seit fast zwei Monaten gibt es keine neuen Einträge in der Akte mehr. Die Kollegen in Arles treten offenbar auf der Stelle.«

»Haben sie Indizien?«

»Ein paar Lackspuren, mehr nicht.«

»Grünmetallic.«

Es blieb sehr lange still am Telefon. Schließlich räusperte sich Djendelli. »Irgendwann musst du mir verraten, was du in Arles gerade treibst.«

»Beim nächsten Spiel im *Vélodrome*, in der Halbzeitpause. Ich habe es wirklich eilig. Viel Spaß im Stadion, Kad.«

»Da ist noch etwas.« Djendelli klang jetzt ernst. »Lizarey hat auch bei diesem Unfall die Ermittlungen geleitet.«

»Wer hätte das gedacht.«

»Und eine Woche nach dem Unfall ist er überraschend zum Chef de Police von Arles befördert worden, vorbei an drei dienstälteren Kollegen.«

Eine Gattin wartet auf Antworten

Blanc wählte Avelines Nummer, doch sie ging nicht dran. Er schickte ihr eine SMS:

Verfolge noch eine Spur, komme etwas später. Wir treffen uns vor dem Rathaus.

Er machte sich zu Pascal Andréonis Witwe auf. Zum Glück regnet es, dachte er: Jetzt waren weniger Menschen draußen, verborgen unter Schirmen und Mützen, die Blicke starr voraus, die Schritte eilig. Er hastete durch die Altstadt, ein grauer, gehetzter Passant unter Dutzenden grauer, gehetzter Passanten. Später Nachmittag, die Schatten lagen wie schwarze Teppiche auf dem Straßenpflaster, zwischen den Gebäuden war es schummrig. Einundzwanzig, Rue des Arènes: »Rue« war eine ziemlich großspurige Bezeichnung für eine Gasse, in der er mit seinem Renault Espace wohl stecken geblieben wäre: ein fast lichtloser Einschnitt im Häusermeer, der vom Amphitheater Richtung Rhône führte. Eine alte Zeitung weichte auf dem Steinpflaster auf, es roch nach der Feuchtigkeit, die aus den Mauern sickerte.

Blanc erinnerte sich an Avelines Nachricht. Ludovic Pelherbes war hier vor etwa einer Stunde entlanggegangen. Am Ende der Gasse sah er die Bogen des Amphitheaters, sie wirkten, eingeklemmt zwischen den Häusern, wie eine extrem aufwendige Theaterdekoration. Er beeilte sich noch mehr und gelangte nach einigen Schritten auf einen winzigen Platz, eher eine Art offener Hinterhof, umfasst von einer drei Stockwerke hohen Werkstatt aus dem neunzehnten Jahrhundert: stockfleckiger Putz undefinierbarer Farbe, uralte eiserne Fensterrahmen, grün lackierte große Flügeltüren. Darüber ein modernes, schlichtes Schild: *Lumières du Sud.*

Er spähte durch eine Scheibe in einen großen, hohen Raum. Aufgearbeiteter alter Holzboden, weiß gestrichene Wände, eine moderne Decke, in die LED-Spots eingelassen waren. Eine Galerie für Fotografie. Blanc sah große, gerahmte Schwarz-Weiß-Bilder an den Wänden, Porträts von alten Frauen, knotige Hände in Detailaufnahmen, trockene Disteln in einer Vase, das Wrack eines hölzernen Bootes auf einer Felsenküste unter einem novembergrauen Himmel. Welcher Kunde verirrte sich hierhin? Kein Mensch war in der Galerie zu sehen. Er drückte die Klinke runter. Offen. Eine elektrische Glocke summte, als er die Tür öffnete.

Blanc trat zum Foto des Wracks und betrachtete es. Aus einem Hinterzimmer tauchte kurz darauf eine Frau auf. Er schätzte sie auf Mitte vierzig. Ein paar graue Strähnen schimmerten in ihren offen getragenen langen, schwarzen Haaren, sie war schlank und trug ein buntes Gewand, eine Orgie in Gelb und Blau und Rot und Grün, ein Pop-Art-Gemälde, das sich in ein Kleid verwandelt hatte.

»Ihr Gewand erinnert mich an elegante Damen aus dem Senegal«, sagte Blanc, nachdem er sie begrüßt hatte.

»Sie kennen Afrika?«

»Ich kenne Paris.«

Sie lachte auf, gelassen und entspannt. »Wenn Sie wollen, kann ich Ihnen die Adresse meiner afrikanischen Lieblingsboutique geben. Es sind nur ein paar Schritte die Gasse hinunter. Bei mir hier ist alles Schwarzweiß. Sie sammeln Fotos?«

»Ich bin ein Amateur, der seine Leicaflex zu lange vernachlässigt hat.«

Sie schnalzte mit der Zunge. »Immerhin Leica. Schon als Studentin habe ich mir eine M3 gekauft. Capa. Cartier-Bresson. Die Kamera der großen Meister. Bis heute ist nichts Besseres erfunden worden.« Sie deutete auf die Bilder an den Wänden. »Die sind von mir und einigen anderen Fotografen aus Arles. Alles alte Schule, alles analog, Vintage-Abzüge. Ich kann Ihnen noch mehr zeigen, so groß sind die Wände ja leider nicht.«

»Ich fürchte, Sie werden mit mir leider keinen Umsatz machen.«

Blanc stellte sich vor, mit Rang und Ausweis. »Madame Andréoni?«, fragte er.

»Colette Andréoni.« Sie reichte ihm die Hand, ihr Lächeln war erloschen, sie richtete sich straffer auf und musterte ihn abwartend.

»Ich möchte Ihnen gern einige Fragen stellen.«

Colette Andréoni atmete tief durch. »Das wurde ja auch Zeit«, erwiderte sie.

Blanc blickte sie überrascht an. »Sie haben meinen Besuch erwartet?«

»Ich warte jeden Tag darauf, dass ein Beamter zu mir kommt und mir endlich sagt, wer Pascal getötet hat.«

Blanc räusperte sich. »Das wüsste ich auch gern, Madame. Deshalb bin ich hier.«

»Sind Sie etwa immer noch nicht weitergekommen?«

»Ich befasse mich noch nicht lange mit diesem Fall. Aber ich habe schon einen bestimmten Verdacht.«

Colette Andréoni bot ihm einen Platz auf einem alten Ledersessel in einer Nische neben dem Fenster an und setzte sich auf einen Holzstuhl ihm gegenüber. »Tee?« Auf einem Beistelltisch stand eine gelbe Keramikkanne, aus der es dampfte und nach Kardamom duftete. »Aus Indien«, erklärte sie. »Aber alle Kräuter in diesem Tee sind so harmlos, dass auch ein Gendarm im Dienst ihn trinken darf.«

»Dann lasse ich mich überraschen.« Blanc nahm eine kleine, mit asiatischen Schriftzeichen geschmückte Trinkschale entgegen, deren Porzellan so fein war, dass er fürchtete, er könnte sie zwischen den Fingern zerbrechen. Er blies über den heißen Tee und atmete dann seinen Duft ein. Der erste Schluck schmeckte nach exotischen Gewürzen und ein ganz kleines bisschen nach Pfeffer.

»Sie verdächtigen also jemanden?«, sagte Colette Andréoni. Sie hatte sich ebenfalls Tee eingeschenkt und blickte ihn nicht an, sondern starrte auf die dunkelrote Flüssigkeit in ihrer Schale. »Bedeutet das, dass Sie auch schon jemanden verhaftet haben? Jemanden«, sie zögerte, »den ich womöglich kenne?«

»Es gibt keine Verhaftung. Noch nicht. Die Ermittlungen sind in diesem Stadium ...«, Blanc suchte nach dem richtigen Wort, »... noch streng vertraulich. Ich darf Ihnen eigentlich gar nichts verraten. Ich muss Sie sogar bitten, über meinen Besuch zu schweigen. Kein Wort zu irgendjemandem, selbst zu Menschen, denen Sie vollständig vertrauen.«

»Und zur Polizei?« Sie sagte das in einem Tonfall, von dem Blanc nicht entscheiden konnte, ob er eher ironisch oder bitter war.

»Meine Nachforschungen müssen extrem diskret behandelt werden. Vorläufig nur, selbstverständlich. Ich werde denjenigen stellen, der Ihrem Mann das angetan hat, Madame«, versprach er.

Sie blickte ihn lange schweigend an. »Immerhin sind Sie der erste Beamte, der wie ein normaler Mensch mit mir redet«, sagte sie schließlich.

»Nach dem Unfall ...«

»... haben mich die Flics behandelt wie eine Irre. Ich war schockiert. Ich habe geweint. Ich wusste nicht mehr aus noch ein. Das ist doch verständlich, oder?« Sie versuchte ein Lächeln.

»Es muss für Sie wie ein Albtraum gewesen sein.« Blanc fühlte sich unwohl. Er klappte seinen Notizblock auf. »Trotzdem muss ich noch einmal auf jenen Tag des Unfalls zurückkommen«, fuhr er behutsam fort.

»Der Tag begann wie jeder andere. Oder jedenfalls beinahe.«

»Beinahe?«

Colette Andréoni zuckte mit den Achseln. »Pascal fuhr immer mit seinem Volvo herum. Ein 240er Kombi, den er sich schon zur Studienzeit gekauft hatte. Ein schwedischer Panzer, unzerstörbar. Doch an jenem Morgen waren alle vier Reifen platt. Jemand hatte sie zerstochen. Also hat er sich meinen Smart ausgeliehen. Das macht diesen Unfall noch grausamer. Ich fühle mich irgendwie mitschuldig.«

»Haben Sie den Vandalismus angezeigt?«

»Das wollte ich eigentlich. Es war noch sehr früh, als wir die zerstochenen Reifen entdeckt haben. Pascal ging jeden Mittwoch vor der Schule ins Fitnessstudio. Er fuhr immer um kurz nach halb sechs Uhr los, um da zu sein, wenn das Studio aufmacht. Halb sechs ist noch viel zu früh für eine Anzeige wegen ein paar zerstochener Reifen, haben wir uns gesagt. Da sitzt doch bei der Polizei nur so eine Art Nachtwächter in der Station, oder nicht? Wer weiß, wie lange das gedauert hätte. Mein Mann wollte aber das Training nicht verpassen, er wollte das nie verpassen, das war eine seiner Marotten. Danach hätte er bis dreizehn Uhr Unterricht gehabt und erst in der Mittagspause zur Polizei gehen können. Ich habe ihm deshalb versprochen, dass ich die Anzeige im Verlauf des Vormittags aufgeben würde. Aber dann kam die Nachricht vom Unfall und … na ja.«

»Ihr Mann fuhr jeden Mittwochmorgen vor sechs Uhr zum Sport?«

»Pascal war pünktlich wie ein Uhrwerk.«

»Und er fuhr immer mit dem alten Volvo?«

»Seit zwanzig Jahren.«

»Aber das eine Mal in zwanzig Jahren, als er nicht das riesige schwedische Auto nahm, sondern einen Kleinwagen – ausgerechnet da wurde Ihr Mann von einem unbekannten Fahrer gerammt.«

»Es erleichtert mich zu sehen, dass das endlich einmal einem Flic auffällt.«

»Die Beamten haben Sie damals nicht danach gefragt? Sie haben doch noch von den zerstochenen Reifen erzählt?«

»Das habe ich. Aber ich habe auch geweint. Ich war ganz durcheinander, verzweifelt, allein. Die haben mich den ganzen Morgen wie eine Hysterikerin behandelt und mich schließlich von der Wache wieder nach Hause gefahren. Ich habe mich so … so erbärmlich gefühlt.« Colette Andréoni sah aus dem Fenster. Sie hob ihre Trinkschale und nahm einen Schluck. Ihre Hand zitterte nur ganz leicht.

Unglaublich, dass sie so beherrscht bleibt, dachte Blanc. »Sind

Sie später noch einmal nach den Reifen gefragt worden? Haben Sie gehört, ob wenigstens in dieser Sache der Täter ermittelt worden ist, wenn schon nicht der Unglücksfahrer?«

»Ich hatte nicht den Eindruck, dass das die Beamten je sonderlich interessiert hätte.«

»Welcher Polizeibeamte hat Sie an jenem Morgen befragt?«

Sie zuckte mit den Achseln. »Ich erinnere mich nicht mehr an den Namen vom Leiter der Truppe. Wissen Sie das nicht?«

»Commissaire Lizarey? Ein eher klein gewachsener Kollege, ein wenig sprunghaft und ...«

»... Kettenraucher. Ja, der war es.«

Blanc nickte bloß. »Hatte Ihr Mann Feinde?«

»Pascal war ungefähr so aggressiv wie Buddha.« Colette Andréoni stand auf, verschwand im Hinterzimmer und kam mit einem gerahmten Foto zurück. Schwarzweiß, selbstverständlich, das Porträt eines Mannes, irgendwo im Freien vor einer alten Mauer, Licht und Schatten auf den Steinen, sie umfassten das Gesicht wie Scherenschnitte. Er konnte sich denken, wer die Aufnahme gemacht hatte. Blanc blickte auf einen Mann Mitte vierzig, rundlich, bärtig, glatzköpfig, lachend, die Augen blitzten vor Lebensfreude.

»Pascal war nicht bloß Kunstlehrer am Collège Frédéric Mistral, er war auch Mitglied der PS. Ein überzeugter Sozialist, ein verspäteter Achtundsechziger. Er hatte seine Ideale und hat damit auch nie hinter dem Berg gehalten. Aber er hätte nicht einmal den alten Le Pen beleidigt, er mochte Beleidigungen nicht. Pascal hat immer gesagt: ›Das Leben ist zu schön für hässliche Worte.‹ So ein Mann hat keine Feinde.«

»Einen vielleicht schon«, murmelte Blanc.

Colette Andréoni sah ihn sehr lange schweigend an. Schließlich holte sie tief Luft. »Sie kreuzen hier unangemeldet auf und erzählen etwas von Ermittlungen, über die ich aber mit niemandem reden darf. Nicht einmal mit einem Ihrer Kollegen. Was sind das für Ermittlungen? Oder sind Sie von der Presse?«

Blanc hielt ihrem Blick stand. »Madame, Sie glauben so wenig wie ich an einen tragischen Zufall, der dazu geführt hat, dass Ihr Mann genau an jenem fatalen Morgen nicht mit seinem stabilen, schweren Auto losfahren konnte. Sie glauben so wenig wie ich an einen zwar schrecklichen, aber letztlich banalen Verkehrsunfall. Wir beide glauben an Mord. Aber leider stehen wir mit unserer Vermutung ziemlich allein da. Noch.«

Sie atmete durch. »Das hört sich an wie aus einem dieser alten Polizeifilme aus den Siebzigern, in denen der Held bedroht wird und ihm niemand glaubt«, sagte sie.

»Wir sind nicht beim Film, so leid mir das tut.« Blanc blickte unauffällig zu einer Wanduhr hinter dem Kopf seiner Gastgeberin. Ihm tickten die Minuten davon. Wenn er keine Zeit mehr verlieren wollte, musste er die Witwe einweihen. »Ihr Mann ist kurz vor seinem Tod in einen Konflikt hineingezogen worden. Es geht um die Statue der Venus, die man gefunden hat und die ...«

»Das alte Zeug?!« Sie lachte, trotz allem. »Pascal hat genauso leidenschaftlich gesammelt wie ich. Aber man kann nicht gerade behaupten, dass wir die gleichen Vorlieben hatten. Er hätte mir niemals eine meiner Fotografien abgekauft.«

»Sie kennen sich mit Antiken nicht aus?«, vergewisserte sich Blanc enttäuscht.

Colette Andréoni zuckte mit den Achseln. »Wir waren seit mehr als zwanzig Jahren verheiratet. Da färbt schon etwas ab.«

»Ihr Mann hat die Neue Venus öffentlich kritisiert?«

»Ich erinnere mich. Er war von der Kulturdezernentin zu einer Podiumsdiskussion eingeladen worden und ...«

»Madame Pelherbes?«

»Meine Stimme hat die Dame nicht bekommen, aber, ja, sie saß da oben auf der Bühne. Es war eine Diskussion im Collège. Deshalb ist Pascal mit aufs Podium geholt worden, als Kunstlehrer der Schule. Obwohl die Pelherbes genau gewusst hat, in welcher Partei er war.«

»Hat Monsieur Gravet auch an dieser Diskussion teilgenommen?«

»Den hätte nicht einmal Mutter Theresa gebeten, öffentlich zu sprechen.«

»Ihr Mann war aber, was die Neue Venus anging, mit Gravet einer Meinung.«

»Das hat Madame Pelherbes ziemlich überrascht. Man konnte sehen, wie wütend sie wurde, als sie da vor ein paar Hundert Schülern und Eltern auf der Bühne saß, stolz wie eine Elster, und da kam Pascal und hat in aller Höflichkeit dargelegt, warum er nicht überzeugt ist. Ein dahergelaufener Kunstlehrer! Sie hat versucht, ihn nicht ernst zu nehmen. Aber Pascal war eben Pascal: höflich, doch unbeirrbar. Ich habe seine Argumente zwar nicht alle verstanden, weil ich mich eben für diese alten Sachen nicht sonderlich interessiere, aber ich war mächtig stolz auf ihn. Sie wissen ja, wo die Pelherbes steht, politisch meine ich. Der fährt viel zu selten mal jemand über den Mund.«

»Hat sich Ihr Mann danach noch öffentlich geäußert?«

Sie schüttelte den Kopf. »Nein. Aber er hat damals auf dem Podium spontan angekündigt, dass er darüber einen Artikel schreiben würde.«

»Hat er?«

Colette Andréoni zuckte mit den Achseln. »Pascals Regal ist zum Bersten voll mit Kartons, in denen seine Notizen stecken. Ich glaube, da gibt es irgendwo eine Kiste mit der Aufschrift ›Die falsche Venus‹. Oder so ähnlich.

»Vielleicht ›Die Allzu-Neue-Venus‹?«

»Das ist es!«, rief Colette Andréoni überrascht.

»Ich würde den Inhalt dieser Kiste gerne einmal durchgehen. Mit Ihnen zusammen, selbstverständlich. Es gibt da leider einen gewissen Zeitdruck …«

»Da müsste ich erst mal nachsehen. Ich war nicht mehr an seinen Sachen, seit, Sie wissen schon …«

»Und die Beamten, waren die im Arbeitszimmer? Hat sich Commissaire Lizarey für die Aufzeichnungen Ihres Mannes interessiert?«

»Dieser *Monsieur le Commissaire* hat sich für überhaupt gar nichts interessiert.«

Blanc versuchte, sich seine Erleichterung nicht anmerken zu lassen. Lizarey war nicht in Andréonis Büro gewesen. »Sollen wir hinaufgehen?«

Sie vollführte eine entschuldigende Geste mit der Rechten. »Ich würde erst mal gern allein sein. Die Erinnerungen, Sie verstehen?«

Blanc nickte, auch wenn es ihm außerordentlich schwerfiel. »Wann hat diese Podiumsdiskussion stattgefunden?«

»Das war eine Zeit lang vor dem Unfall.«

»Können Sie sich genauer erinnern?«

Sie dachte nach. »Drei Wochen müssten es gewesen sein. Ja, genau. Es war auch ein Mittwoch. Pascal ist nach der Veranstaltung todmüde ins Bett gefallen, weil sie so spät erst geendet hat und er schon so lange auf den Beinen gewesen war.«

»Drei Wochen …« murmelte Blanc. Er wäre jetzt am liebsten sofort zusammen mit Madame Andréoni hochgegangen und hätte den Schreibtisch und das Regal ihres Gatten durchsucht. Er hätte sie, wenn auch sanft, ermutigen können, ihr seinen Beistand anbieten, hätte auch zunächst vor der Tür ausgeharrt, bis sie sich so weit gesammelt hätte. Doch Aveline wartete schon. Und dann gab es das nächtliche Treffen des *Blocs*. »Macht es Ihnen etwas aus, wenn ich morgen wiederkomme und wir uns dann gemeinsam die Unterlagen Ihres Mannes ansehen?«

Sie lächelte erleichtert. »Am Sonntag ist die Galerie geschlossen. Aber ich wohne direkt darüber. Die Eingangstür ist neben der Tür zu den Ausstellungsräumen. Klingeln Sie einfach. Ich glaube, es ist ein gutes Zeichen, dass Sie gekommen sind. Ich war viel zu lange nicht mehr in unserem Arbeitszimmer. Es wird Zeit, dass ich frische Luft hineinlasse. Und ein paar Gespenster hinaus.«

Blanc trat aus der Galerie und blieb einen Augenblick auf dem kleinen Platz stehen, damit sich seine Augen an das Dämmerlicht gewöhnten. Nach fünf Uhr schon, der Himmel hatte die Farbe von kalter Asche, und die Fassaden lagen unter allen Schattierungen von Grau verborgen. Wohnte denn hier niemand? Nur hinter wenigen Fenstern leuchteten Lampen, die Scheiben waren kleine gelbe Vierecke aus Licht, deren Schimmer die Gassen nur noch dunkler erscheinen ließ. Er schlug den Kragen hoch, noch fror es nicht, doch der feine Regen verstärkte die Kälte so sehr, dass sie unangenehmer in die Haut schnitt als klare, schneekalte Luft. Er rief Aveline an.

»Ich habe Ihre Nachricht gelesen«, begrüßte sie ihn.

»In fünf Minuten bin ich da«, antwortete Blanc.

»Bis dahin kann ich es auch zum Rathaus schaffen. Ich musste auch noch etwas erledigen.«

»Sie sind weitergekommen?«

Blanc hörte, wie Aveline einen tiefen Zug von ihrer Zigarette nahm. »Ich weiß jetzt, wo sich unsere Freunde treffen.«

Er wollte Aveline nach dem »großen Berg« fragen, als er plötzlich aus den Augenwinkeln eine Bewegung wahrnahm. Er wandte den Kopf. Zwei gewundene, von den Abgasen der Jahrzehnte leprös zerfressene steinerne Säulen trugen ein verziertes Vordach, das sich über ein hohes Portal wölbte. Kein Licht darunter. Der Eingang lag in tiefem Schatten.

Und in diesem Schatten bewegte sich fast unmerklich eine Gestalt.

»Ich muss auflegen«, flüsterte Blanc ins Handy und steckte den Apparat weg, ohne Avelines Antwort abzuwarten.

Verfolger

Seine Gedanken rasten. Der Mann aus der Arena? Einer von Lizareys Leuten? Niemand sonst war in der Gasse zu sehen. Keine Gestalt an einem Fenster. Kein Zeuge. Es war zu gefährlich, stehen
zu bleiben und abzuwarten, was der andere tat. Andererseits wagte
er nicht, Avelines Pistole zu ziehen. Was war, wenn gerade jetzt
doch jemand auftauchte? Oder wenn Madame Andréoni zufällig
aus dem Schaufenster blickte und ihn mit einer Waffe herumfuch-
teln sah?

Blanc wartete noch eine Sekunde, spannte seine Muskeln an –
dann rannte er los.

Rasche, harte Schritte in seinem Rücken. Blanc nahm all seine
Kraft zusammen und sprintete noch schneller. Er betete, dass sein
Fußgelenk durchhielt. Nach ein paar Dutzend Metern wurde die
Rue des Arènes weiter. Über einer Kreuzung leuchtete eine Laterne. Er lief durch die Glocke aus gelbem Licht, dann presste er sich
ein paar Schritte weiter gegen eine Hauswand und blickte sich
schwer atmend um: Eine Sekunde später hastete sein Verfolger ins
Helle und blieb einen Moment suchend stehen. Blanc sah einen
schlanken Mann, schwarze Jacke, schwarze Hose, schwarze Baseballcap, die das Gesicht verbarg. Kein großer Mann, nicht einmal
größer als Lizarey, und garantiert nicht so groß wie der Mörder im
Amphitheater. Ludovic Pelherbes vielleicht? Seine Bewegungen waren fließend, beinahe elegant. Der perfekte Menschenjäger, dachte
Blanc. Den würde er nicht nach einigen Hundert Meter Sprint ab-
schütteln können. Der Unbekannte behielt seine rechte Hand in der
Jackentasche. Blanc konnte sich denken, was er da umklammerte.

Er hastete weiter. Der Mann sah seine Bewegungen, erkannte
ihn, nahm die Verfolgung wieder auf, keine zwanzig Meter in seinem Rücken. Kühle Böen trieben Schwaden von der Rhône herü-

ber, milchige Vorhänge, die durch die Gassen wehten und die Wände, die sie streiften, mit feinsten Wasserperlen verzierten. Blanc sog mit jedem Atemzug die Feuchtigkeit in seine Lungen, ihm war, als würde Nebel den Sauerstoff in der Luft ersetzen. Nach ein paar Augenblicken fand er sich auf der Place du Forum wieder. Der Platz wurde von Laternen erleuchtet und war ziemlich voll: Menschen auf dem Heimweg vom Büro, Frauen und Männer mit Einkaufstüten, spielende Kinder, zwei Restaurants, vor denen die Gäste unter Schirmen und Heizstrahlern auf dem Trottoir saßen und rauchten, eine Gruppe Japaner oder Chinesen, die das gelbe *Café Vincent van Gogh* fotografierten. Blanc rannte mitten durch die Touristen wie ein Rugbyspieler. Rufe in einer unverständlichen Sprache, jemand schrie, eine große Kamera flog auf den Boden, ihr Gehäuse platzte mit einem knackenden Geräusch auf. Nach zwei, drei Sekunden hatte Blanc die verwirrten Asiaten schon wieder hinter sich gelassen. Er warf einen Blick zurück: Sein Verfolger blieb einen Moment lang unschlüssig jenseits der Reisegruppe stehen. Er nahm die Rechte aus seiner Jackentasche, dann spurtete er in großem Abstand um die aufgeregten Menschen herum. Blanc hatte wertvolle Meter gewonnen. Rue du Palais. Ein finsteres, wuchtiges Gebäude hinter Nebelschleiern. Er hastete an der dreckverschmierten Fassade vorbei, bis ihm plötzlich klar wurde, dass dies die Rückseite der *Mairie* sein musste.

Ein bogenförmiger Gang, so weit und hoch, dass sogar ein Sattelschlepper hindurchgepasst hätte, führte quer durch das Rathaus zur Frontseite. Blanc lief in ein paar Dutzend Schritte hindurch. Er stand nun auf dem großen Platz, vor ihm wurde der Obelisk des Brunnens angestrahlt wie eine Rakete auf der Startrampe. Überall Menschen, Schattenrisse vor der erleuchteten Fassade von Saint-Trophime, Gespenster auf der weiten, freien Fläche, die durch den Dunst schwebten. Ein Scooter mit abgeflextem Auspuff raste vorüber. Ein Blick nach links, nach rechts. Blanc konnte Aveline nirgendwo ausmachen. Seine Ohren dröhnten vom Lärm des Motorrollers, er hörte bloß noch, wie das Blut in seinen Adern rauschte. Er fluchte und blickte über die Schulter zurück: Sein Verfolger tauchte am jenseitigen Ende des Durchgangs auf. Blanc konnte hier nicht einfach stehen bleiben und auf Aveline warten, er konnte sie nicht anrufen und warnen, er konnte gar nichts anderes tun, als weiter zu rennen.

Er sah sich in panischer Hast um. Vor Saint-Trophime versammelten sich immer mehr Menschen, die Kirche war noch geöffnet, vielleicht sollte gleich eine Messe gelesen werden. Nirgendwo sonst war die Menge so dicht. Also dorthin. Er wandte sich vom Rathaus nach links, sprintete über den Platz, nahm drei Stufen auf einmal, bis er am Kirchenportal von mehreren schwer gekleideten Gestalten aufgehalten wurde, die sich vor dem Eingang stauten, alle in Schwarz. Eine Trauergemeinde, fuhr es ihm durch den Kopf. Ein Scheinwerfer strahlte die Steinfiguren über seinen vom Nebel feuchten Haaren an. Blanc sah keuchend auf einen Löwen, der einen Mann niedergeworfen hatte und zwischen seinen Pranken festhielt, ein Arm des Opfers steckte schon zwischen seinen mächtigen Kiefern. Noch bin ich nicht so weit, dachte er grimmig.

Er schob sich rücksichtslos zwischen den Trauernden hindurch. Halblaute Proteste hinter ihm, empörte Rufe, er murmelte eine hastige Entschuldigung. Endlich drinnen. Stille. Halbdunkel. Kerzenschein. Weihrauch. Tausend Schatten.

Sein Atem stand als kleine weiße Wolke vor dem Gesicht, eine Seele, die den Leib verlässt. Das Kirchenschiff war schmal und so hoch, dass sich das Gewölbe in der Dunkelheit verlor. Auf den Bänken saßen schon mindestens einhundert Menschen, alle hatten ihm den Rücken zugewandt. Niemand sagte etwas, die Gläubigen blickten auf einen blumengeschmückten Sarg, der am gegenüberliegenden Ende direkt vor dem Chor aufgestellt worden war. Immer mehr Menschen drängten hinein, zwei Priester gingen quer durch den Chorraum, stellten etwas am Sarg auf, rückten eine Kerze am Altar zurecht. Blanc hörte ein Knacken aus der Lautsprecheranlage, als einer der beiden zufällig gegen ein Mikrofon stieß. Seine Gedanken überschlugen sich. Er könnte sich zwischen die Trauernden setzen. Eine Atempause. Er hätte Zeit, Aveline per SMS zu warnen. Zeit, nachzudenken. Denn mitten in der Kirche und vor hundert Zeugen würde ihn der Verfolger doch nicht ... oder doch?

Saint-Trophime war wie eine Gruft, im Schimmer der wenigen Kerzen waren selbst die Gesichter der Nächststehenden kaum zu erkennen. Wenn ihn der Unbekannte niederschießen würde, wer könnte ihn erkennen? Wer könnte ihn aufhalten?

Weiter.

Er eilte ins rechte Seitenschiff, verbarg sich hinter einer Säule, versuchte sich zu orientieren. Zwei, drei große Sprünge bis hinter die nächste Säule. Noch eine Säule. Er konnte den Verfolger nirgendwo erkennen. Hatte er sich nicht in die Kirche getraut – oder war er gar schon drinnen? Aus den Augenwinkeln sah Blanc, dass die beiden Priester auf demselben Weg, den sie vorhin gekommen waren, wieder zurückschritten. Eine Pforte, rechts vor dem Chor. Die Geistlichen öffneten sie, gingen hindurch, schlossen sie hinter sich. Die wenigen Augenblicke, die sie dafür gebraucht hatten, war nur ein schwacher gelber Lichtschein bis in den Chor gefallen. Blanc hoffte, dass die Priester nicht abgeschlossen hatten.

Mit wenigen Schritten war er an der Pforte und drückte die Klinke hinunter. Offen. Er schlüpfte hindurch. Uralte Mauern, ein niedriges Gewölbe, Kälte stand wie eine Flüssigkeit in dem fensterlosen, nach oben ansteigenden Gang. Weiter. Eine zweite Pforte. Eine Treppe, deren Stufen in Jahrhunderten zu glatten, steinernen Wellen ausgetreten worden waren. Dämmerlicht von oben. Drei, vier große Sprünge, dann atmete Blanc plötzlich feuchte, frische Luft ein. Ein versteckter, stiller Kreuzgang, er musste rechts von der Kirche liegen. Blanc hielt einen Moment inne, um Atem zu schöpfen. Er starrte auf schlanke Säulen, die viel zu filigran schienen für die schweren Steinbögen, die sie trugen. Er keuchte und blickte sich suchend um. Niemand zu sehen. Die einzigen Augen, die ihn hier beobachteten, gehörten den steinernen Fratzen auf den Säulen: ein Adler, bärtige Heilige, ein sechsbeiniges Monster, ein Löwe über einer nackten Frau, eine Nixe, die ihre eigene Schwanzflosse und einen Fisch in Händen hielt, eine von zwei Schlangen gesäugte Frau, gepanzerte Ritter, die Kindern die Köpfe abschlugen, ein gekrümmter Arbeiter, auf dessen Buckel für alle Ewigkeit die Last einer Gewölberippe ruhte. Ihn schwindelte. An der gegenüberliegenden Seite stand ein Baum, der viel zu groß war für diesen Kreuzgang. Seine regenschweren Äste beugten sich fast bis auf den geharkten Kies des Innenhofes hinunter. Der Himmel über dem Hof schimmerte schwefelgelb, vielleicht war der Mond irgendwo hinter den Wolken aufgegangen, vielleicht waren es auch bloß die Lichter vom Platz vor Saint-Trophime, die der Dunst aufgesogen hatte und nun wieder ausspie.

Blanc wandte sich nach links. Obwohl er behutsam auftrat, schien jeder Schritt durch den Kreuzgang zu hallen. Die schlanken Säulen standen paarweise unter den Bögen, gefährlich weit nach außen gedrückt durch die Last unzähliger Steine auf ihren Kapitellen. Sie schienen das ungesunde Licht zu bündeln und zu brechen – ein optischer Trick, der seltsam lang gestreckte Schatten quer durch den Gang zauberte. Während er an ihnen vorbeieilte, schienen die steinernen Monster hervorzuschnellen wie aus einem Hinterhalt, dann sanken sie zurück ins Schwarze. Er war noch nicht sehr weit gekommen, als er das Quietschen einer Türangel vernahm. Dann hörte er Schritte, die nicht die seinen waren.

Wohin? Er sah eine alte Eichentür, drückte sie auf und erkannte im Dämmerlicht eine Treppe nach oben. Führte sie ihn zurück in die Kirche? Wohl kaum, er stand nicht länger an der Wand, die sich an der Seite von Saint-Trophime erstreckte. Er wusste, dass der Weg nach oben ihn in eine Falle führen könnte, in eine Sackgasse, aus der es kein Entkommen mehr gab. Aber wohin sollte er sich sonst noch wenden? Blanc zog die Tür so leise wie möglich hinter sich zu, in der Hoffnung, dass sein Verfolger sie übersehen würde. Dann lief er die Stufen hoch. Er gelangte in eine leere, weite, steinerne Halle, in der vor Jahrhunderten vielleicht einmal Mönche gebetet oder fromme Texte abgeschrieben hatten. Nun stand hier gar nichts mehr, es gab nicht das geringste Versteck. Unten am Fuß der Treppe knarzte die Tür.

Er brauchte endlose Sekunden, bis er die Halle durchquert hatte. Eine Pforte in der gegenüberliegenden Wand führte ihn hinaus auf eine Art Terrasse, die sich im Obergeschoss über die Hälfte des Kreuzgangs erstreckte. Der Innenhof lag sechs, acht Meter unter ihm, zu hoch für einen Sprung in die Tiefe. Rechts endete die Terrasse an einer Steinwand. Links führte sie halb um den Kreuzgang herum, bevor sie auch dort von einer dunklen Mauer begrenzt wurde. Also links. Er hastete an Fenstern vorbei, doch was immer dahinterliegen mochte, er würde es nicht erreichen können, denn sie waren von eisernen Gittern versperrt, fast wie in einem Gefängnis. Er gelangte an das andere Ende der Terrasse und hielt keuchend inne. Hier ging es nicht mehr weiter, nirgends. Der viereckige, massige Turm von Saint-Trophime warf seinen Schatten über diesen Bereich. Er stand nun auf der gegenüberliegenden Seite der Kirche. Noch war niemand zu sehen. Aus einem hoch ins Mauerwerk eingelassenen Fenster gegenüber quoll goldenes Licht, vielleicht hatte die Totenmesse begonnen. Doch Blanc hörte keinen Laut aus dem Kirchenschiff. Niemand dort würde seine Rufe vernehmen, niemand würde Schüsse hören.

Schritte auf der Terrasse. Blanc wich zurück, so weit er konnte, presste sich gegen die Wand, versuchte, eins zu werden mit dem Schatten. Noch ein paar Sekunden, dann wäre der Verfolger bei ihm. Da blitzte auf der Terrasse ein kaum fingerdicker, doch gleißend heller Lichtstrahl auf und strich zitternd durch die Dämmerung. Der Typ hat eine Taschenlampe, dachte Blanc verzweifelt. Er hatte keine Wahl mehr.

Blanc hatte in zwei Sätzen die Terrasse quer überwunden, die Brüstung genommen, dann warf er sich hinunter – irgendwo dorthin, wo die Äste des Baumes hoffentlich stark genug waren, um ihn zu tragen. Eine schreckliche Sekunde absoluter Leere. Ein Sturz ohne Licht, das albtraumhafte Gefühl, keinen Körper mehr zu haben, keine Sinne, rein gar nichts.

Ein Schlag gegen seine rechte Hand, er packte blitzartig zu. Ein Schmerz durchzuckte seine Schulter, als ein Ruck durch seinen Körper fuhr. Das wunderbare Gefühl von Holz und Rinde und klebrigem Harz in der Hand, die Erleichterung, dem Nichts entkommen zu sein, wieder zu fühlen, wo oben und unten war. Er presste seine Kiefer zusammen, um zu verhindern, dass er vor Schmerzen aufstöhnte. Er tastete mit der linken Hand durch die Luft, bis auch sie den Ast gepackt hatte. Einen Augenblick lang baumelte er so am Baum. Er hörte ein Knacken irgendwo im Holz. Er hörte, wie die Nadeln des Baums aneinanderrieben. Und er hörte Schritte, irgendwo über sich. Sein Verfolger musste ihn gesehen, musste das Ächzen der Äste vernommen haben. Der Boden mochte vielleicht noch zwei Meter unter ihm sein. Er ließ wieder los.

Blanc schlug hart auf dem Kies auf, so hart, dass es ihm diesmal nicht mehr gelang, ein Stöhnen zu unterdrücken. Die Steine knirschten, als er sich hochdrückte. Taumelnd kam er auf die Füße. Er hatte Schmerzen überall, aber nicht überwältigende Schmerzen – kein Knochen war gebrochen, kein Gelenk verletzt. Er musste weg aus dem Innenhof. Plötzlich ein sehr leises metallisches Klacken. Der Sicherungshebel einer Pistole. Er sprang in den Schatten zwischen den nächstgelegenen Säulenpaaren.

Der Schuss knallte im Kreuzgang so scharf und kurz wie die Fehlzündung eines alten Automotors. Blanc warf sich auf den kalten Steinboden zwischen den Säulen. Der Lärm hallte noch in seinem Schädel wider, er hörte nichts. Jetzt war sein Verfolger auf der Terrasse über ihm und konnte ihn im Kreuzgang nicht mehr sehen und schon gar nicht abknallen. Das war seine Chance. Er sprang auf, rannte los. Er wäre beinahe an einer offenen Tür vorbeigespurtet, die in der Dunkelheit kaum zu erkennen war und die er vorhin übersehen haben musste. Im letzten Augenblick schlidderte er dort hinein. Dahinter öffnete sich ein Gang, ein paar Meter weiter, und er erreichte eine abwärtsführende Treppe neben einem um diese Stunde verschlossenen Kassenhäuschen. Blanc setzte im Hechtsprung über eine metallene Absperrung. Noch eine Treppenflucht, dann war er endlich im Freien. Er fand sich auf einem kleinen Hof wieder. Er sah einen Durchgang. Fünf Sekunden später stand er wieder auf dem erleuchteten Platz, zur Rechten die Kirche und das von Scheinwerfern angestrahlte Rathaus.

Er blickte über die Schulter. Noch kein Zeichen seines Verfolgers. Er rannte mitten auf den Platz, sah sich nach Aveline um. Aus dem Innern des Gotteshauses wehte auf einmal Orgelmusik heraus.

Blanc rannte, sich panisch umblickend, links und rechts über den Platz. Nimm dich zusammen, ermahnte er sich. Aveline war nirgendwo zu sehen. Er suchte weiter, zwang sich, systematisch zu denken. Er hatte das Rathaus nun im Rücken und ging im Laufschritt auf einem zickzackförmigen Weg über das Pflaster. Sein Verfolger war nirgendwo zu sehen, aber er konnte jede Sekunde auf den Platz rennen. Wo war bloß Aveline, *merde*? Schließlich gelangte er ans gegenüberliegende Ende, Rue Jean Jaurès. Hier fuhren Autos, hier leuchtete es aus den Schaufenstern der Souvenirläden und Boutiquen, der Boulevard des Lices war bloß noch ein paar Meter entfernt. Vielleicht würde Aveline hier warten, wo sie geschützter war vor dem Wetter und vor neugierigen Blicken und von wo aus sie den ganzen Platz im Auge behalten konnte. Er versuchte, ihre vertraute Gestalt auszumachen. Blanc musterte den Bürgersteig links, den Bürgersteig rechts, achtete nicht mehr auf die Straße – bis direkt neben ihm ein Auto mit kreischenden Reifen stoppte.

Ein grüner Mercedes-Geländewagen.

Zwei Autos in einer Nacht

»Wollen Sie einsteigen oder warten Sie lieber auf den Bus?« Aveline hatte die Seitenscheibe heruntergefahren und blickte ihn gelassen an. Ihre Rechte ruhte auf dem Lenkrad, in ihrer Linken glomm eine Gauloises.

Blanc starrte sie eine Sekunde lang benommen an, atmete tief durch, riss die Beifahrertür auf und warf sich hinein. »Fahren Sie los! Wir müssen verschwinden!«

»Das hatte ich mir beinahe gedacht.« Aveline drückte das Gaspedal durch und trieb den schweren Wagen mit brüllendem Motor durch die Rue Jean Jaurès. Irgendwo schrie jemand auf. Blanc blickte sich um: Ein Mann stürzte aus dem Portal von Saint-Trophime, blickte sich suchend um, rannte dann in ihre Richtung, eine Hand vorausgestreckt, als würde er zielen.

»Schneller!«, schrie Blanc.

Aveline riss das Lenkrad herum und zwang den schleudernden Mercedes in eine schmale Straße, die von der Kirche fortführte. Der Platz vor Saint-Trophime versank im Rückspiegel.

»Was ist das für ein Auto?«, fragte Blanc. Sein Schädel schmerzte, in seinem Gehirn steckten Nadeln.

»Ein Mercedes GLC.«

»Das ist der Wagen von …«

»Nicht ganz.« Aveline nahm einen tiefen Zug von ihrer Zigarette. Sie wirkte fast, als würde sie jeden Tag mit einem Geländewagen durch antike Städte rasen. Die Gasse, auf der sie hupend Passanten an die Hauswände drängte, öffnete sich auf einen kleinen Platz zwischen Arena und Amphitheater und senkte sich anschließend hinunter. Zur Rechten lag der düstere Park, voraus leuchteten die Lichter auf dem Boulevard des Lices. Die Reifen sirrten über das Pflaster. Blanc blickte zurück. Niemand folgte ihnen.

Blanc schloss die Augen und atmete tief durch. Wie durch einen Schleier hörte er Avelines Stimme: »Was ist passiert?«

Er öffnete die Augen wieder und blickte auf die Straße. In hastigen Worten berichtete er ihr von dem Verfolger. »Der Typ hätte mich mitten in Arles eiskalt abgeknallt«, flüsterte er.

Aveline nahm für eine Sekunde die Hand vom Lenkrad und strich ihm über die Wange. Sie sagte kein Wort.

»Wir kommen genau in Höhe der Polizeistation raus«, rief Blanc plötzlich. »Fahren Sie langsamer, bevor die uns einen Streifenwagen hinterherjagen.«

Aveline bremste ab und reihte sich in den Stau auf dem Boulevard ein.

»Wie kommen Sie ausgerechnet an diesen Mercedes?«, fragte Blanc.

»Ich habe mir das Auto für diese Nacht geliehen«, erklärte sie, als sie an einer roten Ampel anhalten mussten.

»Sie wollten doch keine Spuren in Arles hinterlassen. Jede Mietwagenfirma ...«

»Ich war beim örtlichen Mercedes-Händler und habe gesagt, dass ich den Wagen vielleicht nächste Woche kaufe.«

»Und da hat Ihnen der Verkäufer so ein Auto einfach überlassen?«

»Zu einer Probefahrt. Bis morgen früh. Es ist verkaufsoffener Sonntag und dann wollen sie ihn wiederhaben.«

»Der Verkäufer hatte keine weiteren Fragen?«

»Sie unterschätzen meinen Charme, *mon Capitaine*.«

»Und Sie mussten noch nicht einmal irgendwelche Dokumente vorlegen?«

»Nur meinen Führerschein. Der war zum Glück zusammen mit dem Haustürschlüssel in meiner Jeans und nicht in der Handtasche. Und er ist noch auf meinen Mädchennamen ausgestellt. Ich habe den Verkäufer meinen dritten Vornamen und meinen Mädchennamen eintragen lassen. Sollte Jean-Charles je nachforschen, wird sein

Computer weder eine ›Aveline‹ noch eine ›Vialaron-Allègre‹ in Arles ausspucken.«

»Warum ausgerechnet dieses Auto? Damit fallen wir doch genauso auf wie Navarin.«

»Wollen Sie im Twingo auf Verfolgungsjagd gehen?« Aveline schüttelte entschieden den Kopf. »Als ich Ihre Nachricht bekam, dass Sie später aufkreuzen würden, dachte ich mir, ich nutze die Wartezeit. Ich bin zum einzigen Mercedes-Händler von Arles gegangen, weil Navarin sein Auto vermutlich dort gekauft hat und zur Inspektion hinbringt. Wenn man sich einen teuren Wagen leistet, dann leistet man sich doch auch eine teure Wartung, oder? Und Navarin hat seinen Mercedes tatsächlich vor vier Jahren in Arles gekauft.«

»Das hat Ihnen der Verkäufer einfach so verraten?«

»Ich habe einiges an Charme spielen lassen.«

»Hat Navarin seine Adresse angegeben?«

»Der Verkäufer hat mir eine Adresse gegeben – aber es ist bloß dieselbe falsche Adresse, die Navarin offenbar auch sonst verwendet. Beim Händler sehen ihn die Mechaniker alle zwölf Monate zur Wartung des Wagens. Außer in diesem Jahr: Vor etwa acht Wochen ist Navarin ohne Anmeldung vorgefahren. Er wollte, dass man ihm einen Blechschaden repariert. Sofort.«

»Ich kann mir denken, welchen.« Blanc erzählte ihr vom Unfalltod Andréonis und vom Besuch bei dessen Witwe.

»Noch ein Grund mehr, Navarin nicht in einem Kleinwagen zu verfolgen«, kommentierte Aveline. »Ich hätte mir lieber eine G-Klasse genommen, damit wir Waffengleichheit haben. Aber die hatte der Händler nicht mehr auf Lager. Also habe ich mir den GLC geschnappt, der ist wenigstens annähernd so schwer wie Navarins Geländewagen. So leicht wird uns dieser Kerl nicht gegen eine Betonwand drängen.«

Sie kamen nur stockend voran: Boulevard des Lices. Boulevard Georges Clémenceau. Verdammte Ampeln, dachte Blanc, und blickte immer wieder nach hinten. Ob ihnen jemand folgte? Einen wuchtigen, grünen Mercedes konnte er nirgendwo sehen. Aber sie waren so langsam, selbst ein Fußgänger hätte sie beschatten können.

»Das war keiner von Lizareys Leuten«, stellte sie fest. »Ein Flic hätte niemals ohne Warnruf geschossen, schon gar nicht neben einer Kirche.«

»Dieser Commissaire vielleicht schon.«

Blanc dachte kurz nach, dann schüttelte er den Kopf. »Lizarey ist kleiner und schmächtiger als der Mann, der mich verfolgt hat. Außerdem hätte ein Kettenraucher wie er niemals so eine Hetzjagd durchgehalten. Der Kerl war schnell und zäh.«

»*Alors?*«

»Navarin war es auch nicht. Der ist zu massig für so eine Verfolgung.«

»Auf dem Turm des Amphitheaters war Navarin allein – aber vorher in der Arena nicht.«

Blanc schüttelte unbewusst den Kopf, merkte, was er tat, und nahm sich zusammen. Wollte Aveline andeuten, dass Marius der Verfolger war? »Der Kerl war viel zu schlank und viel zu schnell, um Lieutenant Tonon zu sein«, stellte er rasch klar. »Aber Ludovic Pelherbes – das könnte hinkommen.« Er dachte nach. »Als mir Navarin bei Les Alyscamps entwischt ist, hat er sich auf den Beifahrersitz des Mercedes geflüchtet. Ein anderer saß schon am Steuer, vielleicht hat Navarin ihn bis vor den antiken Friedhof beordert. Ich habe den zweiten Mann nicht erkannt. Aber das könnte der junge Pelherbes gewesen sein.«

»Navarin hat seine eigene Schlägertruppe, und er ist mit den Jungs vom *Bloc* verbündet. Vermutlich hat er hier in Arles ein paar Dutzend Leute, auf die er sich verlassen kann«, erwiderte Aveline. Blanc nickte. »Sie haben recht. Wir konzentrieren uns zu sehr auf Navarin. Der Koloss. Der Mörder. Der Typ im dicken Geländewagen, der uns Angst einjagt. Aber die Furcht vernebelt uns das Gehirn. Vielleicht ist Navarin bloß ein Werkzeug. Der Schläger für die

Drecksarbeit. Der Mann, der andere Leute aus dem Weg räumt und der das auch noch gern tut. Aber er ist Teil einer größeren Organisation. Es muss nicht Navarin sein, der nach uns sucht. Es muss nicht Navarin sein, der uns verfolgt. Und auf uns schießt.«

»Alle von Navarins Schlägern sind auf Steroiden. Die kann ich auf hundert Meter Entfernung erkennen. Aber viele Mitglieder des *Blocs* sehen aus wie Schwiegermutters Liebling. Soll ich mich jetzt vor jedem netten jungen Mann fürchten, der mir in einer Gasse entgegenspaziert?«

»Das ist eine sehr gute Idee.«

»Wie schön, dass Sie bei der Verfolgungsjagd nicht unterwegs Ihren Humor verloren haben, *mon Capitaine*.« Aveline fuhr die Seitenscheibe hinunter und schnippte ihre Kippe hinaus. »Ich will, dass sich jeder nette junge Mann *vor mir* fürchtet!«

Blanc schloss für einen Moment die Augen. »Kurz hatte ich gehofft, dass wir eine Atempause haben«, murmelte er. »Wir könnten aus dieser verdammten Stadt abhauen, uns irgendwo in einem Dorf verkriechen, ein paar Stunden durchatmen. Und wir kehren zurück, wenn die rechten Typen sich treffen, mitten in der Nacht.«

»Wenn wir eine Atempause haben, dann haben die auch eine«, wandte Aveline ein. »Die Kerle müssen wissen, dass wir ihnen die ganze Zeit im Nacken sitzen. Wir hauen niemals ab. Wir hören niemals auf. Sie verfolgen uns? *D'accord.* Dann verfolgen wir sie eben auch. Wir setzen sie unter Druck. Unter Druck macht jeder früher oder später Fehler.«

»Wir stehen auch unter Druck«, sagte Blanc.

»Aber im Gegensatz zu diesen Schlägern sind wir das gewohnt.«

Er warf ihr einen Seitenblick zu und seufzte. »Also gut, wir bleiben in Arles.«

»Haben Sie schon eine Idee, was wir in den nächsten Stunden tun sollen?«

»Der Kerl, der mich vorhin verfolgt hat, hat Ihr Auto gesehen. Vielleicht war er sogar so nahe dran, dass er das Nummernschild lesen konnte. Auf jeden Fall wird er sich den Fahrzeugtyp gemerkt haben. Mercedes GLC, grün, dafür war es hell genug auf dem Rathausplatz. Er wird seinen Leuten Bescheid gesagt haben, und die Typen werden die Augen offen halten.«

»Wir tauschen den Wagen beim Händler gegen einen anderen. Ich werde viel Charme aufbieten müssen«, meinte Aveline und zuckte mit den Achseln. »Schade, ich fange gerade an, mich an ihn zu gewöhnen.«

Blanc schüttelte den Kopf. »Es ist zu spät, die haben schon zu bei dem Händler. Sie müssen das Auto wie versprochen morgen früh zurückbringen, sonst werden die es als gestohlen melden. Dann haben Sie die Polizei endgültig am Hals – und selbst ein Trottel wie Lizarey wird mit dem dritten Vornamen und dem Mädchennamen des Führerscheins in ein paar Minuten herausgefunden haben, nach wem er wirklich suchen muss.«

»Bon«, sagte Aveline und trommelte mit den Fingern auf das Lenkrad. »Wir brauchen aber ein Auto diese Nacht. Wie sollen wir sonst zu dem Treffen kommen?« Sie atmete tief durch. »Ich kann den Mercedes am Bahnhof abstellen. Da gibt es ein paar Leihwagenfirmen, die jetzt noch geöffnet haben.«

Blanc schüttelte wieder den Kopf. »Leihwagen gibt es nur gegen Kreditkarte. Wenn ich dort zahle, dann kriegt Lizarey das mit. Der Commissaire überwacht die Hotels, der wird auch an die Mietwagenfirmen gedacht haben. Dann hätten wir ihn an den Hacken, wenn wir unseren Ausflug machen. Und möglicherweise ist es noch schlimmer: Der Commissaire ist ein Rechter. Vielleicht würde Lizarey den Kerlen vom *Bloc* einen Tipp geben und Navarins Leute wüssten schon wieder, nach welchem Wagen sie Ausschau halten müssen.«

»Also müssen wir ein Auto stehlen.« Aveline sagte das sehr gelassen.

»Haben Sie schon einmal ein Auto gestohlen?«

»Das ist ein Männerjob.«

»Ich habe in meinem Leben noch kein Auto geknackt.«

»Die Anleitung dazu kann man sicher googeln.«

Er sah aus dem Fenster. Das konnte einfach nicht wahr sein. Er sah auf das Handy. Kurz nach achtzehn Uhr. »Wir können nicht jetzt schon einen Wagen stehlen«, erwiderte er schließlich. »Viel zu früh. Die Besitzer könnten es merken und zur Police gehen. Dann würde man nach dem Auto fahnden.«

»Das Treffen soll um Mitternacht beginnen, keine dreißig Minuten außerhalb von Arles. Es reicht, wenn wir nach elf Uhr einen Wagen aufbrechen, um die Zeit gibt es auch weniger Zeugen.«

»Wir parken diesen verdammten Mercedes jetzt und dann gehen wir etwas essen«, sagte Blanc resigniert. »Ich brauche dringend ein Steak und einen Kaffee, sonst halte ich diese Nacht nicht durch.«

»Andere Leute schnupfen zu dem Zweck Kokain.«

Sie waren im Stop-and-go-Verkehr endlich bis zum Ende des Boulevards Georges Clémenceau gelangt. Rechts von ihnen standen etwas heruntergekommene Bürgerhäuser aus der Belle Époque. Links ragten zehn Meter hohe Stelzen auf, die die Route nationale 113 trugen, die an dieser Stelle wie eine hässliche Achterbahn mitten durch Arles führte. Ein düsterer Wald aus Beton. Viele Autos standen zwischen den Pfeilern. Aveline setzte den Blinker, um den Mercedes an eine freie Stelle zu manövrieren.

»Besser nicht.« Blanc deutete auf die Schatten unter der Hochstraße. »Hier kann sich eine halbe Armee verbergen. Sollten Navarins Männer den Mercedes entdecken, könnten sie sich in den Hinterhalt legen und uns überfallen, wenn wir ihn morgen zurückbringen wollen. Wir stellen ihn besser vor einer Kirche ab. Am Sonntagmorgen ist Messe. Es wird kalt und nass sein, die Menschen sind dick eingehüllt. Wir mischen uns unter die Kirchgänger. Selbst wenn die Typen den Mercedes überwachen, kommen wir morgen früh mit ein bisschen Glück bis auf wenige Meter an das Auto heran, bevor sie uns erkennen. Und dann müssen wir eben schnell sein.«

Aveline bog am Ende des Boulevards rechts auf den Quai de la Roquette ein. Sie fuhren nun parallel zur Rhône und kamen etwas schneller voran. Der Fluss war so schwarz wie ein gewaltiger Riss, der in der Erde klaffte. Nebel hatte die Gebäude am Quai eingehüllt, alte, müde Häuser, die sich in eine weiße Decke gewickelt hatten.

»Da vorne!«, rief Blanc. Sie waren unter der Pont de Trinquetaille hindurchgefahren, als er ein Stück hinter den Gebäuden am Quai einen alten Turm aufragen sah, eckig, hoch, mit einer flachen Haube, die Blanc an die Spitze einer Pistolenkugel erinnerte. Sie bogen auf einen winzigen Platz ein, aus den Nebelschwaden wuchs die wuchtige, karge Fassade einer Kirche in den Nachthimmel.

Aveline fand eine Lücke am Rand des Platzes und zwängte den Geländewagen hinein. Es war das größte und neueste Auto in der Reihe, auffällig wie eine Diva. Aber der Mercedes stand beinahe direkt vor dem Kirchenportal.

»Perfekt«, brummte Blanc.

Sie gingen ein paar Meter am Ufer der Rhône entlang. Erst zwischen den Konstantinsthermen und dem Musée Réattu schlüpften sie ins Labyrinth der Altstadt. Blanc wollte einen Umweg machen und sich in einer Seitenstraße bis zum Platz vor dem *Hôtel de la Muette* heranschleichen, um zu sehen, ob dort jemand auf sie wartete. Als sie das moderne Haus mit den Arkaden gegenüber ihrer Unterkunft erreicht hatten, fasste Blanc Aveline am Arm. »Warten Sie hier!«, flüsterte er.

Er drückte sich an die Wand und ging vorsichtig weiter. Seine Hand umklammerte die Pistole in der Tasche. Die Straßenlampen und die Beleuchtung des Hotels glommen im Dunst. Blanc schob sich Zentimeter für Zentimeter durch den Arkadengang, konnte aber keine Gestalt ausmachen. Auf dem Platz parkten einige Autos, doch es saß kein Mensch darin. Niemand stand hinter einem der Blumenkübel, an einer der anderen Hauswände, an einem der

Fenster, die Blanc einsehen konnte. Er schlug den Kragen seiner Jacke hoch und kreuzte mit raschen Schritten den Platz. Dabei warf er einen Blick in die erleuchtete Lobby. Die junge Frau am Empfangstresen war allein und in ein Buch vertieft, sie bemerkte ihn nicht.

»Kein Beschatter am Hotel«, sagte er zu Aveline, nachdem er eine Runde gemacht hatte und zurückgekehrt war.

»Gut«, stellte sie fest. »Navarin hat ein paar Männer, aber offenbar nicht so viele, dass er es sich leisten kann, das Hotel Tag und Nacht zu überwachen.«

»Oder seinen Schlägern fehlt schlicht die Geduld für eine stundenlange Beschattung.« Blanc studierte den Stadtplan auf seinem Handy. »Wir suchen uns ein Restaurant auf der Rue Docteur Fanton«, sagte er. »Das ist nicht weit, wir müssen nicht lange durch die Stadt laufen.«

Sie fanden sich im *Les Filles du 16* wieder: klein, laut, voll, das nahezu ideale Versteck. Sie hatten einen Tisch am Fenster bekommen, und Blanc blickte hinaus. Den Platz konnte er zwar nicht wirklich überblicken, doch immerhin die Straße, die zu ihm führte. Ab und zu huschten Passanten vorüber, doch niemand sah aus wie Ludovic Pelherbes oder wie Navarin.

Er entspannte sich ein wenig. Das Bistro war warm, am Nachbartisch lachte ein junger Mann, das Essen duftete nach allen Küchen dieser Welt. Aveline war blass und wirkte erschöpft, und doch sah sie im gedämpften Licht hinreißend aus. Ein Wochenende, dachte Blanc, wenigstens gehört uns ein Wochenende! Trotz des Toten und des Mörders und der nächtlichen Hetzjagd bereute er nicht eine einzige Sekunde. Warum konnte das Leben nicht einfach sein?

»*Alors*«, sagte er, während er Steak und Tomatensalat genoss. »Wohin fahren wir diese Nacht?«

Aveline vollführte mit der linken Hand eine lässige Bewegung, als wäre es gar nicht schwer, ja ihrer beinahe unwürdig leicht gewesen, das Rätsel zu lösen. »Ein Buchhändler hat mir verraten, wo sich die Rechtsradikalen diese Nacht versammeln wollen.«

»Ich hätte nicht gedacht, dass ein Buchhändler zum *Bloc* gehört.«

»Er kannte sich bloß gut in lokaler Geschichte aus. ›Großer Berg‹, das wurde im Mittelalter ›Mont Majour‹ genannt. Voilà, schon haben Sie den Treffpunkt. Montmajour ist ein Kloster nordöstlich von Arles, so nahe, Sie können es sogar vom Turm des Amphitheaters aus sehen.«

»Ich hätte noch weniger gedacht, dass Mönche zum *Bloc* gehören.«

»Mönche gibt es in Montmajour höchstens noch als Gespenster. Das Kloster ist seit mehr als zweihundert Jahren eine riesige Ruine zwischen den Feldern. Tagsüber kann man es besichtigen. Nachts ist da niemand. Nur eine einzige Route départementale führt dorthin, kein Nachbar weit und breit, der einen stören könnte. Die Ruine ist groß genug, dass sich dort Dutzende, wenn nicht Hunderte Menschen versammeln können. Und sie ist ein urfranzösisches und sehr, sehr wuchtiges Monument – das finden die Typen vom *Bloc* sicherlich auch nicht schlecht.«

»Sie kennen Montmajour?«

»Mein Mann mag Klöster. Ich glaube nicht, dass es in der Provence einen Kreuzgang gibt, den wir noch nicht besichtigt haben.«

»Ein Kloster an einer einsamen Landstraße? Wenn diese Kerle bloß einen einzigen Wachtposten aufgestellt haben, dann werden wir schon auffallen, wenn wir uns der Ruine auf hundert Meter nähern.«

»Die Straße endet ja nicht dort. Montmajour liegt an der Route départementale zwischen Arles und Fontvieille. Da fährt auch um Mitternacht hin und wieder ein Auto entlang. Wir fahren einfach da vorbei und riskieren einen Blick. Dann verstecken wir den Wagen irgendwo am Straßenrand und kehren zu Fuß zurück. Kein Wachtposten wird uns in dieser Dunkelheit sehen.«

»Und wenn wir die Ruine erreicht haben, was machen wir dann?«

»Dann improvisieren wir.«

Immer mal wieder verschwanden Gäste nach draußen, um eine Zigarette zu rauchen. Auch Aveline, die unnötige Aufmerksamkeit vermeiden wollte, beugte sich dieses eine Mal den Regeln und zündete sich nach dem Essen ihre Gauloises auf der winzigen, unter einer Pergola verborgenen Terrasse des Bistros an. Von dort aus konnte sie unauffällig den Eingang des Hotels beobachten. Blanc hatte seine Jacke mit der Pistole in der Tasche griffbereit über die Stuhllehne gehängt. Doch er konnte einen Espresso trinken und dann noch einen – und immer noch war weder ihm noch Aveline draußen eine verdächtige Gestalt aufgefallen.

Seine Geliebte kehrte irgendwann zu ihm zurück und blickte auf ihre Uhr. »Wir können nicht länger warten. Von hier aus brauchen wir fast eine halbe Stunde bis nach Montmajour.«

»Eine ziemlich lange Zeit, um mit einem gestohlenen Wagen herumzukurven.« Blanc wäre wirklich gern noch ein wenig länger in dem warmen Bistro sitzen geblieben.

»Wo versuchen wir unser Glück?«, fragte Aveline, als sie vor dem Restaurant standen. »Am Boulevard des Lices? Da parken viele Autos.« Sie schlang sich ihr Van-Gogh-Tuch enger um den Hals. Die Luft schmeckte schon nach Frost. An einem Haus war mit einer schmiedeeisernen Halterung eine Straßenlaterne befestigt. Ihr Licht umstrahlte eine steinerne Skulptur, die eine Ecke dieses Hauses zierte: ein junger Mann, der seltsam lächelte – als würde er uns auslachen, dachte Blanc.

Er schüttelte den Kopf. »Wir gehen zur Uferstraße neben der Rhône. Am Fluss wird der Nebel dichter sein.«

Sie gingen die Rue du Docteur Fanton hinunter, die einzigen beiden Gestalten auf der engen Straße. Aveline trug Halbschuhe mit harten Sohlen, die auf den Steinen klackten – nicht sehr laut, doch laut genug, dass Blanc keine anderen Geräusche mehr wahrnehmen konnte. Nervös sah er sich um. Niemand. Zu ihrer Linken erstrahlte nach ein paar Metern ein hohes, modernes Gebäude hinter einer Mauer aus Stein und poliertem Stahl. *Fondation Vincent van Gogh* stand über dem Tor. Sie gingen schneller, um so rasch wie möglich aus dem Licht des Museums herauszukommen. Endlich gelangten sie wieder auf den Platz vor der Kirche. Blanc duckte sich hinter einem geparkten Lieferwagen und spähte über die Wagenreihen. Undeutlich konnte er den Mercedes ausmachen. Niemand. »Sieht so aus, als hätten sie den Wagen noch nicht entdeckt«, flüsterte er Aveline zu.

Blanc schlich um den Lieferwagen herum und stieß auf einen alten silbernen Ford Fiesta. Vorsichtig rüttelte er an der Fahrertür, halb fürchtete er, dass dadurch schon eine Alarmanlage losheulen würde. Nichts.

»Wir könnten die Scheibe einschlagen«, schlug Aveline vor.

»Und mit eingeschlagener Seitenscheibe quer durch Arles fahren? Zu auffällig. Wir suchen weiter. Vielleicht hat irgendjemand vergessen, die Autotür abzuschließen.«

Blanc hatte sich schon halb vom Fiesta abgewandt, als er ein Kichern hörte. Er ging hinter dem Kleinwagen in Deckung und führte den Finger zum Mund, um Aveline zu warnen. »Wir sind nicht allein«, hauchte er.

Vorsichtig spähte er über das Autodach. Wieder hörte er ein unterdrücktes Lachen, oder vielleicht eher ein Stöhnen.

»Da vorne«, flüsterte Aveline und deutete in den Dunst.

Auf der Kirchentreppe erblickten sie ein eng umschlungenes Paar. Eine junge Frau stand eine Stufe über einem Mann und küsste ihn leidenschaftlich. Seine Hände waren unter ihrer Regenjacke verschwunden. Für eine Sekunde dachte Blanc an einen Novemberabend in Paris, als Geneviève und er sich gerade kennengelernt hatten, und eine absurde Eifersucht auf dieses sorglose Paar durchflutete ihn. Mach dich nicht lächerlich, sagte er sich. Vor der Treppe, nur wenige Meter unterhalb der beiden Liebenden, stand ein weißer Renault Clio, das Standlicht leuchtete trübe.

Aveline brachte ihre Lippen ganz nahe an sein Ohr. »Das ist unser Auto.«

»Das gehört den beiden.«

»In einer Minute nicht mehr.« Sie hatte ihre Schuhe abgestreift und lief barfuß über das kalte, feuchtigkeitsglänzende Pflaster, bevor er noch etwas erwidern konnte.

Blanc hastete ihr hinterher. Sie bemühten sich gar nicht, in Deckung zu bleiben. Sie mussten bloß schnell sein und durften kein Geräusch machen. Die Liebenden achteten auf nichts in der Welt. Aveline und er kauerten sich neben den Clio. Das Pärchen konnte sie nicht mehr entdecken, doch Blanc betete, dass nicht in diesem Augenblick ein Auto über den Boulevard fahren würde. Sie würden auffallen, ein Mann und eine Frau, tief geduckt neben dem kleinen Wagen. Er atmete durch, bis sich sein Pulsschlag ein wenig beruhigt hatte, dann hob er den Kopf und spähte vorsichtig durch die Scheiben. Die Frau hatte ihre Hände um den Kopf des Mannes geschlungen. Blanc konnte sogar erkennen, dass ihre Fingernägel in unterschiedlichen Farben lackiert waren, so nahe war er an ihnen dran. Vorsichtig zog er am Griff des Renaults. Mit einem ganz leisen Klacken sprang die Fahrertür auf. Blanc hielt inne. Die beiden hatten nichts gehört. Er zog die Tür weiter auf, Zentimeter um Zentimeter. Als er sie eine Handbreit aufgezogen hatte, flammte plötzlich die Innenbeleuchtung auf. Blanc sah sofort, dass der Zündschlüssel im Schloss steckte.

»Schnell!«, flüsterte er.

Aveline schlüpfte lautlos auf den Beifahrersitz. Blanc warf sich hinein, schlug die Tür zu und startete das Auto. Er glaubte kurz, draußen einen empörten Aufschrei zu hören. Aber da gab er schon Gas, dass die Reifen auf dem nassen Asphalt durchdrehten.

»Nicht schlecht für unseren ersten Autodiebstahl!«, rief Aveline. Sie warf ihm eine Kusshand zu.

Blanc erwiderte nichts. Er raste über den Quai de la Roquette, seine Hände umklammerten das Lenkrad, als wollte er es erwürgen.

Niemand sonst war auf der Straße. Der Motor des Clio heulte gequält. Gefährlich schleudernd bog er nach links auf den Boulevard Georges Clémenceau ein und bremste endlich ab. Sie waren außer Sicht des Pärchens, hier gab es keinen Grund mehr, unnötig aufzufallen. Sie waren davongekommen. Vorerst.

Er atmete durch. »Das fühlt sich mies an«, stieß er hervor.

Aveline zuckte die Achseln. »Die beiden hätten im Auto knutschen sollen.«

»Vor fünf Monaten war ich noch Korruptionsermittler in Paris. Und jetzt klaue ich einen Clio in Arles!«

»Es ist doch immer schön, wenn man sich beruflich verbessern kann, *mon Capitaine*.«

Verschwörung auf dem großen Berg

Aveline hatte die Navigations-App auf ihrem iPhone aktiviert und lotste ihn in einem Bogen um die Altstadt. Nur wenige Autos waren unterwegs, doch jedes Mal, wenn Blanc im Rückspiegel Scheinwerfer aufleuchten sah, erlitt er einen kleinen Schock. Kein Streifenwagen, kein Streifenwagen, *merde,* bloß kein Streifenwagen! Er fuhr peinlich genau mit fünfzig Stundenkilometern.

»Nur Betrunkene halten sich an die Verkehrsregeln«, kommentierte Aveline spöttisch. »Wer am Samstagabend nicht rast, der fällt auf. Man wird uns noch herauswinken.«

»Wenn wir in eine Radarfalle kommen, dann leuchten unsere Gesichter auf dem Blitzerfoto und Lizarey wird sich einnässen vor Freude.«

»Soll er Windeln anziehen. Es ist Mitternacht. Wir haben nur noch zwanzig Stunden Zeit, bis mein Zug nach Paris fährt. Geben Sie Gas.« Aveline zündete sich eine Zigarette an, dann beugte sie sich zum Radio. Eine Sekunde später perlte Ella Fitzgerald durch das winzige Auto. Auf dem Display leuchtete der Name einer Station, die Blanc noch nie gehört hatte: *FIP.*

Blanc beschleunigte moderat. Jazz in einem gestohlenen Wagen, nachts in einer fremden Stadt. Er war wirklich bescheuert. Sie passierten den Bahnhof und bogen auf eine Straße ein, die sie Kilometer um Kilometer an gesichtslosen Geschäften und Häusern vorbeiführte. Die Scheinwerferkegel des Clio strichen über ein Straßenschild. »Avenue de Stalingrad«, las Blanc. »Ich hätte nicht gedacht, dass Arles mal eine kommunistische Stadt war.«

»Ist noch gar nicht so lange her. Am nächsten Kreisverkehr biegen wir rechts ab.«

Eine schmale Landstraße führte sie in Kurven durch flaches Land: abgeerntete Felder, Zypressenreihen, Kanäle, aus denen Wasser aufdampfte. Bauernhöfe lagen verstreut zwischen Wiesen. Nur aus wenigen Fenstern leuchtete gelbliches Licht. Kein Auto überholte sie, keines kam ihnen entgegen.

»Da vorne ist Montmajour«, sagte Aveline schließlich. »Fahren Sie etwas langsamer.«

Die Ruine eines Klosters. Was hatte Blanc erwartet? Halbhohe Mauern, ein paar Säulen, vielleicht noch ein verfallenes Kirchenschiff, einen vernarbten Glockenturm? Es war völlig anders. Während sie vorüberfuhren, sah er aus den Augenwinkeln wuchtige Gebäude, als hätte ein Gigant sie aus dem Felsen gefräst. Fassaden, deren Fensterhöhlen in schwindelnder Höhe Dunstschleier eingefangen hatten. Und darüber ein eckiger, zinnenbewehrter Turm.

»Montmajour sieht aus wie eine Burg aus *Der Herr der Ringe*«, sagte er überrascht.

»Ich habe Ihnen doch gesagt, das gefällt den Typen vom *Bloc*.«

Links von der Landstraße öffnete sich die Zufahrt zu einem Besucherparkplatz unter Bäumen. Die Fläche war nicht erleuchtet, doch für einen Augenblick blitzten im Scheinwerferlicht des Clio Motorhauben und Frontscheiben auf. »Da stehen mindestens zwanzig Autos«, murmelte Blanc.

»Konnten Sie den Mercedes erkennen?«

»Nein. Haben Sie jemanden gesehen? Einen Wachtposten? Oder jemanden im Kloster?«

Aveline schüttelte den Kopf. »Suchen wir uns ein Versteck für den Wagen.«

Nach einigen Metern bemerkte Blanc einen ungepflasterten Weg, der links von der Route départementale abzweigte. Er dachte an den Klosterturm. Wenn da oben ein Aufpasser postiert war, dann konnte der Autoscheinwerfer auf Hunderte Meter verfolgen, selbst bei so einem Wetter. Also fuhr er weiter, nahm einige Kurven, bis er mindestens einen Kilometer zwischen sich und die Klosterruine gelegt hatte. Erst neben einem einsamen Bauernhof stoppte er und schaltete die Lichter des Clio aus. Falls jemand auf dem Turm sie wirklich beobachtet haben sollte, dann würde er nun denken, dass da bloß jemand zu später Stunde auf den Hof zurückgekehrt sei. Er wartete ein paar Minuten, bis sich seine Augen an die Dunkelheit gewöhnt hatten. Währenddessen fuhr kein anderes Auto an ihnen vorüber.

»Drücken Sie bitte Ihre Zigarette aus. Die Glut kann man sehen.« Blanc hatte unwillkürlich angefangen zu flüstern.

Aveline stopfte die halb gerauchte Gauloises zu den anderen Kippen, die sie während der Fahrt bereits im Aschenbecher entsorgt hatte.

Blanc wendete und steuerte den Wagen mit ausgeschalteten Scheinwerfern langsam zurück, jederzeit bereit, an den Straßenrand zu fahren, sollten sich irgendwo Lichtkegel eines anderen Autos zeigen. Endlich erreichte er wieder den Feldweg, an dem sie vorhin vorübergekommen waren. Ein Acker links, ein Wäldchen rechts, die Bäume wuchsen bis fast zur Route départementale heran. Er fuhr den Feldweg ein Stück weit hinein, wendete vorsichtig und stellte den Clio unter den Ästen einer Eiche ab. Die Baumkrone würde den Wagen verbergen.

Die Luft war weiß wie Milch und kalt, es roch nach feuchtem Laub und Jahresende. Zu Fuß überquerten sie die Route départementale. Am Himmel leuchteten weder Mond noch Sterne, doch trotzdem stand eine fahle Helligkeit über dem Land, als würde der Nebel aus sich selbst heraus leuchten wie eine gefährliche chemische Substanz. Hinter der gegenüberliegenden Straßenseite ragte eine Steinwand auf, vielleicht von einer alten Scheune, vermutete Blanc. Während sie daran entlangliefen, berührte seine Schulter beinahe die vernarbten Ziegel. Er hoffte, dass Aveline und er von der Dunkelheit der Mauer aufgesaugt wurden. Er hielt die Pistole gepackt. Aus den Augenwinkeln sah er ein Blitzen in Avelines Hand.

»Kein Licht mit dem Handy!«, flüsterte er.

»Das ist kein iPhone, das ist ein Messer.«

Blanc blickte genauer hin und erkannte die fingerlange, breite Klinge eines Klappmessers.

»Ich bin eine Frau, die auf sich aufpasst«, erklärte Aveline. »Ich habe mir das Messer heute Nachmittag in einem Jagdgeschäft besorgt.«

»Ich dachte, Sie haben kein Geld.«

»Ich habe es gestohlen.«

Hätte ich mir denken können, sagte sich Blanc. Er erwiderte nichts mehr, sondern machte ihr mit der Hand ein Zeichen, ihm zu folgen. Hintereinander schlichen sie die Landstraße entlang, bis sie die Scheune hinter sich gelassen hatten und Montmajour überblicken konnten. Das alte Kloster erhob sich tatsächlich auf einer Art Hügel, einer gewaltigen Steinplatte, die sich zwanzig oder dreißig Meter aus der feuchten Niederung hochwölbte. Ein mannshoher Maschendrahtzaun verwehrte schon fünfzig Meter vor dem alten Gemäuer den Zutritt. Blanc spähte hindurch. Links ragte der Turm auf, so unglaublich hoch, dass sich seine Zinnen in den aufsteigenden Nebelschleiern verloren. Rechts neben dem Turm erhob sich der Riesenwürfel eines Gotteshauses, das aussah, als hätte ein Betonarchitekt der Siebzigerjahre einen Weltkriegsbunker in eine Kirche umgebaut. Aus dem Würfel ragte ein viereckiger Anbau mit schießschartenartigen Fenstern heraus. Wovor hatten diese Mönche einst bloß solche Angst gehabt, dass sie sich hinter diesen Mauern verschanzten?, fragte sich Blanc. Die wuchtige Kirche wurde von einer dahinterstehenden zweiten Ruine überragt, sie war nichts als eine Fassade ohne Fenster, ohne Dach. Vor der Kirche waren Gräber in den abfallenden Felsen geschlagen worden, die leer im bleichen Licht dalagen. Blanc erinnerte das an das Totenfeld von Les Alyscamps und ihn schauderte. Soweit er erkennen konnte, leuchtete weder aus dem Innern der Kirche noch aus dem Turm irgendein Licht.

»Wo geht es hinein?«, flüsterte er.

Aveline deutete auf die Kirche. »Wenn wir rechts um sie herumgehen, kommen wir zum Eingang. Aber das ist keine mittelalterliche Pforte, sondern eine moderne Tür aus einbruchshemmendem Glas. Und da wird ganz sicher eine Wache postiert sein.«

»Also gehen wir hier rein«, sagte Blanc grimmig, steckte die Pistole ein und packte die Maschen. Kurz darauf hatte er sich über den Zaun geschwungen.

Aveline kletterte genauso mühelos über das Hindernis, sie hatte dafür nicht einmal das Messer loslassen müssen.

»Da lang!«, flüsterte sie und deutete auf den Turm.

Sie rannten an den leeren Gräbern vorbei. Erst, als Blanc den Turm schon beinahe erreicht hatte, erkannte er in der Dunkelheit, dass sich zwischen ihm und der Kirche eine zwei Meter hohe Mauer erhob – und in die war eine winzige Pforte eingelassen. Er rüttelte vorsichtig daran, und die eisernen Beschläge gaben überraschend einfach und beinahe lautlos nach. Sie schlüpften hindurch in einen schmalen Gang zwischen Turm und Kirche. Kein Licht. Kein Laut. Blanc schlich mit gezogener Waffe weiter. Als sie am Turm vorbei waren, gelangten sie auf eine Art Hof. Hier sah es noch mehr aus wie am Set von *Herr der Ringe*. Turm und Kirche ragten hinter ihnen auf, vor ihnen verschluckte die gigantische, fensterlose Fassade den Nachthimmel und zwischen Kirche und Fassade spannte sich ein riesiger gotischer Bogen hoch über ihren Köpfen, wie eine mittelalterliche Brücke ohne Geländer und ohne Sinn und Zweck. Denn warum bloß waren das Gotteshaus und jenes ausgeweidete Gebäude in schwindelnder Höhe durch diesen Bogen verbunden? Der Hof und die Mauern waren kahl und karg, nur aus einer Wandnische starrten die verwitterte Züge eines gemeißelten Heiligen auf sie hinunter.

Sie schlichen unter dem Bogen her. Leise knirschte Kies unter ihren Sohlen, es war das einzige Geräusch, und selbst das wurde sofort vom Nebel verschluckt. Kein Windhauch drang zwischen die Mauern vor. Für Blanc war es, als bewegte er sich in einer Zwischenwelt, ein Taucher in einem Meer aus Nicht-mehr-Luft und

Noch-nicht-Wasser. Er hörte niemanden, er sah niemanden. Doch er spürte, dass da jemand sein musste, ganz in der Nähe. Wie im Amphitheater, fuhr es ihm durch den Kopf.

Der Blick des Todes zwischen den Schultern.

Er nahm Avelines Hand. Ihre Finger waren kalt. Er streichelte sie kurz und lächelte sie aufmunternd an. Jenseits des Bogens entdeckte er eine hohe, schwere Eichentür in der Kirchenmauer. Vorsichtig drückte er sie auf. Das Innere war weit und leer und die stickige Luft schien gelblich zu leuchten. Sie suchten hastig Deckung hinter einem Pfeiler. Doch da war nichts, das Gotteshaus war wie ausgeweidet: kein Altar, keine Sitzreihen, keine Heiligenfigur, kein Bild, keine Kerze, bloß nacktes Mauerwerk. Fahles Mondlicht sickerte durch ein Fenster. Sie entdeckten eine Rampe nach unten in eine Krypta und folgten ihr. Ein steinerner Bogen überkrönte den Gang, seltsame uralte Buchstaben und Zeichen waren in ihn eingemeißelt worden. Massige Pfeiler standen auf dem unebenen, abschüssigen Felsboden und stützten die Last der Kirche.

»Hier treffen sich nicht einmal die Ratten«, meinte Aveline. Obwohl sie geflüstert hatte, hallte ihre Stimme geradezu durch das Gewölbe.

»Wo verstecken sich diese Kerle bloß?«, flüsterte Blanc.

Sie drangen von der Kirche aus in einen Kreuzgang vor. Grabplatten waren in den Boden und die Wände der Gänge eingelassen, die meisten Namen längst unleserlich. Paare schmaler Säulen trugen das Dach. Von einem Kapitell starrte eine Meerjungfrau auf sie hinunter, der mittelalterliche Steinmetz hatte den nackten Oberkörper eines Mädchens auf einen Fischleib gesetzt, und Blanc fragte sich, was die Mönche gedacht haben mussten, die unter dieser Nixe ihre Gebete sprachen. Der Innenhof war kahl, bis auf einen gemauerten Brunnen, über dessen Rund ein schmiedeeisernes Gestell stand, das einst wohl Seil und Eimer getragen hatte. Blanc erinnerte es nun an einen Galgen mit leerer Schlinge.

Er sah sich kurz um und zuckte anschließend mit den Achseln.

»*D'accord*«, flüsterte er. »Wenn sie nicht in der Kirche sind, dann müssen diese Typen im Turm sein.«

»Dort gibt es auf halber Höhe einen großen Saal. Und ganz oben die Plattform natürlich. Aber die Treppe hinauf ist schmal und unübersichtlich. Wenn dort jemand steht und aufpasst, dann werden wir ihn erst im letzten Augenblick sehen.«

»Er uns aber auch«, erwiderte Blanc. »Wir müssen lautlos sein, um unbemerkt an ihn heranzukommen. Und dann schlage ich ihn mit dem Pistolengriff nieder, Sie fangen seinen Körper auf, bevor er auf die Stufen schlägt. Bleiben Sie dicht hinter mir!«

Sie schlichen zurück bis zur Basis des Turms. Dort war eine Pforte eingelassen. Sie war nur angelehnt. Blanc packte die Pistole fester. Schritt für Schritt bewegte er sich über die ausgetretenen Stufen nach oben, geduckt, jederzeit bereit, innezuhalten oder sich in Deckung zu werfen. Irgendwann fiel ihm auf, dass es in dem engen Treppenhaus nicht mehr vollkommen still war. Eine Art elektrisches Summen durchdrang das Gemäuer, so fein, dass er glaubte, es eher auf der Haut zu spüren, als es wirklich zu hören. Endlich gelangte er bis zu einer Tür. Aveline war direkt hinter ihm, er wandte sich um und machte eine fragende Geste: der Saal, von dem sie gesprochen hatte? Sie nickte bloß.

Unendlich vorsichtig öffnete Blanc die Tür, bis er einen Blick hinein erhaschen konnte. Niemand war zu sehen. Er trat ein. Die Luft stank verbraucht, aber nicht feucht. Ein paar Schautafeln mit Fotos und Texten trennten die große Halle wie Raumteiler in unterschiedliche Bereiche. Das war bloß irgendeine moderne Ausstellung, erkannte er. Hier war das Summen stärker, es kam aus einem Schalter an der Wand, mit dem man vielleicht Lampen oder eine Heizung aktivieren konnte. Für einen Moment schaltete Blanc das Licht seines Handys ein und strahlte den Fußboden ab. Er suchte nach Dreckspritzern oder feuchten Flecken, nach irgendeinem Zeichen dafür, dass jemand, der von draußen gekommen war, vor Kurzem hier gewesen sein könnte. Nichts.

Er deutete nach oben: die Plattform.

Nach einem Aufstieg, der ihm endlos vorkam, spürte er einen kühlen, feuchten Lufthauch. Gleich würden sie am Ende angelangt sein, ganz oben auf dem Turm. Er bewegte sich auf allen vieren über die letzten Stufen, kroch nach draußen …

Nichts.

Blanc fand sich auf einer Art viereckiger Steinplatte wieder, umgeben von einer mannshohen, zinnenbekrönten Mauer. Der Dunst war so dicht, dass er vom Aufgang aus kaum die gegenüberliegende Seite der Mauer erkennen konnte, aber es war trotzdem klar, dass sich hier kein Wächter versteckt hielt und erst recht kein Treffen abgehalten wurde. Kalte Luft strich über sein Gesicht, es fühlte sich an wie Schläge mit einem nassen Lappen. Er steckte die Pistole in die Jackentasche und winkte Aveline hinaus. »Sind Sie ganz sicher, dass Montmajour der ›große Berg‹ ist, von dem diese Typen vom *Bloc* gesprochen haben?«

»Wir haben die Wagen auf dem Parkplatz gesehen.«

Blanc ging zur Turmseite, die auf die leeren Gräber und den Zaun wies, über den sie gestiegen waren – es kam ihm schon wie eine Ewigkeit vor, obwohl es doch nur wenige Minuten gewesen sein konnten. In Dunst und Dunkelheit war kaum etwas auszumachen, schon gar nicht der Parkplatz. Keine Scheinwerfer, kein Licht, keine Bewegung, kein Geräusch drang bis zu ihnen hinauf.

Er eilte zur gegenüberliegenden Mauer. Zu seinen Füßen öffneten sich Schlitze im Steinboden, die den Blick in die Tiefe freigaben. Wahrscheinlich hatte man im Mittelalter zur Verteidigung von hier aus kochendes Pech hinuntergekippt. Was waren das bloß für Mönche?, fragte er sich erneut. Gottesmänner, die einen uneinnehmbaren Turm in ihr Kloster setzten und so pietätvoll waren, darin Schießscharten in Form kleiner Kreuze in die Mauer zu setzen. Er spähte durch eine dieser Schießscharten. Am Horizont glomm eine opaque Scheibe, die Lichter von Arles, vermutete er. Zur Rechten erkannte er die riesige, leere Kirche, die er gerade mit Aveline durchstreift hatte. Voraus erhaschte er einen Blick in den Kreuzgang mit dem galgenförmigen Brunnen. Und jenseits von Kirche und Kreuzgang ragte die leere Fassade auf. Erst hier oben erkannte Blanc, dass diese Ruine beinahe genauso hoch war wie der monströse Turm. Jetzt erst konnte er die feingegliederten Wände mustern, die mit steinernem Zierrat verschnörkelten Fensterhöhlen, die aus dem Nebel ragten wie Klippen. Es war ein Monument, das eher nach Versailles als ins Mittelalter gepasst hätte, ein Rokokoschloss mit den Dimensionen eines Flugzeughangars. Doch ihm fehlte das Dach, ihm fehlten alle Fenster und Türen, es wirkte wie ein im Zweiten Weltkrieg ausgebombtes Haus.

»Da drüben bewegt sich etwas.« Aveline war dicht neben ihn getreten und deutete auf diese Ruine. Sie flüsterte nur noch.

Blanc starrte durch den Dunst. »Das sind bloß Vögel«, murmelte er. Schwarze Formen rührten sich in den Fensterhöhlen. »Krähen oder …« Er hielt inne.

Licht.

Es drang Licht aus dem Innern der ausgeweideten Ruine. Er blickte noch angestrengter hinüber. Tief im Innern des Gebäudes musste noch eine Zwischendecke erhalten geblieben sein, der Boden über dem ersten Geschoss vielleicht. Und da, mitten in dem steinernen Skelett, glomm tatsächlich kaltes, blaues Licht. LEDs, dachte Blanc, vielleicht Taschenlampen oder moderne Campinglaternen, die sich gut abblenden ließen. Es musste jemand unachtsam gewesen sein, oder vielleicht hatte ein Windstoß eine Lampe bewegt, sonst wäre nie auch nur ein Schimmer aus der Ruine gedrungen. Aber jetzt, da er wusste, dass er dort suchen musste, erkannte er nach und nach, versteckt hinter der Fassade, Schatten, Bewegungen, Formen.

Aveline hatte ihren Kopf zur Seite gedreht, sodass ihr linkes Ohr nach draußen wies. »Da läuft Musik«, flüsterte sie. »Irgendwelcher Rock.«

Blanc konnte nichts hören. Doch er zweifelte nicht eine Sekunde an ihrem Urteil. »Kein schlechtes Versteck«, gab er widerwillig zu. »Von unten sieht und hört die niemand, dafür ist die Ruine zu hoch. Wenn wir nicht hier hochgestiegen wären, dann hätten wir sie niemals entdeckt.«

»Fragt sich bloß, wie sie da überhaupt hineingekommen sind. Diese Ruine ist so unsicher, sie ist seit Jahren für Besucher gesperrt.«

»Ich habe eine Idee«, murmelte Blanc. »Kommen Sie!«

Er eilte Aveline voran die engen Stufen hinunter, so rasch, wie es das schlechte Licht erlaubte. Dann hasteten sie in die Kirche zurück, von dort in den Kreuzgang. Und dann nahm Blanc eine Treppe, die er beim ersten Mal nicht richtig beachtet hatte. Sie führte hinauf zu dem schwindelerregend hohen Bogen, der scheinbar sinnlos den Himmel durchmaß. Tatsächlich musste es, wie Blanc erst vom Turm aus erkannt hatte, eine Brücke sein, die Räume über dem Kreuzgang direkt mit einer Außenpforte in einem höheren Stockwerk der Ruine verbanden. Vielleicht hatten hier einst Äbte oder hohe Besucher ungesehen und unbeschmutzt vom Straßendreck vom palastartigen Bau in den Kreuzgang und von dort weiter in die Kirche gelangen können. Sie rannten jetzt geduckt über den Bogen. Nicht hinuntersehen, ermahnte sich Blanc, sieh bloß nicht in die Schwärze. Der Bogen war so breit wie ein Bürgersteig und wahrscheinlich in Wahrheit viel weniger hoch, als es ihm schien, doch er fühlte sich, als würde er auf einem schmalen Felsgrat taumeln, der sich über einen Abgrund spannte. Er nahm im Laufen Avelines Hand und hielt seinen Blick starr auf die riesig vor ihnen aufragende Fassade gerichtet.

Endlich pressten sie sich von außen gegen die Mauer und spähten vorsichtig durch eine Fensterhöhle. Jetzt hörte auch er die Musik, stampfenden Rock, der im Innern der Ruine widerhallte. Blanc konnte ungefähr dreißig Gestalten erkennen, fast ausschließlich Männer, außer einigen wenigen jungen Frauen. Sie saßen im Kreis um einige Campinglaternen herum, die sie in der Mitte platziert hatten, so wie man im Freien vielleicht um ein Lagerfeuer gehockt hätte. An einer Innenwand des Gebäudes standen Kühlboxen, auf einer waren ein Handy und eine Boombox platziert, aus der die Musik schepperte. Ab und zu stand jemand auf und holte sich eine Bier- oder Weinflasche, getrunken wurde aus Plastikbechern. Manche Männer standen herum, andere hockten auf gestreiften Campingklappstühlen. Einige redeten, grölendes Lachen wehte hin und wieder durch die Ruine, andere saßen stumm dabei und tranken systematisch Flasche um Flasche leer. Das heimliche Treffen wirkte auf Blanc grotesk harmlos, als hätte sich ein Haufen Schläger zu einem Pfadfinderabend eingefunden.

Diesiges Mondlicht rieselte durch die Fensteröffnungen herein. Die hinteren Bereiche der Ruine lagen jedoch in tiefer Dunkelheit. Blanc fragte sich, ob dort noch mehr Gestalten verborgen waren. Außer der Rockmusik und dem gelegentlichen Grölen hörte er nichts. Je besser sich seine Augen an das seltsame Licht und an die Kontraste gewöhnten, desto klarer erkannte er die Leute, die sich um die Lampen versammelt hatten.

Kein Pfadfindertreffen, dachte Blanc nun, eher das Palaver dreier unterschiedlicher Stämme. Ungefähr die Hälfte der Männer steckte in der Uniform von *Blood and Honour Hexagone*: Bomberjacke, Hoodie, Jeans, Springerstiefel. Sie alle sahen aus, als würden sie schon zum Frühstück Anabolika vertilgen. Einer hatte eine kurze Lederleine um sein rechtes Handgelenk geschlungen. Als er aufstand, um sich ein Bier zu holen, zog er daran eine Form aus dem Schatten, die sich als schlecht gelaunter Pitbull herausstellte. Blanc duckte sich hinter der Wand und wagte nicht zu atmen. Aveline kauerte sich neben ihn. Einen Augenblick fürchtete er, dass der Wind so wehte, dass sein Geruch in die Ruine hineingetragen wurde. Nein, sagte er sich dann, er würde sich nicht von einem dämlichen Köter verjagen lassen. Jetzt nicht.

Er riskierte wieder einen Blick. Die zweite Gruppe bestand aus den Frauen und einigen Männern – jünger, viel besser gekleidet, lange Mäntel, Lederhandschuhe, Flanellhosen, Skimützen. Diejenigen, die den Wein tranken. Diejenigen, die nicht laut lachten, sondern bloß lächelten, höflich und kalt. Und schließlich hockten auf den Campingstühlen, die am weitesten von der scheppernden Boombox entfernt waren, einige Männer im mittleren und fortgeschrittenen Alter, bieder gekleidet und übergewichtig. Die könnten Beamte, Anwälte oder Geschäftsleute sein, dachte Blanc, und wahrscheinlich waren sie das auch.

Langsam klärte sich für ihn das Bild: Hier trafen sich die Neonazi-Schläger mit den smarten Aufsteigern vom *Bloc identitaire* und den älteren Förderern und Sympathisanten, den Arrivierten, den ewigen Typen im Hintergrund. Das war kein Saufabend, sondern ein klandestines Treffen. Hier sprachen sich die Rechten ab, die sich in aller Öffentlichkeit nicht gemeinsam zeigen wollten.

Blanc spürte Avelines Hand auf seinem Unterarm. Sie deutete in eine Ecke der Ruine, abseits des Lichts. Zwei Männer standen in der Nähe einer Fensterhöhle und unterhielten sich. Eigentlich redete nur einer: ein junger Typ mit Vollbart und trendiger Brille, der seinen schlanken Leib in eine Art Gestapo-Ledermantel gehüllt hatte. Der andere trug ein Hoodie und hörte schweigend zu.

Ein Koloss.

Aveline blickte Blanc an und nickte. Dann beugte sie sich ganz nahe zu ihm und flüsterte: »Navarin und Ludovic Pelherbes. Dick und Doof.«

Blanc starrte den Schläger und den Sohn der Politikerin an. Bei ihrem Anblick fielen ihm eher andere Namen ein. Er wüsste zu gern, worüber die beiden gerade sprachen. Navarin streifte plötzlich mit lässiger Geste seine Kapuze ab. Blanc erkannte ihn endlich von dem Foto wieder: der Schädel kahl rasiert, wuchernder schwarzer Vollbart, kleine Augen, fleischige Wangen. Während der jüngere Mann auf ihn einredete, knetete er seine behaarten Hände, als würde er sich auf eine Schlägerei vorbereiten. Doch Ludovic Pelherbes schien sich keinerlei Sorgen zu machen, der Typ redete und redete.

Blancs Blick schweifte durch den Raum. Er versuchte abzuschätzen, auf welchem Weg sie sich näher an die Fensteröffnung heranschleichen konnten, jenseits der Navarin und der junge Pelherbes miteinander sprachen. Vielleicht konnten sie doch das eine oder andere Wort aufschnappen. Er wagte nicht einmal zu flüstern, sondern deutete bloß auf die Fensteröffnung. Aveline nickte. Sie mussten über eine Art Balustrade schleichen, die außen um die Mauer herumführte. Es waren mindestens zwanzig Meter. Hoffentlich gibt kein Stein unter unserem Gewicht nach, dachte Blanc.

Behutsam setzten sie einen Fuß vor den anderen, damit kein Kiesel unter ihren Sohlen knirschte. Nach ein paar quälend langen Minuten gingen sie unter der Fensterhöhle in Deckung. Er atmete tief durch. Aveline machte ihm mit erhobenen Daumen ein aufmunterndes Zeichen. Niemand hatte sie gehört.

Eine Stimme wehte hinaus, unangenehm hoch. Das war garantiert nicht die von Navarin, dachte Blanc. Er konnte nur Fetzen verstehen: »Die Präsidentin will das nicht … Ball flach halten … keine Munition für die Systempresse … bald sind Wahlen und dann … alles muss bis dahin legal sein und …«

»Deine Mutter hat mich nicht für die legalen Jobs angeheuert.« Das musste Navarins Bass sein.

»Aber mitten in der Arena?! Musste das denn sein?«

»Wo sonst hätte ich den Typen erwischen sollen? Es sollte wie ein Unfall aussehen, oder nicht? So wie immer. Lizarey sollte es so hinbiegen, oder?«

»Diesmal gab es aber Zeugen, verdammt!«

»Man kann nicht immer Glück haben. Aber ich kümmere mich darum. Die Schlampe ist vor morgen Abend erledigt. Und der Typ auch.«

»Ich habe eine Idee. Du musst …«

Die Stimme von Ludovic Pelherbes verklang. Blanc hörte Schritte. Jemand musste zu den beiden getreten sein, jemand, vor dem sie nicht weiterreden wollten. *Merde*, dachte er. Ihn schauderte. *Vor morgen Abend erledigt.* Was hatte Navarin vor? Die Typen mussten von der Fensteröffnung weggegangen sein. Blanc atmete tief durch, dann hob er den Kopf und wagte einen Blick ins Innere der Ruine.

Innerhalb von bloß einer Sekunde fielen ihm drei Bewegungen auf.

Navarin und Pelherbes und ein Typ in Bomberjacke waren bis zu einem Karton gegangen, aus dem sich der Koloss und der dritte Mann Bierdosen fischten und in tiefen Zügen leerten, während ihr jüngerer Begleiter missmutig zusah.

Aus dem Dunkel hinter einer Wand kam jemand hervor, der sich im Gehen den Hosenschlitz zuzog. Jemand, der glücklich grinste wie nach ein paar Gläsern Wein zu viel. Jemand, dem weder Navarin noch Pelherbes oder die anderen Beachtung schenkten: Marius Tonon.

Die dritte Bewegung, die Blanc praktisch im gleichen Moment aus den Augenwinkeln wahrnahm, war die des Pitbulls. Der Hund hob plötzlich den Kopf und nahm Witterung auf. Sein massiger Schädel drehte sich langsam, bis seine kleinen, kalten Augen die Fensterhöhle fixierten, durch die Blanc hineinspähte.

Er zuckte zurück. »Wir verschwinden!«, flüsterte er.

Sie eilten über den Bogen zurück bis in den Kreuzgang. Erst dort, wo er hoffte, außer Sicht zu sein, schaltete Blanc das Licht des Handys an und leuchtete die Gänge aus. Sein Puls dröhnte in seinem Schädel. Die Kirche. Der Turm. Die leeren Gräber. Der Zaun. Die ganzen elenden Minuten lang fürchteten sie, jeden Moment ein Bellen oder den rasselnden Atem des massigen Pitbulls zu hören oder Rufe oder gar Schüsse. Doch sie schwangen sich über den Maschendraht, ohne dass sich in dem riesigen düsteren Kloster irgendetwas geregt hatte.

Sie hielten kurz inne, Blanc atmete tief durch. Marius. Waren die biederen Typen in der Ruine vielleicht allesamt Flics? Lizarey war nicht dabei gewesen, das war sicher. Aber der Commissaire deckte diese Typen. Der hatte aus zwei Morden zwei Unfälle gemacht. Drei, wenn Blanc im Amphitheater nicht ausgesagt hätte. War Marius auch so ein korrupter Flic? Was wusste er wirklich von seinem Freund? Typen wie Lizarey mochten sich mit den Rechten gemein machen, aber Marius doch nicht. Dann dachte Blanc an ihren Chef: Commandant Nicolas Nkoulou. Schwarz, Flüchtlingskind, brillant, Aufsteiger, ehrgeizig – und jemand, der Marius niemals befördern würde. War der gnadenlose Vorgesetzte der Grund, warum sein Kollege zum *Bloc* gestoßen war? Wenn ein Flic in der Provence den Sieg des Front National fürchten musste, dann Nkoulou. Der Commandant könnte seine Karriere in der Toilette hinunterspülen, sollte jemals ein Gefolgsmann von Le Pen das Innenministerium übernehmen. War das also die Art, wie sich Marius für seine Kaltstellung rächte? Indem er sich mit den Typen gemein machte, die Nkoulou entlassen würden?

Blanc wischte sich über die Augen. Er war müde und wollte nicht länger darüber nachdenken.

Aveline stieß ihn an. Sie war erschöpft, aber um ihren Mund lag ein entschlossener Zug. »Der Parkplatz«, mahnte sie leise. »Sehen wir uns die Autos an, so lange diese Kerle noch im Kloster hocken.«

Sie liefen über die Route départementale. Wie spät mochte es sein? Ein Uhr nachts? Zwei Uhr? Ihm fiel der Türsteher wieder ein, von dem ihm Fabienne berichtet hatte. Der wollte gegen zwei Uhr dreißig da sein. Ihnen blieb nicht viel Zeit.

Der Parkplatz war eine Senke unter Bäumen, eine ungepflasterte, unebene Fläche ein oder zwei Meter unterhalb des Straßenniveaus. Blanc ließ sein Handy einmal kurz aufblitzen und sah sich um: einige Geländewagen, daneben die großen Angeberkarren von Mercedes, BMW und Audi. Dann drei oder vier Kleinwagen und verbeulte Vans. Und der schrottreife weiße Fiat von Marius. Blanc musste unwillkürlich lächeln. Marius war der Einzige gewesen, der sein Auto rückwärts eingeparkt hatte, sodass er im Falle des Falles ohne Rangiererei losfahren konnte. Schließlich erblickte Blanc am gegenüberliegenden Ende, halb verborgen unter dem knotigen Ast einer Pinie, einen besonders großen SUV.

»Da ist der Mercedes von Navarin«, flüsterte er Aveline zu. Er eilte dorthin und schaltete das Handylicht wieder ein. Grünmetallic. Ein halbmeterlanger Kratzer am hinteren linken Kotflügel. Die Spur von Blancs Schlüssel, den er in das Auto geschlagen hatte, als sie letzte Nacht beinahe totgefahren worden waren.

Die Scheiben waren so stark getönt, dass sie bloß das Lampenlicht spiegelten, als er hineinleuchten wollte. Aveline kletterte auf die Motorhaube, legte die Hände an den Kopf und sah durch die ungetönte Windschutzscheibe ins Fahrzeuginnere.

»Meine Tasche!«, rief sie triumphierend. »Auf der Rückbank. Schnell, ein Stein! Wir schlagen die Scheibe ein!«

»Das ist keine gute Idee«, sagte jemand mit tiefer Stimme hinter ihnen.

Eine Jagd mit ungleichen Waffen

Blanc fuhr herum. Zwei Meter hinter ihm stand der Mann mit dem Kampfhund. Der Typ war nicht so groß wie Navarin, aber fast genauso furchterregend. Er hatte die Ärmel hochgekrempelt. Er war tätowiert, die Muskeln des rechten Arms waren angeschwollen, denn er musste mit aller Gewalt an der Leine zerren. Der Pitbull warf sich ins Halsband, doch war er bislang stumm geblieben. Erst als er nun Blancs Blick aufschnappte, begann er heiser zu knurren. Seine gefletschten Lefzen entblößten lange, gelbe Zähne.

Dann ging alles sehr schnell.

Der Mann beugte sich hinab, um das Halsband zu lösen. Der Hund knurrte noch wütender. Blanc hob die Rechte. Der Pistolenschuss hallte betäubend laut in seinen Ohren. Der Pitbull schloss seine mächtigen Kiefer, starrte Blanc einen Moment überrascht aus kalten Augen an und fiel dann einfach zur Seite. Auf seiner Brust fraß sich ein großer, roter Fleck in sein fahles Fell. Seine Beine zuckten unkontrolliert. Der Mann sah auf den Hund, dann auf Blanc, Fassungslosigkeit im Blick. Er richtete sich wieder auf und fuhr mit der Hand zur ausgebeulten Tasche seiner Jeans. Doch das sterbende Tier hing noch immer an der Leine, sein Gewicht behinderte ihn. Plötzlich flog ein Schatten auf ihn zu: Aveline war von der Motorhaube des Mercedes gesprungen. Sie holte mit dem linken Fuß aus und trat dem Mann mit voller Wucht zwischen die Beine. Ihre Lippen bewegten sich, sie rief etwas.

Der Nachhall des Schusses summte noch in Blancs Ohren, nur langsam drangen Laute wieder zu ihm durch: japsende Atemzüge wie bei einem Ertrinkenden. Der Typ krümmte sich am Boden neben dem Pitbull, der aufgehört hatte zu zucken. Der Mund des Mannes stand offen, als wollte er schreien, doch er brachte nicht mehr als diese gurgelnden Geräusche heraus.

»Ein Stein, schnell!«, rief Aveline laut.

»Zu spät«, keuchte Blanc. An der Treppe, die vom Parkplatz hoch zur Route départementale führte, war ein Schatten aufgetaucht.

Ein sehr großer Schatten.

Er packte Aveline und zog sie hinter dem Mercedes in Deckung. Eine zweite Gestalt war an der Treppe zu erkennen. Eine dritte. Immer mehr. Taschenlampenstrahlen zuckten durch die Nacht. Der gekrümmte Mann am Boden schaffte nun schon ein ersticktes Stöhnen. Blanc blickte sich verzweifelt um. Ihnen blieben höchstens noch wenige Sekunden, bis der Typ seine Schmerzen soweit überwunden hatte, dass er schreien konnte. Er zog Aveline rückwärts schleichend mit sich, fort vom Mercedes, hinein in die Dunkelheit unter den Bäumen. »Wir müssen zu unserem Auto«, flüsterte er.

»Ich hasse es, aufzugeben.«

»Und ich hasse es, zu sterben.«

Rufe auf dem Parkplatz. Blanc beobachtete, wie sich einige Männer zu dem Kerl und dem Hund hinunterbeugten. Immer mehr Licht, von Taschenlampen und Handys. Navarin machte sich an der Tür des Mercedes zu schaffen. Augenblicke später grollte der schwere Motor los.

»Er haut ab«, murmelte Aveline zornig.

»Viel schlimmer«, erwiderte Blanc tonlos.

Navarin schaltete das Licht an, dann das Fernlicht. Er hatte zusätzliche Nebelscheinwerfer an seiner G-Klasse installiert, die schließlich ebenfalls aufflammten. Der schwere Geländewagen sprang abrupt nach vorn, bis er den äußersten Rand des Parkplatzes erreicht hatte.

»In Deckung!«, flüsterte Blanc.

Sie warfen sich hinter einem Brombeerbusch zu Boden und wagten nicht mehr, sich zu rühren. Blanc hielt den Atem an, als das

Licht weißblau und grell unter die Bäume flutete. Er packte die Pistole fester. In Avelines Linker blitzte das Messer. Sie würden sich so teuer wie möglich verkaufen. Doch er hörte keine Rufe, keine Schritte, nur das Grollen des schweren Diesels und das Knirschen von Kies unter den Reifen des Mercedes. Die Lichtkegel wanderten langsam und zitternd weiter. Die Dunkelheit kam zurück. Blanc bildete sich ein, dass sie sich warm anfühlte. Dann sah er, dass jemand, der bis dahin neben dem gekrümmten Mann und dem toten Hund gekniet hatte, sich aufrichtete und zu dem langsam hin und her manövrierenden Geländewagen trat. Ludovic Pelherbes. Die Seitenscheibe fuhr hinunter, der Oberkörper von Pelherbes verschwand im dunklen Innern. Der Mercedes hielt in seiner Bewegung inne. Seine Schweinwerfer blieben auf eine Stelle im Wäldchen gerichtet, nur wenige Meter neben ihrem Versteck. Ein zweites Auto wurde gestartet. Seine Scheinwerfer legten ihr Lichtbündel direkt daneben. Dann sprang ein drittes Auto an.

»Hauen wir ab!«, flüsterte Blanc. »Die wollen den ganzen Wald gleichzeitig ausleuchten. Erst dann werden sie kommen.«

Sie krochen noch weiter vom Parkplatz fort, dann liefen sie los, tief geduckt und so leise wie möglich. Fünf Meter. Zehn. Zwanzig. Fünfzig. Blanc hoffte schon, dass sie es geschafft hatten, als ihn ein Lichtstrahl traf wie ein Schlag.

Der grelle Schein einer Taschenlampe leuchtete ihm genau ins Gesicht. Geblendet schloss er die Augen, taumelte, tastete blind vorwärts, hielt die Pistole hoch.

»*Putain*, drück bloß nicht ab!«

Marius.

Die Taschenlampe erlosch. Blanc blinzelte, bis er vor sich die vertraute Gestalt seines Kollegen erkannte. Marius hielt in der Linken die Lampe – und in der Rechten ebenfalls eine Waffe. Er starrte Blanc an, als sähe er einen Zombie vor sich. Dann wanderte sein Blick weiter zu Aveline. »Wie viele seid ihr?«, flüsterte er.

»Wir sind nur zu zweit.« Blanc hoffte, dass Marius nicht ausgerechnet jetzt Avelines Anwesenheit kommentierte. »Wir ermitteln«, fuhr er deshalb hastig fort, bevor sein Kollege weitere Fragen stellen konnte. »Was, zum Teufel, machst du hier?«

Marius erwiderte nichts, grinste plötzlich und deutete auf die Star in Blancs Faust. »Ich dachte, du magst Hunde.«

»Verdammt, Marius, wir müssen verschwinden!«

»Wohin?«

Blanc zögerte eine Winzigkeit. Welche Rolle spielte Marius bloß in diesem verfluchten Stück? Warum sagte er ihm nicht, was das alles zu bedeuten hatte? *Merde,* Marius war sein Freund. Wenn er ihm jetzt nicht vertraute, dann war eh alles verloren. Er deutete voraus. »Wir haben unseren Wagen ein paar Meter weiter an der Straße versteckt.«

»Wird ein interessantes Gespräch werden, wenn ich wieder im Dienst bin.« Blanc fühlte sich, als würde ihm jemand einen Berg von den Schultern nehmen. »Danke«, stieß er erleichtert hervor.

Marius lächelte. »Diese sabbernde Töle hatte sowieso nichts anderes verdient.« Er schaltete die Taschenlampe wieder ein und schickte ihren Lichtstrahl in die entgegengesetzte Richtung, in die Blanc und Aveline laufen wollten. »Da vorn sind sie!«, rief er laut und schoss in die Luft.

Sie hasteten durch die Dunkelheit. Rufe in ihrem Rücken. Weitere Schüsse. Doch der Lärm lag weit hinter ihnen, wurde schwächer. Marius hatte die Verfolger in die Irre geleitet. Sie hasteten endlose Augenblicke durch den Wald. Endlich erkannten sie im Zwielicht den Clio. Keuchend hielt sich Blanc einen Moment am Wagendach fest, bis er zu Atem kam, dann riss er die Tür auf und warf sich hinein, um so schnell wie möglich die verräterische Innenbeleuchtung auszuschalten. Er lauschte. Kein Ruf, kein Schuss mehr. Niemand schien das kurze Aufleuchten gesehen zu haben. Aveline saß schon auf dem Beifahrersitz. Sie atmete heftig und blickte sich immer wieder misstrauisch um. Der Motor sprang an. Jetzt war aus dem Wald gar nichts mehr zu hören. Vorsichtig rollte er mit ausgeschalteten Scheinwerfern los, spielte mit der Kupplung, ließ den schwächlichen Motor so niedrig drehen wie es irgend ging. Die letzten Meter musste er dann aber Gas geben, denn der Feldweg führte hinauf zur Route départementale. Blanc zögerte. Wenn er nach rechts abbog, um auf direktem Weg nach Arles zu fahren, musste er an Montmajour vorbei. Aveline blickte ihn bloß an und schüttelte den Kopf. Also bog er nach links ab.

»Wir fahren einen großen Bogen. Irgendeine Landstraße führt uns schon in die Stadt zurück«, sagte Blanc. Er trat das Gaspedal durch, aber das Licht ließ er ausgeschaltet. Er blickte in den Rückspiegel. Nichts.

»Glauben Sie, dass Lieutenant Tonon Geschichten über uns erzählen wird?«, fragte Aveline nach einer Weile.

»Ich habe keine Ahnung, was Marius hier zu suchen hat. Aber ich glaube nicht, dass er über diese Nacht mit irgendeinem Kollegen redet.«

»Guter Schuss, vorhin.«

»Guter Tritt, vorhin.«

»Der Kerl mit dem Pitbull wird sich noch lange an mich erinnern. Und an Sie auch. Wenn er wieder Luft bekommt, wird er Navarin alles erzählen. Dann wird Navarin wissen, dass wir ihm sehr dicht auf den Fersen sind. Vielleicht wird er nervös und macht einen Fehler.«

»Er ist nicht der Einzige, der nervös wird«, murmelte Blanc.

Im Rückspiegel blitzten auf einmal Scheinwerfer auf, die rasch größer wurden. Fernlicht und Nebelscheinwerfer.

»Jetzt sind wir dran«, stieß er hervor und schlug wütend auf das Lenkrad.

»Der Kerl muss uns erst einmal kriegen!«, rief Aveline.

Blanc drückte das Gaspedal bis zum Bodenblech durch. Er konnte die Straße vor ihm kaum ausmachen, aber er wagte nicht, das Licht einzuschalten. Er hatte nicht daran gedacht, das Radio auszuschalten, bei *FIP* spielten sie jetzt irgendetwas Kubanisches, es klang nach Karibik und Rum und so wahnsinnig deplatziert, als wollte sich jemand absichtlich über sie lustig machen. Die Reifen des Clio kreischten, als er im letzten Moment eine Kurve nahm. Er blickte kurz in den Rückspiegel. Der große Mercedes kam immer näher. Er glaubte, zwei Gestalten in seinem Innern auszumachen. Jemand beugte sich aus dem Beifahrerfenster.

»Runter mit dem Kopf!«, schrie Blanc und riss am Lenkrad, sodass sie in Schlangenlinien dahinrasten. Er hörte einen Schuss, bloß ein leiser, ganz ungefährlich wirkender Knall. Wo immer die Kugel hingeflogen war, ihr Auto hatte sie nicht getroffen. Diesmal noch nicht.

»Wir haben keine Chance, wenn wir in dieser Richtung weiterfahren«, rief Aveline. »Das Land ist flach. Es gibt nur diese schmale Straße und kein einziges Dorf. Der Typ ist schneller. Er wird uns mit seinem Geländewagen rammen, wie er es bei diesem Lehrer gemacht hat.«

Blancs Hände umklammerten das Lenkrad so fest, dass sie schmerzten. Ein kurzer Blick zurück. Fünfzig Meter noch, höchstens. »Der Rückspiegel«, keuchte er bloß. Die Lichter des Mercedes blendeten ihn, doch er wagte nicht, die Hände vom Lenkrad zu lösen. Er raste weiter in Schlangenlinien dahin. Er glaubte, hinter sich immer wieder Schüsse zu hören. Aveline beugte sich zum Innenspiegel vor, um ihn abzublenden. Dann spürte Blanc ihre Hand auf seiner Jeans. Bevor er begriff, was sie wollte, hatte sie ihm bereits die Pistole aus der Tasche gezogen. Eisige, feuchte Luft fauchte in den Clio, als sie die Seitenscheibe herunterließ.

Diesmal klang der Schuss aus der Star viel leiser als vorhin, als er den Hund getötet hatte.

Der Geländewagen schleuderte und fiel um einige Meter zurück.

Blanc warf einen Blick zurück. »Er kommt wieder näher! Und wir haben nur noch zwei Schuss.«

Da sah Blanc einen Bauernhof, der links neben der Straße auftauchte. Ohne nachzudenken, riss er das Lenkrad herum. Der Clio schleuderte auf den Hof vor dem Haus. Kies spritzte auf. Der Mercedes raste an ihnen vorüber, seine Bremslichter leuchteten rot. Blanc wendete, gab Gas, fuhr in der Gegenrichtung davon.

»So kommen wir doch an Montmajour vorbei!«, rief Aveline.

»Das wird die Typen überraschen«, erwiderte Blanc.

Hundert Meter. Zweihundert. Im Rückspiegel flammten die Lichter des Mercedes wieder auf, weit entfernt. Navarin musste Mühe gehabt haben, seine schwere Karre auf der engen Landstraße zu wenden. Montmajour. Auf dem Parkplatz neben der alten Abtei leuchteten Autoscheinwerfer und Taschenlampen durch den Dunst, doch kein Wagen schien auf der Straße zu sein. Blanc, der seine Lichter noch immer ausgeschaltet hatte, schoss zwischen Ruine und Parkplatz hindurch. Er glaubte, ein paar Gestalten zu erkennen, doch dann waren sie schon vorbei. Kein Schuss. Kein Auto, das mit kreischenden Reifen den Asphalt fraß. Aber im Rückspiegel, weit zurück, die Schweinwerferkegel des Mercedes, ein Haifischmaul aus Licht.

»Wir müssen es bis Arles schaffen!«, rief Aveline. »Da hängen wir ihn ab!«

Blanc sagte nichts. Er dachte daran, dass Navarin sich dort auskannte, er nicht. Aber er hatte keine andere Wahl. Die Route départementale machte eine Linkskurve, dann eine Rechtskurve, dann noch eine, alle zum Schreien weit und einfach. Er nahm sie mit Vollgas, aber der Verfolger auch. Ein Blick über die Schulter. Noch hundert Meter, höchstens. Der Motor des Clio heulte. Neben dem Tacho blitzte plötzlich eine Warnlampe auf. Ein Blick zurück. Vielleicht noch fünfzig Meter. Aveline ließ die Seitenscheibe wieder herunter, drehte sich nach hinten, packte die Waffe fester. Er raste beinahe in gerader Linie über einen Kreisverkehr. Noch zwanzig Meter.

Wieder ein Kreisverkehr. Blanc atmete durch. Ein Kreisverkehr in einem Gewerbegebiet. Links die Avenue de Stalingrad, auf der sie hergekommen waren. Er musste einmal herum, dann wären sie auf dem Weg in die Innenstadt. Die Gassen zwischen den alten Häusern. Erst dort hatte er mit dem kleinen Auto eine Chance gegen den fetten Geländewagen. Der Mercedes war jetzt so nahe, dass seine Scheinwerfer den Asphalt neben dem Clio ausleuchteten. Blanc ging erst im letzten Augenblick vom Gas und bog mit kreischenden Reifen in den Kreisverkehr ein.

Zu spät erkannte er, dass Navarin ihn ausgetrickst hatte.

Blanc war ein Flic, und ein Flic hielt sich instinktiv an die Regeln, auch wenn es bescheuert war. Die Avenue de Stalingrad bog links ab, aber Blanc war natürlich, wie es sich gehörte, nach rechts eingebogen, um in einem Dreiviertelkreis einmal fast um den gesamten Zirkel zu rasen, bis er in die Avenue einbiegen konnte. Navarin aber ahnte, wohin Blanc entkommen wollte. Er zwang seinen schweren Mercedes links herum und rauschte direkt in die Avenue de Stalingrad. Ein weißer Lieferwagen kam ihm dort entgegen, der Fahrer hupte, dann schleuderte sein Gefährt von der Straße.

Blancs Gedanken rasten. Er hielt den Clio im Kreisverkehr und rauschte an der Avenue de Stalingrad vorüber. Das Lenkrad vibrierte. Noch ein Stundenkilometer mehr, und es würde sie hinaustragen wie diesen Lieferwagen. Sie würden in den Graben fliegen und dann wäre Navarin da und ...

Die Reifen kreischten und zogen vier schwarze Striche über den Asphalt, doch der Clio taumelte unbeschädigt bis in die Ausfallstraße, die gegenüber der Avenue de Stalingrad aus dem Kreisverkehr abbog. Statt Richtung Innenstadt fuhren sie nun stadtauswärts. Ein Supermarkt. Autohändler, die Hallen hell erleuchtet und gespenstisch leer. Navarin musste um den Kreisverkehr herum, bis er auf die Straße einbiegen konnte. Er war etliche Meter zurückgefallen. Aus dem Lieferwagen, der gefährlich schräg in einem Graben zum Stehen gekommen war, taumelte ein Mann. Sonst sah Blanc keinen Menschen im Rückspiegel. Wie lange würden sie durch dieses Gewerbegebiet rasen können, bis sie wieder das flache Land erreicht hatten, in dem es keine einzige Deckung gab? Wie lange mussten sie durchhalten, bis der Typ aus dem Lieferwagen die Polizei alarmiert hatte?

Häuser. Ein Computershop. Eine Querstraße, schlecht erleuchtet, erst im letzten Augenblick zu sehen. Eng, sehr eng. Blanc trat auf die Bremse und zwang das Auto dort hinein. Rissiger Asphalt. Schlaglöcher. Die Karosserie ächzte. Gewerbebauten zur Rechten. Ein riesiger Block zur Linken. Dunkel. Eine Industrieruine. Dahinter eine Linkskurve. Blanc fuhr hindurch, gerade als der Mercedes mit kreischenden Reifen in die kleine Straße einbog.

»Eine Sackgasse«, stellte Aveline fest. »Wir sitzen in der Falle.« Sie klang ziemlich gefasst.

Blanc stoppte und blickte sich verzweifelt um. In wenigen Augenblicken würde der Geländewagen um die Kurve rasen. Voraus: ein Zaun vor einer struppigen Wiese. Rechts: ebenfalls ein Zaun vor einer Wiese. Links: diese gigantische, dunkle Halle. Graffiti. Zerbrochene Fensterscheiben. Unkraut in der Mauer. Ein offenes Tor wie eine Höhle. Er gab Gas und raste auf das Tor zu.

Blanc erwartete, in ein riesiges Lager zu rasen oder vielleicht in eine Fabrik. Er erwartete, gleich monströs hohe Regale im Dämmerlicht zu sehen. Oder Container. Oder Müllberge. Verrostete Maschinen. Irgendetwas, wohinter er diesen verdammten Clio verstecken könnte.

Doch da war nichts als Luft. Eine riesige, leere Halle, ein Gewölbe aus Stahlstützen und Glasflächen, das sich erst weit über ihren Köpfen schloss. Darunter: nichts als eine hundert Meter weite, staubige Fläche. Keine Deckung. Kein zweiter Ausgang. Der Clio war gefangen wie eine Fliege in einer umgekippten Glasschüssel.

Blanc riss das Auto schleudernd herum, bis es in einer Wolke aus feinstem Dreck zum Stehen kam. Einen Moment saß er wie betäubt hinter dem Lenkrad. Eine Stille wie der Tod. Da hörte er ein Klicken. Aveline hatte ihren Sicherheitsgurt gelöst und schon die Tür geöffnet. Bevor er etwas sagen konnte, war sie draußen.

»Das ist perfekt! Bleiben Sie genau hier stehen!«, rief sie. »Navarin soll Sie sehen!«

Dann lief sie fort, quer durch die gigantische Halle, bis ihr Schatten mit der Dunkelheit der Seitenwand verschmolz.

Motorenlärm. Der Lichtkegel des Mercedes, der auf einmal durch das offene Portal in die Halle fiel. Bremsen quietschten. Navarin war vorsichtig. Er raste nicht blind in die Halle hinein. Langsam kamen die Lichter näher. Blanc spürte, wie ihm der Schweiß kalt den Rücken hinunterlief. Gleich würden die Scheinwerfer des Geländewagens den Clio erreichen. Ein Meter noch. Ein paar Zentimeter noch. Wo war Aveline?

Er schloss einen Moment lang geblendet die Augen, als ihn das Licht erfasste. Der Motor brüllte auf. Der Mercedes fuhr in die Halle. Er beschleunigte, aber noch war der schwere Geländewagen nicht sehr schnell. Eine Bewegung: Aveline stürzte aus dem Schatten am Hallenrand, die Pistole in der Hand. Blanc erkannte jetzt, was sie vorhatte. Er gab Gas.

Aveline wartete im Halbdunkel nahe der Mauer, bis Navarin den Eingang ganz passiert hatte. Dann legte sie an, ruhig, stabilisierte mit der rechten Hand ihre linke. Zwei Schüsse knallten durch die Halle, das riesige Gewölbe verstärkte den Lärm tausendfach. Ein Vorder- und ein Hinterreifen des Geländewagens explodierten. Das Auto geriet ins Schleudern, wurde langsamer. Da war Blanc schon heran. Er beugte sich noch im Fahren hinüber und stieß die Beifahrertür auf.

Aveline stand davor und zögerte. Sie blickte zu dem Mercedes. Ihre Tasche, fuhr es Blanc durch den Kopf, sie denkt an ihre Tasche. »Sie haben keinen Schuss mehr im Magazin!«, rief er beschwörend.

Endlich sprang sie ins Auto. Blanc gab Gas und raste an dem Mercedes vorbei aus der Halle. Hinter ihnen dröhnte der trockene Knall eines Schusses, doch er spürte keinen Einschlag. Dann waren sie draußen.

»Wir waren so nahe dran an der Tasche«, sagte Aveline und atmete tief durch.

»Wir waren ziemlich nahe dran draufzugehen!«, erwiderte Blanc.

Er bog aus dem kleinen Weg auf die Straße ein, die sie Richtung Arles führen würde. Jetzt erst schaltete er die Scheinwerfer ein. »Wenn ich Navarin wäre«, sagte Blanc, »würde ich jetzt meine Leute alarmieren und sie in der Stadt ausschwärmen lassen, auf der Suche nach einem weißen Renault Clio.«

»Da, wo wir jetzt hinfahren, werden uns diese Typen garantiert nicht suchen.«

»Sie haben immer noch nicht genug, was?«

Aveline beugte sich zu ihm hinüber und schenkte ihm einen Kuss. »Wir haben keine andere Wahl«, sagte sie.

Besuch bei den Kollegen

Sie fuhren in den Kreisverkehr, in dem Navarin ihnen den Weg abgeschnitten hatte. Neben dem in den Graben gerutschten Lieferwagen parkte ein Auto der Police Nationale. Das Blaulicht warf zuckende Blitze auf die Straße. Blanc erkannte zwei Polizisten, einen älteren, übergewichtigen Mann und eine junge Frau, deren blonde Haare zu einem Zopf geflochten waren, der unter ihrer Mütze hervorschien. Sie standen bei dem Fahrer, der sich gerade einem Alkoholtest unterziehen musste. Niemand achtete auf den Clio. Blanc atmete tief durch, als sie den Kreisverkehr passiert hatten.

Aveline drehte für einen Moment den Rückspiegel zu sich hin und beobachtete die Unfallszene. »Ich hoffe, die Beamten lassen sich Zeit«, sagte sie. »Wenn Navarins Leute auftauchen und den Streifenwagen sehen, müssen sie langsamer fahren. Wenn sie vorbeirasen, haben sie die Polizei am Hals.«

»Ein paar von Navarins Leuten sind vielleicht Polizisten.«

»Ein Grund mehr, sich an die Regeln zu halten. Wer lässt sich schon gern von einem Kollegen die Kelle zeigen? Wir haben die Kerle abgehängt, zumindest für den Moment.«

Nach endlosen Minuten erreichten sie die Kreuzung am Boulevard des Lices. Die Polizeistation lag zu ihrer Rechten und Blanc fürchtete die Videokameras über dem Eingang, also bog er nach links ab. Ihr Clio war das einzige Auto auf der nächtlichen Straße, es kam ihm schreiend auffällig vor. In die erste Lücke, die er fand, parkte er ein und schaltete erleichtert Motor und Lichter aus.

»Gehen wir.« Aveline hatte unwillkürlich angefangen zu flüstern.

»Wir dürfen es den Polizisten nicht zu leicht machen, wenn sie den Wagen irgendwann entdecken«, erwiderte Blanc. »Sie werden nicht die Spurensicherung mit dem großen Programm anrücken lassen. Aber ein paar Dinge werden sich die Kollegen morgen schon ansehen, sobald jemand das Auto als gestohlen gemeldet hat.« Also nahm er ein Taschentuch und wischte über das Lenkrad, den Schaltknauf, die Türgriffe innen und außen, die Schalter der Fensterheber, den Rückspiegel, den Schalter der Innenbeleuchtung, den Zündschlüssel. Mit dem Tuch in der Hand stellte er am Radio irgendeinen Rap-Sender ein. Sollten die Polizisten glauben, dass sich einige Halbwüchsige den Clio für eine nächtliche Spritztour genommen hatten. Zuletzt zog er den Aschenbecher heraus und warf die Gauloises-Kippen in den nächsten Abfalleimer am Straßenrand.

Aveline stand schon auf dem Bürgersteig. »Sie sind ein sehr ordentlicher Typ«, kommentierte sie. Die Ungeduld in ihrer Stimme war deutlich herauszuhören.

Blanc lächelte sie an. »Wenn ich ein ordentlicher Typ wäre, würde ich jetzt in meinem Bett liegen und Beamtenträume träumen.«

Jetzt lächelte sie auch, wie es aussah, fast gegen ihren Willen. »Einbrecher wie wir sollten besser hellwach bleiben.«

Blanc nickte. Aveline sah erschöpft aus, mindestens so erschöpft, wie er sich selbst fühlte. Einbruch in eine Polizeistation. Er hatte schon klügere Dinge in seinem Leben gemacht. Er sah auf sein Handy – fast drei Uhr nachts – und dachte an die beiden Beamten neben dem verunglückten Lieferwagen. »In einer so kleinen Stadt wie Arles haben höchstens zwei oder drei Teams Nachtdienst«, flüsterte er. »Ein Team ist am Kreisverkehr beschäftigt. Mit ein bisschen Glück sind auch die anderen unterwegs. Dann ist im ganzen Gebäude nur der Diensthabende am Haupteingang.«

»An dem müssen wir irgendwie vorbei.«

»Vielleicht bleibt uns das erspart. Lizarey hat behauptet, dass die Kamera über dem Notausgang defekt ist. Niemand kann uns auf einem Überwachungsmonitor sehen, wenn wir es dort versuchen.«

Sie gingen zur Station und hielten sich dabei so weit wie möglich von den Lichtkegeln der wenigen Straßenlaternen fern. Das

Foyer des Gebäudes war hell erleuchtet, genauso ein Fenster rechts daneben. Hinter der Scheibe war jedoch keine Bewegung auszumachen. Plötzlich hörten sie einen Motor. Licht. Ein Streifenwagen.

»Achtung!«, flüsterte Blanc. Sie versteckten sich hinter dem Stamm einer Platane. Zwei Uniformierte stiegen aus dem Auto. Einer öffnete die hintere rechte Tür und zerrte einen jungen Mann heraus. Er war betrunken oder high, blutete aus einer Kopfwunde und seine Hände waren mit Handschellen gefesselt. Er überschüttete die Polizisten mit Obszönitäten. Die Beamten fluchten und trieben ihn mit Tritten und Stößen zum Eingang.

»Dieser Typ wird die Polizisten eine Zeit lang ablenken«, flüsterte Blanc erleichtert. Er sah sich um. Links neben der Station ragte ein massives Gebäude auf. Dort waren alle Fenster dunkel. Er trat vorsichtig näher und entzifferte die Inschrift über dem Haupteingang: das Finanzamt.

»Hier ist niemand«, sagte er leise. »Wir gehen um das Finanzamt herum, vielleicht kommen wir auf diesem Weg ungesehen bis zur Rückseite der Polizeistation.«

Sie eilten an der Fassade des Amtsgebäudes vorbei bis zu einer Querstraße, bogen dort ein und gelangten schließlich auf den schäbigen Parkplatz hinter Finanzamt und Polizeistation. Als sie vor dem Notausgang standen, zuckte Blanc zusammen. Ein Schatten! Doch es war bloß eine Katze, die zwischen den niedrigen Büschen des Parkplatzes gejagt hatte und sie nun kalt musterte, bevor sie davonschlich. Er hatte seine Baseballcap aufgesetzt, Aveline ihr Tuch um den Kopf geschlungen – für den Fall, dass Commissaire Lizarey in den letzten Stunden irgendwie doch die Videokamera hatte reparieren lassen.

»Blicken Sie auf keinen Fall nach oben«, flüsterte er Aveline zu. »Die Kamera ist genau über der Tür, wenn Sie hochsehen, könnte sie Ihr Gesicht aufnehmen.« Blanc sah sich misstrauisch um. Die Kamera, von der er hoffte, dass sie noch defekt war, deckte einen Bereich von mehreren Metern links und rechts des Notausgangs ab.

Für die nächsten Sektoren waren andere Kameras zuständig, die an kleinen, stählernen Halterungen aus der Fassade ragten. »Uns bleiben diese Tür und die nächsten zwei, höchstens drei Fenster zu beiden Seiten, um ungefilmt hineinzukommen«, meinte er.

»Wenn wir den Notausgang aufbrechen, geht sicherlich irgendwo ein Alarm los«, erwiderte Aveline leise. »Aber die Fenster daneben sind nicht vergittert.«

Blanc trat zu einem schmalen Milchglasfenster links vom Notausgang, gerade eben groß genug, dass man hindurchschlüpfen könnte.

Aveline reichte ihm wortlos ihre Pistole. Blanc fasste sie am Lauf, atmete einmal tief durch und holte aus, um mit dem Griff die Scheibe einzuschlagen. Im letzten Moment aber erkannte er, wie alt der Fensterrahmen war: verwittertes Holz, an manchen Stellen sogar morsch. Öffentliche Verwaltung, dachte er, nie ist Geld für Reparaturen da. Er steckte die Waffe in seine Tasche und zog stattdessen sein Opinel-Messer hervor.

»Was tun Sie da ?«, fragte Aveline.

»Ich mache es auf die lautlose Tour«, antwortete er leise. Es dauerte nur ein paar Minuten, bis er den mürben Rahmen rund um den Riegel so weit gelockert hatte, dass er das Fenster mitsamt dem aus dem Rahmen gelösten Schloss vorsichtig nach innen aufdrücken konnte. Halb erwartete er, dass Sirenen losheulten und Lichter aufflammten, doch tiefe Stille umhüllte sie weiterhin. Blanc packte den Sims und schwang sich hoch. Drinnen fand er sich in einem gekachelten Raum wieder, zwischen Waschbecken und Pissoirs. Es stank scharf nach irgendwelchen Reinigungschemikalien. Mit einem Schritt war er an der Tür. Behutsam drückte er die Klinke hinunter. Er spähte hinaus. Ein leerer Flur, eine schwarze Höhle, in der nicht einmal eine Notbeleuchtung flackerte. Blanc eilte zum Fenster zurück und reichte Aveline die Hand.

Ein paar Augenblicke später eilten sie durch den dunklen Flur, so schnell es ging, wenn man sich mit den Händen die Wände entlangtasten muss. Sie kamen schließlich bis zu einem Treppenhaus. Irgendwo grölte jemand, irgendetwas krachte gegen eine Wand. Blanc hoffte, dass dem Betrunkenen nicht so schnell die Kraft ausging. Lizareys Büro war im ersten Obergeschoss, also deutete er Aveline die Richtung nach oben an.

Wieder ein Flur, diesmal mit funktionierender Nachtbeleuchtung. Bürotüren links und rechts, alle verschlossen. Blanc versuchte sich zu erinnern, in welchen Raum ihn Lizarey geführt hatte. Er öffnete eine Tür. Der falsche Raum. Die nächste Tür. Lizareys Büro. Er zog Aveline hinein, schloss die Tür wieder, brachte seinen Mund ganz nah an ihr Ohr.

»Fassen Sie nichts an! Vielleicht haben wir Glück und Lizarey bemerkt morgen nicht, dass er Besuch gehabt hat. Doch sollte er sehen, dass bei ihm eingebrochen wurde, darf die Spurensicherung nur meine Fingerabdrücke finden. Die haben nichts zu bedeuten, ich war ja schließlich schon hier.«

»*D'accord*. Brauchen Sie Licht?« Aveline hatte ihr iPhone hervorgeholt.

»Besser nicht.« Die Gitterstäbe vor dem Fenster filterten das spärliche Leuchten der Straßenlaternen, das vom Boulevard des Lices ins Zimmer drang, doch Blancs Augen begannen, sich an das Zwielicht zu gewöhnen. Der Schreibtisch. Lizareys Stuhl. Der Stuhl, auf dem er selbst Platz genommen hatte. Er versuchte, sich alle Einzelheiten der Befragung ins Gedächtnis zu rufen. Wo hatte der Commissaire das Foto herausgezogen? Eine Schublade, rechts von ihm. Die erste? Die zweite. Er nahm zur Sicherheit sein Taschentuch, bevor er die zweite Schublade anfasste. Der Umschlag lag tatsächlich oben auf einem Stapel bunter Schnellhefter. Er nahm ihn und eilte zum Fenster, wo das Licht etwas besser war. Die Lasche war bloß gesteckt, nicht geklebt. Die kitschige Postkarte von Arles rutschte heraus, er fing sie auf. Und danach hielt er das Foto in der Hand. Der Mann mit den markanten Zügen. »Cedric«, in Avelines Handschrift.

»Wir haben, was wir wollten«, flüsterte Aveline, die lautlos hinter ihn getreten war. Sie nahm ihm ohne eine weitere Bemerkung das Foto aus der Hand und steckte es in ihre Manteltasche.

Blanc spürte eine irrationale Eifersucht auf jenen Mann. Aber das war nicht gerade der ideale Zeitpunkt, um von seiner Geliebten Erklärungen zu verlangen. Idiotisch, sagte er sich, das ist idiotisch. Alles, was wir hier machen, das Wochenende in Arles, die heimlichen Stunden im Hotel, der Tote im Amphitheater, Marius, die Verfolgungsjagd auf dem alten Friedhof, die Nacht in Montmajour, dieser verdammte Einbruch, alles, alles ist idiotisch! Einen Moment lang wollte er sich bloß noch auf den Stuhl setzen, auf den nächsten Morgen und auf Lizarey warten und alles erklären, und der Rest war scheißegal. Dann nahm er sich zusammen.

»Ich lege den Umschlag zurück in die Schublade«, sagte er leise. Er steckte die Postkarte wieder hinein und dazu ein Blatt Papier aus einem Laserdrucker neben dem Schreibtisch, sodass sich der Umschlag bei flüchtiger Berührung noch ungefähr so anfühlte wie zuvor. »Vielleicht fällt Lizarey einige Zeit gar nicht auf, dass das Foto fehlt.«

»Mir reicht es schon, wenn er sich bis morgen Abend täuschen lässt«, erwiderte Aveline.

Sie nahmen denselben Weg, den sie gekommen waren. Der Betrunkene war nicht mehr zu hören. Die Polizeistation kam Blanc auf einmal unnatürlich still vor. Er musste sich zwingen, nicht panisch Richtung Fenster zu rennen, sondern so vorsichtig wie nötig voranzuschleichen, als hätten sie alle Zeit der Welt. Endlich erreichten sie den Toilettenraum. Behänd kletterte Aveline aus dem Fenster. Blanc zwängte seinen langen Körper hinaus. Dann zog er das Fenster hinter sich zu. Mit ein wenig Glück würde bis Montag keine Putzkraft den Raum betreten. Das aufgestemmte Fenster würde erst auffallen, wenn Blanc schon wieder in Gadet war. Und Aveline in Paris, bei ihrem Gatten. Und mit dem Foto eines anderen Mannes in ihrer Tasche.

»Wer ist dieser Cedric?«, fragte Blanc keuchend, nachdem sie sich so weit von der Polizeistation entfernt hatten, dass sie glaubten, kein Beamter könne sie jetzt noch sehen.

Aveline blickte ihn spöttisch an. »Sie spionieren mir nach?«

»Lizarey hat mir das Foto so dicht unter die Nase gehalten, dass ich sogar Ihre Handschrift erkannt habe.«

»Wahrscheinlich ist das Bild auch voller Fingerabdrücke von mir. Gut, dass die in keiner Verbrecherdatenbank gespeichert sind.« Seine Geliebte schien sich keinerlei Sorgen zu machen.

»Sie wollen mir doch nicht weismachen, dass Sie diesen Cedric am Montag Ihrem Mann und dem Minister als Islamisten präsentieren werden!«, rief Blanc.

»Die Herren aus Paris werden Cedric niemals zu Gesicht bekommen.« Sie hob beschwichtigend die Hände. »Also gut: Ich habe Ihnen nicht die ganze Wahrheit gesagt. In meiner Tasche stecken tatsächlich Ermittlungsunterlagen, die ich unbedingt im Ministerium präsentieren muss. Aber zusätzlich habe ich auch noch …«, ungewohnterweise zögerte Aveline kurz, »… private Dokumente mitgenommen.«

»Die so privat sind, dass Sie mir ihren Inhalt nicht verraten wollen?«, fuhr Blanc auf.

»So privat, dass ich den Inhalt weder mit meinem Mann noch mit meinem Liebhaber teilen werde, ja.« Avelines Blick war hart geworden. Plötzlich ahnte Blanc, wie es sich anfühlen musste, als Angeklagter vor ihrem Richtertisch zu stehen. Ihn schauderte unwillkürlich.

»Ich riskiere mein Leben, weil ich unbedingt an diese Tasche kommen muss«, fuhr sie fort, nun wieder sanfter. »Und Sie riskieren Ihr Leben, weil ich mein Leben riskiere.«

»Das ist Erpressung«, stieß er hervor.

»Nur Flics nennen so etwas ›Erpressung‹. Dichter nennen das ›Liebe‹.« Sie küsste ihn lange.

Verrückt, dachte Blanc, ich bin verrückt. Ich weiß nicht einmal, wofür ich meinen Hals riskiere. Doch er hielt Aveline in den Armen, er spürte ihren Körper, genoss ihre Lippen. Dafür riskierte er alles, nur dafür. Sanft schob er sie endlich so weit von sich fort, dass er ihr in die Augen blicken konnte. »Gut«, flüsterte er. »Nennen wir es ›Liebe‹.«

Aveline lächelte, und es war schwer zu sagen, ob es ein glückliches oder eher ein triumphierendes Lächeln war. »Wir haben nur noch wenige Stunden. Wir müssen unsere Kräfte sammeln.«

»Wir können schlecht unter einer Brücke schlafen.«

»Sollen wir zu meinem Mercedes gehen?«, fragte sie. »Die Ledersitze sind bequemer als eine Parkbank.«

Blanc schüttelte den Kopf. »Irgendein Nachtschwärmer könnte uns sehen und uns bei der Polizei melden.«

»Im Auto zu schlafen ist nicht illegal.«

»Aber verdächtig. In der Gendarmerie rufen wegen so etwas andauernd Leute an. Die halten jeden, der nachts im Auto hockt und sich nicht bewegt, für einen Verbrecher oder einen Junkie oder eine Leiche.«

»Wir können doch nicht ins Hotel zurück.«

»Warum nicht?« Blanc lächelte.

»Ich kann einige Ihrer Gedanken lesen, *mon Capitaine,* und ich wäre nicht abgeneigt. Aber nach dem, was gerade in Montmajour geschehen ist, werden Navarins Leute auf jeden Fall einen Mann vor dem Hoteleingang postieren.«

»Wir gehen aber nicht durch den Hoteleingang. Kommen Sie!« Er nahm ihre Hand. Sie eilten durch die stillen Straßen hinter der Polizeistation. Rue Emile Fassin, las Blanc, Chemin des Haras, dann waren sie wieder am Boulevard des Lices. Blanc kam das Labyrinth der Altstadt nun nicht mehr ganz so bedrohlich vor. Es war inzwischen kälter als zehn Grad, schätzte er, und der Wind versetzte ihnen an jeder Hausecke kurze, harte Schläge. Niemand war mehr unterwegs, aus keinem Fenster fiel Licht. Seine Schultern schmerzten vor Anspannung und Müdigkeit und zugleich fühlte er sich doch hellwach. Ihm war, als würden alle seine Sinne den nebligen Dämmer durchdringen.

Rue des Suisses. Der kleine Platz vor dem Hotel. Das Haus mit den Arkaden. Blanc führte den Zeigefinger der Linken an die Lippen. Unter den Arkaden bewegten sich Gestalten, zwei oder drei Männer, vielleicht noch mehr.

»Sollen Sie sich in dieser Nacht die Eier abfrieren«, flüsterte Blanc zornig.

»Sie warten auf uns«, erwiderte Aveline.

Er nickte schadenfroh. »Das ist es ja: Die Kerle lauern *vor* dem Hotel. Wenn wir ungesehen hineinkommen, ist unser Zimmer der sicherste Platz in Arles. Navarins Leute werden uns die ganze Nacht überall in der Stadt suchen, nur nicht da.«

»Bleibt nur das kleine Problem, wie wir ungesehen hineinkommen.«

Blanc deutete auf die Feuerleiter hinter den großen Blumenkübeln am gegenüberliegenden Rand des Platzes. »Wir gehen über das Dach!«

Einen Augenblick später waren sie lautlos zu Boden gesunken und krochen auf die Leiter zu. Aveline packte die erste Sprosse und zog sich hoch. Blanc wartete geduckt am Boden. Zehn Sekunden. Zwanzig Sekunden. Aveline war schon mit der Dunkelheit verschmolzen. Doch sie war noch nicht auf dem Dach, er spürte, wie die Leiter mit jedem ihrer Schritte leicht zitterte.

Da trat einer der Männer aus dem Schatten der Arkaden mitten auf den Platz.

Blanc hielt den Atem an. Das Zittern der Leiter hörte auf. Aveline musste ihn auch gesehen haben und rührte sich nicht mehr. Wie lange würde sie es aushalten, irgendwo in fünf oder zehn Meter Höhe an die Fassadenleiter geklammert, mit den schmalen, eisernen Sprossen, die sich mit jeder Sekunde tiefer in Handflächen und Fußsohlen drückten? Der Mann auf dem Platz hatte die Kapuze seines Hoodies tief über den Kopf gezogen und sah sich um. Trotzdem erkannte Blanc ihn wieder – es war ausgerechnet der Typ mit dem Pitbull. Der Mann ging steifbeinig auf und ab, dann griff er in eine Jeanstasche. Blanc rührte sich nicht. Der Mann holte eine Packung Zigaretten aus der Tasche. Es war so still, dass Blanc das Schnippen seines Feuerzeugs hören konnte. Die Glut der Zigarette erschien ihm wie ein kleines, böses rotes Auge, das genau auf ihn gerichtet war.

Ob die Leiter das Gewicht von zwei Menschen trug? Was blieb ihm schon anderes übrig? Er konnte hier nicht ewig warten. Zentimeter um Zentimeter richtete er sich auf, packte endlich die unterste Sprosse. Sein Griff schickte ein Zittern durch die Leiter, und er spürte eine andere Vibration, wie ein Echo der seinen. Aveline kletterte nun ebenfalls langsam weiter. Er hörte sie nicht, sah sie nicht, spürte nur die Vibrationen, die jeder ihrer Griffe und Schritte durch das Eisen schickte. Ein Meter. Zwei Meter. Wir sind die perfekten Zielscheiben, dachte Blanc halb verzweifelt. Wenn der Kerl uns jetzt entdeckt, knallt er uns ab wie Dosen auf dem Jahrmarktstand. Er zwang sich, nicht schneller zu werden. Bloß kein Geräusch! Er spürte ein stärkeres Zittern in den Sprossen, hörte ein ganz leises Seufzen im Metall, dann spürte und hörte er nichts mehr. Aveline musste auf dem Dach sein. Drei Meter. Vier Meter. Er blickte nach unten. Inzwischen standen zwei Gestalten auf dem Platz. Unter den Arkaden rührte sich nichts. Er sog die Luft ein. Es stank ganz leicht nach Tabakrauch. Fünf Meter. Sechs Meter. Irgendwann sah er auf das Dach des Nachbarhauses. Eine kleine Terrasse vor einem Kamin, eine Fernsehantenne wie ein entlaubter Baum.

Die letzte Sprosse. Dachschindeln, feucht und glatt. Blanc zog sich hinauf und blieb einen Moment lang erschöpft liegen. Noch immer kein Laut von unten. Dann blickte er nach vorn. Das Fenster der Besenkammer stand schon offen. Er sah einen Schatten im Innern, eine Hand streckte sich ihm entgegen.

»Kommen Sie«, flüsterte Aveline, »ich ziehe Sie herein.«

Sobald sie endlich in ihr Zimmer geschlüpft waren, eilte Blanc zum Fenster und spähte hinaus. Keine Bewegung. Kein Licht. Niemand mehr auf dem Platz. Es war unmöglich zu sagen, ob noch jemand unter den Arkaden stand. Er wartete, es kam ihm endlos vor. Schließlich löste sich ein Schatten aus dem Gang. Wieder flammte ein Feuerzeug auf und beleuchtete für eine Sekunde einen Mann unter einer Kapuze. Nicht der Pitbull-Halter.

»Sie sind immer noch da und haben offenbar nicht gemerkt, dass wir drin sind«, flüsterte er triumphierend. »Solange wir kein Licht machen, sind wir hier so behütet wie im Élysée.«

Aveline legte ihm die Hand auf die Schulter und zog ihn behutsam vom Fenster fort. »Wenn ich kein Licht machen darf, muss ich mir eben meine Gauloises auf dem Flur anzünden«, sagte sie. »Aber erst nachher.«

Später lag er neben ihr auf dem Bett. Er lauschte ihren ruhigen Atemzügen, sog den Duft ihres Parfums ein. Im Zimmer war es kühl geworden. Ihn fröstelte leicht. Vorsichtig zog er die Decke über ihre nackten Körper.

»Sie sollten ein paar Stunden schlafen«, murmelte Aveline.

»Ich weiß.« Blancs Körper schrie nach Schlaf. Doch er war so verwirrt und misstrauisch, dass er einfach keine Ruhe finden konnte. Vorsichtig schälte er sich schon wieder aus der Decke und ging zum Fenster.

»Sind unsere Freunde noch da?«, flüsterte Aveline.

Blanc starrte lange nach draußen, bevor er antwortete. »Ich kann niemanden mehr sehen.«

»Diese Kerle haben kein Durchhaltevermögen. Kommen Sie, legen Sie sich wieder hin.«

Blanc streckte sich an ihrer Seite aus, nahm sie in die Arme und strich mit einer Hand langsam über ihren Rücken. »Ich möchte wissen, was diese Typen als Nächstes tun.«

»Das, was sie am besten können: Sie warten auf Befehle.« Aveline seufzte, richtete sich ein wenig auf und blickte ihn an. Im schwachen Laternenlicht, das von draußen hereinsickerte, glänzten ihre Augen so dunkel wie Obsidian. »*Mon Capitaine,* Sie geben niemals Ruhe?«

Im Dämmer konnte er nicht erkennen, ob sie lächelte oder ihn ernst anblickte. »Drei Tote, die kein Polizist zu Mordopfern erklären will. Eine gefälschte Statue. Viel illegales Geld, das man so gut wie risikolos in die Politik pumpen kann. Das nächtliche Treffen in der Klosterruine. In was sind wir da bloß hineingeraten?«

»Wir stören die Helfer des Front National.« Aveline ließ sich wieder auf das Kissen sinken und sah zur Decke. »Aber irgendwo muss auch für die Helfer das Geld herkommen, das müsste doch gerade ein ehemaliger Korruptionsermittler wissen.«

Blanc lächelte. Auf einmal war alles so klar. »Der Front National stellt Schläger wie diesen Navarin ein, die für die Bosse die Drecksarbeit machen. Sie stellen die jungen, smarten Neonazis wie den jungen Pelherbes ein, weil die fit sind in Internet-Propaganda. Und sie kaufen sich Beamte wie diesen Commissaire Lizarey, der all die dunklen Geschichten verschleiert. Aber dafür brauchen sie Geld, viel Geld, das …«

»… sich die Bosse niemals legal besorgen könnten. Der Front National bekommt Parteibeiträge, aber so wahnsinnig viel ist das nicht. Bei den letzten Wahlen hat die Partei Stimmen eingebüßt, also gibt es weniger Zuschüsse vom Staat. Marine Le Pen hat in den letzten Jahren das Europaparlament in Straßburg um ein paar Hunderttausend Euro erleichtert, indem sie Gelder, die für Mitarbeiter gedacht waren, in die Parteikassen abgezweigt hat. Selbstverständlich illegal. Jetzt hat sie deshalb Ermittlungen am Hals. Also ist diese Geldquelle auch versiegt. Nun muss neues Schwarzgeld her.« Aveline klang beinahe gelangweilt, als sie fortfuhr. »Deshalb besorgt sich der Front National sein Geld nicht mehr im Parlament ganz oben, in Europa, sondern in den Parlamenten ganz unten: in den Gemeinden, wo die Partei schon lange stark ist. Wo sie Bürgermeister stellt.«

»Oder eine Kulturdezernentin.«

»Es gibt so viele Möglichkeiten, Euros versickern zu lassen, wenn man sich nur vor Ort gut genug auskennt. Die Pelherbes zum Beispiel zwingt ihrem Museum eine gefälschte Statue auf, obwohl alle Wissenschaftler wissen, dass sie nicht echt ist. Wer jedoch den Mund aufmacht, der endet unsanft auf dem Boden des Amphitheaters oder in einer Betonabsperrung. Das erledigen Navarins Leute, gedeckt von Polizisten wie Lizarey. Wenn alle Kritiker mundtot oder aber tatsächlich tot sind, ermöglicht der Ruhm der Neuen Venus den Verkauf weiterer gefälschter Antiken zu Millionenpreisen. Einige dieser Millionen landen in Pelherbes schwarzen Kassen. Damit bezahlt sie dann Navarins Schläger, unseren hektischen Commissaire und die Schnösel vom *Bloc*.«

»Klingt nach einem soliden Businessplan«, sagte Blanc.

»Klingt nach Mafia. Nur dass sich die feine Bande nicht im Hinterzimmer einer Pizzeria trifft, um die nächsten Schritte zu besprechen.«

»Sondern in einem Kloster. Nicht gerade passend.«

Aveline lachte leise. »Ich wette, dass sie nie damit gerechnet haben, einmal dort erwischt zu werden. Der eine oder andere dieser Typen wird genauso schlaflos daliegen wie Sie, nur aus einem ganz anderen Grund. Die haben jetzt Angst, dass wir ihre Verschwörung auffliegen lassen.«

Blanc schloss Aveline noch fester in die Arme. »Klingt, als würden bei Tagesanbruch nicht mehr nur Navarin und Lizarey nach uns suchen. Die halbe Stadt wird morgen Jagd auf uns machen.«

Ein stilles Haus am Sonntagmorgen

Fünf Uhr, noch war es draußen Nacht. Blanc tastete sich bis unter die Dusche vor und ließ sich vom kalten Wasser aufwecken. Er hatte rasende Kopfschmerzen. Aveline schlüpfte zu ihm unter die Brause, doch erotisch war das nicht. Blanc erinnerte es eher an zwei Soldaten, die sich im Dämmerlicht auf das Gefecht vorbereiten. Sie kleideten sich hastig und schweigend an und packten alle anderen Sachen in seine Adidas-Sporttasche. Sie sprachen kein Wort und vermieden es, zu dicht ans Fenster zu treten. Er wollte seine alte SIM-Karte auf keinen Fall im Zimmer zurücklassen. Also zog er sie aus dem gebrauchten Handy und steckte sie in seine Jeans. Das Motorola warf er in den Papierkorb.

Blanc schwang sich die Tasche um die Schulter und öffnete vorsichtig die Tür. Der Flur war dunkel, kein Laut drang aus einem der anderen Räume. Sie eilten bis zu der Abstellkammer. Blanc zog sich aus dem Veluxfenster aufs Dach. Aveline reichte ihm die Tasche nach, dann half er ihr hinaus. »Schnell!«, flüsterte er. Sie wollten vor Sonnenaufgang aus der Altstadt verschwunden sein.

Sie mussten die Leiter hinuntergestiegen sein, bevor die Sonne aufgegangen war. Er legte sich die Sporttasche wie einen Rucksack um beide Schultern und nahm die erste Stufe. Kein Licht aus einem Fenster. Keine Schemen auf dem Platz unten. Rasch kletterte er die nächsten Sprossen hinunter. Irgendwo in den Gassen grummelte ein Dieselmotor. Blanc hielt einen Moment inne und lauschte. Eine kleine, asthmatische Maschine, dachte er erleichtert, das kann nicht der schwere Mercedes sein. Er spürte ein Zittern in der Leiter: Aveline hatte sich ebenfalls auf die erste Sprosse gewagt.

Unten ging Blanc schnell hinter einem Blumenkübel in Deckung und spähte quer über den Platz. Unter den Arkaden bewegte sich nichts. Wahrscheinlich hätten wir uns diesen Umweg sparen können, dachte er, wahrscheinlich hatte Aveline recht und diese Kerle hatten sich schon vor Stunden verzogen – und wahrscheinlich warteten sie irgendwo anders in dieser verdammten Stadt auf sie. Er spürte Aveline eher, als dass er sie sah.

»Scheint so, als sei die Luft rein«, sagte er leise.

Sie fasste zur Bestätigung von hinten kurz nach seiner Hand und drückte sie. Dann zog sie ihn in Richtung einer Gasse, die sich rechts hinter ihnen öffnete. Hier glomm eine Laterne, durch deren Lichtschein sie wohl oder übel hindurchmussten. »Gleich werden wir wissen, ob wirklich niemand da ist«, wisperte sie.

Sie wagten sich Schritt um Schritt näher an die Gasse heran, hielten einen Moment inne – und spurteten los, quer durch den Lichtkegel. Dann waren sie hindurch, schrundige Hausmauern umschlossen sie in der Dunkelheit. Er stoppte und lauschte. Kein Ruf, keine Schritte.

»Wir haben es geschafft«, stellte er erleichtert fest.

»Sie werden uns im Hotel vermissen«, erwiderte Aveline. »Wir haben nicht ausgecheckt. Irgendwann wird jemand unser Zimmer leer vorfinden und sich fragen, was mit uns geschehen ist. Vielleicht ruft der Portier sogar die Polizei.«

Blanc klopfte auf das Handy in seiner Jeanstasche. »Ich rufe später an und entschuldige mich. Frühe Weiterreise, schlafender Nachtdienst, rücksichtsvolle Gäste, so etwas. Wir haben sowieso schon bezahlt.«

Sie eilten auf Umwegen Richtung Kirche. Rue Nicolaï. Place du Forum. In einem Café dort brannte schon Licht. Sie sahen eine arabische Putzfrau zwischen den hochgestellten Stühlen arbeiten, doch sie blickte nicht auf. Rue Tour du Fabre, die Rückseite der Fondation van Gogh. Ferner Verkehrslärm. Sie waren jetzt nah an der Uferstraße. Zwei Motorroller, die an ihnen vorbeiknatterten. Eine ältere Dame, die einen winzigen Hund ausführte und ihnen im Vorübergehen steif zunickte – Blanc schien es, als wäre es eine missbilligende Geste. Vielleicht hielt sie Aveline und ihn für Partygänger, die erst am frühen Morgen erschöpft nach Hause gingen. Er zog die Krempe seiner Baseballcap noch etwas tiefer ins Gesicht.

Sie erreichten endlich die Rückseite der Kirche, vor deren Portal sie gestern den Mercedes abgestellt hatten. Von der Rhône zogen immer neue feuchte Schwaden bis hierher. Die Fenster des wuchtigen Gebäudes waren schwarz. Eine Pforte war in die Kirchenwand gelassen, darüber drei leere Nischen. Blanc drückte die Klinke herunter. Verschlossen. Er hielt sein Ohr an das raue Holz. Kein Geräusch drang aus dem Innern. Die Glocken im Turm blieben stumm. Blanc zuckte zusammen, als auf einem Gesims über ihm zwei Tauben aufschreckten und mit schlagenden Flügeln davonstoben. Graues Frühlicht sickerte nun zwischen den Mauern bis auf das schmutzige Pflaster. Blanc kam sich vor wie ein Darsteller in einem Kriminalfilm der Dreißigerjahre.

Aveline hielt ihre Uhr dicht vors Gesicht. »Sechs Uhr«, las sie leise ab. »Zeit für die Frühmesse. Aber es sieht nicht so aus, als wären wir im Land der Gläubigen.«

Blanc blickte sich um. Sie wollten sich in den Strom der Kirchgänger einreihen, um möglichst ungesehen nahe an ihr Auto zu kommen. Aber hier war niemand. Selbst die alte Dame mit dem Hund war verschwunden. Nur die weißen und roten Lichter der Autos auf der Uferstraße waren Lebenszeichen, vielleicht jede Minute ein Wagen zu dieser frühen Stunde. Keiner von ihnen hielt an, um in der Nähe des Gotteshauses zu parken.

»Sehen wir uns vor der Kirche um«, sagte er misstrauisch. Vorsichtig gingen sie weiter.

Die Gasse neben der Kirche war klaustrophobisch eng. Blanc bezweifelte, dass sich selbst am hellichten Tag viele Menschen hierhin verirrten. Am Ende der Mauerschlucht sah er schon den kleinen Platz, auf dem sie den geliehenen Mercedes abgestellt hatten. Er spähte vorsichtig um die Ecke des Gebäudes: Das große Portal war geschlossen, die schweren, blutrot lasierten Eichenflügel wirkten solide wie Kerkertore. »Dann verstecken wir uns eben eine

Zeit lang in der Gasse«, flüsterte Blanc resigniert. »Irgendwann müssen sie ja die Messe feiern.«

Im Halbdunkel leuchtete Avelines Handy auf. Sie wischte über das Display. Dann lachte sie auf, verächtlich oder vielleicht empört.

»Was ist los?«, fragte er.

»Ich wollte die Gottesdienstzeiten googeln«, erklärte sie. »Aber das hier ist überhaupt keine Kirche!«

»Unsinn, das ist eine uralte Kirche, die …« Blanc verstummte. Die Heiligen waren aus den Nischen über dem hinteren Portal verschwunden. Er erkannte nun bei genauerem Hinsehen auch ein Steinkreuz in der Fassade, doch die Querarme waren bis auf das darunterliegende Mauerwerk abgeschlagen. Nur weil es so feucht war, konnte man die ursprüngliche Form noch erahnen, denn der Stein unterhalb der zerstörten Stellen war durch die Nässe weniger eingedunkelt als der Rest. Und der Kirchturm, der ihm gestern von der Straße aus aufgefallen war? Eine Kuppe wie eine Pistolenkugel. Ohne Kreuz, ohne Figur von Jesus oder Maria oder einem Heiligen obendrauf. Er hätte sich in den Hintern treten können.

»Saint-Martin dient seit Jahren als Kulturzentrum«, erklärte Aveline leise und schaute dabei auf ihr iPhone. »Wenn Sie einem Vortrag über die Renaissance in Arles lauschen wollen, sind Sie hier richtig. Der beginnt allerdings erst um sechzehn Uhr. Aber wenn Sie beten wollen, dann fangen Sie damit besser gleich in dieser Gasse an.«

»Kann man sich in diesem Land denn nicht einmal mehr auf die katholische Kirche verlassen?«, fluchte Blanc. »Das nächste Mal verstecken wir uns vor einer Moschee!«

»Die beten freitags, nicht sonntags«, erinnerte sie ihn kühl.

»Dieser Platz ist toter als tot. Es könnte Stunden dauern, bis hier überhaupt mal jemand vorbeigeht. Wie kommen wir jetzt ungesehen bis zum Wagen?«

»Wir rennen. Wenn wir schnell genug sind, hält uns niemand auf.«

Blanc spähte wieder auf den Platz. Der Mercedes ragte zwischen den anderen geparkten Autos auf. Immer noch niemand zu sehen. Er wünschte sich die alte Dame mit dem Hund zurück oder die beiden Rollerfahrer oder irgendeinen Zeugen. Blanc macht sich bereit loszusprinten, dann zögerte er plötzlich. Er blickte noch einmal genauer hin.

Zwei Autos überragten die Blechdächer der anderen Wagen.

Nur drei Plätze neben dem Mercedes stand ein BMW X3 auf einem Behindertenparkplatz. Der schwere Geländewagen war gestern Abend noch nicht dort gewesen. Jetzt erkannte er zwei Männer im Innern. Und die wurden garantiert nicht von körperlichen Behinderungen geplagt.

»Warten Sie!«, zischte Blanc und hielt Aveline am Arm fest, damit sie nicht loslief. Er deutete auf den BMW. »Sie lauern auf uns. Und wir würden den beiden Kerlen direkt vor den Kühler rennen. Wir können nicht weiter!«

»Ich habe eine Idee.« Aveline flüsterte ihm einige Worte ins Ohr.

»Das ist der reinste Wahnsinn!«, stieß Blanc hervor.

»Genau deshalb werden sie darauf nicht vorbereitet sein«, sagte Aveline. Sie wartete seine Antwort gar nicht erst ab, sondern warf sich zu Boden und kroch aus der Gasse auf die Autos zu.

Blanc folgte ihr notgedrungen und fluchte still über die unförmige Sporttasche, die er hinter sich herziehen musste. Sie robbten dicht über den Bürgersteig, dann nutzten sie die Deckung zwischen einigen geparkten Wagen. Das Pflaster war kalt und von einer schleimigen Schicht Nachttau und Schmutz überzogen. Blanc rieb sich an seiner Jeans die Hände trocken, bevor er die Pistole zog. Die Waffe durfte ihm gleich keinesfalls entgleiten.

Sie krochen in einem Bogen um den Platz, Zentimeter um Zentimeter. Nach einer Ewigkeit lagen sie dicht hinter dem schweren BMW X3. Die beiden Männer beobachteten genau, ob sich jemand dem Mercedes näherte – aber auf ihren eigenen Wagen achteten sie nicht sonderlich. Hoffentlich. Aveline lächelte ihm aufmunternd zu. Das Messer blitzte in ihrer Hand. Sie war hinter der rechten Hintertür des BMW in Deckung gegangen, Blanc hinter der linken.

»Jetzt!«, flüsterte er.

Sie sprangen gleichzeitig auf. Aveline holte aus und rammte die Klinge in den Hinterreifen. Die Luft entwich mit einem Fauchen, das Auto sackte schlagartig nach hinten ab. Da hatte sie das Messer schon wieder herausgezogen und sprang zum Vorderreifen. Blanc hatte bereits seine Tasche fallengelassen und machte einen großen Satz bis zur Frontscheibe. Er hatte die Pistole am Lauf gepackt und schlug den Griff mit aller Gewalt gegen die Scheibe, einmal, zweimal, dreimal. Die Schläge hallten wie Pistolenschüsse, tausend Risse entstanden im Glas, wie ein riesiges Spinnennetz. Hinter den getönten Fenstern nahm er hektische Bewegungen wahr. Er hörte einen Ausruf, dumpf hinter schwerem Blech und dickem Glas. Aveline war inzwischen bis neben die Motorhaube geeilt. Zischend entwich die Luft nun auch aus dem Vorderreifen, der BMW sackte weiter ab und stand auf dem Parkplatz wie ein Schiff mit Schlagseite.

Das war Avelines Idee gewesen: Die Schläge würden die Kerle erschrecken, würden sie eine Sekunde lang wie betäubt zurücklassen. Die eine Sekunde, die sie brauchten …

Aveline war schon am Mercedes und riss die Beifahrertür auf. Blanc griff sich die Adidas-Tasche, hastete zum Wagen und sprang auf den Fahrersitz. Ein großer, muskulöser Kerl stieß die Fahrertür auf und taumelte aus dem X3. Auf der rechten Seite glitt bloß die getönte Scheibe hinunter. Blanc sah einen Unterarm und eine gewaltige Faust, die eine Pistole umklammert hielt. Mit fliegenden Fingern fummelte er am Startknopf herum. Endlich startete der Motor. Er stob mit durchdrehenden Reifen davon.

»Perfektes Timing«, sagte Aveline. Sie hatte das Messer in einer Manteltasche verschwinden lassen und stattdessen eine Packung Gauloises hervorgeholt. Nur ihre ersten, gierigen Züge verrieten Blanc, wie angespannt sie war.

Sie kurvten ziellos über die leeren Straßen. Der Mercedeshändler hatte Aveline gesagt, dass um 7.30 Uhr der erste Mechaniker da sein würde, um den verkaufsoffenen Tag vorzubereiten. Vertane Zeit, dachte Blanc ungehalten. Aber was sollten sie tun? Sie mussten den Wagen loswerden, ohne Misstrauen zu erregen. Also lenkte er den schweren Mercedes mal hier- und mal dorthin, parkte auch mal für einige Minuten unter einer Brücke oder im Dämmerlicht unter einer alten Platane, nur um bald darauf wieder loszufahren. Blanc wollte bloß nicht zu lange am selben Ort stehen bleiben, denn früher oder später würde man sie dort entdecken. Einmal fuhr er bis zum Bahnhof hoch, wagte aber nicht, auf den Parkplatz davor einzubiegen, aus Furcht vor Überwachungskameras. Er stellte den Mercedes vor einem wuchtigen Gebäude ab und ging von dort bis zur Station. Er fand ein Schließfach, in dem er seine unhandliche Sporttasche verschwinden lassen konnte. Er fragte sich, ob er je Gelegenheit haben würde, sie wieder abzuholen. Als er zurückeilte, fiel ihm erst auf, vor welchem Gebäude er geparkt hatte: Collège Frédéric Mistral. Gravets und Andréonis Schule. Für einen Moment durchflutete ihn ein absurdes Schuldgefühl, so als sei er selbst für den Tod der beiden Lehrer verantwortlich.

Er stieg in den Mercedes ein, in dem Aveline auf ihn gewartet hatte, und trat aufs Gaspedal.

»Kavalierstarts haben mich noch nie beeindruckt«, sagte sie.

Irgendwann fuhr er zufällig an einem McDonald's vorbei, bremste und stieg aus. »Ich hole uns Kaffee und ein paar Croissants.«

Aveline verzog den Mund, widersprach aber nicht. Als er ein paar Augenblicke darauf mit Pappbechern und einer Tüte labberigen Gebäcks wiederkam, hatte sie sich vom Beifahrer- auf den Fahrersitz geschwungen.

»Es ist besser, dass man Sie beim Händler gar nicht erst sieht.«

»Wir müssen noch ein paar Minuten rumbringen. Lassen Sie uns zuerst frühstücken.«

»Aus der Tüte?«

»Fühlt sich beinahe wieder so an wie in Paris.« Für einen plötzlichen Moment drohte ihn die Sehnsucht nach seinem früheren Leben zu übermannen, nach der Metropole, nach seinem früheren Job, nach der Hektik und dem Dreck und dem Lärm, nach dem Zeitdruck, nach dem Erfolgsdruck, nach den tausend Dingen, die man immer gleichzeitig zu erledigen hatte. Blanc blickte aus der Seitenscheibe auf den Parkplatz, dessen rissiger Asphalt genauso grau war wie der Himmel, auf den Nieselregen, auf den trostlosen Schnellimbiss mit der riesenhaften Clownsfigur auf dem Dach, die eher grauenhaft als lustig lachte. Er starrte auf die zwei anderen Wagen, die zu dieser frühen Zeit schon hier standen: ein alter, blauer Corsa, in dem vier viel zu leicht bekleidete junge Mädchen hockten, die wahrscheinlich die ganze Nacht durch die Clubs getanzt waren. Ein verbeulter Lastwagen, in dessen Kabine drei Arbeiter ihr Frühstück vertilgten. Das Ganze war melancholisch und trist und so unglaublich unprovenzalisch, dass es sich vertraut anfühlte, so wie früher. Die Mädchen, dachte er, waren garantiert nicht mehr nüchtern und vielleicht hatten sie neben zu viel Alkohol auch noch ganz andere Sachen genossen. Und die Kerle im Lastwagen stärkten sich für einen langen Tag Schwarzarbeit, denn warum würden sie sonst an einem Sonntagmorgen hier sitzen? Das, sagte er sich, ist die Welt der Flics, die Welt der Unordnung und der Trickserei, seine Welt. Es war sein Job, dort hinauszugehen und Ordnung zu schaffen, und er liebte das.

Stattdessen saß er in einem Auto, das ihm nicht gehörte, neben einer Frau, die er eigentlich nicht anrühren durfte, erschöpft von einer Nacht, in der er mehr Mist gebaut hatte als die Mädchen und die Bauerarbeiter in ihrem ganzen Leben verzapfen würden.

»Fahren wir los«, sagte er und verdrängte seine düsteren Gedanken. »Schön langsam, damit ich mir den Kaffee nicht auf die Jeans kippe.«

Als Aveline den Mercedes endlich Richtung Händler lenkte, war es heller geworden. Der Nieselregen hatte aufgehört. Ihr Wagen war der einzige, der durch die breite Straße des Gewerbegebiets fuhr. Sie parkte neben einem am Bordstein abgestellten Lastwagen. »Der Händler ist in der nächsten Querstraße rechts«, erklärte sie. »Verstecken Sie sich hinter dem Lastwagen. Ich treffe Sie gleich wieder.«

»Der Händler wird enttäuscht sein, dass Sie den Wagen nicht kaufen wollen.«

»Ich werde meinen Charme spielen lassen.« Sie gab ihm einen flüchtigen Kuss.

Blanc öffnete die Beifahrertür und verschwand hinter der Motorhaube des Lastwagens. Er wäre gern mit ihr im Auto geblieben, nur um sicherzugehen. Hoffentlich, dachte er, lauern die Kerle nicht direkt vor dem Mercedes-Händler. Hoffentlich hat der Händler nicht irgendwie von Lizareys Fahndung nach einer eleganten Frau gehört. Hoffentlich … Er fluchte und blickte auf die Uhr seines Handys. Es waren erst drei Minuten vergangen, seitdem er ausgestiegen war. Wie lange brauchte man, um ein Auto nach einer Probefahrt zurückzugeben? Musste Aveline Papiere ausfüllen? Würde ein Mechaniker den Wagen einem Check unterziehen, um sicherzugehen, dass auch ja keine Beule das kostbare Blech verunstaltete? Blanc hatte in seinem ganzen Leben immer bloß gebrauchte Karren gekauft, die zu seinem Beamtengehalt passten und zum Pariser Verkehr, der sowieso jedes Auto in kürzester Zeit in schrottreifen Zustand versetzte. Er blickte erneut auf das Display. Vier Minuten. *Merde.*

Endlich sah er, wie Aveline aus der Querstraße kam. Sie schritt rasch aus, aber nicht hektisch. Sie rauchte. Zu einer anderen Zeit an einem anderen Tag wäre sie im Gewerbegebiet gar nicht aufgefallen, sie sah aus wie eine Managerin, die auf dem Weg zu ihrem irgendwo abgestellten Dienstwagen war.

»Alles in Ordnung?«, fragte er, als sie den Lastwagen erreicht hatte.

Sie lächelte. »Das war der einfache Teil dieses Sonntags.«

Sie machten sich auf den Weg. Acht Uhr. Ihnen blieben noch genau zwölf Stunden. Die Straßen vom Gewerbegebiet bis in die Innenstadt zurück schienen Blanc endlos zu sein. Er wäre am liebsten gerannt wie ein Verrückter, aber das wäre zu auffällig gewesen. Und außerdem mussten sie mit ihren Kräften haushalten.

»Die Veranstaltung mit der Neuen Venus im Espace Van Gogh soll um 15 Uhr beginnen«, sagte er. Ab und zu sah er sich um, ob ein verdächtiges Auto in die Straße einbog. Dann verschwanden Aveline und er in einem Hauseingang oder bogen in eine Querstraße ab. »Madame Pelherbes wird selbstverständlich da sein. Und wahrscheinlich auch ihr Sohn und dessen Freunde vom *Bloc*. Schließlich sind die für die Propaganda zuständig.«

»Und Navarins Muskelmänner werden für die Sicherheit sorgen. Genauso wie Lizarey und seine Beamten«, ergänzte Aveline. »Es wäre wirklich unhöflich, wenn ausgerechnet wir fehlen würden.«

Blanc nickte nachdenklich. Alle, die irgendwie etwas mit den Morden zu tun hatten, würden im Espace Van Gogh sein. Wie groß mochte der Saal sein? Konnten sie sich irgendwo verbergen? Oder würden sie diesen Typen auf die Füße treten? Wenn sie überhaupt noch eine Chance haben wollten, sich irgendwie von dem Mörder Avelines Tasche zurückzuholen, dann dort. Dumm nur, dass er nicht einmal den leisesten Schimmer hatte, wie sie das anstellen sollten.

»Ein Fernsehteam ist da«, erinnerte ihn Aveline. Es war, als hätte sie seine Gedanken gelesen. »Und es werden Zeitungsjournalisten kommen. Wenn Sie der Presse etwas bieten könnten …« Aveline sprach nicht weiter.

Blanc hatte verstanden. Er musste bloß das tun, womit Gravet vielleicht nur gedroht hatte: Er musste während der Übertragung aus dem Publikum aufstehen und die Statue als Fälschung entlarven. Oder noch besser – er musste Pelherbes' rechtsradikale Helfer anklagen, sie mit lauter Stimme der Morde an Gravet, Andréoni und Professor Jeseau bezichtigen. Er musste einen Skandal auslösen, der diese Stadt aus ihrem Schlaf riss. Alle Blicke würden sich auf ihn richten – er wäre in Sicherheit, denn selbst Navarins Schläger würden nicht wagen, ihn vor laufender Kamera anzugreifen. Und Aveline würde sich die ganze Zeit verborgen halten – und hätte in dem Durcheinander die Gelegenheit, sich ungestört nach einer ganz bestimmten Tasche umzusehen.

Doch was dann? Wenn Blanc seine Show abziehen würde, aber anschließend nichts vorzuweisen hätte, dann würden sie ihn wie einen Störenfried behandeln, einen Durchgeknallten, der vor dem Fernsehen ausflippte. Ein paar von den Ordnern würden ihn rauswerfen – und draußen würde sich dann Lizarey um ihn kümmern. Oder Navarin.

»Wir brauchen so etwas wie einen Beweis«, erwiderte er. »Irgendetwas, was ich in die Kameras halten kann. Irgendetwas, was so klar und eindeutig ist, dass die Pelherbes mich nicht wie einen Trottel aus dem Saal jagen kann. Irgendetwas, was die Journalisten sofort kapieren.«

»Bin gespannt, wo Sie diesen Beweis so schnell finden wollen«, erwiderte Aveline.

Blanc dachte nach. Lächelte. Plötzlich war seine Müdigkeit verflogen. »Von diesem Beweis trennen uns höchstens noch fünfhundert Meter.«

Vielleicht war irgendwo die Sonne längst aufgegangen, doch schwarze Wolken verschluckten ihr Licht – Wolken, die so niedrig über Arles hinwegzogen, als könnten ihre Unterseiten von den Fernsehantennen der Häuser aufgeschlitzt werden. Die Luft schmeckte nach Frost, wahrscheinlich ging weiter nördlich, im Lubéron, bereits Schnee nieder. Die Gassen der Altstadt waren noch immer beinahe verlassen. Da die Laternen längst ausgeschaltet waren, lag ein seltsam unwirkliches graues Licht über dem Pflaster. Blanc fühlte sich dadurch wie unter einer Tarnkappe: jeder Späher, der auch nur ein paar Meter entfernt war, würde von ihnen nicht mehr erkennen können als zwei Schemen.

»Wir besuchen Colette Andréoni«, sagte er, während sie im Laufschritt zwischen den alten Häusern dahineilten. »Ihr Mann hatte vor seiner Ermordung ein Dossier vorbereitet, mit dem er nachweisen wollte, dass die Venusstatue gefälscht ist. Wir müssen seine Witwe davon überzeugen, uns diese Unterlagen zu geben. Für unseren kleinen Auftritt heute Nachmittag.«

»Hoffentlich ist die Dame Frühaufsteherin.«

Sie liefen die Rue du Président Wilson entlang, nur ein paar Schritte vom Espace Van Gogh entfernt. An dessen Rückseite parkte bereits ein weißer Kleinlastwagen des Fernsehteams, doch war kein Kameramann oder Techniker zu sehen. Rue de la République, Rue Frédéric Mistral, weiter, weiter! Endlich bogen sie in die Rue des Arènes ein. Eine Minute später standen sie in dem Hof vor Colette Andréonis Fotogalerie.

Die Eingangstür zu ihrer Wohnung hing offen in den Angeln.

Blanc trat näher und fluchte. Das Schloss lag auf dem Pflaster vor dem Haus, in der Tür gähnte ein splittriges Loch. »Das hat jemand brutal herausgebrochen«, flüsterte er. »Wahrscheinlich mit einem Stemmeisen oder einem großen Schraubenzieher.«

»Das war ein Stümper«, stellte Aveline fest. »Kein professioneller Einbrecher.«

»Das war jemand, dem es egal war, dass er Spuren hinterlässt.« Blanc zog ein Taschentuch hervor, wickelte es sich um seine linke Hand und schob damit die Tür weiter auf. In der Rechten hielt er die Pistole. Besser eine ungeladene Waffe als gar keine.

Sie gelangten in einen engen, dunklen Flur, in dem es nach Rosenholz und Tee duftete. Auf einer winzigen, schwarz lackierten Kommode thronte ein sitzender Buddha aus Bronze. Das Lächeln in seinem Gesicht war vom Künstler sicherlich selig oder begütigend gemeint, doch Blanc kam es in diesem Moment so vor, als grinste der Erleuchtete sie bloß verschlagen an. In Avelines Hand blitzte das Messer auf. Sie deutete mit der Klinge auf eine schmale Holztreppe, die nach oben führte.

Die Stufen knarrten, sosehr Blanc sich auch bemühte, vorsichtig aufzutreten. Die Wohnung lag im ersten Stock. Er trat vorsichtig ein. Vor ihm lag ein kleines Wohnzimmer. Gelbliches Licht sickerte zwischen den schweren Vorhängen vor den Fenstern, die sich zur Gasse hin öffneten, in den Raum. Er blickte sich um: ein niedriges Sofa, Sitzkissen, mehrere bunte Teppiche auf dem Boden, ein weinrot lackierter, irgendwie asiatisch aussehender Schrank, eine Wand, die hinter einem Regal verschwand, dessen Böden sich unter der Last zahlloser dickleibiger Bildbände bogen. Das einzige Geräusch war das leise Ticken einer Uhr auf einem Beistelltisch, eine verschnörkelte Antiquität aus vergoldetem Messing, getragen von vier winzigen Marmorsäulen, eines von diesen sündteuren, empfindlichen Empire-Objekten, die Blanc bislang nur in Pariser Salons der Bourgeoisie gesehen hatte. Es machte ihn noch nervöser, dass er nur dieses Ticken hören konnte und nichts anderes. Er wollte gerade einen weiteren Schritt in das Zimmer machen, als ein kurzer, leiser Glockenschlag erklang. Er zuckte erschrocken zusammen. Halb neun. Verdammte Uhr.

In die gegenüberliegende Wand waren zwei alte Holztüren eingelassen. Eine war geschlossen, die andere bloß angelehnt. Blanc trat vorsichtig näher. Er spürte Aveline direkt hinter sich. Er atmete tief durch, dann stockte ihm der Atem.

Blut.

Es stank nach Blut, irgendwie süßlich und nach Eisen und ganz leicht verfault. Je näher er der angelehnten Tür kam, desto beißender wurde der Gestank. Er öffnete die Tür, Zentimeter für Zentimeter. Schließlich nahm er sich zusammen und blickte in den Raum dahinter.

»Sie müssen sich das nicht ansehen«, sagte er tonlos zu Aveline.

Die tote Witwe

Blanc blickte in ein Schlafzimmer, das etwa so groß war wie der Salon. Das Fenster war hoch und alt, seine beiden Flügel standen ein Stück weit offen. Es gab keine Vorhänge. Blanc sah auf einen Hof hinter der Rückseite des Hauses und auf geschlossene Fensterläden im Gebäude gegenüber. Auf der Fensterbank im Schlafzimmer stand eine mindestens ein Meter hohe Bronzestatue eines Mannes, erstarrt in einem jener komplizierten, eleganten asiatischen Tänze. Vielleicht ein Gott, dachte Blanc, irgendwo aus Indien oder Ceylon, aber beschützt hat er Colette Andréoni auch nicht. Sie lag in ihrem Blut wie eingehüllt in einer Decke.

Die Tote ruhte auf einem großen, quadratischen Bett, der Rahmen war aus irgendeinem glänzend polierten, dunkelbraun schimmernden Holz gezimmert, ein Moskitonetz wölbte sich von der Decke hängend bis auf den Rand der Matratze – eine Schlafstatt, die er eher in einem Haus in den Tropen erwartet hätte. Colette Andréoni trug ein leichtes Nachthemd aus hellgrüner Seide. Sie lag auf dem Rücken, die offenen Augen blicklos auf das Moskitonetz gerichtet. Am Kopfende des Bettes zählte er fünf sehr kleine, ziemlich fest aussehende Kissen. Ein sechstes Kissen lag auf dem Gesicht der Toten. Mitten in diesem Kissen gähnte ein kreisrundes Loch, die Ränder am Stoff darum waren geschwärzt. Das Opfer musste eine große Wunde am Hinterkopf haben, denn ihre langen Haare waren rot verklebt und von dort aus hatte sich das Blut über die obere Hälfte des Bettes ausgebreitet. Auf ihrem Gesicht waren ebenfalls einige Spritzer Blut eingetrocknet. Sie stammten aus einer kleinen Platzwunde, die über einem Hämatom mitten auf der Stirn lag.

Blanc trat näher heran, doch er rührte nichts an. Einige schwarze Fliegen lösten sich von der Leiche und flogen satte Kreise. Wo mochten die so schnell hergekommen sein, mitten im November? Er zwang seine Gefühle fort, zwang sich zu einer kühlen, professionellen Aufmerksamkeit, das war Polizeiarbeit, *merde*. Er zwang sich, noch nicht an das Motiv des Mörders zu denken, noch nicht an den Grund, warum man Colette Andréoni getötet haben sollte. Denn wenn er das täte, dann würde er sich unweigerlich fragen, welche Rolle *er* dabei spielte. Und ob nicht sein Besuch erst den Mörder in dieses Haus gelockt hatte. Später, sagte er sich, darüber denke ich später nach. Er konzentrierte sich ganz auf die Tote und das Zimmer.

Schritte hinter ihm. Er sah aus den Augenwinkeln, dass Aveline eingetreten war. Sie atmete scharf ein, dann streckte sie sich, reckte das Kinn höher, als würde sie auf einen Kampfplatz gehen.

»Sie hat sich nicht gewehrt«, flüsterte Aveline. Sie deutete auf die Hände der Toten. Colette Andréonis Arme lagen annähernd parallel zum Leib, die Hände auf der Bettdecke, geöffnet und entspannt, als würde sie tief schlafen. »Keine Verletzungen an den Händen, keine Schnitte, kein Blut, nichts«, fuhr Aveline fort. »Der Täter hat sie im Schlaf ermordet.«

»Vielleicht. Vielleicht auch nicht.« Blanc deutete auf die kleine Stirnwunde am Hämatom. »Sie hat zuerst einen heftigen Schlag gegen den Kopf bekommen. Der Mörder hat sie damit wahrscheinlich bewusstlos geschlagen Vielleicht hat er der Schlafenden diesen Hieb versetzt, damit sie sich nicht mehr wehren kann. Aber es ist auch möglich, dass er sie anderswo in der Wohnung niedergeschlagen und danach erst auf das Bett getragen hat, um hier«, er stockte, »um hier seine Sache zu vollenden.«

»Er wollte ganz sichergehen.« Ein leichtes Zittern in Avelines Stimme verriet ihm, dass sie längst nicht so beherrscht war, wie sie wirken wollte. Sie war, erkannte Blanc jetzt, nicht erschüttert, sondern zornig. Weniger bewegte sie Mitleid mit der Toten als vielmehr Wut auf den Täter, ein kaum bezähmter Hass auf denjenigen, der dieser Frau das angetan hatte.

»Das Kissen war sein Schalldämpfer.« Er deutete zum Fenster. »Die Flügel standen offen, der Raum geht auf einen Hof. Hätte der Täter das Fenster geschlossen, wäre er das Risiko eingegangen, entdeckt zu werden. Hätte er ohne Schalldämpfer geschossen, hätte man ihn womöglich gehört. Also schlägt er Colette Andréoni bewusstlos, stopft ihr das Kissen über den Mund, drückt die Pistole tief hinein und feuert dann erst. Niemand hört ein Geräusch. Die Kugel durchschlägt den Kopf und steckt wahrscheinlich in der Matratze.«

»Das war keine Affekttat, kein Mord aus rasender Eifersucht, kein verschmähter Liebhaber, kein in Panik geratener Einbrecher. Das war eine eiskalte Hinrichtung.«

»So eiskalt wie der Mord im Amphitheater.« Blanc nickte. Er erinnerte sich an das, was Aveline ihm vom Anschlag in der Arena berichtet hatte: Der Täter trat auf den Turm, ging geradewegs auf das Opfer los und tötete es sofort. Kein Wort, keine überflüssige Geste, nicht das geringste Zögern. Ganz genauso war es hier gewesen: Der Mörder hatte sich den Weg in die Wohnung erzwungen, das Opfer sofort betäubt und ebenso rasch wie lautlos getötet. Da war nicht einmal Hass im Spiel gewesen oder Sadismus. Es war eine Gefühllosigkeit dabei, die Blanc erschaudern ließ.

»Und ich habe den Mörder hierhergeführt«, sagte er tonlos.

»Unsinn«, erwiderte Aveline. »Ebenso könnten Sie sagen, Doktor Kojfer habe den Täter hierhergeführt. Oder Colette Andréonis ermordeter Mann. Pascal Andréoni wollte den Skandal um die gefälschte Venus auffliegen lassen. Deshalb musste er sterben. Und deshalb musste auch seine Frau sterben.«

»Man hat Colette Andréoni aber wochenlang nichts getan. Doch nur ein paar Stunden, nachdem ich hier aufgekreuzt bin, wird sie erschossen. Jemand muss mich die ganze Zeit beschattet haben, seit ich mich mit Kojfer getroffen habe. Es war ein Mann da, als ich wieder aus ihrem Haus kam. Der Typ hat mich durch die halbe Stadt gehetzt und ich war so erleichtert, als ich ihn abgehängt hatte. Danach habe ich nur an uns gedacht und dass wir uns in Sicherheit bringen müssen. Aber der Unbekannte hat ja gesehen, wo ich herausgekommen bin. Und man muss nicht Sherlock Holmes sein, um zu erraten, was ich bei der Witwe von Pascal Andréoni gesucht habe. Also hat er oder einer seiner Komplizen Colette Andréoni getötet, um eine mögliche Zeugin auszuschalten, nachdem er mich schon nicht erwischt hat. Es würde mich nicht wundern, wenn Navarin selbst die Sache erledigt hätte.« Blanc atmete tief durch und starrte auf die erloschenen Augen der Toten. Es tut mir leid, dachte er, ich habe es verbockt, es tut mir so verdammt leid. Aber er wusste zugleich, wie erbärmlich das war, denn Tote verziehen nichts.

Er spürte Avelines Hand auf seinem Arm. »Das war nicht Ihre Schuld«, sagte sie und zog ihn behutsam vom Bett weg. »Das hat der Mörder getan, niemand sonst. Und wir werden uns diesen Mörder vornehmen.«

»Wie wollen Sie das jetzt noch machen?« Er fühlte sich müde, besiegt.

Aveline hatte ihn bis zur Schlafzimmertür geführt. »Wir wollten von Colette Andréoni die Unterlagen ihres Mannes haben«, erinnerte sie ihn. »Vielleicht sind diese Unterlagen immer noch in der Wohnung.«

Blanc warf einen letzten Blick zurück. Inzwischen summte schon eine kleine Wolke Schmeißfliegen im Zimmer, sie schwebten über dem Körper der Toten wie eine schwarze Seele. Sie kommen durch das geöffnete Fenster, dachte er plötzlich, mehr und immer mehr. »Wir müssen uns beeilen«, murmelte er. »Ich glaube, den Nachbarn wird bald auffallen, dass hier etwas ganz und gar nicht in Ordnung ist.«

Blanc riss sich zusammen und blickte sich noch einmal im Salon um. »Das sieht nicht aus, als hätte das hier auch als Arbeitszimmer gedient«, sagte er und öffnete die Tür neben der zum Schlafzimmer. Dahinter lag ein schmaler, fensterloser Flur, der zu vier ausgetretenen Stufen führte. Blanc lebte inzwischen lange genug in der Provence, um nicht mehr überrascht zu sein. Die Leute hier hatten die Stadthäuser, von denen manche noch aus dem Mittelalter stammten, so gut es ging modernen Bedürfnissen angepasst, indem sie Wände durchbrochen und Decken herausgerissen hatten. Hinter vielen alten Fassaden lagen Wohnungen wie die der Andréonis, Wohnungen, die zur Hälfte aus Korridoren und dreistufigen Treppchen bestanden, wo kein Zimmer auf derselben Ebene lag wie das andere, wo Terrassen in Dächer hineingesägt und Duschkabinen in ehemalige Vorratskammern hineingequetscht worden waren, wo sich Weinkeller in Büros und ehemalige Kutschenremisen in Salons verwandelt hatten.

In Colette Andréonis Wohnung führten ihn die Stufen auf eine Art Treppenabsatz eine halbe Etage höher. In den Wänden dort waren vier schmale, alte Holztüren eingelassen. Eine Holzstiege – so steil, dass es eigentlich schon eine Leiter war – führte am gegenüberliegenden Ende des Treppenabsatzes hinunter in ein Gewölbe, aus dem ein ganz leichter Geruch nach feuchten Ziegeln und Staub hinaufwehte.

Blanc ignorierte diese Stiege, weil kein Mensch, der mit Papierkram hantierte wie Pascal Andréoni, in einem nasskalten Gemäuer arbeiten würde. Er öffnete die erste Tür am Absatz: ein klaustrophobisch enges Badezimmer, das Licht sickerte durch ein schmales Milchglasfenster. Die zweite Tür: ein größerer Waschraum, ein größeres Fenster, doch ein schweres, lichtdichtes Rollo auf der Innenseite der Scheiben schluckte die Sonnenstrahlen. Er tastete mit der Rechten die Wand entlang, bis er einen Schalter fand. Eine Neonröhre flammte auf. Blanc blickte auf eine Spüle aus Edelstahl, wie sie früher oft in Küchen zu finden war, auf einen altertümlich aussehenden Vergrößerer, auf Wandregale, in denen Plastikschalen unterschiedlicher Größen und Chemikalienflaschen ordentlich aufgeräumt waren, daneben Kartons für Fotopapier. Ob es nach Colette Andréonis Tod noch irgendjemanden gab, der sich für ihr Fotolabor interessierte?

Aveline hatte inzwischen die dritte Tür geöffnet. »Wenn wir etwas finden, dann hier«, sagte sie halblaut.

Blanc folgte ihr in ein überraschend großes Zimmer, den größten Raum, den sie bislang in der Wohnung betreten hatten. Auf dem Fußboden glänzten alte, weinrote Fliesen. Mitten im Zimmer bildeten zwei einander gegenüberstehende, verbeulte Schreibtische aus Blech eine Arbeitsinsel. Unter den einen Schreibtisch war ein leichter Stuhl aus Holz und Korbgeflecht geschoben worden, die Schreibtischfläche selbst war unter staubbedeckten Stapeln von Papieren und Notizheften kaum noch zu erkennen. An der Wand dahinter stand ein schmuckloses weißes Ikea-Regal, vollgestellt mit Aktenordnern und braunen Archivkartons. Auf dem anderen Schreibtisch lagen bloß einige gespitzte Bleistifte und ein Radiergummi neben der Tischkante. Ein blassvioletter Sitzball lag vor dem Schreibtisch. An der Wand stand das gleiche Ikea-Regal wie gegenüber und es war ebenfalls mit Archivboxen bestückt. Doch statt der Aktenordner standen hier altmodische Fotoalben Rücken an Rücken.

Blanc sah Colette und Pascal Andréoni vor sich: der Mann an seinem chaotisch überladenen Schreibtisch, vertieft in eine Studie. Die Frau gegenüber, mit Abzügen arbeitend, die sie zuvor im Labor entwickelt hatte. Stundenlang hatten sie hier gearbeitet, schweigend und konzentriert, und vielleicht hatten sie sich bloß hin und wieder angelächelt, wenn sie zufällig im selben Moment aufgeblickt hatten, und das hätte noch Jahre so gehen können und das war eines der Geheimnisse, warum manche Ehen glücklich waren. Doch jetzt waren beide tot, und ihre letzte Gemeinsamkeit war womöglich, dass ihre Leben von demselben Mörder geraubt worden waren. Aveline hatte recht: Sie würden sich diesen Mörder schnappen. Und zwar noch an diesem Tag.

Er blickte auf die rot leuchtenden Ziffern eines kleinen Digitalweckers, der auf der Fensterbank stand. 8.43 Uhr. Viel Zeit blieb nicht mehr.

Blanc ging nicht quer durch den Raum zum Fenster, sondern drückte sich nah und ganz langsam an der Wand entlang. Niemandem, der zufällig von einer Nachbarwohnung hier hineinblickte, sollte eine Bewegung auffallen. Als er endlich am Fenster angelangt war, griff er nach dem unteren Ende eines altmodischen Vorhangs aus weißer Spitze und zog ihn zu, Zentimeter für Zentimeter. Er spürte, wie Aveline ihn ungeduldig beobachtete, doch er ließ sich nicht drängen. Behutsam platzierte er den Vorhang vor die ganze Fensterbreite, erst dann nickte er ihr zu.

Aveline umhüllte ihre linke Hand mit einem Taschentuch und sah die Papiere auf dem Schreibtisch durch. »Unkorrigierte Schülerarbeiten«, murmelte sie enttäuscht. Sie trat zum Regal. Blanc kam hinzu. Sie suchte die unteren Bretter ab, er die oberen. Alle Ordner und Boxen waren beschriftet, doch Pascal Andréonis Notizen waren für Blanc ungefähr so leicht zu entziffern wie sumerische Keilschrift. Es waren Abkürzungen, er konnte praktisch keinen Begriff lesen.

»Das kann dauern«, flüsterte er resigniert. Er hatte auf gut Glück einen Aktenordner aufgeschlagen, aber auch dort war er bloß auf Spuren von Andréonis Lehrtätigkeit gestoßen: Notizen, kopierte Seiten aus Büchern, ein ausgedruckter Wikipedia-Artikel, Erlasse vom Bildungsministerium – er hatte damit offenbar eine Unterrichtseinheit vorbereitet. Blanc blätterte die Seiten flüchtig durch und erkannte, dass es dabei um Michelangelo ging. Er blätterte weiter und … Er schlug die Seiten wieder um und stutzte. Und dann hatte er auf einmal das System verstanden. Nachdem er das einmal wusste, konnte er nun auch Andréonis Gekrakel auf dem Ordnerrücken entziffern: M'angelo. Er nahm den nächsten Ordner, dann den nächsten. Jedes Mal las er flüchtig ein paar Blätter, bis er wusste, um welches Thema es ging. Mit diesem Wissen machte er sich an die Dechiffrierung der Beschriftung. Nach ein paar Minuten hatte er sein Auge auf Andréonis fürchterliche Handschrift trainiert. Dann ging es schneller. Während Aveline noch vor dem untersten Boden hockte und in zunehmender Verzweiflung die Etiketten studierte, flog sein Blick jetzt die Regalreihen ab.

»Da!«, sagte er triumphierend. Eine Archivbox in halber Höhe des Regals, die sich in nichts von den anderen unterschied. Ein Etikett mit Andréonis Schrift. Doch Blanc entzifferte es nun mühelos als »*A. N. Venusst.?*«.

»Das bedeutet ›*Allzu-Neue Venusstatue?*‹«, erklärte er und zog die Box aus dem Regal.

Im selben Augenblick verwehte sein kleiner Triumph schon wieder. Denn bereits beim Herausziehen spürte er, wie leicht die Box war, viel zu leicht …

Aveline starrte in den Karton. »Da war jemand schneller«, stellte sie mit mühsam beherrschter Enttäuschung fest. »Da wusste jemand ganz genau, was er suchen musste.«

»Wie konnte der Mörder diese Box finden?«, sagte Blanc. »Hat er alle Kartons und Ordner durchsucht?«

»Das Regal sieht nicht so aus, als wäre es durchwühlt worden. Vor allen Boxen liegt eine feine Staubschicht auf dem Brett. Und außerdem …«, Aveline schüttelte den Kopf, bevor sie fortfuhr, »… außerdem muss es dunkel gewesen sein. Wenn der Mörder Colette Andréoni tatsächlich im Schlaf getötet hat, dann ist er in der Nacht gekommen.« Sie deutete zum Fenster. »Er hätte nicht stundenlang Licht machen können, um die Unterlagen zu durchsuchen. Er muss vorher schon einmal hier in diesem Büro gewesen sein und genau gewusst haben, wo die Box stand, die er ausräumen wollte.«

Blanc schob den Karton zurück an seinen Platz, ging ein, zwei Schritte nach hinten und betrachtete nachdenklich das Regal. »Wenn der Täter das gewusst hätte, dann hätte er sich doch die Box längst geholt«, erwiderte er. »Wer skrupellos genug ist, um eine schlafende Frau durch einen Schuss in den Kopf zu töten, der hat erst recht keine Hemmungen vor einem Einbruch. Er hätte einfach irgendwann in die Wohnung einsteigen und die Unterlagen mitnehmen können. Colette Andréoni hat seit dem Tod ihres Mannes nicht ein einziges Mal dessen Unterlagen angerührt, ihr wäre dieser Einbruch womöglich niemals aufgefallen.« Blanc blickte noch immer düster auf die Reihen der Archivboxen. Sie wirkten so langweilig. So harmlos.

»Erst als ich bei Colette Andréoni vorbeigekommen bin, ist dem Kerl, der mich beschattet hat, der Verdacht gekommen, dass hier noch belastende Dokumente herumliegen könnten. Etwas, das gefährlich werden könnte für die Verschwörer. Deshalb haben sie ihr den Mörder ins Haus geschickt – um diese Unterlagen zu holen, bevor wir sie entdecken können. Aber dieser Mörder hat letzte Nacht genauso hier gestanden wie wir, und er hat die Regale abgesucht. Vielleicht ist Laternenlicht durchs Fenster hereingefallen, vielleicht hat er eine kleine Taschenlampe dabeigehabt. Auf jeden Fall hatte er nur wenig Licht zur Verfügung. Er hat nicht gewusst, wo die Dokumente lagen, und es war ziemlich dunkel. Trotzdem hat er die Box gefunden und ausgeräumt. Daraus folgt: Der Mörder kannte Pascal Andréoni so gut, dass er dessen Gekrakel selbst im Dämmerlicht mühelos lesen konnte.«

Aveline zog ihre linke Augenbraue skeptisch in die Höhe. »Ein Freund von Andréoni? Ein Kollege? Wie sollen wir den so schnell finden?«

»Vielleicht finden wir ihn hier in diesem Raum.« Blanc deutete auf das Regal gegenüber. »Die Fotoalben«, erklärte er. »Andréonis Freunde und Kollegen finden wir in den Fotoalben seiner Frau. Und möglicherweise entdecken wir dort ein bekanntes Gesicht ...«

Sie eilten hinter den anderen Schreibtisch.

Colette Andréonis Handschrift war groß, sie hatte jeden Buchstaben in weiten Schwüngen ausgeführt, ihre Beschriftung waren spielend einfach zu lesen. Blancs Blick wanderte über die Rücken der Fotoalben: *Kinder am Meer – Barcelona 2012 – Weihnachten mit Vater und Mutter – Westafrika 2008 ...* Er entdeckte einen in braunes Leder gebundenen, ganz besonders voluminösen Band: *Pascal/Schule*. Er zog ihn hervor. Eine feine Staubschicht lag auch hier auf dem oberen Rand der Pappseiten. Das Album war seit Wochen, vielleicht seit Monaten nicht mehr angerührt worden. »Das sehen wir uns näher an«, murmelte er.

Aveline ging unvermittelt zur Tür und lauschte. Sie hob warnend die Hand. »Nicht jetzt«, flüsterte sie. »Wir sind nicht mehr allein.«

Manche Kreise schließen sich

Jetzt vernahm auch Blanc Stimmen irgendwo im Haus. Die Holztreppe vom Flur hoch zur Wohnung knarzte laut. Er öffnete die Badezimmertür und versuchte, durch das winzige Milchglasfenster nach draußen auf die Rue des Arènes zu sehen. Drei Renault Mégane der Police National parkten mit Blaulicht in der Straße. Neben einem stand Alphonse Lizarey, der soeben einen letzten tiefen Zug nahm und dann die Marlboro-Kippe auf das Pflaster warf, wo er sie so heftig zertrat, als wollte er sie töten. Dann eilte er in raschen Schritten auf die Eingangstür zu.

»In weniger als einer Minute wird ein gewisser Commissaire vor der Leiche stehen«, flüsterte Blanc. »Irgendjemand hat ihn alarmiert.«

»Vielleicht der Mörder selbst. Lizarey ist hier, um die Sache hinzubiegen. Diesmal kann er nicht mehr behaupten, dass es ein Unfall war. Vielleicht will er es einem Einbrecher in die Schuhe schieben. Er wird irgendein armes Schwein als Verdächtigen präsentieren, damit niemand auf die Idee kommt, nach dem wahren Täter zu suchen.«

»Lizarey hat gleich zwei arme Schweine zur Auswahl«, erwiderte Blanc düster. »Sie sind die Frau, die ein Zeuge mit Gravet zusammen auf dem Turm der Arena gesehen hat. Und in meiner Jackentasche steckt eine Pistole mit einem leergeschossenen Magazin. Mit ein bisschen Geschick kann Lizarey seinen Bericht so manipulieren, dass man glauben muss, die Kugel, mit der Colette Andréoni ermordet worden ist, stammt aus der alten Star. Lizarey wird sein Glück gar nicht fassen können, wenn er uns hier sieht.«

Er schnappte sich das Fotoalbum aus Colette Andréonis Regal. Danach eilten sie in den Flur. Die Schritte auf der Stiege wurden lauter. Blanc blickte hektisch auf die Türen. Sie konnten sich nicht mehr ins Zimmer der Toten wagen. Durch die Fenster der anderen Räume konnten sie nicht entkommen, sie öffneten sich zur Straße, auf der die Polizeiwagen warteten.

»Tja, ich bin gespannt, wohin diese alte Holzleiter hinabführt«, sagte Aveline und deutete auf die wackelig aussehende Konstruktion, die vom Flur aus in einen Schacht abbwärts führte.

Sie kletterten in ein Kellergewölbe. Blanc fluchte über sich selbst, er war so langsam, weil er auf der Leiter nur eine Hand frei hatte, in der anderen hielt er das Fotoalbum. Die Decke war niedrig, er musste den Kopf einziehen. Über die Steine war eine schwarze, pelzige Pilzschicht gewuchert. Der Boden bestand aus gestampfter Erde, die im Laufe der Jahrhunderte so hart getreten worden war wie Beton. Sie schalteten das Licht ihrer Handys ein. An der linken Wand stand ein Regal aus Metall. Es war mit zahllosen staubbedeckten Weinflaschen gefüllt. Gegenüber lehnte ein alter Autodachgepäckträger an der Mauer, daneben rostete ein Mountainbike vor sich hin, die Reifen waren platt und mürbe. Es roch nach Wein und Feuchtigkeit und Staub, aber weniger stark, als Blanc erwartet hätte. Er benetzte seinen Zeigefinger mit der Zunge und hielt ihn in die Höhe.

»Ein Luftzug«, flüsterte er, »ziemlich stark und gleichmäßig. Es muss noch eine zweite Öffnung geben.«

Sie eilten tiefer in den Keller hinein. Nach zwei, drei Metern lag kein Gerümpel mehr herum. Die Decke wurde noch niedriger, höchstens einssechzig, schätzte Blanc, die Wände kamen näher. Das wirkte nun eher wie ein alter Kanal. Wahrscheinlich standen sie schon nicht mehr unter Andréonis Haus, vielleicht war der Untergrund der Stadt überall mit solchen Gängen durchzogen. Es war klar, dass sich seit Jahren niemand mehr die Mühe gemacht hatte, bis hierhin vorzudringen. Sie liefen geduckt durch den engen Gang. Einmal meinte Blanc, Stimmen zu hören, weit weg und noch sehr schwach. Er hoffte, dass sie keine Schuhabdrücke auf dem Erdboden hinterlassen hatten. Und er hoffte, dass dieser Gang irgendwo hinführte.

Plötzlich standen sie vor einer Gabelung. Ein Gang führte nach links, der andere nach rechts weiter. Blanc prüfte die Luft mit dem angefeuchteten Zeigefinger. »Nach rechts«, flüsterte er.

Noch ein paar Meter weiter weitete sich der Gang wieder zu einem Gewölbe. Der zitternde Strahl ihrer Handylampen fuhr über einen zerlegten Laufstall, eine Spielküche aus grellbuntem Plastik, einen würfelförmigen, beigen Computermonitor.

»Wieder eine Rumpelkammer«, sagte Aveline.

»Aber von einer Familie mit jüngeren Kindern. Wir sind nicht mehr unter dem Haus der Andréonis«, flüsterte Blanc. Er hatte ein paar Steinstufen entdeckt.

Vorsichtig schlichen sie die Treppe hoch. Licht fiel von oben hinunter. Sie fanden sich in einem engen Hausflur wieder. Aus irgendeiner oberen Etage hörten sie Rapmusik. Es duftete nach Kaffee und frischen Croissants. Direkt vor ihnen war eine Haustür, sehr alt und sehr massiv. Blanc presste sein Ohr an das Holz, doch er konnte nichts von draußen hören. Vorsichtig zog er einen altertümlichen Eisenhebel aus einer Verriegelung, dann lächelte er Aveline an. »Unverschlossen.«

»Ich gehe zuerst«, erwiderte sie. »Lizarey kennt trotz allem mein Gesicht nicht. Ich falle niemandem auf.« Sie zog die Tür auf, trat hinaus und blickte sich um, bevor sie ihn zu sich winkte. »Die Luft ist rein.«

Blanc schlüpfte hinaus. Erleichtert atmete er durch.

Aveline sah auf ihr iPhone. »Laut Navi sind wir auf der Rue de la Bastille«, verkündete sie. »Das ist die erste Querstraße hinter dem Zugang zu Andréonis Wohnung. Sieht so aus, als seien diese alten Häuser alle untereinander durch Keller und Gänge miteinander verbunden. Wir sollten von hier verschwinden, bevor sich Lizareys Leute auch für den Gang zu interessieren beginnen.«

Blanc blickte ihr über die Schulter und nickte. Die Rue des Arènes mit der Galerie lag nur wenige Meter rechts hinter ihnen. Die Straße führte in einigen Treppenstufen zum Amphitheater. Von dort konnten die Streifenwagen nicht gekommen sein – und der einzige andere Zugang zwischen Polizeistation und Rue des Arènes war die Rue de la Bastille. »Lizarey wird Verstärkung anfordern und die Spurensicherung kommen lassen. Sie können jeden Augenblick genau hier in dieser Straße auftauchen. Schnell!«

Sie eilten bis zu einem kleinen Platz und bogen von dort in eine andere Gasse ein. Irgendwo hinter ihnen heulten Polizeisirenen. Blanc wünschte, er hätte seine Sporttasche am Morgen doch nicht im Schließfach deponiert. Er fürchtete, dass er mit dem großen Fotoalbum unter dem Arm den Passanten auffallen würde. Doch als er es in die Innenseite seiner Jacke stecken wollte, ragte es ein ganzes Stück heraus und das sah noch seltsamer aus. Schließlich behielt er es in der Hand. Arles war schließlich die Stadt der Fotografen, hier mussten doch andauernd Typen mit Alben durch die Gassen laufen. Hoffte er.

»Wir sehen uns die Bilder in einem Café an«, sagte Aveline. »Da fallen wir nicht auf.«

»Es sei denn, wir sind die einzigen Gäste.« Blanc blickte auf sein Nokia. 9.08 Uhr an einem nasskalten Novembersonntag. »Bloß Touristen hocken um diese Zeit schon im Café.«

»Wir sind Touristen, *mon Capitaine.*«

Place du Forum, fuhr es Blanc durch den Kopf, da waren die Touristencafés. Sie bogen in die Rue Diderot ein, ein verwinkeltes Sträßchen, nicht viel breiter als ein Bürgersteig.

»Niemand zu sehen!«, flüsterte Aveline.

Sie rannten ein paar Hundert Meter über das feuchte Pflaster, dann traten sie vorsichtig auf den Platz und blickten auf das gelb gestrichene *Café Vincent van Gogh*: mindestens ein Drittel der Tische war besetzt, niemand sah aus wie ein Einheimischer, niemand sah aus wie einer von Navarins Schlägern, niemand sah aus wie einer der jungen Typen vom *Bloc*, niemand wirkte auf Blanc wie ein Flic in Zivil. Sie traten in das überheizte Innere. Ein Chanson perlte aus versteckten Lautsprechern, eines jener alten Lieder, die Marius im Streifenwagen so gerne und so falsch mitsang. Sie fanden einen freien Tisch an der Rückseite des Raums, weit weg von den Fenstern zum Platz, aber doch so, dass sie hinaussehen konnten. Nach einigen endlos wirkenden Minuten schlenderte ein Kellner zu ihnen mit jener entspannten Herablassung, die seine Kollegen überall auf der Welt ahnungslosen Touristen entgegenbringen. Ein Blick von Aveline genügte, um ihm zu zeigen, dass das keine gute Idee war. Sie bekamen ihren Café au Lait in Rekordzeit, dann ließ der Kellner sie in Ruhe, sichtlich erleichtert darüber, dass er nicht so rasch wieder an diesen Tisch gerufen werden würde.

Blanc schlug das Album auf. Es wirkte sehr altmodisch, mit Fotos aus glänzendem Papier, die mit selbstklebenden Plastikecken auf den Seiten befestigt waren, darunter handschriftliche Einträge. Einige Bilder waren schwarzweiß und perfekt, die anderen waren Farbaufnahmen mit Grün- oder Rotstich und sie wirkten, als habe der Fotograf mehr oder weniger zufällig auf den Auslöser gedrückt.

»Vielleicht hat Monsieur Andréoni im Verlauf seiner Ehe dies und das von seiner Frau gelernt, aber das Fotografieren gehörte definitiv nicht dazu«, meinte Aveline. »Es grenzt an ein Wunder, wenn wir auf diesen verwackelten Bildern überhaupt ein Gesicht erkennen.«

»Er hat die Aufnahmen selbst beschriftet«, sagte Blanc und deutete auf die krakeligen Bildunterschriften. Er war entschlossen, sich das Album systematisch vorzunehmen.

»Seine Handschrift ist genauso verwackelt wie das Foto.« Aveline zeigte auf ein Bild der ersten Seite: Colette Andréoni neben einer anderen Frau vor einem antiken Säulenrest.

»*C. & Sylvie / Glanum '08*«, entzifferte Blanc mit einiger Mühe. Er schüttelte den Kopf. »So brauchen wir Stunden, bis wir alle Bilder durchhaben. Und wenn sie alle so beschriftet sind wie dieses, sind wir genauso klug wie zuvor. Wir nehmen uns nur die Fotos vor, auf denen Pascal Andréoni selbst zu sehen ist und mindestens eine weitere Person. Mal sehen, was wir dann bekommen.«

Sie blätterten durch die Spuren zweier ausgelöschter Leben: Pascal und Colette Andréoni irgendwo in der Camargue. Pascal Andréoni und jene Sylvie am Vieux Port von Marseille. Pascal Andréoni mit zwei Dutzend lachenden Schülern auf einer Autobahnraststätte vor einem Reisebus. Danach Seiten um Seiten mit Fotos seiner Klasse: in einem Museum. In einem hellen Raum, der offenbar das Atelier eines Bildhauers war. Im Klassenzimmer. Auf einer Bühne, es sah aus wie eine Theaterprobe. Blanc betrachtete die Aufnahmen immer flüchtiger, schlug die Seiten immer rascher um. Ein fröhlicher Lehrer, fröhliche Schüler, es war so harmlos. Es war so traurig.

Blanc fühlte sich vom Schicksal hereingelegt. Sie waren heimlich in der Wohnung einer ermordeten Frau gewesen, sie waren im letzten Augenblick vor der Polizei geflohen. Und das Einzige, was sie mitgenommen hatten, waren Hunderte banaler Klassenfotos.

»Moment«, sagte Aveline plötzlich, legte ihre Hand auf seine und hinderte ihn am Weiterblättern.

Blanc sah auf ein Bild, das Pascal Andréoni ausgerechnet im Musée départemental Arles antique zeigte. Er posierte mit zehn Schülern vor dem antiken Flussschiff. Wer auch immer diese Aufnahme gemacht hatte, war ausnahmsweise jemand mit einer ruhigen Hand und einem Gespür für die richtige Belichtung. »Meine Troisième vor der römischen Titanic«, dechiffrierte Blanc. Er sah genauer hin. »*Merde*«, flüsterte er.

»Volltreffer!«, erklärte Aveline triumphierend und deutete mit dem Finger auf eine Person im Bild.

Troisième, da waren die Schüler vierzehn, fünfzehn Jahre alt, die letzte Klasse auf dem Collège. Glatte, noch irgendwie unfertige Gesichter. Blanc betrachtete einen Jungen, der sich direkt neben seinem Lehrer aufgebaut hatte und lächelnd und ein ganz klein wenig blasiert in die Kamera starrte. Noch sehr schlaksig. Noch bartlos.

»Kein Zweifel: Das ist Ludovic Pelherbes«, sagte Aveline.

»Die Pelherbes wohnt in Arles. Andréoni ist Lehrer an einer örtlichen Schule. Das ist gar kein so großer Zufall.«

»Dann kennt Ludovic Pelherbes auch Gravet, zumindest vom Sehen. Der war ebenfalls Lehrer auf dieser Schule.«

Blanc nickte. »Das passt alles zusammen«, murmelte er. »Wir kannten doch als Schüler auch die Macken unserer Lehrer – genauer, als die sich das je ausgemalt hätten. Ludovic Pelherbes weiß also wahrscheinlich schon seit seiner Zeit auf dem Collège, dass der etwas eigenbrötlerische Lehrer Thierry Gravet regelmäßig ins Amphitheater geht und dort auf den Turm steigt. Und wenn er Pascal Andréoni sogar als Klassenlehrer gehabt hat, dann hat er auch über Jahre gelernt, dessen furchtbare Handschrift zu entziffern …«

Avelines Züge waren sehr hart geworden. »Ludovic Pelherbes war in der Arena, als Gravet umgebracht wurde. Und ich wette, er war in Colette Andréonis Wohnung, als man ihr eine Kugel in den Kopf schoss.«

Blanc sah wieder auf das Foto und fragte sich, ob man diesem Fünfzehnjährigen schon den kaltherzigen Mörder ansehen konnte. Ob man da schon hätte ahnen können, dass dieser Jugendliche einmal das Leben seines Lehrers zerstören würde – und nicht bloß dieses eine Leben. »Ludovic Pelherbes ist das Auge. Navarin ist die Faust«, ergänzte er. »So war es im Amphitheater: Der junge Typ identifiziert das Opfer, dann schickt er den Koloss nach oben, um die Drecksarbeit zu erledigen. Ich wette, er war auch letzte Nacht nicht allein in Colette Andréonis Wohnung. Vielleicht kannte er das Haus schon seit seiner Schulzeit. Er führt Navarin hinein. Der bringt die Witwe im Schlaf um. Ludovic Pelherbes durchsucht das Büro und räumt die Archivbox mit den Unterlagen zur gefälschten Venusstatue aus. Das kostet ihn nur ein paar Augenblicke und er braucht dafür auch nicht viel Licht – denn er kann ja Pascal Andréonis Hieroglyphen mühelos lesen.«

»Leider können wir nichts davon beweisen.« Aveline bestellte mit einer Geste zwei neue Cafés au Lait. »So ist das bloß ein belangloses Klassenfoto. Ludovic Pelherbes steht neben seinem Lehrer – na und? Wir haben nichts in der Hand, das nachweisen könnte, dass Ludovic Pelherbes in der Wohnung der Toten war.«

Der Kellner brachte zwei Bols. Blanc hob seine Schüssel an und sog den Kaffeeduft ein. »Mir fällt das erste Verhör durch Commissaire Lizarey wieder ein«, sagte er nachdenklich, »oben auf dem Turm des Amphitheaters. Meine Beschreibung des riesigen Mannes im Hoodie hat ihn überhaupt nicht interessiert. Er hat bloß nach Ihnen gesucht. Er hat gesagt, ein Zeuge habe Sie gesehen. Und dann hat er gesagt, dass außer mir und einigen Rentnern und den städtischen Angestellten und eben Ihnen niemand sonst in der Arena gewesen sei. Kein Zeuge habe einen Koloss im Hoodie gesehen. Und Lizarey hat auch Ludovic Pelherbes nicht erwähnt.« Und Marius ebenfalls nicht, aber das verschwieg Blanc jetzt lieber.

»Was bedeutet, dass es bei beiden Tatorten offiziell keine einzige Spur gibt, die auf Ludovic Pelherbes weist. Der Typ muss sich nicht einmal Sorgen machen, dass die Polizei je auf ihn aufmerksam werden könnte.« Sie trommelte mit den Fingern ungeduldig auf die Tischplatte. »Der Kerl ist Anfang zwanzig«, fuhr sie fort. »Der kann noch ein halbes Jahrhundert lang weitermorden!«

Blanc löste das Bild behutsam aus den Fotoecken und steckte es in seine Jackentasche. »Irgendwann und irgendwie müssen wir das Album den Kindern der Andréonis zukommen lassen«, sagte er. »Aber ich hoffe, dass sie diese eine Aufnahme nicht vermissen werden.«

Aveline starrte ihn an. »Es bleibt ein harmloses Foto.«

»Wir sind ja noch nicht fertig mit Ludovic Pelherbes«, erwiderte er – und das Lächeln, das Aveline ihm einen Augenblick später schenkte, war jede Gefahr wert.

»Ich gehe draußen eine rauchen«, sagte sie, stand auf und beugte sich über den Tisch, um ihn flüchtig zu küssen.

Blanc nutzte diese unverhoffte Gunst, strich ihr zärtlich mit der

Hand über das Haar und verlängerte den Kuss. Danach blickte er zufällig aus dem Fenster, seine Rechte lag noch immer auf ihrem Kopf. Für einen winzigen Moment drückte er fester zu.

»Setzen Sie sich sofort wieder hin, schnell!« flüsterte er.

Ermittlungen eingestellt

Lukas Rheinbach baute mitten auf der Place du Forum seine Staffelei auf. Blanc beobachtete seine Gesten, seine prüfenden Blicke, sah, wie er mit hochgestrecktem Daumen Maß nahm. »Der malt das gelbe Café!«, erkannte er in gelinder Verzweiflung. »Van Goghs Café als Puzzle unter deutschen Weihnachtsbäumen. Ich fasse es nicht.«

»Wie lange wird er da hocken?« Aveline hatte ihre Gauloises seufzend wieder weggesteckt.

»Eine Stunde? Zwei Stunden?« Blanc blickte auf sein Handy. 10.27 Uhr. Er könnte wahnsinnig werden. »Vielleicht verscheucht ihn ein Regenschauer früher.«

»Ich hätte ihn im letzten Sommer verhaften sollen«, zischte Aveline, dann hob sie resigniert die Schultern. »Ich werde auf der Toilette rauchen, wie früher in der Schule. Und dabei schaue ich unauffällig nach, ob der Notausgang alarmgesichert ist.«

Blanc blickte ihr nach, dann sah er wieder aus dem Fenster. Er fragte sich, ob Rheinbach von der Mitte des Platzes aus bis ins Innere des Cafés blicken könnte. Wenn er genau genug malte, dann würde Blanc sein eigenes Gesicht auf einem Puzzlestück wiederfinden. Noch nie war er sich so dämlich vorgekommen. Außer vielleicht letzten Monat in Paris, vor der Scheidungsrichterin. Es wurde wirklich Zeit, dass er ein paar Dinge in seinem Leben wieder in Ordnung brachte.

Blanc zuckte erschrocken zusammen, als sein Handy summte. Misstrauisch schaute er auf das Display, dann atmete er erleichtert durch. Fabienne. »Ich dachte, du schläfst sonntags gern aus. Was gibt es?«

»Ich mache eine Spritztour.«

»Mit deiner Ducati? Bei diesem Wetter?«

»Ich habe mir den MX5 von Roxane geliehen. Der hat ein Hardtop aus Blech. Damit könnte ich im Winter durch Russland fahren.«

»Willst du in die Alpen?«

»Ich fahre nach Arles.«

»Nach Arles?!« Einige Gäste drehten sich erstaunt zu Blanc um. Er zwang sich zu einem ruhigeren Tonfall. Gelassen. Heiter. Erfreut. »Habe ich dich zu diesem Spontanbesuch inspiriert?«

»Kann man so sagen.«

»Du willst mich sehen?«

»Ich habe sogar schon einen Parkplatz. Bin gleich da, im *Café Vincent van Gogh*. Bestellst du mir einen Earl Grey?«

Blancs Gedanken wirbelten durcheinander. »Woher …«, brachte er heraus.

»Ich habe mir ein Spielzeug von unseren Technikern ausgeliehen und dein Handy angepeilt. Ich hätte ja nicht gedacht, dass du in so eine Touristenfalle tappst. Aber wenn schon eine Wochenendreise, dann muss es das volle Programm sein, eh? Ich bin da. Ich kann dich durchs Fenster sehen. Du siehst so frisch aus wie ein gebrauchter Turnschuh.« Fabienne beendete das Gespräch und öffnete die Eingangstür.

In diesem Augenblick kam Aveline aus dem Gang von der Rückseite des Cafés zurück.

Blanc sprang auf, eilte quer durch den Raum und begrüßte Fabienne mit zwei Wangenküssen. Dann führte er sie umständlich an seinen Tisch. Aus den Augenwinkeln sah er, dass Aveline einen Moment lang erstarrte, dann glitt sie auf den nächsten freien Stuhl neben dem Gang und setzte die Sonnenbrille auf.

»Du hast ja schnell bestellt. Aber das Falsche.« Fabienne setzte sich ihm gegenüber und deutete auf die beiden Schüsseln mit Café au Lait, die auf dem Tisch dampften.

»Ein Missverständnis.« Blanc hustete, dann winkte er den Kellner heran. »Bringen Sie uns einen Earl Grey.«

Der Kellner machte große Augen, als er erkannte, dass plötzlich eine andere Frau an Blancs Tisch saß. Dann setzte er ein schmieriges Lächeln auf. Wenn du ein falsches Wort sagst, breche ich dir den Kiefer, dachte Blanc. Er hatte die Grenze seiner Selbstbeherrschung erreicht. Zu Blancs und zu seinem eigenen Glück sparte sich der Kellner jedoch jeden Kommentar und verschwand Richtung Küche. Fabienne schien weder sein Grinsen noch Blancs Anspannung bemerkt zu haben. Sie lächelte.

Fabiennne Souillard war Ende zwanzig, und sie trieb lieber Sport, als sich zu schminken. Sie trug Jeans und Stiefel, ein grünes Sweatshirt mit dem Aufruck »*George Mason University*« und darüber eine Motorradjacke aus schwarzem Leder. Sie schüttelte ihre langen braunen Haare.

»Regnet es?«, fragte Blanc und betete, dass nicht zu viel Hoffnung in seiner Stimme mitschwang. Er dachte an Lukas Rheinbach und seine Staffelei.

»Noch nicht. Aber *Météo France* hat Regenschauer angekündigt, also habe ich mir Roxanes Karre ausgeliehen. Der Wagen ist jetzt auch auf meinen Namen versichert. Es hat Vorteile, verheiratet zu sein.« Sie blickte ihn aufmerksam an. »Schieß los!«, sagte sie.

Der Kellner brachte den Tee. Blanc wartete mit seiner Antwort, bis er wieder verschwunden war. Das gab ihm wenigstens ein paar Sekunden Zeit zum Nachdenken. Es war vollkommen sinnlos, Fabienne die Geschichte von der Bildungsreise nach Arles zu erzählen. »Ich bin da zufällig und gegen meinen Willen in eine Sache hineingeraten«, begann er.

»Zufällig?« Sie lachte. »Capitaine Roger Blanc, ich wette meine Ducati gegen einen Tretroller, dass du noch nie irgendwo zufällig hineingeraten bist, und schon gar nicht gegen deinen Willen. Du stürzt dich freiwillig auf alles, was faul ist.«

»Hört sich an, als wäre ich ein Aasgeier.«

»Das sind sehr nützliche Tiere.«

»Fabienne, ich stecke wirklich in der Klemme.« Blanc strich sich über die Augen. Seine junge Kollegin wusste schon mehr Dinge über ihn, als ihrer Karriere guttat. Er mochte sie, er vertraute ihr, er hatte ihr verraten, dass er in der Provence gegen mächtige Leute ermittelte, selbst jetzt noch, nachdem ihm seine Vorgesetzten bedeutet hatten, die Akten zu schließen. Das hatte er schon als Korruptionsermittler in Paris getan und das hatte ihm die Zwangsversetzung in den Süden eingebrockt. Noch ein Skandal – und aus dem Capitaine Roger Blanc würde der Ex-Capitaine Roger Blanc werden. Und wenn Fabienne ihm zu viel half, dann konnte sie sich ihren Beamtenstatus in die schönen langen Haare schmieren. Er wollte sie und ihre Karriere nicht gefährden, schon gar nicht, nachdem sie gerade erst geheiratet hatte.

»Ich kann dir wirklich nicht viel erzählen«, gestand er. »Zumindest nicht zu diesem Zeitpunkt. Ich wollte in Arles tatsächlich bloß«, er zögerte, »ausspannen. Mal rauskommen aus dem Trott. Ein Wochenende an was anderes denken.«

Fabienne schaute auf die zweite Schüssel mit dem inzwischen kalten Kaffee, die der Kellner nicht mitgenommen hatte. »Nette Freizeitgestaltung«, murmelte sie spöttisch.

»Mir ist hier ein Toter praktisch vor die Füße gefallen.«

»Thierry Gravet?«

Blanc nickte. »Ich war im Amphitheater, als der Mann vom Turm gestürzt ist. Genauer: Als er hinuntergestürzt wurde. Sein Mörder hat mir einen Schlag in die Magengrube verpasst, an den ich mich noch lange erinnern werde.« Er berichtete Fabienne ungefähr die Version, die er auch schon Capitaine Lizarey erzählt hatte. Kein Wort über Aveline, bloß kein Wort. Er tat einmal so, als suche er den Kellner, um sich unauffällig umzublicken. Seine Geliebte hatte sich eine Ausgabe von *La Provence* besorgt und war hinter der geöffneten Zeitung verschwunden. Fabienne kannte die Untersuchungsrichterin, und sie wusste, dass sie öfter mit Blanc an Fällen zusammenarbeitete. Wenn sie Aveline an einem Sonntagmorgen in diesem Café sah …

»Dieser Commissaire der Police Nationale ist ein Arschloch«, fuhr er fort. »Lizarey ist nicht inkompetent geboren – er will inkompetent sein. Das ist es, was mich fertigmacht. Da wird ein Mann ermordet, und der Kollege, der den Mörder fassen soll, deckt stattdessen den Täter. Ich musste einfach selbst loslegen.«

»Deshalb deine Anrufe?« Fabienne blickte ihn skeptisch an. »Gravet? Navarin? Diese ganze rechte Scheiße vom *Bloc*? Und von der Kunstfälschung?«

»Du bist nicht die Einzige, die ich behelligt habe. Ich habe auch Djendelli in Marseille angerufen. Ich habe sogar mit Doktor Kojfer vom Museum gesprochen.«

»Der Mann ohne Telefon, ich erinnere mich. Wenn du solche Typen fragst, musst du schon sehr verzweifelt sein.«

»Ich bin nicht verzweifelt!« Blanc bemühte sich um Fassung. »Aber der Mörder weiß, dass ich ihm auf der Spur bin. Es war Navarin, der Gravet in die Tiefe gestoßen hat. Und das war wahrscheinlich nicht sein erster Mord. Aber ich kann das nicht beweisen. Jetzt macht Navarin Jagd auf mich. Und dieser verfluchte Lizarey hilft ihm auch noch dabei. Ich kann nicht offiziell ermitteln, weil Arles nicht mein Bereich ist und es offiziell hier auch nichts zu ermitteln gibt.«

Fabienne schüttelte verwundert den Kopf. »Ich hätte ja nicht gedacht, dass ich jemals so einen Satz sagen würde, aber: Warum probierst du es nicht mit dem Dienstweg? Dieser Lizarey arbeitet unsauber, *eh bien*? Melde es den Vorgesetzten, und wenn du dafür im Ministerium vorstellig werden musst. Irgendjemand wird dich anhören, und dann bekommt dieser Lizarey Druck von oben. Und wenn Lizarey erst zurückgepfiffen worden ist, dann ist Navarin fällig. Und du bist längst wieder in Sainte-Françoise-la-Vallée und renovierst deine Ölmühle anstatt im schlimmsten Touristencafé von Arles herumzusitzen mit einem Gesicht wie ein ungemachtes Bett.«

»Meine Vorgesetzten sind nicht gerade meine allerbesten Freunde. Wenn ich zum Staatssekretär gehe …«

»Selbst dieser schmierige Vialaron-Allègre kann nicht einen Mord mitten in einer französischen Stadt ignorieren. Er wird dich anhören müssen. Das hier ist keine Korruption, kein politischer Skandal, es fällt kein Schatten auf das Establishment. Die Regierungstypen in Paris hassen den *Bloc*, wenn du also jemanden von denen damit fertigmachen kannst, umso besser. Vielleicht nehmen sie dich ja in Gnaden wieder auf und du darfst zurück nach Paris.« Das Letzte sagte sie allerdings nicht so, als ob sie sich das wünschen würde.

»Das dauert zu lange«, gestand Blanc müde. »Du weißt, wie mühselig Dienstwege sind. Diese Sache hier muss ich bis heute Abend erledigt haben.«

»Das ist doch …«

»Wenn ich den Fall bis zwanzig Uhr geklärt habe, dann bin ich ein glücklicher Mann. Wenn ich den Fall um einundzwanzig Uhr gelöst habe, dann bin ich erledigt. So einfach ist das.«

Fabienne schüttelte schon wieder den Kopf. »Was, zur Hölle, machst du hier? Ist das so eine Art perverses Wettrennen?«

»Das erkläre ich dir später.«

»Das haben mir meine Eltern auch immer gesagt, wenn es spannend wurde. Und irgendwann waren sie dann geschieden, und ich habe bis heute keine Ahnung, warum.«

»Ich bin nicht dein Vater, ich bin bloß ein Flic.«

Fabienne starrte ihn einen Moment lang verblüfft an. Dann beugte sie sich über den Tisch und küsste ihn auf die Wange. »Du hast wirklich eine Macke, weißt du das?«

Bevor Blanc darauf noch etwas sagen konnte, holte sie ihr iPad aus der Jackentasche. »Ich bin nach Arles gekommen, weil ich geahnt habe, dass du in der Scheiße steckst«, erklärte sie, während sie das Tablet hochfuhr. »Ich habe Roxane gesagt, dass sich manche Mädchen um verwilderte Kätzchen oder angefahrene Hunde kümmern, und ich muss mich halt um dich kümmern. Das hat ihr zum Glück eingeleuchtet. Also habe ich noch ein bisschen recherchiert.« Sie tippte auf ihr iPad. »Loïc Navarin ist in den letzten Jahren fünfmal im Visier der Ermittler gewesen«, erklärte sie. »Körperverletzung, der Fackelzug vom 30. Januar, solche Sachen.« Ihre Finger flogen über das Display. Blanc blickte auf die PDFs von Aktenseiten, es mussten Hunderte sein.

»Jedes Mal sind die Ermittlungen eingestellt worden«, fuhr Fabienne fort. »Jedes Mal hatte Lizarey dabei seine Finger im Spiel. Und das lief jedes Mal nach ungefähr demselben Muster ab: Jemand zeigt Navarin wegen irgendeiner Nazi-Sache an. Ein Untersuchungsrichter eröffnet das Verfahren und beauftragt die Police Nationale von Arles mit den Ermittlungen, denn Navarin ist dort gemeldet, auch wenn seine Adresse nicht stimmt, was aber offenbar nie jemanden interessiert hat. Jedes Mal schreibt unser Commissaire in die Akte, dass Navarin ein Alibi hat oder dass es eine Verwechslung war oder dass sich die Vorwürfe nicht erhärtet haben. Du kennst diese Phrasen. Die eigentlichen Vorfälle bestreitet Lizarey gar nicht: Klar, es hat am 30. Januar eine Hitler-Demo mitten in Aix-en-Provence gegeben, das kannst du ja auch schlecht leugnen. Aber, nein, Navarin war nicht dabei. Die Police Nationale ermittelt stattdessen gegen Unbekannt. Diese Ermittlungen gegen Unbekannt bekommt der Untersuchungsrichter vorgelegt – und es ist dann der Untersuchungsrichter, der diese ergebnislosen Ermittlungen irgendwann zu den Akten legt. Navarin kommt in all diesen Fällen offiziell nicht mehr vor. Lizarey ist offiziell nicht derjenige, der die Verfahren einstellt – die beiden Typen sabotieren das System, ohne dabei irgendein Risiko einzugehen. Dasselbe hat Lizarey übrigens auch bei dem einzigen Verfahren angestellt, das man je gegen den smarten Ludovic Pelherbes angestrengt hat. Die Bürgerrechtsorganisation *SOS Racisme* hat ihn mal wegen Aufstachelung zum Rassenhass angezeigt. Lizarey hat den Fall als unbegründet dargestellt.«

Blanc deutete auf ihr iPad, dessen Display ein PDF von einem der eingestellten Verfahren zeigte. »Lizarey geht schon ein Risiko ein«, gab er zu bedenken. »Navarin wird immer wieder beschuldigt – Lizarey haut ihn jedes Mal raus. Wenn *du* es in den Akten nachlesen kannst, dann kann das auch jeder andere nachlesen. Der Commissaire kann niemals ruhig schlafen. Er muss immer damit rechnen, dass diese Sache irgendwann durch irgendwen hochgekocht wird.«

»Es sei denn, Lizarey glaubt, dass sich die politischen Verhältnisse bald so ändern, dass niemand mehr alte Polizeiakten einsehen darf.« Fabienne lächelte. »Es ist die Pelherbes, die Lizarey dem Bürgermeister als Chef der Polizei von Arles vorgeschlagen hat. Lizarey ist ein Front-National-Mann, und sollte der Front National jemals die Präsidentenwahl gewinnen, dann wird niemand mehr nach den Leichen in seinem Keller graben. Lizarey wird so ruhig schlafen wie ein Baby.«

»Marine Le Pen wird niemals Präsidentin, und Lizarey wird am Galgen baumeln.«

»Man soll die Hoffnung ja niemals aufgeben. Da gibt es noch etwas.« Fabienne wischte ein neues Dokument auf den Schirm des iPads. Blanc erkannte ein Organigramm der Stadtverwaltung von Arles. Das Amt für kulturelle Angelegenheiten. Ganz oben Hélène Pelherbes. Darunter viele Abteilungen, viele durchgezogene oder gestrichelte Pfeile, viele Namen.

»Die Pelherbes ist für die großen Kulturveranstaltungen in Arles verantwortlich«, fuhr Fabienne fort. »Konzerte im antiken Theater. Ausstellungen im Museum. Für solche Events brauchst du Wachleute, vor allem seit den Anschlägen und dem Ausnahmezustand. Keine Stadt in Frankreich hat dafür genügend Polizisten. Also engagieren sie private Security-Dienste.«

Blanc blickte sie fassungslos an, weil ihm ein Verdacht kam. »Hélène Pelherbes hat Loïc Navarin als Wachmann in Arles angestellt?«

»Seine Firma. Navarin hat zusammen mit seinen Fleischklopsen von *Blood and Honour Hexagone* eine Sicherheitsfirma gegründet: *Arles Protection*. Navarin ist ihr Geschäftsführer.« Sie deutete auf einen Namen weit unten im Organigramm. »*Arles Protection* findest du nur in diesem Organigramm und in einem einzigen Eintrag des Handelsregisters. Keine Werbung. Keine Website. Ich glaube nicht, dass diese Firma einen zweiten Kunden hat neben der Kulturverwaltung von Arles.«

»Diese Schläger werden von unseren Steuern bezahlt?«

»Ich wusste, dass dir das gefallen würde.« Fabienne lächelte triumphierend. »Es geht noch besser: Damit *Arles Protection* die Sicherheit im antiken Theater und andernorts gewährleisten kann, ist dem Geschäftsführer Loïc Navarin ein Generalschlüssel ausgehändigt worden. Er hat ihn quittiert.«

Sie zauberte ein neues Dokument auf den Schirm. Navarins Unterschrift unter die städtische Empfangsbestätigung wirkte so ungelenk wie die eines Achtjährigen.

Blanc lehnte sich in seinem Stuhl zurück. In diesem Moment hatte er das trostlose Café, das graue Wetter, hatte er seine Müdigkeit und seine Schmerzen und beinahe sogar Aveline vergessen. Da war nur das animalische Glück der Jagd, der richtige Instinkt.

»Mit dem Generalschlüssel kommt Navarin in jedes Monument von Arles«, sagte er leise.

»Haupteingang, Nebeneingänge, Notausgänge«, bestätigte Fabienne.

»Zu jeder Zeit. Ungesehen. So ist er ins Amphitheater gekommen und daraus auch wieder verschwunden. Keine Zeugen.« So hat er mich auch in Les Alyscamps abgehängt, dachte Blanc, während ich zweimal über diesen verdammten Zaun klettern musste, ist er durchs Tor geschlüpft. Und so sind er und seine Komplizen in Montmajour eingedrungen: um Mitternacht durch den Haupteingang, bequemer ging es nicht. Simpel und genial. »Ich wette, dass Ludovic Pelherbes seiner Mutter die Idee mit der Security-Firma und dem Generalschlüssel eingeflüstert hat. In ihrer Pariser Zeit war die Dame nicht so clever.«

»Es ist immer gut, einen Sohn in die Welt zu setzen.« Fabienne legte ihr iPad auf den Tisch und streckte sich. »Nicht schlecht für ein Wochenende, oder?«

»Du rettest meinen Hals.« Blanc meinte das ernst, und er klang auch so.

Sie trank den Rest ihres Earl Grey aus und verzog den Mund. »Damit locken sie keine englischen Touristen ins Café. Ich schicke dir alle Dateien auf dein Handy. Die neue Nummer, die mit dem besseren Empfang, ja? Kann ich heute noch etwas für dich tun, außer dir den Hals zu retten?«

Er musste lächeln und drückte ihre Hand. »Du kannst einen Maler ablenken.« Er deutete aus dem Fenster.

»Monsieur Rheinbach!«, rief Fabienne überrascht. »Der arme Künstler, den wir beinahe mal verhaftet hätten. Den muss ich eben übersehen haben.«

»Du hattest eben nur Augen für den Mann mit dem zerknautschten Gesicht. So wie es aussieht, wird er da noch stundenlang hocken und ein Bild für seine Puzzles malen. Ich muss aus dem Café raus, aber er darf mich nicht sehen. Du musst ihn irgendwie weglocken.«

»Ich kann ihn schlecht festnehmen.«

Blanc dachte nach. »Monsieur Reinbaque würde gerne Porträts malen«, schlug er vor. »Aber ihm fehlt immer die Zeit dazu. Du gehst zu ihm, ein zufälliges Treffen, welche Freude, ihr unterhaltet euch, du bringst ihn irgendwie dazu, dass er dich malen will.«

»Du willst, dass ich mich für ihn ausziehe?!« Fabienne stieß ihm halb scherzhaft gegen die Schulter.

»Es gibt auch Künstler, die angezogene Frauen malen. Er soll dein Porträt zeichnen. Aber nicht mitten auf dem Platz, das ist dir zu unangenehm. Setzt euch in eine ruhigere Ecke, damit er eine Skizze von dir machen kann. Wenn er zögert, dann sagst du ihm, dass das gelbe Café für sein Puzzlebild schon nicht wegläuft, du aber schon. Wenn der Maler fort ist, dann kann ich hier ungesehen verschwinden.«

Fabienne lächelte und erhob sich. »Du darfst mich Mona Lisa nennen«, sagte sie und verabschiedete sich mit einem Winken. Dann drehte sie sich noch einmal um und deutete auf die beiden Bols Café au Lait auf dem Tisch.

»Ich hoffe, sie passt auf dich auf.«

Eine Erinnerung an die Studentenzeit

Blanc blickte Fabienne verwirrt nach. Wie viel wusste sie wirklich? Was hatte sie gesehen? Aveline glitt auf ihren Platz. »Sous-Lieutenant Souillard ist eine hübsche Kollegin«, sagte sie. »Schöne Haare.«

»Scharfe Augen. Wenn wir so weitermachen, dann ist unser Geheimnis bald kein Geheimnis mehr.«

»Wenn es Gerüchte über unsere Affäre gibt, dann muss ich unsere Geschichte beenden«, erklärte Aveline knapp. »Das verstehen Sie doch?«

Blanc nickte, obwohl er es nicht verstand. Das kann doch nicht sein, hoffte er, dass mich Aveline ablegt wie einen aus der Mode gekommenen Mantel. Sie ist nicht so kühl, wie sie sich gibt, das ist bloß ihre Art, sich zu schützen. Aber irgendwann bin ich trotzdem fällig. Er beobachtete Fabienne, die auf Lukas Rheinbach zugegangen war. Begrüßung mit Wangenkuss. Der Maler lächelte. Er weiß nicht, dass sie lesbisch ist, dachte er, umso besser. Wenn Rheinbach sich Hoffnungen machte, würde er sie bereitwilliger zeichnen. Tatsächlich dauerte es keine Minute, bis der Deutsche anfing, seine Staffelei zusammenzupacken.

»War das Ihre Idee, Sous-Lieutenant Souillard zum Maler zu schicken?«

»Irgendwie müssen wir hier ja rauskommen.«

»Der Notausgang neben den Toiletten ist sowieso alarmgesichert.«

Blanc erzählte Aveline von Fabiennes Erkenntnissen. »Sie weiß so viel von meiner Reise nach Arles, wie sie maximal wissen darf«, schloss er. »Und mit den Akten, die sie ausgegraben hat, kann man Lizarey in große Schwierigkeiten bringen. Und damit auch Navarin und sogar den jungen Pelherbes.«

»Kann man die Kerle mit diesen Akten vor 20.06 Uhr in Schwierigkeiten bringen? Das ist die entscheidende Frage.« Aveline blickte hinaus auf den Platz. »Ihre Kollegin hat den Maler im Schlepptau. Wir können gehen.«

Draußen zündete sie sich eine Gauloises an. Zum ersten Mal seit einer Stunde lächelte sie wieder. »*Alors?*«

Blanc tippte auf sein Handy, während sie über den Platz eilten und in der Rue du Palais verschwanden. »Für einen Journalisten, der Eier hat, sind diese Dokumente Gold wert. Bei der Pressekonferenz werden viele Journalisten da sein.«

»Und wir suchen uns einfach einen aus, der Eier hat?«

Er ließ sich nicht irritieren. »Wir gehen zum Espace Van Gogh. Jetzt sofort. Sie brauchen dort sicherlich noch Stunden, um die Präsentation vorzubereiten. Die Neue Venus wird da sein. Kojfer soll antike Münzen ausstellen. Die Fernsehleute müssen ihre Ausrüstung aufbauen. Ich wette, da geht es schon hektisch zu. Wir schmuggeln uns hinein und sehen uns unauffällig um. Verschaffen uns einen Überblick. Schauen, welche Journalisten kommen. Vielleicht kenne ich jemanden aus meiner Pariser Zeit. Zur Not müssen wir die Namen googeln. Dann sprechen wir denjenigen an, dem wir eine Enthüllungsgeschichte zutrauen. Wir bieten ihm das Material an, unter einer Bedingung: Er muss schon während der Pressekonferenz kritische Fragen stellen. Ich kann keinen Skandal mehr auslösen, ich habe nichts in der Hand. Aber ein Journalist mit diesem Material kann kritische Fragen stellen und damit die Pelherbes und ihre Helfer aus der Fassung bringen. Sind die erst einmal in Panik, kommen wir vielleicht auch irgendwie an Ihre Tasche.«

»Das ist eine Technik aus Ihrer Pariser Zeit, nicht wahr?« Aveline blickte ihn an. »Sie stecken Reportern kurz vor der Pressekonferenz heißes Material zu und die Fragen der Journalisten kommen dann für die Politiker wie ein Blitz aus heiterem Himmel. Sie haben keine Zeit, sich eine Gegenstrategie zu überlegen und stehen vor laufender Kamera wie korrupte Trottel da.«

»Es waren korrupte Trottel.«

»Ich erinnere mich noch an zwei oder drei dieser Pressekonferenzen. Und ich erinnere mich daran, was Jean-Charles dazu gesagt hat.« Aveline lächelte ihn so hinreißend offen an, als sei eine Wutrede ihres Gatten die höchste Auszeichnung, die man erhalten könnte.

Blanc hatte nicht vergessen, dass den Worten von Monsieur Vialaron-Allègre schließlich auch Taten gefolgt waren. Er versuchte sich an einem schiefen Grinsen. »Ich muss während der Pressekonferenz unsichtbar bleiben«, erklärte er. »Ihr Mann hasst die Pelherbes vielleicht, aber er wird sie nicht so sehr hassen, dass er mir meine alten Tricks verzeihen würde. Wenn der Staatssekretär erfährt, dass ich auf der Pressekonferenz meine Hände im Spiel habe, wird er mich endgültig fertigmachen.«

Aveline blickte ihn nachdenklich an. »Wie wollen Sie einerseits die Reporter vorher ausspähen und mit einem geeigneten Journalisten unmittelbar vor der Pressekonferenz reden und andererseits währenddessen von der ersten Sekunde an unsichtbar sein?«

»Das ist eine sehr gute Frage«, erwiderte Blanc und bog mit ihr in die Rue du Président ein, der kürzeste Weg zum Espace Van Gogh.

Die nächsten Meter legten sie schweigend zurück. Blanc dachte an das Foto aus Avelines Tasche, das in Lizareys Büro gelandet war. Lizarey schützte Navarin bei allen seinen illegalen Aktionen. Warum also sollte Navarin dem Commissaire das handbeschriftete Foto eines Mannes und eine kitschige Postkarte zukommen lassen? Navarin musste die Tasche durchsucht haben, sonst wäre er ja nicht an dieses Foto gekommen. Also kannte er sicherlich auch Avelines Namen. Er hätte also einfach ihre Identität an Lizarey weitergeben können – und der Commissaire hätte gewusst, nach wem er fahnden musste.

Also? Entweder hatte Lizarey Blanc beim Verhör in der Polizeiwache etwas vorgespielt, als er ihm das Foto und die Postkarte gezeigt und behauptet hatte, sonst keine weiteren Informationen bekommen zu haben. Vielleicht hatte er von Navarin alles bekommen, aber aus irgendeinem Grund beschlossen, für Blanc eine Show zu veranstalten. Wollte er Blanc eine Falle stellen? Aber welche sollte das sein? Blanc verwarf diese Möglichkeit: Jene anonyme, unter den Notausgang geschobene Einsendung, dieses Foto eines gut aussehenden Mannes und die lächerliche Postkarte, hatten den Commissaire tatsächlich provoziert. Lizarey war wütend und ahnungslos und hatte Blanc zu sich geholt in der vergeblichen Hoffnung, mehr über diesen Cedric zu erfahren. Navarin musste Lizarey offenbar absichtlich so eine kryptische Botschaft untergeschoben haben. Vielleicht traute er dem Commissair einfach nicht. Navarin ließ sich zwar von dem Polizisten heraushauen, wann immer es für ihn brenzlig wurde, aber deshalb teilte er noch lange nicht alle seine Geheimnisse mit ihm. Der Polizist hätte ihm zwar bei seiner Jagd nach Aveline helfen können, doch womöglich glaubte Navarin, dass er damit allein fertigwerden würde. Vielleicht hatte er Foto und Postkarte sogar nur geschickt, um Lizarey zu verwirren. Vielleicht war das Navarins seltsame Art, sich über den Flic lustig zu machen: Lizarey, der nützliche Idiot, der Navarins rassistisch motivierte Verbrechen vertuschte, aber sich darauf nichts einbilden sollte. Der klein gewachsene Commissaire, der eine schöne Frau suchte und stattdessen das Foto eines schönen Mannes zugesteckt bekam – war das so eine Art perverser Scherz? Navarin und Lizarey konnten sich möglicherweise nicht ausstehen. Vielleicht ist das unsere Chance, hoffte Blanc.

Der Espace Van Gogh war ein ehemaliges Krankenhaus an der Rue Molière, ein wuchtiger Klotz, vier Stockwerke hoch. Sie gingen vorsichtig durch ein weit geöffnetes Tor. »Das kenne ich!«, sagte Blanc überrascht. »Aus meiner Studentenzeit.«

Sie traten in einen weiten, stillen Innenhof: Arkaden öffneten sich an allen vier Seiten, die Pfeiler gelb verputzt, das Mauerwerk dazwischen weiß. Um das erste Obergeschoss lief eine Art Balkon unter einem Dach, dessen schlanke Stützen kräftig blau gestrichen waren, ebenso wie die Fensterrahmen. Mitten im Hof war ein Springbrunnen in den Boden eingelassen, auf den Wege sternförmig zuliefen. Er war trocken, das Laub der sich über den Hof wölbenden Platanen lag wie eine braune Decke auf dem Boden. Und doch wirkte dieser Ort noch wie eine Insel des Sommers, denn zwischen den Wegen waren Tausende violette, gelbe, rote, orangefarbene, weiße Blumen gepflanzt, die selbst jetzt noch blühten. Farbenfrohe Beete, umschlossen von hellen Arkaden – es war, mitten im November, ein Versprechen von Süden. »Ein Bild von diesem Hof hatte eine Freundin meiner Frau als Poster in ihrer Studentenbude hängen«, fuhr Blanc fort. »Ein Ausstellungsplakat, das sie eingerahmt hatte. Irgendeine Van-Gogh-Ausstellung.«

»Der Maler ist hier behandelt worden, nachdem er sich sein Ohr verstümmelt hatte. Erst später ist er in Saint Rémy eingeliefert worden«, erklärte Aveline. »Er hat diesen Ort gemalt. Die Medizin mag damals barbarisch gewesen sein, aber zumindest sahen die Krankenhäuser noch nicht aus wie Fabriken.«

Blanc hielt Aveline zurück. »Wir können nicht quer durch den Garten gehen. Die Platanen sind kahl. Man könnte uns überall aus dem Gebäude heraus sehen«, flüsterte er. Er blickte sich um. »Wir bleiben im Schatten der Arkaden. Dorthin.« Neben dem Tor, durch das sie gekommen waren, lag ein Souvenirshop: Poster mit Van-Gogh-Bildern, Plastiktabletts mit Van-Gogh-Bildern, Kaffeetassen mit Van-Gogh-Bildern, im Laden drängten sich Touristen.

Sie versteckten sich hinter einem fast mannshohen Postkartenkarussell und beobachteten von dort aus den Hof. Das ehemalige Krankenhaus war in eine Médiathèque verwandelt worden. Sie erkannten die Zugänge zum Lesesaal und eine Tür zu einem Treppenhaus, das offenbar zu Büros in den oberen Stockwerken führte. Ein paar Leser eilten, Bücher unter dem Arm, unter den Arkaden dahin, die meisten wirkten wie Studenten. Einige Meter den Gang hinunter standen Tischchen und Stühle zwischen den Pfeilern. Dort öffnete gerade ein Café zur Mittagszeit. Schnell waren die ersten Tische besetzt. Kaffeeduft und das heulende Pfeifen einer Cappuccinomaschine wehten durch den Hof.

Im jenseitigen Gebäudeflügel, genau gegenüber dem Souvenirshop, schien es einen größeren Saal zu geben. Zwei Männer verschwanden dort durch eine breite Flügeltür, der eine trug eine Kabeltrommel, der andere einen großen Scheinwerfer.

»Schade«, kommentierte Aveline. »Ich hatte gehofft, der ganze Ort wäre unübersichtlicher, und wir könnten uns besser verbergen.«

Blanc deutete auf das Tor, durch das sie gekommen waren. Zwei uniformierte Polizisten zogen gerade dort auf. Sie waren mit Maschinenpistolen bewaffnet. Sie kamen aber nicht auf die Leser, Cafégäste oder Kunden des Souvenirshops zu, um sie zu kontrollieren, einer der beiden lehnte sich sogar lässig an einen Pfeiler und steckte sich eine Zigarette zwischen die Lippen. »Die nehmen ihren Job nicht gerade ernst«, sagte Blanc. »Gut so.«

Ob Madame Pelherbes selbst den Espace Van Gogh für die Präsentation der Neuen Venus ausgesucht hatte? Oder eher ein Profi wie Lizarey? Jeder Besucher musste durch das große Tor hinein und dann quer durch den Hof bis zum Saal der Veranstaltung gehen – das Gebäude war eine einzige große Sicherheitsschleuse, in der man jeden Menschen, der sich dem Saal nähern wollte, von Weitem erkennen und notfalls stoppen konnte. Sofern man als Wachtposten seine Aufgabe nicht zu lässig nahm.

»Wahrscheinlich vermuten Lizarey und Navarin, dass wir hier aufkreuzen«, flüsterte Blanc. »Aber sie haben wohl nicht damit gerechnet, dass wir schon fast drei Stunden vorher im Gebäude sind. Sie werden die meisten Beamten und die Kerle von Navarin durch die angrenzenden Gassen patrouillieren lassen, um uns vor dem Espace Van Gogh abzufangen. Da können sie lange suchen. Solange wir uns im Souvenirshop oder im Café aufhalten, haben wir gute Chancen, dass wir in der Menge nicht auffallen.«»So, wie ich die Typen von der Presse kenne, werden sie wohl kaum nach Souvenirs suchen«, meinte Aveline. »Sie werden sich in das Café setzen.«

»Wo wir auf sie warten«, ergänzte Blanc.

Sie schlenderten möglichst unauffällig durch den Arkadengang und nahmen sich ein Tischchen am äußersten Rand des Cafés. Blanc bestellte Schinkenbaguettes und Kaffee. Aveline betrachtete das wabbelige Brot skeptisch.

»Ich hatte mir unser Wochenende auch anders vorgestellt«, versicherte Blanc. »Aber wir müssen bei Kräften bleiben.«

»Ich beginne zu ahnen, warum Ihre Ehe in die Brüche ging«, sagte sie und kostete vorsichtig. »Wenigstens ist der Kaffee stark.«

Ein noch sehr junger, übergewichtiger Polizist ging quer durch den Innenhof. Er blickte Richtung Kantine. Aveline wandte den Kopf ab, Blanc studierte die Speisekarte. Doch der sehnsüchtige Blick des Beamten galt offenbar mehr den Baguettes und Croissants in der Auslage als den Gästen. Sie atmeten auf. Etwas später hockte sich ein massiger Mann auf die steinerne Einfassung des Springbrunnens. Er trug eine blaue Trainingsjacke von Olympique Marseille und sah nicht aus wie jemand, der sich regelmäßig Bücher in einer Médiathèque auslieh.

»Der erste von Navarins Schlägern ist da«, sagte Aveline. »Offenbar hat man den Kerlen befohlen, nicht in ihrem üblichen Outfit hier aufzukreuzen, damit sie weniger auffallen.«

»Man kann nicht behaupten, dass dieser Plan gelungen ist.« Blanc beobachtete den Polizisten und den Schläger. Der Beamte ging die geharkten Wege im Garten auf und ab, der Muskelmann saß unbeweglich am Springbrunnen wie ein Buddha in Kunstseidenjacke. Kein Wort, kein Blickkontakt zwischen ihnen. Vielleicht, dachte Blanc, kennen sich die beiden nicht einmal. Ob Lizareys Beamte überhaupt wussten, dass die Männer von *Arles Protection* für die Stadt arbeiteten und hier als ein zweiter Wachtrupp postiert waren?

»Womöglich hat Hélène Pelherbes ihre Leute doch nicht so gut organisiert, wie es den Anschein hat«, murmelte Blanc.

»Madame Pelherbes ist zumindest gut genug organisiert, um zu wissen, dass die Journalisten schlechte Laune kriegen würden, wenn sie in diesem Café essen müssten«, erwiderte Aveline missmutig. Sie deutete auf das Tor, durch das soeben vier junge Männer schritten, die Isolierboxen aus Styropor schleppten. Die Männer trugen alle schwarze Hemden, auf deren Rücken *Catering du Midi* aufgedruckt war.

»Kein Journalist wird in diesem Café sein Croissant kaufen, wenn er es drüben gratis bekommt«, sagte Aveline frustriert. »Wir haben uns selbst ausmanövriert. Wie kommen wir jetzt in den Saal?«

»Wir tun das, was ein Flic am besten kann: Wir warten.« Blanc deutete mit der Kinnspitze zum Hof. »Die ersten Neugierigen sind da. Es wird immer voller hier. Bald wimmelt es von Zuschauern. Wenn sie drüben den Saal für das Publikum öffnen, dann strömen alle hinein. Und wir mit ihnen.«

»Aber dann ist es zu spät, vor Beginn der Pressekonferenz noch mit einem Journalisten zu reden und ihm die Unterlagen zuzustecken. Wir reden hier von Dutzenden oder Hunderten Seiten. Kein Reporter könnte das in ein, zwei Minuten lesen und dann einen Skandal auf einer Pressekonferenz riskieren. Unser Plan ist nichts mehr wert.«

»Ich lasse mir was anderes einfallen.«

»Was wollen Sie tun?«

»Ich bestelle uns noch einmal Baguettes und Kaffee. Uns bleibt nichts anderes übrig, als bis fünfzehn Uhr auszuharren.«

»Ich wünschte, ich könnte hier wenigstens rauchen«, seufzte Aveline.

Erst um kurz vor fünfzehn Uhr erhoben sie sich, entnervt, erschöpft und ungeduldig. Fünf Stunden, dachte Blanc, fünf verdammte Stunden noch. Auf den Wegen im Hof und unter den Arkadan drängten sich jetzt mindestens zweihundert Menschen, schätzte er. Wenn irgendeiner unter ihnen Journalist sein sollte, so war das nicht erkennbar. Wahrscheinlich waren die Pressevertreter längst durch einen Nebeneingang in den Saal geschleust worden. Endlich ging die Tür auf und die Menge strömte hinein. Vor dem Zugang standen nun zwei weitere von Navarins Männern, sie trugen schwarze Blousons mit dem Aufdruck *Security* und durchsuchten Rucksäcke und Handtaschen der Besucher.

»Auch das noch«, flüsterte Blanc und blieb abrupt stehen. »Der eine der beiden Security-Leute ist der Typ mit dem Kampfhund. Er wird sich garantiert an uns erinnern.«

»Das will ich doch hoffen«, sagte Aveline. Sie deutete auf die kleine Tür nahe beim Lesesaal. Sie stand immer noch offen und gab den Blick auf ein paar alte Stufen frei. Niemand achtete auf sie. »Versuchen wir es mit einem Umweg«, schlug sie vor. »Vielleicht kommen wir über die Büros irgendwie ungesehen bis in den Presseraum.«

In weniger als einer Minute standen sie in einem düsteren Treppenhaus. An der Wand hing eine Tafel mit Büronummern und Namen. »Wir gehen hoch bis in den zweiten Stock und suchen uns eine andere Treppe, die uns wieder hinunterführt.«

»Was sagen wir, wenn uns jemand begegnet?«

»Es ist Sonntagnachmittag in einem Bürogebäude. Hier tummelt sich niemand außer Schaben.«

Blanc nahm zwei Stufen auf einmal. Die Schmerzen im Fußgelenk waren abgeklungen, und das Hämatom auf der Bauchdecke spürte er bloß noch, wenn er sehr tief durchatmete. Im zweiten Stock blickte er aus einem Flurfenster über den Hof. Die Wolken zogen nah an den Dächern von Arles vorbei, zerfranst und dünn wie ein Bettlaken, das jemand vor Wochen auf der Leine vergessen hatte. Er wünschte, es würde ein Gewitter drohen, Hagel, Schnee, ein Sturm, irgendetwas, was für kurze Zeit die allgemeine Aufmerksamkeit auf sich ziehen würde, damit sie unbemerkt in den Saal schleichen könnten. Doch es sah bloß so aus, als könnte es ein wenig nieseln. Er sah in den Hof, wo die Blumenbeete tapfer gegen das graue Licht anleuchteten, versuchte, unter dem Schattenmuster der kahlen Platanenäste eine bekannte Gestalt zu identifizieren.

»Gleich fängt die Pressekonferenz an«, drängte Aveline.

»Ich wünschte, ich könnte Lizarey oder Navarin irgendwo da draußen entdecken«, erwiderte er. »Dann wüssten wir wenigstens, wo wir ihnen aus dem Weg gehen müssen.«

Sie eilten weiter, bis sie endlich ein zweites Treppenhaus erreichten. Auf gut Glück hasteten sie hinunter – und hielten im letzten Moment inne und drückten sich gegen die Wand. Die Stufen endeten praktisch direkt vor einem inneren Zugang zum Pressesaal. Es war eine offene Tür nahe der Stirnseite des Raumes, die dem Haupteingang genau gegenüberlag. Während sich jedoch drüben noch Dutzende Besucher kontrollieren ließen, stand hier nicht einmal ein Mann Wache.

»Ich wette, die Pelherbes wird gleich durch diese Tür in den Raum treten wie eine Diva auf die Bühne«, sagte Aveline leise. »Wahrscheinlich wartet sie in einem der Büros, bis der Saal voll ist. Wenn wir durch diese Tür gehen, werden uns zweihundert Menschen anstarren. So kommen wir niemals ungesehen hinein!«

Blanc überlegte. »Im Gegenteil. Genau so fallen wir überhaupt nicht auf. Wir brauchen nur eine Tarnung.« Er sah sich verzweifelt um. Sonntag, Büros, kein Leben! Er musste es einfach riskieren. Er spurtete wieder ein Stockwerk hoch und riss die Tür zum nächstgelegenen Büro auf. Niemand. Er atmete durch, rannte zu einem Schreibtisch und überflog die Fächer mit Ablagen: Briefe, Formulare, mehrere Aktenmappen aus Pappe, auf deren Vorderseite groß das Wappen der Stadt Arles prangte. Er griff sich zwei Mappen und hastete zurück.

»Hier!«, flüsterte er und drückte Aveline eine der beiden Mappen in die Hand. »Halten Sie sie so, dass man das Wappen gut sieht. Los!«

Sie starrte ihn einen Moment verblüfft an, lächelte, als sie begriff, was er vorhatte, berührte ihn leicht an der Schulter, um ihn aufzuhalten, und küsste ihn. Dann trat sie als Erste durch die Tür, Mappe unter dem Arm, gehetzter Blick, und ging mit zielstrebigem Schritt zu einem Stuhl ganz am Rand, aber nahe der Bühne. Blanc folgte ihr mit aufgeschlagener Mappe, aus der er im Gehen das erstbeste Papier zog und so tat, als lese er es, während er sich neben sie setzte. Sie hatten sich in zwei gesichtslose Aktenträger im Dienste wichtigerer Leute verwandelt. Und tatsächlich achtete niemand auf sie.

Blanc fand sich in der zweiten Reihe wieder, schräg vor einem Podium, auf dem Tische und Stühle aufgebaut waren. Vor jedem Platz prangten auffällig groß gedruckte Namensschilder. *Madame Pelherbes* stand vor dem zentralen Stuhl, daneben Namen, die mit Professoren- und Doktortiteln verziert waren und ganz rechts außen: *Monsieur Ludovic Pelherbes*.

Hinter dem Stuhl von Hélène Pelherbes erhob sich ein mit rotem Samt verkleideter, leerer Sockel. Einer der im ganzen Saal verteilten Scheinwerfer war genau darauf gerichtet, aber noch ausgeschaltet. Blanc konnte sich denken, was gleich darauf gestellt werden würde. Neben dem Sockel, am gegenüberliegenden Ende der Bühne, war eine Vitrine platziert worden, die bereits angestrahlt wurde. Es funkelte golden und silbern aus ihrem Innern. Zwei mit Maschinenpistolen bewaffnete Polizisten standen schräg hinter dem Schaukasten. Auf einem Stuhl in der ersten Reihe saß ein sehr unglücklich und ungekämmt aussehender Doktor Kojfer und ließ die Vitrine nicht eine Sekunde aus den Augen.

Zwischen Kojfer auf der einen Seite und Aveline und ihm auf der anderen hatten Journalisten die erste Sitzreihe besetzt. Zwei tippten wie besessen auf ihren MacBooks herum, zwei weitere spielten mit Spiegelreflexkameras, alle anderen starrten auf ihre Handys oder hatten die Augen geschlossen.

»Wird nicht so einfach, diese Bande mit einem Skandal aufzuwecken«, flüsterte Aveline.

»Ich würde mich wohler fühlen, wenn ich endlich wüsste, wo sich Lizarey und Navarin herumtreiben«, sagte Blanc leise.

Aveline deutete auf das Namensschild von Ludovic Pelherbes. »Glauben Sie, der hat uns auch in Montmajour erkannt? Oder schon im Amphitheater?«

»Gut möglich. Was hat der Kerl überhaupt auf der Bühne zu suchen?«

»Ludovic Pelherbes ist der PR-Berater seiner Mutter. Er sitzt auf dem Podium praktisch direkt vor uns. Selbst ein Grottenolm würde uns von dort aus entdecken.«

Blanc nickte verzweifelt. Seine Gedanken rasten. Wenn der junge Pelherbes sie erkannte, würde er seine Mutter warnen. Er würde die Veranstaltung vielleicht unter irgendeinem Vorwand platzen lassen, bevor sie überhaupt richtig begonnen hatte.

»Die Pelherbes wird zusammen mit der Neuen Venus erscheinen, das ist ihr großer Auftritt«, mutmaßte er. »Lichter aus, die Spots gehen an, die Kameras laufen, die zwei Grazien aus Arles treten auf die Bühne. Wenn der junge Pelherbes erst danach aufs Podium tritt, dann kann selbst er die Pressekonferenz nicht mehr stoppen. Er darf auf keinen Fall vor seiner Mutter Platz nehmen.«

»Ich habe schon verstanden«, erwiderte Aveline und machte Anstalten, aufzustehen.

»Was ist los?«, fragte Blanc alarmiert.

»Sie bleiben hier und kümmern sich im richtigen Augenblick um die Journalisten. Ich gehe in den Flur zurück und kümmere mich im richtigen Augenblick um Ludovic Pelherbes. Sollte er vor seiner Mutter dort aufkreuzen, werde ich ihn aufhalten.«

»Wie wollen Sie …«

»Ich bin ein großes Mädchen. Machen Sie sich um mich keine Sorgen, *mon Capitaine*.« Aveline hob ihr iPhone ans Ohr, griff sich die Aktenmappe und strebte mit langen Schritten zur Tür, ganz die hektische Referentin, die zu einem dringenden Termin zurückgerufen wurde. Blanc war der Einzige im Saal, der ihr nachblickte, bis sie in der Türöffnung verschwunden war. Er hatte ein ungutes Gefühl bei der Sache. Er dachte an Avelines Messer. Sie behält einen kühlen Kopf, redete er sich ein; wenn jemand ruhig und überlegt ist, dann Aveline, sie wird nicht, sie darf nicht, das wird sie auf keinen Fall tun, *merde*.

Er zuckte erschrocken zusammen, als Applaus aufbrandete, dann aber wieder verebbte. Zwei Männer und eine Frau waren aus der Stuhlreihe der Journalisten auf das Podium gestiegen. Der Saal war inzwischen übervoll, alle Plätze waren besetzt, Menschen drängten sich an den Wänden, die Luft schmeckte bereits wie die aus einem lange verschlossenen Kleiderschrank. Einige Zuschauer hatten gedacht, dass die Veranstaltung begann, doch Blanc konnte die kleinen, grünen Plastiknamensschilder an den Revers lesen: Es waren bloß drei Redakteure von *Des Racines et Des Ailes*. Die Frau hatte sich ein Mikrofon gegriffen und sich neben dem Tisch postiert, ihre beiden Kollegen justierten noch einmal eine Kamera und einen Scheinwerfer.

Dann erlosch das Licht im Saal.

Ein Spot flammte auf. Plötzlich stand Hélène Pelherbes auf der Bühne. Hinter ihr hielten vier groß gewachsene, livrierte Männer eine fast lebensgroße Marmorstatue in ihren weiß behandschuhten Händen und stellten sie dann vorsichtig auf den Sockel. Diesmal kam der Applaus vom ganzen Publikum und wollte nicht wieder aufhören.

Schön, dachte Blanc, die Venus ist wirklich schön. Weißer, makelloser Marmor. Eine beinahe nackte junge Frau, die in der rechten Hand einen Krug hoch über ihren Kopf hielt und mit der linken die letzten Zipfel eines schon halb zu Boden gesunkenen Gewandes zusammenhielt. Ihre Haare waren zu einer komplizierten Lockenfrisur zusammengesteckt. Der Künstler schien jede Strähne einzeln aus dem Stein herausgearbeitet zu haben, hatte jede Körperrundung so vollendet modelliert, dass man unwillkürlich diesen weichen, perfekten Leib zu streicheln wünschte. Und wenn sie doch echt ist?, fuhr es Blanc durch den Kopf.

Hélène Pelherbes strahlte ins Publikum. Sie wirkte zehn Jahre jünger als die Frau, die Blanc am Vortag in Kojfers Büro gesehen hatte. Sie setzte sich, dann traten weitere Personen auf die Bühne, ältere Herren in unvorteilhaften braunen und grauen Anzügen, die sich ihre Stühle umständlich zurechtrückten.

Dann war auf einmal auch Lizarey da.

Der Commissaire zeigte sich in dunkelblauer, goldbetresster Paradeuniform, die Mütze schneidig unter den Arm geklemmt, zwei Orden auf der Brust und eine Pistolentasche am Gürtel. Er stellte sich neben die Neue Venus, doch wusste er einen Moment lang nicht, ob er strammstehen oder eher lässig bleiben sollte, daher vollführte er eine Art Tanz mit Trippelschritten, bis er sich für eine halbe Habtachtstellung entschieden hatte. Allerdings holte er gleich darauf mit hektischer Geste schon wieder eine Blechschatulle aus der Brusttasche seiner Uniform und schob sich ein Pfefferminzbonbon in den Mund. Auf seiner Stirn glänzte ein Ring feiner Schweißperlen. Er würde die nächsten, langen Minuten ohne Zigarette und hektisches Umherstreifen ausharren müssen, und das war, wusste Blanc, für einen wie Lizarey eine Qual. Gut so. Der Commissaire würde vielleicht nicht schnell genug reagieren, wenn es darauf ankam.

Die letzte Person, die auf die Bühne stolzierte, war Ludovic Pelherbes, elegant und selbstsicher wie George Clooney. Verdammt, dachte Blanc, wo ist Aveline? Er hob die Aktenmappe möglichst unauffällig vor sein Gesicht. Mit dieser Inszenierung – die angestrahlte Bühne, das Publikum im Halbdunklen – würde der junge Pelherbes Blanc hoffentlich nicht erkennen können, aber er konnte sich dessen nicht sicher sein. War Aveline ihm vorhin irgendwo in den Weg getreten? Was war im Flur geschehen? Der Kerl sah nicht so aus, als hätte er gerade eine gefährliche Konfrontation überstanden.

»*Bonjour Mesdames et Messieurs,* heute beginnt eine neue Ära für unsere Stadt Arles.« Hélène Pelherbes eröffnete ihre Rede mit einem raubtierhaften Lächeln. Vielleicht hatte ihr Sohn oder irgendein anderer PR-Berater ihr geraten, immer freundlich zu sein, doch ihr fehlte jede natürliche Wärme und Fröhlichkeit. Und so hatte sich ein erstarrtes Lächeln in ihre Züge gegraben, ein Lächeln, das ihre perfekten Zahnreihen entblößte und dem Publikum vor allem eins signalisierte: mit dieser Frau legte man sich besser nicht an.

Während sie fortfuhr und die Fernsehjournalisten, die Wissenschaftler und ein Dutzend Honoratioren persönlich begrüßte, wurde Blanc fast krank vor Sorge. Aveline tauchte nicht wieder auf. Und in der Dunkelheit und mit Pelherbes' mikrofonverstärkter Stimme, die über ihren Köpfen rauschte, war es praktisch unmöglich, auch nur mit dem ihm am nächsten sitzenden Reporter Kontakt aufzunehmen. Er hätte ihm schon den Ellenbogen in die Rippen stoßen und ihm sein Anliegen ins Ohr brüllen müssen – nicht gerade die beste Vorgehensweise, um jemandem heimlich brisante Informationen zuzustecken. Blanc erkannte, dass er sich schon wieder ins Abseits manövriert hatte. Er würde die Rede über sich ergehen lassen müssen, die elend lang zu werden versprach. Vielleicht hätten die Journalisten danach die Möglichkeit, Fragen zu stellen, aber dann war es für Blanc zu spät, irgendjemandem noch Material an die Hand zu geben. Und spätestens nach der Fragerunde würden alle Lichter wieder aufflammen, und wenn Lizarey oder Ludovic Pelherbes von der Bühne in die zweite Reihe blickten, dann würde er da hocken wie auf dem Präsentierteller. Er hätte sich in den Hintern treten können.

Er nahm aus den Augenwinkeln eine Bewegung im Türrahmen war. Endlich, dachte Blanc erleichtert, wenigstens kommt Aveline zurück und … Doch es war nicht Aveline, die im Dämmerlicht der Flurbeleuchtung sichtbar wurde. Es war eine sehr große, sehr massige Gestalt, die den Türrahmen beinahe zu sprengen schien.

Ein Alarm, den niemand ignorieren kann

Loïc Navarin sah furchterregend groß und ein ganz klein wenig lächerlich aus, denn in seiner linken Hand hielt er eine Damenhandtasche. Navarin hatte sich einen schwarzen *Security*-Blouson übergestreift, an seinem Gürtel waren eine lange, schwere Taschenlampe sowie eine Dose Pfefferspray befestigt, doch die ausgebeulte Tasche seiner Hose verriet Blanc, dass er noch ganz anders bewaffnet war. Er hatte Avelines Tasche nicht an den Griffen gepackt, sondern am Stoff selbst.

Warum, dachte Blanc, kreuzt der Kerl ausgerechnet jetzt und ausgerechnet hier mit Avelines Tasche auf? Er blickte auf das Notebook des neben ihm sitzenden Journalisten, auf dem Monitor leuchtete die Uhrzeit: 15.35 Uhr. Auch Navarin lief die Zeit davon, wurde ihm klar. Der Mörder wusste ja vom Ticket aus ihrer Tasche, dass sie den Zug um 20.06 Uhr nehmen wollte. Vielleicht hatte er gedacht, er könnte Aveline und Blanc irgendwo vor dem Espace Van Gogh abfangen. Jetzt aber musste auch Navarin die ganze Veranstaltung tatenlos über sich ergehen lassen. Wann würde sie enden? 16.30 Uhr, 17.00 Uhr? Vielleicht bliebe ihm danach dann zu wenig Zeit, um Aveline noch vor dem TGV abzufangen. Und deshalb, vermutete Blanc, war Navarin auch nicht mehr so selbstsicher, dass er glaubte, die Sache allein erledigen zu können. Jetzt musste er sich Hilfe holen.

Also hatte er die Tasche mitgenommen, um sie nachher Lizarey zu zeigen. Oder Madame Pelherbes. Wenn Lizarey Avelines Namen auf den Unterlagen sah, dann würde er ahnen, wer seine Zeugin war. Und wenn Madame Pelherbes den Namen las, dann wüsste sie, dass es sich um die Frau desjenigen Mannes handelte, der ihre Pariser Karriere zerstört hatte. Sie würde sich rächen wollen.

Ich muss dazwischengehen, dachte Blanc in fieberhafter Eile.

Sofort nach der Pressekonferenz muss ich irgendwie an Navarin heran, bevor der Typ auch nur in die Nähe von Lizarey oder der Pelherbes kommen kann. Ich muss schnell sein, um … in die Nähe kommen … in die Nähe kommen!

Blanc erkannte plötzlich, dass er sich gerade fatal irrte: Navarin kümmerte sich einen Dreck um Lizarey und die Pelherbes. Der Kerl wollte die Tasche gar nicht der Politikerin oder dem Commissaire zeigen – er wollte sie *ihnen* zeigen!

Blanc und Aveline. *Sie* sollten die Tasche sehen.

Navarin stand im Türrahmen, um gesehen zu werden! Er musste ahnen, dass sich Blanc und Aveline irgendwie an allen seinen Schlägern vorbei hier hineingeschmuggelt hatten. Also stellte er sich mit seiner Beute genau so in Positur wie diese Venusfigur – damit Aveline ihre Tasche sah und auf ihn losging. Es war eine verdammte Falle und Blanc wusste nicht, wo Aveline war.

Hélène Pelherbes redete und redete, ihr Sohn sah sie aufmunternd an, Commissaire Lizarey schwitzte und litt im Licht des Scheinwerfers, die Professoren wirkten beflissen interessiert, die wenigen Journalisten, die Blanc noch im Halbdunkel erkennen konnte, sahen aus, als kämpften sie heroisch gegen den Schlaf. Um die Reporter konnte er sich jetzt nicht mehr kümmern.

Er ließ ein Blatt aus seiner Akte fallen und bückte sich danach. Die Journalisten achteten nicht auf ihn. Er glitt ganz langsam tiefer hinunter. Als er endlich auf dem Boden lag, kroch er Richtung Wand. Wenn ihn jetzt jemand entdeckte, dann … Als er sich weit genug von jedem Scheinwerferstrahl weg glaubte, richtete er sich auf und schlich geduckt weiter. Schließlich erreichte er die Wand, versuchte mit ihr zu verschmelzen. Navarin stand noch immer im Türrahmen des Nebeneingangs. Der Haupteingang lag auf der anderen Seite des Raums, jenseits aller Zuschauerplätze, unmöglich, dass Blanc ungesehen bis dorthin gelangen könnte. Er drückte sich an der Wand entlang Richtung der Rückseite des Raumes. Mit jedem Schritt entfernte er sich weiter von der Bühne und der Aufmerksamkeit – aber auch von der Tür, hinter der irgendwo Aveline sein musste. Er ging schneller.

Als er die Rückwand erreicht hatte, konnte er dort Dutzende aufeinandergestapelte Stühle und Tische sehen. Das musste ihm als Deckung reichen. Er zwängte seinen langen Körper unter einen Tisch, kroch so tief wie möglich unter die abgestellten Möbelstücke. Dann fischte er sein Handy aus der Tasche – und eine zerdrückte Marlboro-Packung. Er hatte immer noch die neue SIM-Karte im Nokia. Du wirst dich gleich wundern, dachte Blanc grimmig. Er tippte die Privatnummer des Commissairs von der Schachtel ab, dann schrieb er eine SMS:

Die sündige heidnische Götze wird im Feuer brennen! Allahu akbar!

In Zeiten des Terrors konnte man auch mit dem letzten Schwachsinn Panik erzeugen. Blanc sah, wie Lizarey auf der Bühne zusammenzuckte und versuchte, im vollen Scheinwerferlicht irgendwie unauffällig sein Smartphone aus der Uniformtasche zu fischen. Er sah auf das Display. Er sah sehr lange auf das Display. Komm schon, dachte Blanc verzweifelt, selbst ein Idiot wie du kann das nicht ignorieren! Lizarey steckte das Handy endlich weg, behutsam, als könnte der Apparat selbst jeden Augenblick explodieren. Dann trat er hinter Hélène Pelherbes und beugte sich zu ihr. Die Politikerin hielt eine Hand vor das Mikro. Sie bemühte sich nicht länger um ein Lächeln. Man konnte bis in die letzte Reihe des Saales erkennen, dass Lizarey soeben seine Karriere aufs Spiel setzte. Er flüsterte eindringlich auf sie ein, deutete vage in den Raum hinein und danach auf die Venusstatue.

Madame Pelherbes räusperte sich, sie klang genervt, aber sie hatte nach einer Denkpause ihr wölfisches Lächeln wiedergefunden. »*Mesdames, Messieurs*«, begann sie, »aufgrund eines kleinen technischen Problems muss ich Sie bitten, diesen Saal kurzzeitig zu verlassen. Ich versichere Ihnen, dass wir gleich weiter …«

Da griff der klein gewachsene Commmissaire Lizarey in einem Akt der Zivilcourage, den Blanc niemals für möglich gehalten hätte, nach dem Mikrofon, entwand es der Hand der Politikerin, und sprach hinein, nicht einmal besonders laut, aber sehr entschlossen: »Machen Sie das Licht an! Verlassen Sie den Saal! Halten Sie sich anschließend nicht im Hof auf, sondern räumen Sie das Gebäude! Sofort!«

Fünf Sekunden später war die Hölle los.

Als die Lampen aufflammten, waren alle geblendet. Jemand schrie auf. Stühle fielen polternd um, als die Leute aufsprangen. Man musste niemandem in Frankreich mehr erklären, was so eine Aufforderung bedeutete. Ein Scheinwerfer wurde umgestoßen und stürzte krachend zu Boden. Jetzt schrien noch mehr Menschen und die ersten rannten zum Ausgang. Aus dem zerschmetterten Scheinwerfer stank es verbrannt und eine dünne Rauchfahne stieg auf.

Die beiden bulligen Security-Kerle am Eingang starrten die heranstürmende Menge einen Augenblick lang erschrocken an. Man sah ihnen an, dass ihr Instinkt ihnen eigentlich gebot, sich Menschen in den Weg zu stellen und die Muskeln spielen zu lassen, aber dann siegte die Vernunft, und sie traten hastig zur Seite. Zehn Sekunden später waren sie im Gewühl nicht mehr zu erkennen. Da sich die Menschen am Hauptausgang stauten, eilten die ersten Zuschauer zum Nebenausgang.

Navarin war von dort verschwunden.

Blanc fluchte stumm und befreite sich endlich aus dem Dickicht von Tisch- und Stuhlbeinen. Niemand achtete auf ihn. Lizarey stand auf der Bühne, brüllte abwechselnd in sein Handy und dirigierte mit der Rechten seine Männer. Einige versuchten, sich zum Ausgang durchzukämpfen, um etwas Ordnung in das Chaos zu bringen. Andere hatten sich um die auf ihrem Platz verharrende Hélène Pelherbes, die Neue Venus und die Vitrine mit den Münzen postiert. Sie hatten Waffen gezogen. Aber das würde ihnen auch nichts nützen, wenn jemand eine Bombe zündete. Sie blickten nervös in die

Menge. Blanc wusste: ein lautes Geräusch, irgendeine falsche Bewegung, und einer der Beamten könnte die Nerven verlieren und in das Durcheinander feuern.

Er rannte nahe an der Wand entlang zum Nebenausgang. Dann steckte er zwischen den Menschen fest. Keiner schrie mehr, es sagte niemand auch nur ein Wort. In unheimlicher Stille drängten sich die Menschen nun zur Tür, stumm und entschlossen. Niemand sah sich um, alle hatten den Blick auf die rettende Öffnung geheftet. Endlich war Blanc dran und zwängte sich hindurch.

Im Gang blickte er nach allen Seiten. Er überragte die meisten Umstehenden, aber Aveline würde in diesem Strom menschlicher Körper mitgerissen werden. Wenn sie denn überhaupt hier war. Er konnte sie nirgends sehen. Auch Navarins hühnenhafte Gestalt konnte er nicht entdecken. Blanc drehte sich zum Saal hin um. Ludovic Pelherbes war zu seiner Mutter geeilt und redete auf sie ein. Die Kulturdezernentin saß noch immer auf dem Stuhl, unbeweglicher als die Marmorfigur, die von einigen Livrierten gerade hinter ihrem Rücken in einer Holzkiste verstaut wurde. Lizarey stand neben dem jungen Pelherbes, doch plötzlich wandte er das Gesicht zufällig dem Nebenausgang zu. Der Commissaire erkannte Blanc und starrte ihn fassungslos an.

»Schneller, schneller!«, schrie ein Polizist, der neben einer Tür stand. »Hierher! Los, beeilt euch!«

Blanc wurde von den Menschen mitgerissen. Er hätte sich gern irgendwo versteckt, wäre eine Treppe hochgegangen oder in einem Büro verschwunden, hätte nach Aveline gesucht. Aber er war eingekeilt zwischen Dutzenden Leibern, und wenn er sich mit Gewalt freigekämpft hätte, dann wäre der Polizist auf ihn losgegangen. So fand er sich nach ein paar wirren Augenblicken und einigem Herumgestoße auf einer Gasse wieder. Nicht am Haupteingang, neben dem Souvenirladen, sondern an einer Fassade, die wohl so etwas wie die Rückseite des Espace Van Gogh darstellte.

Rue Dulau, las er auf einem Straßenschild. Während die meisten

Menschen weiterliefen, um so schnell wie möglich vom Gebäude fortzukommen, stellte er sich vor einem Hauseingang unter. Sirenen heulten. Einige Schritte weiter flackerten Blaulichter über die Fassaden. Er musterte die Leute, die noch immer aus dem Espace Van Gogh quollen. Zwei Minuten. Drei Minuten. Dann versickerte der Strom. Es kamen noch ein paar ältere Männer, einer der Professoren war darunter, schließlich wurde eine junge Rollstuhlfahrerin von einem Polizisten und einem Security-Mann halb geschoben, halb hinausgetragen. Krachend fiel hinter ihr die Tür ins Schloss. Entweder ist Aveline schon längst verschwunden – oder sie sitzt jetzt in der Falle, dachte Blanc. Er eilte zurück zum Nebeneingang und rüttelte am Griff, doch das Schloss war von innen verriegelt worden.

Er rannte um das große Gebäude herum bis zum Haupteingang. Hier stauten sich Hunderte: Gäste der Pressekonferenz, Schaulustige, Polizisten, Journalisten. Einige Uniformierte versuchten, die Menge zurückzudrängen und rotweiße Absperrbänder quer über die nächstgelegenen Gassen zu spannen. Die Reporter hatten ihre Film- und Fotokameras postiert. Praktisch jedermann sonst hielt Handys hoch und filmte. Blanc hatte keine Lust, später auf irgendeiner Aufnahme erkannt zu werden. Er hielt sich im Hintergrund, musterte die Menge. Wo, verdammt, war Aveline? Wo war Navarin? Und hatte Lizarey die Zeit und die Leute, um in diesem Chaos nach ihm suchen zu lassen? Er musste aufpassen, dass er nicht durchdrehte.

Blanc schaltete sein Handy aus und zerrte die SIM-Karte heraus. Nach der würde jetzt halb Frankreich fahnden. Wenn er sie in der Nähe des Espace Van Gogh wegwerfen würde, würde man sie finden. Und darauf würde man Spuren und Hinweise sicherstellen, die Nummern, die er gewählt hatte, einen Fingerabdruck, seine DNA, irgendetwas. Er drängte sich aus der immer größer werdenden Menge, entfernte sich vom Gebäude, lief die Rue Gambetta hinunter, immer weiter, bis er in einigen Hundert Meter Entfernung das sicherste Versteck von Arles erreicht hatte. Er schleuderte die SIM-Karte in die Rhône. Und weil bald Hunderte Polizisten durch die Gassen patrouillieren würden, warf er zur Sicherheit auch Avelines Star CK hinterher. Sollten doch Archäologen in zweitausend Jahren die Waffe bergen, im Museum ausstellen und einen klugen Aufsatz dazu schreiben, warum wohl eine spanische Pistole im Schlamm von Arles versunken war.

Dann atmete er durch und blickte sich um. Er musste Aveline finden. Er musste Navarin finden und ihm die Tasche abnehmen. Und er durfte selbst nicht von der Polizei gefunden werden. Er fummelte seine alte SIM-Karte ins Nokia und wählte Avelines Nummer. Er erreichte bloß ihre Mailbox. »Melden Sie sich!«, sprach er darauf. Zur Sicherheit schickte er eine SMS mit derselben Nachricht hinterher. Aveline reagierte nicht.

Blanc irrte durch die Gassen, bis er auf den Platz vor dem Rathaus stolperte. Dort waren schon Polizisten aufmarschiert. Die ersten Fernsehteams hatten sich aufgebaut. Uniformierte geleiteten Touristen aus der Kirche Saint-Trophime. Wahrscheinlich räumten sie gerade zur Sicherheit alle Monumente von Arles. Sie werden das in den 20-Uhr-Nachrichten bringen, dachte Blanc. Wenn sie ihm auf die Schliche kämen, dann wäre nicht bloß seine Karriere endgültig am Ende, dann würde er die nächsten Jahre Luft atmen, die durch Gitterstäbe gefiltert wurde. Er blickte auf sein Handy. Keine Nachricht von Aveline. 17.03 Uhr. Er ballte die Rechte zur Faust und hätte schreien mögen vor Hilflosigkeit.

Vom Boulevard des Lices her fuhren die ersten Mannschaftswagen der CRS hoch zum Platz. Elitepolizisten stürmten heraus, hinter ihren schwarzen Panzern und Helmen so gesichtslos wie außerirdische Roboter auf ihrer Mission, die Erde zu unterjochen.

Blanc eilte weiter. Es war bizarr. Die Sonne war untergegangen, Wolken hatten die Sterne verschluckt. Es nieselte, so fein, dass man glaubte, die winzigen Tropfen würden niemals zu Boden fallen. Wasserschlieren glänzten auf Autoscheinwerfern und erhellten Schaufenstern. Um jede Straßenlaterne leuchtete ein Halo milchig weiß. Polizisten überall. Journalisten, die Passanten interviewten oder ihre Kameras auf irgendwelche Gebäude hielten. Leute, die aus den geräumten Monumenten gekommen waren und nun im Eilschritt durch die Gassen hasteten, in jede Richtung rennend, aus jeder Richtung kommend. Andere gingen in die Cafés und Restaurants, die Tische draußen und an den Fenstern waren alle besetzt. In manchen Häusern wurden alle Türen und Fensterläden verriegelt, selbst die Lichter im Innern erloschen. Anderswo wurden die Fenster aufgerissen, Leute saßen auf der Fensterbank, Essensdüfte und Musik wehten hinaus. Niemand jedoch rief etwas, es wurde nicht einmal laut diskutiert. Überall wurde mit Handys gefilmt oder telefoniert. Es war, als erwarteten die Menschen, jeder auf seine Art, geduldig und aufmerksam den großen Knall.

Er lief zum Amphitheater, dann am *Hôtel de la Muette* vorbei bis zum Ufer der Rhône, zurück zum Place du Forum. Nirgendwo war Aveline zu sehen. Nirgendwo Navarin. Blanc sah sich nach Lizarey um. Bei jedem Polizisten, dem er begegnete, spannte er sich innerlich an – bereit wegzurennen beim ersten Anzeichen, dass ihn ein Uniformierter anhalten wollte. Ganz sicher hatten sie Madame Pelherbes jetzt aus dem Gebäude geleitet. Wahrscheinlich war ihr Sohn bei ihr. Wahrscheinlich würden sie in diesem Augenblick auch die Neue Venus und Doktor Kojfers Münzen in Sicherheit bringen, irgendwie ins Museum, sofern sie es schafften, bis dahin durchzukommen. Auf der Straße neben dem großen Fluss ging nichts mehr, die Autos standen Stoßstange an Stoßstange. Viele Fahrer hatten die Motoren abgestellt und waren ausgestiegen, sie vergrößerten das Heer der Filmenden und Telefonierenden. Weiter bis zum Place du Forum, dann noch einmal zum Espace Van Gogh, dem sich Blanc jetzt jedoch nur noch auf hundert Meter nähern konnte, weil inzwischen massive Absperrungen errichtet worden waren. Von Weitem sah er die weißen Lieferwagen der Sprengstoffspezialisten, die mit Spürhunden und kleinen, ferngesteuerten Robotern vorsichtig ins Gebäude vordrangen.

Blanc lehnte sich erschöpft gegen eine feuchte Hauswand. Denk nach, ermahnte er sich. Die Sorge durfte ihn nicht kopflos machen. Vielleicht hatte Navarin Aveline während des ersten Durcheinanders im Espace Van Gogh erwischt. Sie mochte keine Chance gegen den Koloss haben, aber sie hatte ein Messer, und sie würde sich wehren. Navarin würde es niemals schaffen, sie ungesehen aus dem Gebäude zu entführen. Wenn, dann hatte er Aveline im Espace Van Gogh selbst überwältigt und … Blanc wollte sich nicht ausmalen, was dann geschehen würde. Warte, sagte er sich, warte einfach ab, nur ein paar Minuten, bis die Polizisten durch alle Räume patrouilliert sind, nur ein paar verdammte Minuten! Er beobachtete die Sprengstoffexperten. Wenn die Hunde oder die Roboter Avelines Leiche finden würden, dann gäbe es Alarm. Es würden mehr Beamte reingehen, jemand würde Rettungssanitäter hineinschicken. Fünf Minuten. Er hatte seine Baseballcap irgendwo verloren. Regenwasser lief ihm über das Gesicht und den Nacken hinunter über den Rücken. Ihn fröstelte. Zehn Minuten. Niemand achtete auf ihn. Ihm schien, als seien jetzt weniger Menschen unterwegs. Vielleicht waren die ersten Schaulustigen müde und ein ganz klein wenig enttäuscht, dass keine Bombe explodiert, dass kein Tropfen Blut vergossen worden war.

Zwei Sprengstoffexperten kamen aus dem Hauptausgang. Blanc hielt den Atem an. Doch die beiden, eine ältere Frau und ein sehr junger Mann, schälten sich bloß aus ihren weißen Schutzanzügen. Die Frau zündete sich eine Zigarette an. Wenn Blanc einen Beweis brauchte, dass sie nichts Ungewöhnliches gefunden hatten, dann war es dieser: Wäre die Frau nicht absolut sicher, dass das Gebäude harmlos war, dann hätte sie sich jetzt keine Zigarette angezündet. Blanc holte wieder Luft, zwang sich zu ruhigen, gleichmäßigen Atemzügen. Sie hatten keinen toten Körper im Espace Van Gogh gefunden, keine große Blutlache, keine Waffe.

Aveline musste rechtzeitig aus dem Gebäude entkommen sein. Also war sie irgendwo in diesen verfluchten Gassen und lieferte sich mit Navarin ein tödliches Katz-und-Maus-Spiel. Sie wollte ihn finden, um ihm die Tasche abzunehmen. Er wollte sie finden, um sie zu töten. Seine Geliebte und der Mörder mussten irgendwo in der Nähe sein. Blanc holte sein Nokia hervor. Aveline hatte noch immer nicht geantwortet. Das Display zeigte 17.31 Uhr.

Rendezvous

Wo konnte Aveline sein? Die meisten Polizisten waren rund um den Espace Van Gogh aufgezogen. Dort würde der Mörder sie niemals angreifen. Aber genau deshalb würde Aveline sich dort auch nicht aufhalten, denn sie *wollte* ja, dass sich der Kerl auf sie stürzte. Eigentlich gab es nur einen Ort, wo sie sicher sein konnte, dass der Täter früher oder später nach ihr suchen würde ...

Blanc rannte die vielleicht fünfhundert Meter vom Espace Van Gogh bis zum Amphitheater. Auch dieses Monument war inzwischen geräumt worden. Die Promenade außen rund um die Arena wirkte wie eine düstere Schlucht, eingeklemmt zwischen römischen Bogenreihen und mittelalterlichen Häusern, durchwogt von einem Menschenstrom. Es mussten Hunderte sein, dachte Blanc. Manche hatten Schirme aufgespannt, die sie hoch über den Köpfen hielten, andere hatten sich Mützen oder sogar Plastiktüten gegen den Regen über die Haare gestreift, man konnte kaum ein Gesicht erkennen. Plötzlich ging ein Raunen, beinahe ein kollektiver Aufschrei durch die Menge, ein kurzer Augenblick der Panik, der fast sofort in Bewunderung umschlug: Die großen Scheinwerfer im Boden der Promenade waren zu dieser Abendstunde automatisch aufgeflammt, sie hüllten das steinerne Oval in knochenbleiches Licht. Man konnte jede Fuge und noch die Riffelung in dem Gemäuer erkennen, und manche Blöcke sahen so rein aus, als wären sie erst gestern aus dem Steinbruch geschlagen worden. Doch dieser Vorhang aus Licht, der um das Amphitheater schimmerte, reduzierte die Menschen auf der Promenade auf wandelnde Scherenschnitte, gesichtslose Figuren vor der Kulisse der Arena. Aveline könnte jetzt fünf Meter neben Blanc stehen, und er hätte sie nicht erkannt.

Langsam umrundete er das Amphitheater. Die untersten Bögen waren, außer am Haupt- und am Notausgang, durch vier Meter hohe, mit eisernen Spitzen gespickte Gitter versperrt. An manchen klebten noch vom Regen aufgeweichte Plakate, die für eine *Feria du Riz* warben, einen Stierkampf, der vor einem halben Jahr stattgefunden hatte. Ein paar Touristen schossen Selfies unter einem der verwitterten Poster. Als Blanc seine Runde beendet hatte, wusste er, dass sechzig Bögen das steinerne Oval trugen, von denen achtundfünfzig keinen Zugang hatten. Er wusste, dass ein Dutzend CRS-Polizisten vor dem Haupteingang wachten. Er wusste, dass drei Patrouillen der Police Nationale durch die Menge streiften, je zwei Beamte, die sich im Gehen nach allen Seiten umblickten und die Schnellfeuergewehre vor ihrer Brust umklammert hielten. Und er wusste, dass vor dem Notausgang kein Wachtposten aufgezogen war.

Also der Notausgang.

Rasch ging er dorthin zurück und musterte die Menge, die antike Ruine, die alten Gebäude am Rand. Irgendwo musste Avelines vertraute Gestalt stehen, unter einem Bogen, in irgendeinem Hauseingang, unter den Schirmen, die ein unerschrockener Souvenirhändler über seine Auslagen gespannt hatte, unter …

Da war sie. Neben dem Pfeiler rechts vom Notausgang. Von Blanc fiel eine Zentnerlast ab. Sie lebt, dachte er, Aveline lebt. Unbewusst hatte er die ganze Zeit nach einer Frau Ausschau gehalten, die ihre Umgebung genauso nervös musterte wie er selbst, die jederzeit bereit war zum Kampf. Doch Aveline hatte sich halb von der Menge weggedreht, das Gesicht Richtung Arena, und sie hatte ihr iPhone am Kopf. Sie telefonierte, wie Hunderte Besucher auch, er hätte zehnmal an ihr vorbeigehen können und sie wäre ihm nicht aufgefallen. Nur weil er methodisch aufmerksam die wenigen Meter rings um den Notausgang abgesucht hatte, hatte er sie endlich entdeckt.

Blanc fragte sich, mit wem seine Geliebte telefonierte und was an diesem Gespräch so wichtig war, dass sie es ausgerechnet jetzt führte. Er beobachtete sie. Sie sprach eindringlich, hörte nur selten zu, wirkte aufmerksam, doch weder übermäßig beunruhigt, noch besonders aufgeregt. So, dachte er, würde sie im Flur des Justizpalastes mit einem Staatsanwalt über einen Fall reden.

Oder mit ihrem Mann.

Nach ein paar Minuten beendete sie das Telefonat. Sie blickte auf das Display ihres iPhones. Sah sie seine Nachrichten erst jetzt?, wunderte sich Blanc. Er ersparte ihr einen Rückruf, indem er auf sie zutrat. Sollte Aveline überrascht sein, ihn so plötzlich vor sich auftauchen zu sehen, so verbarg sie das gut. Sie lächelte und ließ, während sie ihm einen Kuss gab, ihr Handy in der Manteltasche verschwinden.

»Ich bin so froh, Sie zu sehen«, murmelte er und hielt sie noch ein paar Augenblicke in den Armen.

»Wir werden das schaffen«, flüsterte sie.

»Das muss ja vorhin ein sehr wichtiges Gespräch gewesen sein«, bemerkte er.

»Ich musste für morgen in Paris einige Dinge organisieren«, antwortete sie, nicht im Mindesten verlegen.

Blanc hätte es gern genauer gewusst. Wieso etwa organisierte sie für morgen in Paris Dinge, wenn sie nicht einmal sicher sein konnte, den heutigen Abend in Arles zu überleben? »Wie sind Sie entkommen?«, fragte er jedoch bloß.

»Ich bin aus dem Fenster gestiegen«, sagte Aveline. »Ich war vor der Pressekonferenz auf dem Flur, bis die Pelherbes herangerauscht kam. Ihr Sohn war einige Meter hinter ihr, es gab also keine Gefahr, dass er vor ihr den Raum betreten und Sie entdecken würde. Ich wollte zu Ihnen zurück und habe darauf gewartet, dass die Lichter im Saal ausgingen. Doch dann hat plötzlich Navarin den Zugang versperrt. Er hat mit ein paar von den Schlägern in einem Büro direkt neben der Tür gewartet.« Sie schwieg einen Moment und zündete sich eine Gauloises an. »Ich habe mich gefragt, was der Kerl mit meiner Tasche vorhat. Ich wäre aber nie an die Tasche herangekommen. Also habe ich mich in einem Büro versteckt und sie durch die angelehnte Tür beobachtet. Ich dachte, die beiden Männer würden vielleicht irgendwann weggehen und dann …« Plötzlich strahlte Aveline über das ganze Gesicht. »Der Terroralarm war Ihr Werk, nicht wahr?«

»Ich habe auch gesehen, dass Navarin Ihre Tasche hat. Was zur Hölle dieser Kerl damit auch plant: Ich musste die Veranstaltung sprengen, bevor er irgendetwas damit anstellen konnte.«

»Das ist Ihnen außerordentlich gut gelungen. Auf dem Flur war plötzlich die Hölle los. Leider ist Navarin dann sofort verschwunden. Er hat es seinen Schlägern überlassen, sich um das Chaos zu kümmern. Ich weiß nicht, wohin er gelaufen ist. Ich wollte nicht von der Menge fortgerissen werden, also habe ich die Tür zu dem Büro verschlossen und mich durch ein Fenster ins Freie hinuntergelassen. Es war nur ein kleiner Sprung. Ich glaube nicht, dass mich jemand dabei gesehen hat. Seither warte ich hier darauf, dass Navarin mich findet.«

»Und was hätten Sie dann bitte gemacht? Allein gegen diesen Kerl?«

»Ich habe doch Sie, *mon Capitaine*. Sie sind wie die Kavallerie. Sie reiten immer im richtigen Augenblick ins Bild.« Sie gab ihm noch einen Kuss. »Wir haben nur noch zwei Stunden.«

»Wir müssen Navarin eine Falle stellen«, antwortete Blanc. Seine Gedanken rasten. Was würde Navarin tun, mitten in einer solchen Menschenmenge mit Dutzenden schwerbewaffneter Polizisten, die überall patrouillierten? Commissaire Lizarey kommandierte die Elitetruppen der CRS nicht, der würde ihm nicht helfen können. Navarin könnte Aveline hier also nicht angreifen. Es sei denn …

»Ich glaube, ich habe einen Plan«, murmelte Blanc.

Er nahm Aveline bei der Hand und zog sie vom Notausgang fort. »Wir müssen uns bewaffnen«, flüsterte er und führte sie zum Souvenirgeschäft. Der Laden war voll. Etliche Leute stellten sich hier zum Schutz vor dem Regen unter, Touristen stöberten schon wieder in den Auslagen, als wäre dies ein ganz normaler Sonntag. Der Terroralarm schien aus einer anderen Welt zu kommen.

»Ich habe das Messer«, flüsterte sie. »Aber Sie werden wohl kaum Munition in diesem Laden kaufen können.«

»Ihre Pistole liegt jetzt auf dem Grund der Rhône.« Blanc wühlte in den Auslagen.

Sie fragte nicht nach Einzelheiten, sondern lächelte bloß spöttisch. »Das ist kein vollwertiger Ersatz für eine Feuerwaffe, *mon Capitaine*.«

Blanc begutachtete die schmiedeeisernen Souvenirs. Zikaden aus Eisen. Türstopper. Frauenfiguren. Stierköpfe. Er fand das Symbol der Camargue: ein Kreuz mit einem Herzen in der Mitte und Ankerspitzen unten. Das Camarguekreuz, das Blanc in der Hand wog, war mindestens ein Pfund schwer und dreißig Zentimeter lang, aus rostrotem, fingerdickem Eisen. Er befühlte die Spitzen des Ankers.

»Damit können Sie definitiv Navarins Schädel spalten«, sagte Aveline.

Blanc bezahlte und ließ sich das Kreuz in eine Papptüte einpacken. Sie traten aus dem Laden. Er deutete auf den Notausgang des Amphitheaters, der etwa fünfzig Meter von ihnen entfernt lag. Der Regen war stärker geworden, ein kühler Wind jagte um das Steinoval und vertrieb die ersten Schaulustigen.

»Navarin muss bald zuschlagen, sonst kann er sich nicht länger in der Menschenmenge verstecken. Die Leute gehen jetzt langsam nach Hause«, erklärte Blanc. »Sie sollten in der Nähe des Notausgangs bleiben, aber nicht zu nah. Wenn ich Navarin wäre und Sie dort entdecken würde, dann würde ich mit dem Generalschlüssel unauffällig den Notausgang öffnen. Anschließend würde ich warten, bis gerade keiner von den Polizisten da ist, Sie überfallen und blitzschnell ins Innere der Arena zerren, bevor es jemandem auffällt.«

»Und dort würden Sie mich töten?«, fragte Aveline ironisch.

»Navarin würde Sie töten«, erwiderte Blanc ernst. »Keine Zeugen. Kein Lärm. Niemand kann ins Amphitheater hineinsehen. Navarin hätte alle Zeit der Welt, um Sie dort zu ermorden. Und es würde mindestens bis zum nächsten Morgen dauern, bevor jemand auch nur Ihre Leiche entdeckt. Dieser Plan hat nur einen kleinen Fehler: Wenn Navarin Sie überwältigt hat, kann er vielleicht noch die Tür vom Notausgang schließen, aber er wird keine Zeit haben, den Schlüssel ins Schloss zu fummeln und sie wieder zu verriegeln.«

»Wenn ich mich heftig genug wehre«, meinte sie.

»Wenn Sie sich heftig wehren«, bestätigte Blanc. »Ich schlüpfe durch den Notausgang in die Arena. Und dann wird Navarin eine Überraschung erleben.« Er hob die Tüte, in der das Camarguekreuz lag.

»Das klingt nach einem ziemlich selbstmörderischen Plan. Aber mir fällt kein besserer ein.« Aveline nickte entschlossen.

Es waren jetzt weniger Menschen auf der Promenade als noch vor einigen Minuten, aber immer noch viele für einen trüben, nasskalten Sonntagabend. Fast jeder war in Bewegung, langsam gingen die Leute um das Amphitheater herum. Blanc konnte die Unruhe der Menge beinahe körperlich spüren: keine Panik, nicht einmal Furcht vor einem Anschlag, eher eine Angstlust, eine Mischung aus Nervosität und Hoffnung, dass irgendetwas Außergewöhnliches geschehen möge. Aveline schlenderte über die Promenade. Sie blieb wenige Meter vor dem Notausgang stehen und blickte sich um. Das perfekte Ziel. *Komm schon,* dachte Blanc, *komm schon!* Irgendwann musste Navarin doch auftauchen. Er selbst hatte sich unter einem der Regenschirme des Souvenirladens postiert. Er musterte die Menge. Navarin war nirgends zu entdecken und auch keiner seiner Kumpane. Dann tauchten am Rand des Amphitheaters zwei Polizisten auf. Blanc zog sich tiefer in das Geschäft zurück. Die Beamten wanderten langsam an ihm vorbei. Sie achteten nicht auf ihn, einer der beiden hatte nicht einmal mehr die Hände an seiner Waffe. Je länger der Alarm zurücklag und je stärker der Regen fiel, desto gleichgültiger zogen sie ihre Runden. Routine. Blanc erinnerte sich an seine ersten Jahre in der Gendarmerie, als er, in schweren Stiefeln, *képi* und mit der wuchtigen Maschinenpistole vor der Brust, vor dem Stade de France patrouillieren musste oder in irgendeiner Straße nahe am Élysée stand, wenn mal wieder ein Staatsgast empfangen wurde. Das war in einer fernen Vergangenheit, als Uniformierte noch nicht mit Messern oder Lastwagen angegriffen wurden. In einer fernen Vergangenheit, in der das bloß ein langweiliger Job war. Heute rauschte den Flics zwar zunächst das Adrenalin durch die Adern, weil man nie sicher sein konnte, den nächsten Schritt zu überleben. Aber irgendwann stumpfte man selbst unter Lebensgefahr ab. Wenn lange genug nichts geschah, dann wurde man irgendwann müde. Blanc sah ihnen an, dass diese beiden Beamten bereits glaubten, dass es sich um einen falschen Alarm handelte und sie bloß noch patrouillierten, weil die Vorgesetzten eine Zeit lang Flagge zeigen wollten. Er blickte ihnen nach, wie sie langsam, beinahe schon lässig, hinter der Rundung der Arena verschwanden.

Navarin.

Die Stahltür des Notausgangs stand ein paar Zentimeter weit offen, Navarin schob sich langsam durch den Spalt ins Freie. Er hatte die Kapuze des Hoodies über den Kopf gezogen. Avelines Tasche hatte er irgendwie an seinem Gürtel befestigt – wahrscheinlich, um beide Hände frei zu haben. Die Damentasche hätte an ihm lächerlich ausgesehen, wenn irgendjemandem beim Anblick seiner Muskelberge zum Lachen gewesen wäre. Blanc fluchte innerlich. Er hatte vermutet, dass der Kerl aus irgendeiner Gasse von außerhalb der Arena auftauchen würde und erst zum Notausgang schleichen müsste, um Aveline überwältigen zu können. Das hätte Blanc ausreichend Zeit gelassen, um sich seiner Geliebten unauffällig zu nähern und sich bereit zu machen. Doch Navarin war schon drinnen! Er musste bereits seit Stunden im Amphitheater ausgeharrt haben.

Blanc hätte sich ohrfeigen können. Navarin musste nach der Räumung durch die Polizei in einer unbeobachteten Sekunde durch den Notausgang hineingegangen sein. Vielleicht hatte er sich auf dem Turm versteckt, von dem aus er Gravet in den Tod gestürzt hatte. Es war der höchste Punkt der Stadt, ein idealer Beobachtungsposten und von den Gassen unten praktisch uneinsehbar. So viel Intelligenz hätte er ihm gar nicht zugetraut. Ob er Aveline schon lange entdeckt gehabt hatte? Ihr Treffen mit Blanc sogar beobachtet hatte? Ob er deshalb wusste, wo Blanc sich versteckt hielt? Dass er sich, wenn auch primitiv, bewaffnet hatte? Dann wäre Navarin auf seinen Angriff vorbereitet …

Der Hüne ging nun in Avelines Richtung und schob einen älteren Mann brutal zur Seite. Blanc rannte los. Seine Geliebte drehte sich genau in dieser Sekunde zufällig zu ihm hin und machte ihm ein unauffälliges Handzeichen, das vielleicht bedeuten sollte: *Noch immer nichts passiert.* Sie stutze, sah, dass Blanc in ihre Richtung lief, runzelte verwundert die Stirn. Sie stand viel näher beim Notausgang als beim Souvenirladen, und sie hatte der Arena den Rücken zugekehrt. Navarin war nicht so schnell wie Blanc, aber er musste nur ein paar Meter überwinden. Schon hob er die Rechte, um sie zu packen.

Dann hielt Navarin plötzlich inne. Er sah nicht länger Aveline an. Blanc stoppte ebenfalls instinktiv für einen Moment und folgte seinem Blick. Die zehn schwer bewaffneten Polizisten der CRS marschierten in diesem Augenblick um das Amphitheater.

Die Passanten teilten sich vor ihnen wie ein Schwarm Heringe vor einem Hai. Marschordnung, dachte Blanc, die ziehen ab! Er war vielleicht noch zehn Meter von Aveline entfernt, Navarin höchstens noch zwei. Dessen Blick irrte von ihr zum Notausgang und zurück. Er wagte nicht mehr, sie jetzt noch anzugreifen. Einen Moment lang hatte er wohl gehofft, sich in die Arena zurückziehen zu können, doch dann musste ihm klar geworden sein, dass er auch das nicht mehr schaffen würde, dass ihn die anrückenden Polizisten bemerkten, wenn er sich am Notausgang zu schaffen machte. Er drückte sich rückwärts in die Menge.

Erst in dieser Sekunde bemerkte Aveline endlich auch Navarin. Sie machte einen Schritt hinter ihm her, als wollte sie ihn verfolgen, dann blieb sie wieder stehen. Wandte den Kopf, tauschte einen Blick mit Blanc. Es war zum Verrücktwerden, dachte er, das ist einfach nicht wahr! Blanc bewegte sich langsam und möglichst unauffällig Richtung Aveline. Bloß nicht auffallen! Wenn sie rannten, dann würden die Beamten der CRS sofort ihre Aufmerksamkeit auf sie richten, sie vielleicht sogar festnehmen.

Blanc erreichte Aveline genau in dem Moment, als der Trupp der Elitepolizisten in ihrer Nähe vorbeimarschierte. Sie stellten sich möglichst unauffällig nebeneinander hin und taten so, als würden sie den Polizisten nachblicken.

»Sehen Sie Navarin noch?«, flüsterte sie.

»Ja«, antwortete er leise. »Er ist bereits halb um die Arena herum, schon beinahe da, wo es zum antiken Theater geht.«

»Dahinter ist der Park und dann der Boulevard des Lices. Er hat garantiert seinen Wagen dort geparkt. Schnell!«

Blanc schüttelte den Kopf. »Navarin wird nicht zu seinem Auto gehen. Er hat ein anderes Ziel. Er hat noch immer Ihre Tasche. Er hat den Augenblick verpasst, Sie hier auszuschalten. Er muss sich Unterstützung holen – und zwar sehr, sehr schnell. Lizarey hat nach dem Alarm tausend andere Dinge zu tun. Navarin käme nicht einmal in die Polizeistation hinein. Seine eigenen Schläger sind überall in dem Chaos verstreut. Er bräuchte Stunden, um sie zusammenzutrommeln. Die Einzige, die ihm jetzt noch helfen kann, ist Hélène Pelherbes.«

»Sie sieht nicht gerade aus, als hätte sie den schwarzen Gürtel.«

»Die Pelherbes wird Navarin und Ihre Tasche so lange verstecken, bis der TGV nach Paris abgeht. Und sie wird ihren Sohn und

dessen Leute vom *Bloc* ausschwärmen lassen, damit die uns fertigmachen. Wenn Navarin die Pelherbes erreicht, sind wir geliefert,
dann kommen wir niemals mehr an Ihre Tasche.«

»Die Polizisten haben sie sicher längst aus dem Espace Van Gogh
evakuiert«, sagte Aveline.

»Sie ist die Nummer zwei der Stadt«, erwiderte Blanc. »Sie wird
jetzt im Rathaus sein. Deshalb wird Navarin sich dorthin aufma-
chen. Und wir werden das auch tun.«

Zwischen Arena und antikem Theater weitete sich die Promenade
zu einer Art Platz. Hier war die Menge noch dicht, und Blanc sah,
wie schwer es selbst einem Riesen wie Navarin fiel, dort schneller
als im Spaziergängertempo voranzukommen. Er nahm Avelines
Hand und zog sie die Treppe neben dem Souvenirladen hoch in die
winzige Rue des Arènes. Die Gasse lag beinahe verlassen im Dämmerlicht einer Laterne. Sie rannten los, vorbei an der Galerie der
unglücklichen Andréonis, und Blanc gab einen Dreck darauf, ob
sie jetzt noch einem zufälligen Zeugen auffielen oder nicht. Ein-,
zweimal blickte er sich um. Er hatte das Gefühl, verfolgt zu werden,
doch er sah niemanden zwischen den Häusern. Paranoia, sagte er
sich. Navarin konnte unmöglich so rasch bis in diese Gasse vorgedrungen sein. Und wer sonst sollte ihnen folgen? Sie ließen die erste
Querstraße hinter sich, bogen in die zweite links ein: Rue de l'Hôtel
de Ville. Weniger als hundert Meter vor sich sahen sie schon die hell
erleuchtete Rückseite des wuchtigen Rathauses.

Und direkt davor blockierten zwei Stahlgitter die Gasse, hinter
denen sechs Polizisten der CRS standen.

Blanc blieb abrupt stehen.

»Weitergehen!«, zischte Aveline. »Das sind keine Polizisten aus
Arles. Hier laufen jetzt so viele Flics herum, sie werden sich nichts
dabei denken, wenn sie uns sehen. Wir zeigen ihnen einfach unsere
Dienstausweise.«

Sie eilten auf die Absperrung zu. Ein junger Brigadier trat ihnen entgegen. Er hatte den Helm an seinen Gürtel gehängt, man sah, wie müde er war. Blanc hielt seinen gelben Gendarmerieausweis hoch, Aveline ihre Papiere, die sie als Untersuchungsrichterin identifizierten.

»Wir müssen ins Rathaus«, erklärte sie barsch.

Der Brigadier warf nur einen kurzen Blick auf die Ausweise, dann gab er seinen Männern ein Handzeichen. Sie hoben eine Barriere ein Stück weit zur Seite und winkten sie durch. Keiner der CRS-Männer richtete auch nur ein Wort an sie. Als Blanc im Rathaus war, atmete er auf.

»Ich bin gespannt, wann Navarin hier aufkreuzt. Er wird nicht so leicht durch die Sperren kommen«, flüsterte Aveline.

»Er ist der Chef der Security-Firma, die Madame Pelherbes engagiert hat. Er kommt durch«, brummte Blanc düster.

Sie standen in der großen, gewölbten Passage, die von der Rückseite quer durch das Rathaus bis auf den Platz mit dem Obeliskenbrunnen führte. Der Platz selbst war hell erleuchtet. Auch hier drängten sich Schaulustige, viele Kinder darunter, es lag nicht länger Angst, sondern Volksfeststimmung in der Luft. Der Gitarrenspieler, an dem Blanc am Freitag – war das erst zwei Tage her? – vor dem Amphitheater vorbeigegangen war, hatte sich neben dem Brunnen unter einen Regenschirm gesetzt und spielte. Seine melancholischen Melodien perlten über den Platz. Wie absurd das alles ist, dachte Blanc. Die Monster in der Fassade von Saint-Trophime zitterten unter den Blitzen von Handys und Kompaktkameras der Touristen.

Die Rathauspassage selbst jedoch wurde nur von zwei Lampen erleuchtet, moderne Deckenfluter, die eher das Gewölbe über ihren Köpfen als den Raum um sie herum in gelbes Licht tauchten. Die Luft war dicht und abgestanden und stank nach feuchtem Mauerwerk. Hier war niemand zu sehen, doch Blanc meinte, irgendwo von oben Stimmen zu vernehmen, Telefone klingelten, er hörte, wie eine Tür zugeschlagen wurde. Er blickte zurück in die

Gasse bis zur Sperre der CRS. Er fühlte sich noch immer beobachtet. Doch an den Barrikaden standen bloß die Uniformierten. Kein Unbekannter war auch nur in ihrer Nähe, niemand hatte den Riegel der Polizisten passiert. Ein breites Treppenhaus in der Passage wurde spärlich erhellt. Soweit Blanc das erkennen konnte, war dies der einzige Zugang von der Passage aus zu den Räumen in den höheren Stockwerken. Es gab noch eine zweite Treppe, nahe am Ausgang zum Platz, doch sie führte nach unten und lag im Dunkeln. Ein geschlossenes Kassenhäuschen stand daneben, eine Schranke versperrte den Zugang. *Les Cryptoportiques,* las er auf einem Schild. Die unterirdischen Gewölbe aus römischer Zeit, in denen angeblich die Neue Venus gefunden worden war.

»Da wird sich Navarin wohl kaum mit der Pelherbes treffen«, meinte Aveline. Sie deutete auf die erleuchtete Treppe. »Wir verstecken uns so gut es geht in der Dunkelheit zu beiden Seiten der Stufen. Wenn Navarin kommt und hinauf will, nehmen wir ihn in die Zange. Er wird nicht mit einem Überfall rechnen, nicht hier. Sie schlagen ihn mit dem Eisenkreuz eins über den Schädel, ich entreiße ihm die Tasche. Zehn Sekunden später stehen wir auf dem Platz.«

»Kein Messer!«, mahnte Blanc. »Lassen Sie Ihr Messer stecken.«

»Wenn Sie fest genug zuschlagen …«

Blanc drückte sich rechts von der Treppe in eine Wandnische. Aveline war jenseits der Stufen im Halbdunkel verschwunden. Er hatte das eiserne Camarguekreuz ausgepackt und hielt es umklammert. Wie lächerlich, dachte er plötzlich, wie wahnsinnig lächerlich. Versteckt an der Wand herumzustehen wie ein drittklassiger Straßenräuber, mit einem Souvenir als einziger Waffe. Was war, wenn Navarin doch nicht kam? Was blieb ihnen dann noch zu tun? Und was war, wenn er kam? Der Koloss würde sein bescheuertes Kreuz wie eine Coladose zerquetschen und ihn gleich mit. Und Aveline …

Er zwang sich, die aufbrandende Verzweiflung niederzukämpfen. Zwang sich, die beiden Zugänge zur Passage im Auge zu behalten, hoffend und fürchtend zugleich, dass möglichst bald ein mächtiger Schatten dort erschien. Er fühlte sich beobachtet, lauschte auf die Geräusche, die über das Treppenhaus hinunterquollen, versuchte, die Dunkelheit zu durchdringen. Aveline und er waren die einzigen beiden Menschen in der Passage, da war niemand, da konnte einfach niemand sein. Und doch meinte er, Atemzüge zu hören, von irgendwo.

Schritte.

Blanc presste sich ans feuchte Mauerwerk, hielt seine eiserne Waffe fest umklammert.

Lizarey.

Am Zugang, der zur Rückseite führte, kam der Commissaire ins Rathaus hinein, ihm folgten vier weitere Polizisten. Lizarey ging im Laufschritt, er schleuderte eine halb gerauchte Zigarette fort, bedachte seine Begleiter mit einer Kanonade von Schimpfworten. »Und was soll ich dem Bürgermeister sagen?!«, schrie er schließlich. Er blieb stehen, musterte seine Untergebenen. Blanc war keine fünf Meter entfernt, er versuchte nicht mehr zu atmen.

»Ich habe diesen Alarm ausgelöst!«, fuhr Lizarey fort. »Ich war damit live im Fernsehen, Scheiße noch mal! Und dann finden wir in der ganzen Stadt nicht einmal einen Knallfrosch? Und haben nicht die geringste Ahnung, wer die Drohung geschickt hat? Vielleicht nur ein Witzbold?« Seine Stimme dröhnte durch das Gewölbe. »Dieses Arschloch hat die SMS an meine persönliche Handynummer geschickt! Das war kein Penner, der sich einen miesen Scherz erlaubt hat. Woher hatte der meine Nummer? Selbstverständlich hat er mit einer Prepaidkarte angerufen! Glaubt ihr, der Typ steht im Telefonbuch unter ›I‹ wie ›IS‹?! Ich verspreche euch: Wenn ich für diesen Dreck über die Klinge springen muss, dann springt ihr mit mir! Die Pelherbes wird uns nicht retten, die wird sich mit unseren Papieren den Hintern abwischen! Wir gehen da jetzt hoch ins Büro des Bürgermeisters. Und ich sage ihm, dass wir schon Ergebnisse haben. Und dann tritt jeder Einzelne von euch Idioten vor und präsentiert dem Bürgermeister ein paar Ergebnisse!« Lizarey wartete keine Antwort ab, sondern stürmte die Treppe hoch. Seine Männer folgten ihm mit dem Ausdruck von Soldaten, die gleich aus dem Schützengraben ins MG-Feuer springen müssen.

Blanc holte Luft. Eines war sicher: Da oben würde in den nächsten zehn Minuten niemand auf das achten, was in der Passage geschehen würde.

Und dann stand Loïc Navarin im Durchgang.

Er musste über den Platz gekommen und dort irgendwie die Absperrungen passiert haben. Das Licht vom Brunnen umstrahlte von hinten seine Gestalt. Er hatte noch immer die Kapuze über dem Kopf – und Avelines Tasche am Gürtel. Navarin machte zwei Schritte in die Passage hinein. Blanc hob das schwere Camarguekreuz. Aus den Augenwinkeln sah er einen Moment lang einen schwachen Schimmer. Die Klinge von Avelines Messer.

Navarin legte noch ein paar weitere Schritte zurück, dann blieb er plötzlich stehen. In diesem Moment erinnerte er Blanc an den Pitbull, der Witterung aufgenommen hatte. Er konnte den Mann im Dämmerlicht kaum noch erkennen, doch es sah so aus, als würde er seine Umgebung mustern. Als lauschte er. Dann griff er mit der Rechten in seine Tasche. Eine Pistole! *Merde,* der Typ holt eine Knarre heraus, dachte Blanc, und wir …

Der weiße Strahl einer starken Taschenlampe flammte auf und zitterte durch das Gewölbe.

Navarin hatte eine Maglite in der Faust, die so lang und massiv war wie ein Schlagstock. Mit ihrem Lichtkegel suchte er Zentimeter für Zentimeter die Passage ab. Blanc ließ sich möglichst lautlos zu Boden sinken. Aber das würde ihm höchstens ein, zwei Sekunden schenken, bevor Navarin ihn entdeckte.

»Vielen Dank, dass Sie sich die Mühe gemacht haben, mir die

Tasche zurückzubringen.« Aveline hatte sich aus ihrem Versteck gelöst und trat ins Licht des Treppenhauses. Ihr Messer war nicht mehr zu sehen. Angesichts der Umstände wirkte sie provozierend gelassen. Navarin fuhr herum und leuchtete ihr direkt ins Gesicht.

Blanc bewunderte Avelines Kaltblütigkeit. Sie stellte ihm eine Falle. Navarin suchte nicht länger die finsteren Winkel der Passage ab. Der Kerl trat näher, seine kalten Augen waren nun ausschließlich auf Aveline gerichtet.

»Wenn du nicht herumzickst, dann bringen wir es schnell hinter uns«, sagte er. »Wenn du herumzickst, dauert es länger. Sterben wirst du so oder so.«

»Aber nicht heute.« Aveline stieg rückwärts eine Treppenstufe hoch.

»Das ist ein Irrtum.« Navarin lächelte kalt. Dann stürzte er sich auf sie.

Blanc, der immer noch auf dem Boden kauerte, sprang in dem Moment flach nach vorn, als Navarin an der Treppe anlangte. Er holte mit dem Kreuz aus und schlug es mit aller Kraft gegen dessen rechten Fußknöchel. Navarin gab ein Grunzen von sich, halb Schmerz, halb Überraschung, stolperte und schlug der Länge nach auf die Treppe. Auf seiner Stirn platzte eine Wunde auf, Blut benetzte eine Stufe. Aveline stürzte von oben auf ihn zu, griff nach ihrer Tasche. Doch Navarin richtete sich blitzschnell auf und packte ihren ausgestreckten Arm. Seine Kapuze war halb vom Kopf gerutscht. Auf seinem kahlen Schädel glänzte Schweiß, Blut lief ihm bis in die Augenbrauen und Zorn entstellte seine Züge. Einen Moment lang sah er so aus, als wollte er sie nie mehr loslassen. Doch Navarin war ein erfahrener Kämpfer, er ahnte, dass Aveline nicht seine gefährlichste Gegnerin war. Er schleuderte sie mit brutaler Wucht gegen die Wand. Blanc hörte ihren halb unterdrückten Schmerzensschrei. Sie sank zu Boden, kroch auf allen vieren in die Düsternis.

Da war Navarin schon bei ihm. Er hatte die stählerne Maglite gedreht. Jetzt war sie tatsächlich wie ein Schlagstock, den er hochgehoben hatte, um ihn auf seinen Schädel niederkrachen zu lassen. Blanc riss das Camarguekreuz hoch und parierte den Hieb. Als sich ihre Waffen trafen, hallte ein metallischer Schlag durch das Gewölbe. Der Schmerz ging Blanc von der Hand durch den Unterarm und schien in seinem Ellenbogen zu explodieren, doch er hielt das Kreuz fest umklammert. Navarin holte zu einem neuen Hieb aus. Blancs Hand schnellte nach vorn. Er rammte seinem Gegner eine Ankerspitze des Kreuzes in den Bauch. Navarin stöhnte auf. Sein Hieb traf Blancs Unterarm, doch diesmal war nicht mehr so viel Kraft dahinter.

Blanc sprang zwei Schritte zurück, raus aus der Reichweite seines Gegners. Er keuchte und blickte sich um. Wo war Aveline? Sie war im Dunkeln nirgendwo mehr zu sehen, er hörte aber ihr Stöhnen. Blanc wusste, dass er auf Dauer keine Chance gegen Navarin hatte, wenn Aveline ihm nicht half. Er musste den Kerl von ihr weglocken, bis sie wieder zu Kräften kam und ihn von hinten angreifen konnte. Hoffentlich. Er ging noch einen Schritt weiter zurück. Navarin folgte ihm, aber er war langsam. Als er mit dem rechten Fuß auftrat, verzog er für einen Augenblick den Mund vor Schmerz. Blanc sah verzweifelt nach links und rechts. Er konnte nicht um seinen Gegner herum die Treppe erreichen und nach oben fliehen, dann wäre er womöglich Lizarey in die Arme gelaufen. Es gab nur einen Weg.

Blanc rannte bis zur Treppe, die zu den Kryptoportiken führte. Er sprang über die Schranke. Er musste Navarin nach unten locken, weit weg von Aveline. Aber er ahnte, dass es in den antiken Gewölben keinen zweiten Ausgang gab. Dort mussten sie Navarin überwältigen.

Oder sie würden sterben.

Er trat auf eine enge, gewundene Treppe. Die Stufen aus rostzernarbtem Blech zitterten leicht bei jedem seiner Schritte. Hastig holte er sein Handy hervor, machte die Taschenlampe an, leuchtete hinab. Navarin hatte seinen massigen Körper über die Absperrung gewuchtet.

»Wir haben noch eine Rechnung offen«, knurrte er.

»Die Kratzer im Mercedes übernimmt meine Versicherung«, rief Blanc. Der Typ musste rotsehen, nicht mehr klar denken, auf nichts mehr achten. Blanc nahm zwei Stufen auf einmal. Rasch hatte er einige Meter Vorsprung gewonnen. Die Wendeltreppe erzitterte heftiger. Er hörte Navarins schleifende Schritte über sich. Blanc erreichte einen Treppenabsatz, schöpfte kurz Atem, nahm eine zweite, noch verrostetere Wendeltreppe in die Tiefe.

Endlich sprang er von der untersten Stufe in einen düsteren, feuchten Gang. Er hatte Säulen, Marmor, irgendetwas Römisches erwartet. Doch die Kryptoportiken wirkten wie eine gigantische Gruft. Die kalte Luft stank modrig. Kein Durchzug, dachte er, hier gibt es wirklich keinen zweiten Ausgang. Das spärliche Licht, das von der Rathauspassage die Treppen hinunter bis zu den Kryptoportiken drang, tauchte bloß die ersten Meter in gelblichen Dämmer.

Er stand in einem etwas mehr als mannshohen Gewölbe, dessen braun-gräulich verfärbte Mauer Schimmel und Salzkristalle ausschwitzte. Auf dem erdigen Boden schimmerten schmutzigbraune Pfützen im Licht seines Handys. Große Steinbrocken lagen längs der Wand, sie sahen aus wie vergessene Särge, daneben scheibenförmige Fragmente von Säulen, zertrümmerte Steinfriese mit Blumenmustern. Zu seiner Rechten erkannte er eine Reihe steinerner Bogen, die nicht einmal einsachtzig hoch waren. Er spähte durch den ersten hindurch, doch dahinter erstreckte sich bloß eine Art Höhle, die nach wenigen Schritten im nackten Fels endete. Eine Sackgasse. Ihm blieb nichts anderes übrig, als den elend langen, düsteren Gang hinunterzulaufen.

Der mit jedem Schritt zitternde Lichtstrahl aus dem Nokia strich über einen längst zugeschütteten Brunnenschacht, an Kammern vorbei, erhellte weitere kurze Sackgassen unter kompliziert aussehenden Gewölbekonstruktionen, die nach rechts hin abzweigten und mitten im Stein endeten. Zwanzig Meter? Dreißig? Hundert? Er hörte tröpfelndes Wasser über sich, spürte kaltes Nass an seiner Wange: Feuchtigkeit sickerte durch das Gewölbe und fiel schwer in die Pfützen. Vielleicht regnete es oben wieder stärker. Ob er noch einmal Regen sehen würde? Er vernahm ein wütendes Fiepen von irgendwo. Schatten huschten am Mauerwerk entlang. Ratten.

Navarin polterte erst jetzt die letzte Stufe hinunter. Der Strahl seiner Taschenlampe füllte schlagartig die Kryptopórtiken mit Licht.

Blanc schloss einen Moment lang geblendet die Augen, drehte sich weg. Das Leuchten der Maglite zeigte ihm aber, dass er den Gang nur noch wenige Meter weiter hinunterlaufen musste, bevor dieser scharf nach rechts abknickte. Er nahm alle Kraft zusammen und rannte um diese Ecke, bog in ein Gewölbe ein, das ganz ähnlich war wie jenes, durch das er geflohen war, Mauerwerk, Bögen, Nischen, Steintrümmer auf dem gestampfen, pfützenübersäten Boden. Blanc versteckte sich in der ersten Nische unter einem niedrigen Bogen und schaltete seine Handylampe aus. Für Navarin war er jetzt in der Dunkelheit jenseits der Ecke verschwunden. Sein Gegner würde vorsichtig um diese Ecke gehen müssen. Das würde ihn Zeit kosten. Zeit für Blanc, zu Atem zu kommen. Zeit, um nachzudenken, was, verdammt, er jetzt eigentlich noch tun konnte.

Der Lichtkegel an der Wand wurde größer. Schon hörte er Navarins schweren, schleifenden Schritt. Ich muss ihn aus der Nische heraus überfallen, sagte sich Blanc. Vielleicht geht er vorbei, und ich kann ihn von hinten angreifen. Er steckte sein Handy weg, umklammerte mit beiden Händen das Kreuz.

Navarin hielt inne.

Er kann mich nicht gesehen haben, er kann mich nicht gesehen haben, niemals, das ist unmöglich, dachte Blanc. Navarin ist noch im ersten Gang, er hat die Ecke noch nicht erreicht, er weiß nicht, wo ich mich verstecke. Aber der Kerl ging nicht weiter. Dann zitterte der Lichtkegel der Maglite, wurde schwächer, war nur noch ein fernes Glimmen. Navarin hatte seine Taschenlampe in die andere Richtung geschwenkt, erkannte Blanc. Dorthin, woher er gekommen war. Der wird doch nicht abhauen?! Der wird nicht wieder nach oben gehen zu Aveline?! Blanc warf sich auf den Boden und schob sich Zentimeter für Zentimeter aus der Nische heraus. Er musste die Steine eher ertasten, als dass er sie noch erkennen konnte. Er robbte näher an die Ecke heran. Der Lichtschein wurde etwas stärker. Navarin musste noch irgendwo im Gang sein. Noch näher. Er atmete durch. Vielleicht ist das eine Falle, ich schiebe meinen Kopf um die Ecke und bin tot. Aber was blieb ihm schon übrig?

Blanc überwand die letzte Handbreit und spähte in den Gang zurück, durch den er gekommen war.

Navarin stand in der Mitte, auf halbem Weg zwischen Ecke und Treppe. Er hatte seine Maglite auf die Stufen gerichtet. Dort stand Aveline, immer noch taumelnd vor Schmerz. Sie hielt ihr Messer in der Linken.

Blanc merkte Navarin die Verwirrung an. Jetzt war *er* in der Falle. Wohin er sich auch wandte, wohin er seinen Lampenstrahl auch lenkte, stets würde er einen Gegner im Rücken haben, in der Dunkelheit. Navarin blickte sich um, wütend und ratlos wie ein in die Enge getriebener Hund.

Da rappelte Blanc sich hoch und trat um die Ecke. »Ich habe genug von der Scheiße«, sagte er.

Navarin fuhr herum, richtete seine Maglite auf Blanc. Er vergaß Aveline und schleppte sich in seine Richtung.

Blanc zog sich jenseits der Ecke in die Dunkelheit zurück. Der Lichtstrahl tanzte über das Gewölbe. Er lauschte auf die Schritte. Kein Zweifel: Navarin näherte sich, doch sehr langsam. Immer wieder wandte er die Taschenlampe nach hinten, wahrscheinlich um Aveline auf Distanz zu halten. Denn sie kam ebenfalls näher.

Blanc konnte jetzt ihre Schritte von denen Navarins unterscheiden. Der Abstand zwischen den dreien verringerte sich mit jeder Sekunde. Blanc machte sich bereit. Lauschte. Wartete.

Da, in einem Satz, den er ihm in seinem Zustand nicht zugetraut hatte, kam Navarin schlagartig um die Ecke. Er musste seine Verletzung ignoriert haben, um diesen Satz zu machen. Er stöhnte vor Schmerz und hielt die Maglite in den Gang. Blanc sprang unter dem Bogen der Nische heraus auf ihn zu und schlug mit aller Kraft auf den Arm.

Navarin schrie nicht einmal auf, doch die Taschenlampe fiel mit einem dumpfen Poltern zu Boden, rollte bis in eine Pfütze und beleuchtete eine andere Nische und ein Stück vom Gang. Blanc hob das Kreuz zu einem neuen Hieb, dorthin, wo er in der plötzlichen Dunkelheit seinen Gegner vermutete. Doch bevor er zuschlagen konnte, traf ihn Navarins Faust. Sie traf ihn am rechten Schlüsselbein. Blanc taumelte, krachte mit dem Rücken gegen einen Pfeiler, das Camarguekreuz glitt aus seiner Hand. Es schlug irgendwo mit einem metallischen Klang auf, laut genug, dass Navarin ahnen musste, dass er seine Waffe verloren hatte. Er spürte einen Luftzug nahe an der Stirn. Navarins nächster Schlag ging nur haarscharf vorbei. Blanc machte einen Tritt und hoffte, seinen Gegner am Bein zu treffen, ihn zu Boden zu schicken. Doch da war nichts als Leere. Er warf sich zur Seite, tastete nach seinem Kreuz. Navarin schnaufte. Der Kerl hat Schmerzen im Fußgelenk, vielleicht habe ich auch seinen Arm richtig erwischt, dachte Blanc. Ich muss nur noch ein wenig durchhalten, nur noch ein paar Schläge … Für eine Sekunde sah er plötzlich eine Hand im Lichtstrahl der auf dem Boden liegenden Taschenlampe. Avelines Hand. Sie hob die Maglite hoch, schaltete sie aus – dann hörte er ein Klappern, weit entfernt. Sie musste die Taschenlampe fortgeschleudert haben. Keine Chance für Navarin mehr, seine Opfer noch einmal zu finden. Keine Chance mehr, sie einfach zu töten. Blanc drückte sich an eine Wand, lauschte.

Atemzüge. Von Navarin? Von Aveline? Sie schienen von überall zu kommen. Sein Puls dröhnte in seinen Ohren, so laut, dass er einen Moment glaubte, er müsste durch das ganze Gewölbe zu hören sein. Schritte. Schleifende Schritte. Verdammt, verdammt, verdammt.

Blanc kämpfte sich hoch, wankte in der Dunkelheit, tastete sich dorthin voran, wo er glaubte, dass die Ecke sein müsste. Eine Ewigkeit verging so. Dann war er endlich da, bog zurück in den ersten Gang ein. Das Dämmerlicht aus der Rathauspassage beleuchtete die Treppe am fernen Ende des Gangs, nicht mehr als ein heller Fleck in absoluter Schwärze. Und in dem hellen Fleck bewegte sich eine Gestalt.

Blanc fummelte sein Handy aus der Tasche, schaltete die Lampe ein, leuchtete mit zitternder Hand die Umgebung ab. Aveline lag neben einem Pfeiler, mit Dreck bespritzt und erschöpft.

»Der Kerl wartet oben an der Treppe auf uns.« Sie konnte bloß noch flüstern. »Der weiß genau, dass wir hier irgendwann heraus müssen. Auf der Wendeltreppe gibt es nur Platz für einen Menschen. Er kann uns nacheinander fertigmachen.«

Er zog sie hoch. »Vielleicht hole ich ihn noch ein«, keuchte er.

»Zu spät. Navarin ist schon an der Treppe. Wenn er erst mal oben ist, dann hat er gewonnen.«

Blanc hatte keine Zeit mehr, nach seinem Kreuz zu suchen. Er rannte den Gang hinunter, versuchte dabei, den lächerlich schwachen Lichtstrahl des Nokias so ruhig wie möglich zu halten, um nicht über einen der Steine zu stolpern. Er sah noch Navarins Stiefel auf einer Stufe. Dann sah er gar nichts mehr von ihm. Die Wendeltreppe zitterte unter dem Gewicht des massigen Mannes. Wir sind erledigt, dachte er verzweifelt. Plötzlich ein erstickter Schrei. Ein schweres Poltern, dass die Stufen erzittern ließ. Navarin stürzte, sich überschlagend und hilflos mit den Armen rudernd, die enge, steile Treppe hinunter und knallte mit dem Kopf wuchtig auf die vorletzte Stufe.

Blanc hörte einen Knochen knacken, nicht sehr laut, aber sehr hässlich.

Navarin lag am Fuß der Treppe und rührte sich nicht mehr.

Eine Sekunde später war Blanc heran und beugte sich über ihn. Er musste ihm nicht mehr den Puls fühlen. Navarins Augen waren weit geöffnet, sein Kopf hing in einem grotesken Winkel zwischen den Schultern, aus seinen Mundwinkeln sickerte Blut. Die Stahlwendeltreppe erzitterte erneut unter schweren Schritten, jemand stieg nun langsam in die Kryptoportiken hinunter.

Ein Zug nach Paris

Blanc schaltete die Handylampe aus. Er hörte Avelines Schritte dicht hinter sich. »Kein Laut mehr!«, zischte er.

In dem Gang wurde es dunkel wie im Grab. Doch der Schimmer an der Treppe erhellte die Konturen von Navarins Leiche, ein großer, in seiner Verrenkung irgendwie obszön wirkender Körper. Jetzt waren die Schritte auf der Treppe deutlich zu hören. Auf der obersten Stufe, die er von seinem Versteck aus sehen konnte, erkannte Blanc plötzlich einen Schuh.

Einen braunen Gesundheitsschuh.

»Das glaube ich einfach nicht«, murmelte er.

»Alles in Ordnung?«, fragte Marius. Er hatte seine Dienstwaffe in der Hand, nahm die letzten Stufen und stieg vorsichtig über den Toten.

»Was hast du hier zu suchen?!«, brüllte Blanc. Er war verwirrt und erleichtert und erschöpft, und er wusste überhaupt nicht mehr, was hier gespielt wurde. War Marius gekommen, um ihn zu retten? Oder würde er gleich seine Pistole auf ihn richten? Blanc schien in diesem Moment alles möglich zu sein, er glaubte an nichts mehr.

»Ich habe nach dir gesucht«, erwiderte sein Kollege grinsend. Und dann, zu Blancs unendlicher Erleichterung, steckte er seine Waffe in die Hosentasche.

»Hast du ihn …«, Blanc wagte nicht, die Frage zu vollenden.

»Ich habe den Kerl nicht angerührt«, erklärte sein Kollege angesichts der Umstände ziemlich gelassen. »Der kam die Treppe hochgestürmt, als ich gerade zu euch runter wollte. Navarin hat mich angestarrt, als wäre ich Jesus im Lichterkranz, dann ist er vor Schreck nach hinten weggekippt. Vielleicht war der Typ einfach nicht schwindelfrei.«

Ob das wirklich die Wahrheit ist, fragte sich Blanc zweifelnd. Doch bevor er etwas sagen konnte, führte Marius die Rechte zum lässigen Gruß an die Stirn. »Ich hoffe, Sie hatten ein angenehmes Wochenende, *Madame le Juge*.«

Aveline war hinter Blancs Rücken hervor und in das Dämmerlicht am Treppenschacht getreten. »Ich habe mich jedenfalls nicht gelangweilt, *mon Lieutenant*«, erwiderte sie knapp.

Das fehlte mir noch, nun hat er auch Aveline entdeckt, dachte Blanc. Doch er war so müde, ihm war jetzt alles egal. Er atmete tief durch, langsam normalisierte sich sein Puls. »Was machst du hier, Marius?«

»Seltsamer Zufall. Genau diese Frage wollte ich dir auch gerade stellen.«

»Wir haben wirklich nicht viel Zeit.«

Marius kratzte sich am Kopf. »Ich war bei der Pressekonferenz«, erklärte er. »Ziemlich weit hinten im Saal. Und wen sehe ich da plötzlich in der zweiten Reihe? Du überraschst mich immer wieder. Dann gibt es auf einmal Terroralarm. Schon wieder eine Überraschung. Ich habe ja immer geglaubt, dass dich die Politiker aus Paris verbannt haben, weil du ein zu guter Flic warst. Aber vielleicht hatten sie recht?«

»Ich habe sonntags schon klügere Dinge getan«, gab Blanc zu.

Sein Freund lachte. »Jedenfalls war es gar nicht so einfach, in dem Chaos an dir dranzubleiben. Vor der Rathauspassage habe ich dich dann aus den Augen verloren. Ich wäre beinahe Lizarey in seine Stummelarme gelaufen. Kurz darauf habe ich den Schrei einer Frau gehört. Da bin ich in die Passage gerannt, doch dort war alles dunkel. Ich wollte schon wieder gehen, als ich Lärm und den Lichtstrahl einer Taschenlampe aus den Kryptoportiken bemerkt habe. Da wusste ich wieder, wo ihr seid und ... na ja.« Marius blickte auf den Toten. »Navarin hätte uns zerlegt wie drei Hühnerbeine, wenn er nicht gestolpert wäre. Der Kerl war wirklich gefährlich.«

Aveline bückte sich und zog ihre Tasche unter der Leiche hervor. Sie klopfte ein wenig Schmutz von ihr ab und sah auf ihre Armbanduhr. »Ich habe noch eine Dreiviertelstunde, bevor mein Zug fährt«, verkündete sie.

Wenn Marius überrascht war von dem, was sie sagte oder tat, so zeigte er es nicht. »Ich räume hinter euch auf«, erwiderte er bloß.

»Was willst du tun?«, fragte Blanc.

Er zuckte mit den Achseln. »Ich habe wirklich keine Ahnung. Wer rechnet schon damit, dass ihm ein Toter vor die Füße fällt?«

»Gehen Sie voraus und sehen Sie nach, dass wirklich niemand in der Passage ist«, bat Blanc Aveline. Dann wandte er sich an Marius. »Wir schleppen Navarin bis zum Aufgang der Treppe in die oberen Stockwerke des Rathauses. Auf einer Stufe dort sind Blutspuren von ihm. Wir legen ihn dort ab. Es wird wie ein tragischer Unfall aussehen: Der Chef der Security-Firma will nach dem Terroralarm zu den Politikern im Rathaus hochgehen. Im Halbdunkel stolpert er so unglücklich auf der Treppe, dass er sich den Hals bricht. Niemand wird auf die Idee kommen, in den Kryptoportiken Spuren zu sichern.«

»Du könntest für eine der Gangs aus Marseille arbeiten, so gut, wie du Spuren verwischt«, brummte Marius.

Aveline schlich die Wendeltreppe hinauf. »Alles ruhig«, flüsterte sie von oben.

Blanc und Marius mühten sich mit dem Toten Stufe um Stufe hoch. Spuren verwischen, einen Todesfall verschleiern, Ermittlungen behindern, Polizisten täuschen – Blanc verstieß in dieser dunklen Stunde gegen alles, was er in mehr als zwanzig Jahren Karriere heiliggehalten hatte. Er musste auf der Treppe innehalten, Verzweiflung überwältigte ihn, er tat so, als sei es Erschöpfung. Er hatte sich immer als aufrechten Flic gesehen, fehlbar, klar, aber unkorrumpierbar, stets auf der richtigen Seite, korrekt. Zum ersten Mal glaubte er für einen Moment, dass Geneviève vielleicht doch recht gehabt hatte und selbst dieser höllische Staatssekretär Vialaron-

Allègre: Vielleicht war er einfach bloß ein verdammtes Arschloch. Der Kerl hat das verdient, sagte sich Blanc dann und straffte sich, der hat das tausendmal verdient. Ein Rassist, Hetzer, Schläger, mehrfacher Mörder, *merde*! Er packte Navarins noch warmen Körper wieder an und war auf einmal wahnsinnig wütend auf diesen Typen. Du hast so viele Leben zerstört, aber mein Leben zerstörst du nicht, sagte er sich grimmig. Die Leiche war unfassbar schwer. Er fühlte sich fast genauso müde wie der Tote. Die Passage war dunkel, außer Aveline war niemand zu sehen. Auf dem hell erleuchteten Platz waren immer noch Menschen, doch die Polizisten an der Absperrung schützten sie unwissentlich vor jedem zufällig vorbeikommenden Zeugen. Aber wie lange würden sie dort noch postiert sein? Erst nach einer halben Ewigkeit hatten sie es geschafft und Navarin lag am Fuß der Rathaustreppe.

»Kann ich noch etwas für euch tun?«, schnaufte Marius. Schweiß lief ihm bis in die Augenbrauen, aber er sah zufrieden aus mit sich.

Blanc fragte sich wieder, was Marius hier wirklich zu suchen hatte. Aber ihm blieb keine andere Wahl, als ihm zu vertrauen. »Navarins Taschenlampe liegt noch irgendwo in den Kryptoportiken«, erklärte er. »Die muss von dort verschwinden. Und meine Waffe auch, ein schmiedeeisernes Camarguekreuz.«

»Ein Camarguekreuz?« Marius starrte ihn an, dann lachte er. »Deine Witze waren auch schon mal besser.«

»Tu mir einen Gefallen und sieh einfach nach«, seufzte Blanc.

Sie ließen Marius in der Passage zurück. Aveline und er eilten auf den Platz. Die Polizisten an der Absperrung ließen jeden, der aus dem Rathaus wollte, ohne Kontrolle passieren. Rund um den Brunnen hockten immer noch ziemlich viele Menschen, doch dahinter war die weite Fläche beinahe leer. Nach ein paar Augenblicken hatten sie den Boulevard des Lices erreicht. 19.52 Uhr. Auch hier zirkulierten schon wieder beinahe so wenige Autos wie an jedem anderen verschlafenen Sonntagabend.

Aveline winkte ein Taxi heran. »Zum Bahnhof!«, sagte sie dem Chauffeur.

Das war's, dachte Blanc erschöpft. Wieder einmal würde Aveline ihn verlassen. Doch diesmal würde sie ihn nicht seinen leeren Stunden überlassen. Sie würde ihn mit den Toten von Arles und tausend Fragen allein lassen. Er wollte sie nach dem Unbekannten auf dem Foto fragen und welche Unterlagen das wirklich waren, für die sie beide ihr Leben riskiert hatten, damit Aveline sie nach Paris bringen konnte. Wollte sie fragen, wer dieser Cedric war, von dessen Existenz weder er noch ihr Mann etwas wissen sollten. Ein Liebhaber, noch einer? Mach dir nichts vor, sagte er sich, es ist doch das Nächstliegende. Er hätte sie trotzdem gern in den Arm genommen, hätte wenigstens ihre Hand berührt. Doch er bemerkte den neugierigen Blick des Fahrers, der immer wieder in den Rückspiegel starrte, also verzichtete er auf jedes vorwurfsvolle Wort, genauso wie auf jede zärtliche Geste. »Wir sind rechtzeitig da«, versicherte er ihr bloß, weil es nicht mehr zu sagen gab.

20.02 Uhr. Am Bahnhof bezahlte Blanc den Taxifahrer mit seinem letzten Geld. Am Bahnsteig warteten mindestens dreißig Reisende auf den TGV nach Paris. Soldaten patrouillierten in Vierergruppen durch das Gebäude. Blanc und Aveline eilten dorthin, wo der Erste-Klasse-Waggon stoppen sollte, in dem sie einen Sitz gebucht hatte. Er blickte sich im Gehen unauffällig um. Kein Polizist. Kein Kerl im Hoodie. Niemand schien auf sie zu achten, zwei ganz normale Reisende auf einem Bahnsteig an einem nasskalten Abend im November. Sie berührte ihn leicht am Arm und hielt hinter einer Werbetafel inne.

»Wenn das ein romantischer Film wäre, würde ich Sie jetzt zum Abschied küssen«, sagte Aveline. »Aber das, was hier gefilmt wird, ist nicht romantisch.« Sie deutete an der Werbetafel vorbei auf eine der vielen Videokameras. »Nach dem Terroralarm werden alle Aufnahmen zur Sicherheit ausgewertet. Ich hoffe, dass man mich in dieser Kleidung und mit Ihrer Baseballcap nicht erkennt.

Aber wir können das Risiko nicht eingehen, dass man uns zusammen filmt.«

Blanc zögerte, aber er wusste, dass Aveline recht hatte. 20.05 Uhr. Die Lichter des TGV schimmerten schon über dem Dunst des Schienenstrangs. Über ihren Köpfen dröhnte eine Lautsprecherdurchsage. Er dachte daran, was Aveline an diesem Wochenende gesagt hatte: Wenn ihre Affäre entdeckt werden würde, dann wäre es vorbei …

»Lieutenant Tonon hat uns zusammen gesehen, aber er ahnt nichts«, log er. Er musste beinahe schreien, damit sie ihn im Lärm des einfahrenden Zuges noch verstehen konnte.

Sie brachte ihre Lippen nah an sein Ohr. »Machen Sie mir nichts vor: Tonon weiß Bescheid über uns. Aber er wird mit niemandem über diesen Abend reden. Wir drei haben dieselbe Leiche im Keller: Navarin.«

Blanc fiel eine Last vom Herzen. »Also werden wir uns wiedersehen?«

»Ich muss jetzt wirklich gehen.« Aveline lächelte und trat hinter dem Plakat hervor. Sie war die einzige Reisende, die in den Erste-Klasse-Waggon stieg. Es war 20.06 Uhr. Sie sah sich nicht noch einmal um.

Capitaine Blanc muss einiges erklären

Blanc wachte um 6.00 Uhr morgens in seiner alten Ölmühle auf und starrte an die Decke. Sein Handywecker summte. Das war ein Albtraum, dachte er, das war alles bloß ein Spuk und jetzt ist wieder heller Tag. Doch sobald er sich bewegte, um nach seinem Nokia zu tasten, spürte er die Schmerzen im Bauch, an der Schulter, im Ellenbogen, überall. Und als er die Augen öffnete, blickte er auf eine Holzdecke, die nicht weiß gekalkt war wie in seinem Schlafzimmer im Obergeschoss, sondern auf Balken die in jenem ungesunden *Xylophène*-Braun schimmerten, das er längst schon hätte abschleifen sollen. Er lag auf dem zerschlissenen Siebzigerjahre-Sofa im Erdgeschoss, weil er gestern Abend zu erschöpft gewesen war, um sich noch die Treppe hinaufzuschleppen.

Er tappte in die Küche. Sie war neu und sah wundervoll aus, glattes Holz, gelb wie Honig, doch es war leider so eisig kalt darin, als hätte er vor drei Tagen vergessen, die Tiefkühltruhe zu schließen. Die Kälte der alten, roten Fliesen schnitt wie mit Messern in seine nackten Fußsohlen. Irgendwann sehr bald musste er sich dem Problem stellen, wie er diesen alten Kasten heizen sollte. Zog der Kamin überhaupt noch? Oder würde er die Ölmühle und halb Sainte-Françoise-la-Vallée abfackeln, sobald er das erste Holz im antiken gusseisernen Ofen des Salons anzündete? Und wie kam er überhaupt an Feuerholz? Sein Kopf dröhnte, ihn schwindelte.

Blanc checkte wieder sein Handy. Keine Nachricht von Aveline.

Sein Frühstück bestand aus einem Espresso und einer kalten Dusche und dann noch einem Espresso. Allein durch den Duft der frisch gemahlenen und aufgebrühten Kaffeebohnen fühlte sich die Luft zwischen den dicken Steinmauern zehn Grad wärmer an. Und die erste gute Nachricht an diesem Tag las er nur ein paar Minuten später, auf einem gelben Post-it, das auf dem Lenkrad seines

Renault Espace klebte. Sein Nachbar Jean-François Riou musste den Minivan in der Nacht vor dem Haus abgestellt haben – oder vielleicht stand er auch gestern Abend schon da, und Blanc hatte den Wagen in seinem desolaten Zustand gar nicht mehr bemerkt. Auf dem Zettel stand in Rious altertümlicher, gestochen scharfer Ingenieursschrift:

»Deine Karre läuft wieder, aber wie lange noch? Wenn du dich verbessern willst: Ich habe einen Peugeot 205 an der Hand, mit nur 234 000 Kilometern auf dem Tacho.«

Blanc lächelte und startete den alten Minivan. Hört sich mit etwas gutem Willen an wie neu, dachte er, als der Vierzylinder zum Leben erwachte und unter der Haube Geräusche verursachte, als würde jemand zwei Blecheimer gegeneinanderschlagen.

Als er auf die Route départementale einbog, sah er im frühen Dunst auf der gegenüberliegenden Seite seine Nachbarin. Paulette Aybalen nagelte einige neue Bretter an das Gatter um die Weide ihrer Camargue-Pferde. Er hielt wieder an, stieg aus und begrüßte sie mit Wangenkuss, ließ aber den Espace laufen, weil er sich nicht sicher war, ob der Anlasser einen zweiten Start innerhalb von so kurzer Zeit durchhielt.

»Ich müsste lügen, um dir zu sagen, du siehst großartig aus«, sagte Paulette. Sie hatte ihre langen, schwarzen Haare nur sehr unvollständig mit einem roten Fleece-Stirnband gebändigt, trug Jeans und eine Windjacke, und sie sah so fit aus, als könnte sie mit dem Hammer und den Nägeln in ihren behandschuhten Händen an einem Vormittag eine ganze Blockhütte errichten.

»Ich muss nicht lügen, um dir das Gleiche zu sagen«, erwiderte Blanc.

Sie lächelte nicht über dieses Kompliment, sondern musterte ihn bloß lange. »Hast du dich geprügelt? Du hältst dich so schief, als hätte man dir ordentlich was verpasst.«

Blanc fragte sich, woher Paulette wusste, wie man sich mit durchgeprügeltem Leib hielt. Er rang sich ein Grinsen ab. »Es wurde gestern nur ein bisschen spät«, erklärte er vage und hoffte, seine Nachbarin würde dabei eher an seine Arbeit denken.

Etwas später ließ er den Minivan über die leere Landstraße rollen, fünfzig, vierzig, dreißig Stundenkilometer. Irgendwann fuhr er rechts ran und sah sich um. Er parkte an einem Feld, das schon vor Wochen abgeerntet worden war. Nun wuchsen Disteln, Gräser, irgendwelches Unkraut aus dem roten, schweren Boden. Der Nebel hatte Perlen auf die Blätter gesetzt. Feuchte Schleier durchzogen die knotigen Arme der Olivenbäume, in den höchsten Zweigen, die man so schwer abernten konnte, glänzten vergessene grünschwarze Früchte. Das Sägen der Zikaden war längst Vergangenheit, die letzten Singvögel waren verstummt, und der einzige Laut, der aus dem stillen Wald jenseits des Feldes und des Olivenhaines drang, war das Krächzen einer Dohle.

Blanc zog sein Nokia aus der Tasche. Noch immer nichts von Aveline. Ob er sie anrufen sollte? Es war erst kurz nach acht Uhr. Aveline war sicherlich bei ihrem Mann. Wenn der Staatssekretär zufällig Blancs Nummer auf ihrem Display sah? Wenn er gar abhob? Blanc starrte das Handy lange an, dann wählte er eine andere Nummer.

»*Allô?*« Brigadier Barressi würde es nie lernen, sich korrekt mit Namen, Rang und Dienststelle zu melden.

»Gibt es etwas Neues?«, fragte Blanc.

»Das Wochenende war so tot wie ich mir meine Schwiegermutter gern wünsche«, antwortete Barressi und gluckste. »Wir haben wirklich Glück gehabt, *mon Capitaine*. Die Brigaden von Salon und Lançon mussten am Sonntag nach Arles ausrücken, die hatten dort Verstärkung angefordert. Beinahe hätte es uns auch noch erwischt. Haben Sie davon gehört? Irgendein *Connard* hat da Terroralarm ausgelöst, mit einer Bombendrohung und einer Römerfigur! Ich meine, mit einem Tiefkühllastwagen oder einem Messer, *d'accord*, aber mit einer Marmorfigur, die …«

»Ich habe davon gehört, Brigadier«, unterbrach ihn Blanc. Gut, dass er in diesem Moment Barressi nicht leibhaftig gegenüberstehen musste. »Gibt es etwas Dringendes, was ich sofort erledigen muss?«

Langes Schweigen. Man konnte hören, wie Barressi in Papieren wühlte. »Hier ist überhaupt kein Rapport«, verkündete er schließlich kryptisch.

»Dann sagen Sie den Kollegen, dass ich eine Stunde später komme. Ich habe etwas zu erledigen. Es ist dienstlich«, log Blanc.

Er fuhr zum nächsten Spielwarenladen. Der *Toys ‚R' Us* neben dem *Intermarché* in Salon-de-Provence war, da Weihnachten langsam heraufdämmerte, bereits am Montagmorgen geöffnet. Blanc brauchte nicht sehr lange, bis er gefunden hatte, was er suchte.

Dann erst fuhr er zur Gendarmeriestation von Gadet. Der niedrige Betonbau wirkte im Novemberlicht noch deprimierender als sonst. Blanc nickte am Empfang Brigadier Barressi zu, tastete kurz durch sein Postfach, das wie meistens leer war, und ging danach den Flur hinunter zu seinem Büro. Fabienne war noch nicht da. Gut so. Er fühlte sich noch nicht bereit, ihr unter die Augen zu treten.

Er schloss sich in dem Raum ein, den er sich mit Marius teilte. Der Schreibtisch seines Kollegen war aufgeräumt. Er griff in die Tüte des Spielwarenladens, holte eine kleine Plastikpackung heraus und stellte sie auf Marius' Schreibtisch. Ein Matchboxauto. Mercedes G-Klasse, grünmetallic. Entziehungskur, dachte Blanc und schüttelte den Kopf. Weiß der Himmel, was Marius tatsächlich in Arles gemacht hatte.

Er griff zum Hörer und rief Kad Djendelli in der Évêché an, dem Polizeihauptquartier von Marseille. Er berichtete dem Commissaire, was er in Arles gesehen und gehört hatte. Nur über Aveline verlor er kein Wort und über seine eigene Rolle beim Terroralarm lieber auch nicht.

»Du hast also den toten Navarin auf der Treppe des Rathauses abgelegt«, resümierte Djendelli. »Das ist schon cool.«

»Spotte nur«, erwiderte Blanc. »Ich war zufällig in der Nähe, als Gravet ermordet wurde. Wenn ich auch noch zugeben würde, dass ich bei Navarins Tod irgendwie dabei war, dann würde mich Lizarey auf jeden Fall verhaften. Verdammt, ich selbst würde mich verhaften unter diesen Umständen!«

Man hörte, wie Djendelli seinen Computer bearbeitete. »Navarins Tod steht schon als Unfallmeldung bei uns im System«, verkündete er schließlich. »Der kleine Alphonse hat sich keine besondere Mühe mit der Untersuchung gegeben. Wer trauert schon um so einen Typen wie Navarin? Die Akte ist bereits so gut wie geschlossen. Gut für dich.«

»Ich fühle mich trotzdem mies«, gestand Blanc. »Wenn sich kein Flic mehr den Fall Navarin vornimmt, dann werden auch all die Verbrechen, die dieser Kerl begangen hat, niemals aufgeklärt.«

»Das kann man auch anders sehen: Navarin hat seine gerechte Strafe bekommen.«

»Das gilt aber nicht für seine Komplizen.« Blanc rieb sich die Schläfe. »Lizarey zum Beispiel macht einfach weiter Karriere. Bald wird er dein Vorgesetzter sein, wenn wir ihn nicht stoppen.«

Djendelli lachte. »Was soll das werden? Erpressung? Drohst du mir mit Lizarey?«

»Du hast genauso ein Interesse wie ich, diesen Typen fertigzumachen.«

Blanc hörte, wie Djendelli am Telefon sang: *Pleased to meet you, hope you guess my name* … Endlich seufzte der Commissaire. »Wenn der kleine Alphonse nicht nach den Regeln spielt, dann müssen wir auch nicht nach den Regeln spielen, oder?«

»Das ist nur gerecht.«

»Fein.« Djendelli hatte seine gute Laune wiedergefunden. »Lizarey hat bei dem Bombenalarm gestern nicht gerade eine heroische Rolle gespielt. Ganz Frankreich kennt ihn jetzt, er musste gestern Abend noch vor die Presse treten. Sagen wir so: Es war keine überzeugende Inszenierung. Er ist angeschlagen. Und ich kenne da einen

Reporter vom *Canard Enchaîné*. Du gibst ihm all die seltsamen Todesfälle durch, in denen Lizarey *nicht* ermittelt hat: der fliegende Lehrer aus der Arena, der radfahrende Professor, der Typ, der in seinem Smart die Leitplanke geküsst hat.«

»Und seine Frau Colette Andréoni, die in ihrer eigenen Wohnung erschossen wurde.«

»Auch die. Jedes Mal ist Lizarey dabei. Und jedes Mal gibt es anschließend keinen Täter. Wenn das im *Canard Enchaîné* steht, dann rauscht Lizareys Karriere endgültig durch das Klo.«

»Gib mir die Telefonnummer«, sagte Blanc. »Wird langsam Zeit, dass ich mal wieder mit einem Pariser Journalisten rede.«

Mittags aß er mit Fabienne im *Le Soleil*. Regen trommelte gegen die Fensterscheiben, der Asphalt vor dem Restaurant war unter einem Teppich schlieriger Platanenblätter begraben, das schaumige, erdbraune Wasser der Touloubre gurgelte so laut um pflanzenüberwucherte Steine, dass es selbst im schlecht beheizten Innenraum zu hören war. In dem kleinen Raum verloren sich bloß wenige Gäste, und es war so früh am Tag, dass die Kellnerin noch einigermaßen nüchtern war.

»Wie war dein Wochenende?«, fragte Blanc verlegen.

»Die Stunden, die ich nicht am Computer, in einem Touristencafé in Arles oder vor einem verklemmten Puzzlebildmaler verbracht habe, waren ganz okay«, erwiderte Fabienne. »Roxane und ich haben besprochen, wer von uns Mutter werden soll.«

Blanc verschluckte sich am Wasser und hustete.

»So etwas nennt man Familienplanung«, erklärte Fabienne seufzend. »Soll ich noch eine Serviette kommen lassen, bevor die Kellnerin besoffen ist?«

»Geht schon«, krächzte Blanc. »Ich war nur …«, er suchte nach dem richtigen Wort und entschied sich schließlich für: »überrascht.«

»Zwei Frauen, ein Kind, ein Hustenanfall. Du bist wirklich Old School.«

»Ich habe keine Vorurteile. Ich habe nur im Biologieunterricht aufgepasst.«

»Samenspender gab's wahrscheinlich erst nach deiner Schulzeit. Wir gehen zu spanischen Ärzten, die haben mehr Erfahrung.«

»Deshalb die Hochzeitsreise nach Barcelona?«

»Du solltest dich bei der Gendarmerie bewerben.«

»Und?«, fragte Blanc. »Wer von euch soll Mutter werden.«

»Ich!«, rief Fabienne strahlend. »Soll ich dir noch eine Serviette holen?«

Blanc stand auf, ging um den Tisch und umarmte sie. »Du bekommst ein Kind!«, rief er.

»Noch bin ich nicht schwanger!«, wehrte sie lachend ab.

»Wird schon«, sagte er. Plötzlich war er traurig und hasste sich dafür. Mutter werden, das bedeutete auch Mutterschutz. Und nachher vielleicht Teilzeit. Oder vielleicht kam Fabienne irgendwann die Idee, dass es sich nicht lohnte, ihre Zeit, ihre Gesundheit und möglicherweise gar ihr Leben hinzugeben, während zu Hause ein Baby gluckste. Wenn Marius fort war und Fabienne ging, dann würde es in Gadet für Blanc sehr einsam werden. Verdammtes Selbstmitleid. »Wann ist es so weit?«

Sie zuckte mit den Achseln. »Wer weiß? Roxane und ich wollen kurz vor Weihnachten nach Barcelona fahren. Wir haben einen Termin, aber ob es sofort klappt ... Das weiß man nie.«

»Du machst es richtig«, sagte er.

Sie stieß ihn in die Rippen und grinste. »Und du?«, erwiderte sie. »Wie sieht deine Familienplanung aus?«

Bevor Blanc antworten konnte, ging die Tür auf und ein Mann trat ins Restaurant, der trotz des grauen Wetters eine Steve-McQueen-Sonnenbrille trug.

»Wir essen zu dritt«, flüsterte Blanc.

»Hast du es auf den Augen?«, fragte Fabienne den Neuankömmling.

»Ich bin inkognito hier«, erklärte Marius. »Ihr wisst ja, wo ich offiziell weile.« Er setzte sich, steckte die Sonnenbrille in die Tasche und rieb sich zufrieden die Hände. »Soll ich für uns alle bestellen?« Er winkte die Kellnerin herbei.

»Ich nehme den Cassoulet«, erklärte Blanc. »Ich sterbe vor Hunger.«

»Zwei Cassoulets«, ergänzte Marius.

»Weiße Bohnen, Speck, Würstchen und Ente?!«, rief Fabienne. »Das wird mir mein Gynäkologe verbieten!«

»Also drei Cassoulets«, bestellte Marius.

Die Kellnerin blieb neben ihm stehen, als warte sie noch auf etwas. »Und noch eine große Karaffe Wasser«, fügte Marius hinzu und bedachte sie mit seinem liebenswürdigsten Blick.

Blanc war schon oft im *Le Soleil* gewesen, doch das wurde sein bislang bestes Mittagessen – und das lag nicht einmal am schweren, köstlichen Eintopf. »Ihr wollt hören, wie ich mein Wochenende verbracht habe, was?«, begann er. Dann erzählte er. Alles. Es war gar nicht so peinlich wie befürchtet. Er gestand sein Verhältnis zu Aveline und wie lange das schon andauerte. Gestand das heimliche Rendezvous in Arles, das so schrecklich anders verlaufen war als erhofft. Die Toten. Den Zwang zur Geheimniskrämerei. Die ständige Angst vor dem allgegenwärtigen Staatssekretär. Berichtete von der gestohlenen Tasche und von seinem verzweifelten Bemühen, seine Geliebte aus allem herauszuhalten.

Marius hörte ihm schweigend zu und schaufelte sein Cassoulet in sich hinein und danach noch den halben Teller von Fabienne, die irgendwann kapituliert hatte und Blanc bloß nachdenklich musterte.

»Ich dachte ja, dass ich der größte Trottel der Station bin«, sagte Marius kauend, nachdem Blanc endlich geendet hatte. »*Eh bien,* man lernt nie aus.«

»Ich habe mir so etwas schon gedacht«, erklärte Fabienne. »Aber dann habe ich mir immer wieder gesagt: ›Nein, so bescheuert kann

Roger Blanc einfach nicht sein!‹ Die Frau des Staatssekretärs! Ist das so ein männliches Ego-Ding? Ich installiere dir eine Dating-App auf dem Handy«, sagte sie, schüttelte dann jedoch sofort wieder den Kopf. »Nein. Ich lege besser dein Profil selbst an und suche dir eine Neue. Irgendeine Frau, mit der du nicht mit Vollgas in die Hölle fährst. Geschieden, vier Kinder, leichtes Übergewicht, Hobbys Kreuzworträtsel und Gartenarbeit, so in etwa?«

»Klingt sexy«, erwiderte Blanc.

»So eine nehme ich auch«, erklärte Marius und rieb sich behaglich über den Bauch.

Blanc blickte ihn an. »Und du? Wie war dein Wochenende in Arles?«

»Das ist die Zeit der großen Beichten?«, rief Marius, Erstaunen heuchelnd.

»Amen«, sagte Fabienne.

»Kennst du die junge Nutte an der Route nationale 113?«, begann Marius. »Die Rumänin mit dem Wohnmobil hinter den Büschen?«

»Was hat das denn mit Arles zu tun?«, fragte Blanc.

»Die eine gelbe Warnweste an einen Ast hängt, wenn sie frei ist?«, fragte Fabienne.

»Ecaterina war sehr süß. Sehr verständnisvoll.«

»Ich fasse es nicht«, stöhnte Fabienne.

Marius hob entschuldigend die Hände. »Besser als eine Untersuchungsrichterin, oder? Na, jedenfalls war ich nach meiner Scheidung hin und wieder bei ihr. Doch eines Nachts gegen drei Uhr schleppten mir zwei Kollegen von der Streife aus Saint-César Ecaterina in die Station. Sie hatten die Kleine auf der Straße hochgenommen und in Gadet abgeliefert, weil wir die nächstgelegene Zelle haben. Ich hatte allein Nachtdienst und …

»Ich fasse es nicht!«, wiederholte Fabienne, diesmal lauter.

»Es war nicht so, wie du denkst.« Marius war tatsächlich rot geworden. »Die Kollegen patrouillieren alle Straßen im Département ab. Sie sehen immer mal wieder nachts bei den Mädchen in den Wohnmobilen vorbei, um sicher zu gehen, dass die noch leben. Dass kein Freier Ärger macht. Als sie bei Ecaterina ins Wohnmobil gestiefelt sind, war gar kein Kunde da. Aber auf dem Tisch lag eine lange Line Kokain. Da haben die Idioten sie mitgenommen und bei mir abgeliefert. Das ist jetzt ungefähr ein Jahr her.«

Blanc schloss die Augen. Den Rest konnte er sich denken. »Das Mädchen hatte keine gültigen Papiere«, riet er. »Sie wäre wegen Drogenbesitzes im Schnellverfahren verurteilt und dann abgeschoben worden.«

Marius nickte. »*Comparution immédiate,* ein paar Monate in Baumettes, ein einfacher Flug nach Bukarest. Das wäre es gewesen.«

»Also hast du den Einlieferungsbericht frisiert«, fuhr Blanc fort.

»Ich habe ›Erregung öffentlichen Ärgernisses‹ daraus gemacht, das passt auf eine Straßenschwalbe immer.« Marius grinste verlegen. »Den Kollegen vom Frühdienst war eine rumänische Nutte so etwas von egal. Also haben sie morgens einfach die Zellentür aufgemacht und die Kleine laufen lassen.«

»Sie arbeitet immer noch an der Route nationale«, warf Fabienne ein. »Ich fahre manchmal mit der Ducati an ihr vorbei.«

»Ecaterina ist ein gutes Mädchen. Und es hat doch niemandem wehgetan«, erklärte Marius. »Und niemandem ist die Sache mit dem verschwundenen Kokain aufgefallen, bis …«

»… ein neuer Chef in Gadet aufgekreuzt ist«, vollendete Blanc. »Langsam begreife ich den Zusammenhang.«

Marius vollführte eine weit ausholende Geste. »Was hat ein Typ wie Nkoulou hier verloren? Ich meine, warum schicken die den korrektesten Gendarmen Frankreichs ausgerechnet in dieses Scheißnest? Weißt du, was das Hobby unseres Commandants ist? Der Kerl liest alte Unterlagen durch! *Merde,* welcher Kerl, der noch zwei Eier hat, liest nachts verstaubte Akten?!«

Fabienne lachte. »Und da ist Nkoulou eines Nachts aufgefallen, dass die Streife aus Saint-César in ihrem Bericht für ihre Dienststelle ein Freudenmädchen mit einer Prise Koks gemeldet hat, du aber in deinem Einlieferungsbericht für die Station von Gadet nur ein Freudenmädchen ohne eine Prise Koks registriert hast.«

Marius nickte geschlagen. »Und da hat Nkoulou geglaubt, ich hätte die Droge für mich abgezweigt. Nach allem, was ich bis dahin schon vermasselt hatte, wäre das mein Ende gewesen. *Au revoir*, Gendarmerie, und die Rente hätte ich mir auch gleich in die Haare schmieren können.«

»Aber Nkoulou hat dich nicht gefeuert«, sagte Fabienne.

»Unser Commandant ist ziemlich clever. Und ziemlich skrupellos.« Marius lachte und schüttelte den Kopf. »Ich war ihm auf Gedeih und Verderb ausgeliefert. Wenn er mich auf die Autobahn geschickt hätte, um alle Parkplatzklos zu putzen, ich wäre sofort losgefahren.«

»Aber er hat dich nicht auf die Autobahn geschickt«, meinte Blanc. »Nkoulou hat dich nach Arles geschickt.«

»Das war letztes Wochenende nicht das erste Mal.« Marius nickte. »Und es hat sogar Spaß gemacht. Ihr wisst doch, wie es ist: Die Flics haben Macron ganz sicher nicht gewählt. Die Mehrheit der lieben Kollegen ist mehr oder weniger offen für den Front National. Was würde wohl aus Nkoulous schöner Karriere werden, wenn Marine Le Pen jemals Präsidentin werden würde? Der Chef ist als Kind aus Afrika geflohen und sie würde ihn mit einem Tritt genau wieder dorthin zurückschicken und scheiß auf seinen französischen Pass und seine schönen Streifen an den Schulterstücken.

In der Gendarmerie und der Police sind die Rechten längst so stark, dass der Commandant es gar nicht mehr wagen kann, sich offen gegen sie zu stellen. Irgendwas musste Nkoulou tun, schon aus Eigeninteresse. Außerdem wisst ihr, wie unser Chef ist: Der hasst Ungerechtigkeit, der glaubt noch an das Gute, Schöne, Wahre.« Marius hatte unbewusst sein Messer genommen und fuchtelte damit herum. »Nkoulou hat sich fürchterlich darüber aufgeregt, dass selbst so ein Oberarschloch wie Navarin inzwischen Narrenfreiheit hatte; der hat ja sogar straflos mit seinen Morden geprahlt!«

»Das hat auch andere Flics wütend gemacht«, murmelte Fabienne. »Ich bin bald vom Computer gekippt, als ich seinen Namen recherchiert habe.«

Blanc blickte aus dem Fenster. Der Regen war stärker geworden, die Stämme der Platanen vor dem *Le Soleil* glänzten braun und violett, und das sah ungesund aus. »Navarin hatte ein *Fiche S*«, murmelte er, »Staatssekretär Vialaron-Allègre muss gewusst haben, dass Navarin eine Geheimdienstakte als gefährlicher Radikaler hat.«

»Aber klar hat das alte Krokodil das gewusst!« Marius bewegte seine Klinge gefährlich nahe vor Blancs Gesicht. »Und Vialaron-Allègre wusste auch, dass seine alte Feindin Hélène Pelherbes diesen Koloss als Mann fürs Grobe engagiert hatte. Vialaron-Allègre will die Pelherbes und ihre rechte Bande fertigmachen, damit sie auf keinen Fall nach Paris zurückkehren. Und Nkoulou will Gendarmerie und Police von Eiterbeulen wie diesem Lizarey befreien. *Voilà:* Unsere beiden Bosse hatten einen gemeinsamen Feind.«

Blanc lachte freudlos auf. »Also erledigt Nkoulou die Schmutzarbeit für den Staatssekretär …«

»… indem er solche fertigen Typen wie mich in die rechte Szene einschleust. *Mais oui.* Wenn ich ein schwächerer Charakter wäre, würde ich jetzt einen Pastis bestellen.« Marius schüttelte den Kopf.

»Du weißt genau, was ich mit der Pastisflasche machen würde, wenn du sie bestellst«, sagte Fabienne gelassen. »Ich würde sie dir über den Schädel ziehen.«

»Deshalb bin ich ja so ein starker Charakter«, seufzte Marius. »Nkoulou hat mich an den Eiern seit der Sache mit dem Mädchen«, fuhr er fort. »Er hat mir eines Tages befohlen, mich in Arles umzusehen. Außerdienstlich. Sehr diskret. *Merde,* ich durfte nicht einmal mit euch darüber reden!

Der Commandant hat mir ein paar Namen genannt und einen vor allen anderen: Ludovic Pelherbes. Nkoulou glaubt, dass die Leute vom *Bloc identitaire* die gefährlichsten Rechten sind. Nicht so dumpf wie Navarins Bande. Denen kannst du nur sehr, sehr schwer etwas nachweisen. Also sollte ich mich umhören und zusammentragen, was auch immer ich gegen Ludovic Pelherbes oder seine Mutter finden würde. Dieser Job fing so einfach an, dass sogar ich das hinbekommen habe. Ich bin nach Arles gefahren und habe den jungen Pelherbes angerufen. Der smarte Ludovic war überhaupt nicht überrascht: Lieutenant Marius Tonon, ein frustrierter Flic, der seit Jahren nicht mehr befördert worden ist. Die vom *Bloc* haben schon Dutzende Beamte wie mich angeworben. Pelherbes hat mir gesagt, dass meine Stunde kommen wird. Wenn sie die Macht hätten, dann könnte ich mir meinen neuen Posten aussuchen. Und mich an denen rächen, die mich fertiggemacht haben.

Ludovic Pelherbes hat mich auch nach Montmajour eingeladen. Da treffen sich Flics und Richter, Finanzbeamte und Zollinspektoren regelmäßig heimlich mit dem *Bloc* und mit Navarins Schlägern. Sie sprechen sich dort ab: Die Polizisten zum Beispiel raten Navarin, wie man die Gewalttaten seiner Truppe am besten unter den Tisch kehren kann. Die Zollbeamten reichen den Typen manchmal unregistrierte Waffen weiter, die sie sichergestellt haben. Die Jungs vom *Bloc* sagen Navarin, wann er die Muskeln spielen lassen darf und wann er sich zurückhalten muss, je nachdem, wie es politisch gerade aussieht. Und später am Abend saufen sie mehr als eine Horde bretonischer Fischer. Ich habe in Montmajour schon einige gesellige Abende verbracht.«

Blanc erinnerte sich daran, wie oft sein Kollege abends unerreichbar gewesen war. Oder dass er morgens nicht auf der Station aufgekreuzt war, aber ihr überkorrekter Chef Nkoulou das einfach so hingenommen hatte.

»Wahrscheinlich werden die jetzt ihren Treffpunkt ändern«, warf er ein.

Marius grinste. »Die Kerle von *Blood and Honour Hexagone* würden dich am liebsten über dem Feuer rösten. Aber die braven Beamten schwitzen Blut. Über Hollande haben die gelacht, aber vor Macron haben sie Angst. Die fürchten nun, dass ihre Namen durch dich auf irgendeiner Schwarzen Liste der Regierung auftauchen könnten und dass sie ihre schönen Pensionsansprüche los sind. Die werden sich garantiert nie wieder in Montmajour treffen.«

»Und was hattest du im Amphitheater zu suchen?«, fragte Blanc.

»Das war der Treffpunkt für vertraulichere Gespräche«, erklärte Marius, »wenn man was in kleiner Runde bereden musste. Ludovic Pelherbes wollte sich nie mit einem der Beamten in einem Café treffen. Zu viele Leute, um ungestört zu sein, zu wenige, um unterzutauchen, hat er immer gesagt. Er hat sich eine Kopie von Navarins Generalschlüssel anfertigen lassen und seine Treffen im Amphitheater arrangiert. Da sind immer Besucher, da fiel das nie auf.«

»Auf diese Idee sind Aveline und ich auch schon gekommen«, brummte Blanc.

»Dachte ich mir. Pelherbes hat da einzelne Beamte einbestellt, gewissermaßen zum Rapport. Wenn du einmal dazugehörst, dann stellst du fest, dass dir plötzlich so ein junger Schnösel Befehle erteilt. Das ist der Preis der Verschwörung. Am Freitagnachmittag war ich dran. Ich sollte ihm alles sagen, was ich über Nkoulou wusste. Ich glaube, sie stellen ihrerseits schwarze Listen von den Flics zusammen, die sie kaltstellen wollen.«

»Hast du den Mord gesehen?«

Marius strich sich mit der Hand über die Augen. »Hätte ich so etwas geahnt, wäre ich da nie aufgekreuzt. Ich habe mit Ludovic Pelherbes geredet. Navarin stand daneben, ich dachte, der wäre bloß eine Art Aufpasser, und habe kaum auf ihn geachtet. Und dass Gravet oben auf dem Turm stand, habe ich nicht einmal bemerkt. *Merde,* ich hatte noch nie etwas von diesem Mann gehört! Woher sollte ich ahnen, dass der gleich sterben sollte? Ich habe bloß eine Zeit lang mit dem jungen Pelherbes gesprochen und ihm ein paar Details über Nkoulous Karriere erzählt, nichts Dramatisches, aber der Kerl war trotzdem zufrieden. Dann bin ich mit ihm aus der Arena gegangen, durch den Notausgang, niemand hat uns gesehen. Navarin ist allein zurückgeblieben. Ich bin nach Hause gefahren und habe erst am nächsten Tag in der Zeitung gelesen, was geschehen ist.«

»Du hättest das melden müssen!«, rief Fabienne empört.

»Aber das habe ich doch!«, entgegnete Marius nicht weniger heftig. »Ich habe sofort beim Commandant angerufen. Nkoulou war genau so schockiert wie ich, aber er hat auch sofort verstanden, dass ich keine Beweise hatte. Ich war ja nicht mal dabei, als der Mord verübt wurde. Aber Nkoulou wusste jetzt auch, wie die Typen vom *Bloc* arbeiten: Navarin ist brutal, aber dumm. Ludovic Pelherbes ist derjenige, der ihn praktisch bis zu seinem Opfer führt und ihn dann die Drecksarbeit erledigen lässt. Also hat der Chef mir gesagt, dass ich beim nächtlichen Treffen in Montmajour unbedingt dabei sein muss. Es war schon lange geplant, es hätte verdächtig gewirkt, wenn ich im letzten Moment abgesagt hätte. Ich sollte mich noch mehr auf Ludovic Pelherbes konzentrieren, auf seine Verbindung zu Navarins Morden. Das war das erste Mal, dass man dem Pelherbes vielleicht etwas Illegales hätte nachweisen können. Etwas richtig Heftiges: Beihilfe zum Mord, da würde er auf Jahre ins Gefängnis wandern.« Marius deutete auf Blanc. »Dann bist du urplötzlich in Montmajour aufgekreuzt, und ich habe mir gedacht: *Putain,* irgendetwas läuft hier gerade aus dem Ruder! Ich habe mich gefragt, was du da zu suchen hattest. Nkoulou hatte nichts von dir erzählt. Und schon gar nichts von der Untersuchungsrichterin. Also bin ich in Arles geblieben, um zu sehen, dass du keine Scheiße baust.«

Blanc beugte sich vor und sah Marius fest in die Augen. »Nur, damit zwischen uns alles klar ist: Weil du einmal ein Mädchen mit Kokain hast laufen lassen, zwingt Nkoulou dich, als eine Art Undercoveragent bei rechtsradikalen Verschwörern herumzuschnüffeln, richtig?«

»Das hast du schön gesagt.«

»Du sollst ihm Material besorgen, mit dem er rechte Flics wie Lizarey kaltstellen kann«, fuhr Blanc unbeirrt fort. »Und außerdem besorgst du Material, mit dem Vialaron-Allègre den Wiederaufstieg von Hélène Pelherbes und ihrem Sohn verhindern wird.«

»Ich war vor dem Mittagessen bei Nkoulou in seiner Wohnung und habe ihm zwei Dossiers auf den Küchentisch gelegt. Das eine ist eine nette, umfangreiche Zusammenstellung der Ermittlungen gegen Rechte, die Lizarey sabotiert hat.«

»Hätte ich das gewusst, dann hätte ich mir meine Wochenendarbeit sparen können!«, warf Fabienne ein.

Marius grinste. Jetzt flüsterte er. »Im anderen Dossier steckte eine Pistole. Ludovic Pelherbes hat mich am Sonntagvormittag in die Arena einbestellt und mir die Waffe übergeben. Er hat mir gesagt, ich soll sie im passenden Moment präsentieren, als Beweismittel gegen – dich.« Er deutete überflüssigerweise auch noch auf Blanc.

»Was für ein Schwein«, murmelte Blanc. »Einer von Navarins Kerlen hat mich beschattet«, fuhr er fort. »Sie wussten, dass ich bei Colette Andréoni gewesen bin. Und Lizarey hatte mich schon seit dem Mord im Amphitheater im Visier ...«

»Genial, nicht wahr?«, sagte Marius. »Und unglaublich kaltblütig. Lizarey wird zum Haus der ermordeten Galeristin gerufen. Er weiß, dass Navarin und Ludovic Pelherbes die arme Frau getötet haben. Aber er weiß von seinen rechten Mitverschwörern auch, dass deine Fingerabdrücke und DNA-Spuren irgendwo im Gebäude sein müssen, du warst ja nur ein paar Stunden vor dem Mord bei ihr. Meine Rolle war es nun, zum passenden Ermittlungszeitpunkt in den nächsten Tagen die Tatwaffe bei dir im Büro zu ›finden‹. Deine Spuren in Colette Andréonis Haus, die Tatwaffe in deinem Besitz – *voilà,* das hätte allemal gereicht, um dich wegen Mordes anzuklagen.«

»Ich brauche einen Espresso«, murmelte Blanc. »Mein Kreislauf sackt gerade in den Keller.«

Fabienne bestellte drei Tassen und holte sie selbst ab, damit es schneller ging. »Erzähl weiter«, sagte sie zu Marius.

Der blickte sich sehr selbstzufrieden um. »Der Mörder liefert seine Waffe frei Haus! Ich konnte mein Glück gar nicht fassen. Ich habe sie Nkoulou übergeben und der hat noch gestern Nachmittag die Spurensicherung drangesetzt. Die Jungs haben im Labor nicht nur eindeutig festgestellt, dass es die Waffe ist, mit der man Colette Andréoni in den Kopf geschossen hat. Sie haben auch DNA-Spuren auf der Pistole sichergestellt. Ratet, von wem! Von Ludovic Pelherbes, und nur von ihm! Navarin war beim Einbruch dabei, vielleicht hat er die Tür aufgebrochen. Aber den tödlichen Schuss hat der Junior abgefeuert.«

»Ludovic Pelherbes ist geliefert«, sagte Blanc. Animalische Freude durchströmte ihn, Rache, dachte er, wenigstens werden diese Untaten gerächt, und der Mörder wird dieses Verbrechen sühnen müssen.

»Nkoulou hat genauso gegrinst wie du gerade«, fuhr Marius fort. »Ich habe ihm viel mehr zu Ludovic Pelherbes geliefert, als er es sich erträumt hat. Nicht bloß ein paar belastende Dokumente für irgendeine politische Intrige – sondern eine solide Mordanklage! Der Chef wird die Ermittlungen an sich ziehen und scheiß auf die Kompetenzen der Police Nationale in Arles. Zur Not wird ihm der Staatssekretär den Rücken frei halten. Ludovic Pelherbes wird wegen Mordes an Colette Andréoni angeklagt. Diesen Skandal wird auch seine Mutter politisch nicht überleben. Die feine Familie ist am Arsch. Vialaron-Allègre ist zufrieden, soweit ein Reptil wie er je zufrieden sein kann. Und Nkoulou …« Marius schnalzte mit der Zunge. »Er hat die Akte über Ecaterina und das Kokain vor meinen Augen in den Kamin geworfen. Der Chef hat übrigens einen tollen Kamin. Hängt von der Decke wie ein Fernseher an einem schwarzen Rohr. Die Akte hat sehr schön gebrannt. Nkoulou hat mir zum Abschied gesagt, dass man nie die Hoffnung auf eine Beförderung aufgeben soll.«

»Weiß Aveline Vialaron-Allègre von deinem Undercoverjob für ihren Mann und Nkoulou?«

Marius zuckte mit den Achseln. »Ich habe keine Ahnung. Die Untersuchungsrichterin ist eine sehr kluge Frau. Aber ihr Gatte ist auch ein sehr kluger Mann. Wenn du zu denen in die Badewanne steigst, dann kannst du genauso gut auch mit Piranhas schwimmen.«

Fabienne schlug so hart auf den Tisch, dass die Gläser klirrten und die inzwischen leicht angeheiterte Kellnerin kurz zu ihnen hinübersah. »Seid ihr beiden total irre?!«, zischte sie. »Der eine macht die illegale Drecksarbeit für den mächtigsten Mann im Ministerium, während der andere sich mit dessen Frau abgibt?«

»Das nennt man Teamarbeit«, erwiderte Marius zufrieden.

»Auf Japanisch heißt das Harakiri. Träum weiter von deiner Beförderung! Diese Scheiße kostet euch beide irgendwann die Karriere! Irgendwann braucht der Staatssekretär dich nicht mehr, Marius. Und wenn er gar erfährt, in welchem Bett du manchmal liegst, Roger …« Sie blickte an die Decke. »*Mon Dieu,* allein, weil ich mit euch zusammenarbeite, wird mich das auch *meine* Karriere kosten!«

Blanc sah sie schuldbewusst an. »Nkoulou ist uns einen Gefallen schuldig. Ich könnte ihn bitten, dich für eine Versetzung vorzuschlagen. Auf einen sicheren Beamtenstuhl.« Er dachte auch an das zukünftige Kind. »Irgendwo in der Zentrale. Weg von der Straße.«

Fabienne verdrehte die Augen und seufzte. »Capitaine Roger Blanc, manchmal kapierst du einfach gar nichts. Wenn ich von einem sicheren Beamtenstuhl träumen würde, dann hätte ich mich beim Katasteramt beworben. Ich will auf die Straße und ich will da auch noch lange bleiben, verstanden?« Sie hob ihr Glas. »Jetzt stoßt ihr beiden Volltrottel mit mir an und versprecht mir, dass ihr euch bei eurem Harakiri niemals erwischen lasst, damit ich bis zur Rente ein Straßenflic sein kann.«

Das, fand Blanc, war der schönste Trinkspruch, der ihm zu Ehren je gesagt worden war.

Nachmittags fuhr Blanc durch eine Landschaft wie aus einem Fantasyfilm. Der Regen hatte aufgehört, und es war etwas wärmer geworden – warm genug, dass die Feuchtigkeit in dünnen weißen Schwaden aus dem Boden dampfte. Auf vielen Feldern hatten die Bauern Laub und abgetrennte Äste zu großen Haufen geschichtet und angezündet. Es war fast windstill, und die grauen Rauchsäulen stiegen Hunderte Meter hoch in den Himmel. Jeder Atemzug schmeckte nach Asche, feuchten Blättern und Herbst. Aus den kahlen Ästen der Platanen, die sich vor einer kleinen Brücke über die Straße wölbten, erhob sich ein Schwarm Dohlen, hundert schwarze Federwesen, die in der Luft ein wütendes Ballett tanzten, bevor sie in ihren Baum zurückfielen wie ein schwerer Regen.

Blanc hatte keine Lust, in seiner stillen Ölmühle zu sitzen, auf sein Handy zu starren und auf eine Nachricht zu warten, die schon seit Stunden nicht kam. Er fuhr durch Sainte-Françoise-la-Vallée hindurch und nahm die Route départementale, deren Serpentinen sich um die steilen, pinienbewachsenen Ufer des Étang de Berre schlängelten. Die Villen, die hinter den Schleiern der Pinienkronen verborgen lagen, waren dunkel. Seit mindestens einer Viertelstunde war ihm kein Auto mehr entgegengekommen. Er hätte sich wie der einzige Mensch auf der Welt gefühlt, wenn nicht links von ihm ein schwarzes, kleines Boot eine Linie durch den Étang de Berre zöge, ein Fischer auf dem Weg zu den Netzen, die er irgendwo in Ufernähe gestellt hatte. Blanc betrachtete den Mann im kleinen Boot, und plötzlich wusste er, welches Ziel er selbst ansteuern musste.

Im nächsten Kreisverkehr nahm er die Verbindung zur Schnellstraße. Eine Viertelstunde später stellte er den Espace auf dem Parkplatz mitten in Martigues ab. Das Blau und Gelb und Rot der frisch renovierten alten, schmalen Häuser wirkte stumpfer als im Sommer, im schwarzen Wasser der Kanäle trieben Holzstücke und Plastikflaschen. Es war noch feuchter hier als auf den Feldern, und ihn fröstelte. Die Boote im Jachthafen waren verlassen, niemand flanierte über die Piers, das einzige Geräusch war das nervtötende Klappern einer Leine, die auf irgendeinem Segler im Takt der leichten Wellen gegen den Mast schlug.

Blanc schwang sich auf die *Aotearoa*, die kleine, halb abgewrackte Plastikjacht, die er sich vor ein paar Wochen gekauft hatte. Auf dem Deck und dem zusammengerollten Segel glänzten Tautropfen. Als er die Luke zur engen Kabine unter Deck zurückschob, schlug ihm ein Schwall abgestandener Luft entgegen. Es war kein Tag zum Segeln und außerdem schon spät, bald würde es dämmern. Aber Blanc war auch nicht zum Segeln hier hinausgefahren, und dass es dunkel wurde, war ihm ganz recht.

Er hob die Matraze der rechten Koje aus ihrer Halterung. Darunter kam eine weiß gestrichene, schon etwas abgeplitterte Sperrholzplatte zum Vorschein. Doch unter dieser Platte verbarg sich etwas, das viel neuer war als dieses Boot und keinerlei nautische Funktion hatte: eine große, feuerfeste Box aus Stahlblech.

Blanc steckte einen Schlüssel in das massive Vorhängeschloss, das die Klappe sicherte. Dann blickte er auf den Inhalt der Box: Kopien von Ermittlungsakten, Fotos, Zeitungsausschnitte … Eigentlich war es im Kahn viel zu feucht, um Papiere aufzubewahren, andererseits würde hoffentlich gerade deshalb niemals jemand ausgerechnet auf dem kleinen Boot nach ihnen suchen. Es war verboten, was er hier tat, aber das war ihm gleichgültig. Blanc hatte sein privates Archiv angelegt, seinen Giftschrank, in dem er Kopien der Ermittlungen gegen Politiker, Funktionäre, Manager angelegt hatte – Ermittlungen gegen die Mächtigen. Ermittlungen, die zu keinem Ergebnis geführt hatten. Noch nicht.

Er würde seiner Sammlung ein Dossier zu Hélène Pelherbes hinzufügen.

Er hatte die Politikerin zwar nur wenige Male gesehen, doch er war sich längst nicht so sicher wie Marius, dass sie durch die Mordanklage gegen ihren Sohn gestürzt würde. Vielleicht würde sie davonkommen. Vielleicht würde sie gar – die erschütterte, tragisch umflorte Mutter – von dem Skandal profitieren, weil dann Leute Mitleid mit ihr hatten. Was konnte Blanc dann tun, um sie zu stoppen? Diesmal hatte er keine Durchschriften von Akten, denn er hatte ja offiziell nie etwas mit ihr zu tun gehabt. Doch im Laufe der Zeit würde er schon etwas zusammentragen. Blanc begann mit ein paar Blättern voller Notizen – Erinnerungen an das Wochenende in Arles, die er, auf der unbequemen Bank der *Aotearoa* hockend, eilig niederschrieb, bevor es so dunkel wurde, dass er seine eigene Schrift nicht mehr lesen konnte: die Karrierestationen der Politikerin, ihre Verbindung zu Navarin und *Blood and Honour Hexagone*, ihr Sohn Ludovic und der *Bloc identitaire*.

Blanc hoffte, dass es sinnvoll war, was er tat, sinnvoller als früher. Jahrelang hatte er solche heimlichen Dossiers angelegt, zumeist vergebens. Aber in den Élysée war nicht einfach nur ein neuer Präsident eingezogen, sondern ein anderer Präsident. Und im Parlament hatte eine Partei die Mehrheit, die es zwölf Monate vor der Wahl noch nicht einmal gegeben hatte. Mit Frauen und Männern als Abgeordnete, die nicht ihr ganzes Leben lang Politik eingeatmet hatten. Wieder einmal eine Revolution in Frankreich, endlich wieder … Vielleicht würde sie diesmal ohne Guillotine auskommen, aber irgendwie musste man schon die erstickenden Vertreter des Ancien Régime beiseiteräumen. Und in Revolutionen wurden die unwahrscheinlichsten Leute zu Revolutionären – warum nicht auch ein Capitaine der Gendarmerie, der an einem Novemberabend auf einem lächerlichen Segelboot hockte und Seite um Seite vollkritzelte?

Als er fertig war, starrte er auf das Wasser, das um den Rumpf seines Bootes gurgelte. Es war gerade erst drei Tage her, dass Thierry Gravet mitten im Amphitheater von Arles in die Tiefe gestürzt worden war. Aber ob überhaupt noch jemand an den unbeliebten Lehrer dachte? Seine Schüler? Seine Kollegen? Zweiundsiebzig Stunden, und dein ganzes Leben ist schon vergessen. Kaum mehr als vierundzwanzig Stunden war es her, dass man Colette Andréoni kaltherzig in ihrer Wohnung hingerichtet hatte, weil sie das Erbe ihres Mannes bewahren wollte, der ein paar Wochen zuvor auf einer Schnellstraße getötet worden war. Und vielleicht hatte auch ein Professor aus Aix-en-Provence mit seinem Leben dafür bezahlt, dass er die Karrieren einer Politikerin und eines Polizisten gestört hatte, und der Meute, die diesen beiden folgte.

Er zog sein Handy hervor. Keine Nachricht von ihr. Er sah sich die Meldungen des Tages im Internet an. Der Terroralarm in Arles. Echte Bedrohung, Fehlalarm, übler Scherz? Keine konkrete Spur. Blanc musste lächeln. Seine kleine Inszenierung hatte Hélène Pelherbes immerhin jene andere Inszenierung vermasselt. Die Präsentation der Neuen Venus war auf den Nachrichten-Sites schon in jene unteren Bildschirmbereiche verdrängt worden, auf die kaum noch jemand achtete. Die Statue der Liebesgöttin stand jetzt im Museum, aber irgendwie schien das schon niemanden mehr zu interessieren.

Fast niemanden.

Auf der Website von *La Provence* las Blanc im letzten Absatz eine Meldung:

Doktor Jacques Kojfer vom Museum ist sich allerdings noch nicht hundertprozentig sicher, ob die Neue Venus tatsächlich authentisch ist. Er hat weitere, kritische Studien angekündigt.

Sieh an, dachte Blanc erfreut. Der verschrobene, einsame Forscher in seinem klaustrophobischen Büro würde zwar viel Mut brauchen, um seine Studien durchzuziehen, aber er hatte nun wenigstens gute Chancen, seine Recherchen zu überleben. Kein Mörder mehr, der durch Arles schlich, und kein korrupter Polizeichef, der ihn noch schützte.

Nächstes Jahr in einem trüben November, hoffte Blanc, würde Kojfer immer noch in seiner Höhle im Museum antike Münzen unter der Lupe betrachten. Doch die Kulturdezernentin Hélène Pelherbes und ihr smarter Sohn Ludovic, der hektische Commissaire Lizarey und selbst diese bescheuerte Marmorfigur wären aus Arles verschwunden, als hätte es sie nie gegeben.

Es war dunkel, als Blanc sich endlich auf den Rückweg machte. Die Scheinwerfer seines Espace zitterten über den rissigen, an manchen Stellen von Pinienwurzeln hochgewölbten Asphalt der Route départementale, der linke schwächer als der rechte, da konnte er sich gleich wieder an Riou mit einer Bitte um Reparatur wenden. Aus dem Étang de Berre quoll so viel Dampf auf, dass er Mond- und Sternenlicht und sogar die Straßenlaternen von Martigues verschluckte. Überraschenderweise flackerte die Temperaturanzeige im Armaturenbrett, die sich seit Jahren totgestellt hatte, für wenige Minuten auf. Fünf Grad. Er musste die Scheibenwischer einschalten, weil Feuchtigkeit über die Frontscheibe perlte.

Seine Ölmühle war ein schwarzer Klotz in der Nacht, noch eine Spur schwärzer als die Luft. Er stieg aus, schaltete die Taschenlampe seines Handys an und irrte über den Waldweg neben seinem Haus. Er sammelte Holz zusammen, vom Mistral abgebrochene Pinienzweige, Scheiben, die Waldarbeiter aus Eichenstämmen gesägt und beim Abtransport vergessen hatten, Reisig, so mürbe wie Stroh. Er stopfte alles in den eisernen, schwarzen Ofen, dessen Seiten aus unerfindlichen Gründen mit dem Relief eines Elches verziert waren. Zehn Minuten und eine fast zur Gänze verbrauchte Streichholzpackung später brannte tatsächlich ein Feuer. Blanc ließ die Ofenklappe offen, um den gelben und roten Flammen zuzusehen, die über dem Holz tanzten. Sie waren das einzige Licht in der alten Mühle.

Blanc würde es wieder nicht bis in sein Schlafzimmer schaffen. Er legte sich auf das Sofa und blickte ins langsam vergehende Feuer. Gerade, als er sein Nokia auf den Holztisch neben dem Sofa platzieren wollte, vibrierte es.

Eine SMS von Aveline, endlich.

»Keine Probleme in Paris. Danke für das Wochenende. Wir sehen uns bald im Justizpalast.«

Das ist alles? Blanc wusste, dass sie auf ihre Nachricht nicht einmal eine Antwort erwartete. Keine Probleme … Er dachte an Avelins Mann, den Staatssekretär, der sich in sein Leben eingemischt hatte und auch in das von Marius und von Nkoulou und der ihre Schicksale manipulieren wollte, wie ein misstrauischer, bösartiger Gott. Ob er auch Avelines Leben manipulierte? Oder ob sie ihn manipulierte und über ihn auch alle anderen? Er dachte an das Foto des gut aussehenden Mannes in ihrer Tasche, das so wichtig war, dass Aveline dafür sogar einen Einbruch bei der Polizei und eigentlich sogar ihr Leben riskiert hatte. Er wollte sich nicht fragen, was seine Geliebte ihm wohl alles verheimlichte – und er fragte es sich doch. Blanc las noch einmal Avelines letzten Satz. Er wusste nicht, ob er sich tatsächlich auf ihr nächstes Rendezvous freuen sollte.

Oder ob es nicht klüger wäre, sich vor der Frau, die er begehrte, zu fürchten.

Personnage

ROGER BLANC
Capitaine der Gendarmerie, dessen Karriere und dessen Leben in der
Provence unsanft aus der Kurve getragen werden

MARIUS TONON
Ewiger Lieutenant, dem die meisten Kollegen lieber aus dem Weg
gehen

FABIENNE SOUILLARD
Computerspezialistin, die der Himmel oder die Bürokratie in den
Midi geschickt hat

NICOLAS NKOULOU
Commandant der Gendarmerie, der seinen Blick von Gadet aus fest
auf eine viel größere Stadt gerichtet hält

BARRESSI
In Geist und Körper nicht der schnellste Brigadier von Gadet

KADER »KAD« DJENDELLI
Commissaire de police in Marseille, ein passabler Gitarrenspieler
und ein mehr als passabler Flic

JEAN-CHARLES VIALARON-ALLÈGRE
Staatssekretär in Paris mit mehr Verbindungen in die Provence,
als Roger Blanc guttut

AVELINE VIALARON-ALLÈGRE
Untersuchungsrichterin, die das Risiko liebt; Gattin des Staatssekretärs

LUKAS RHEINBACH
Deutscher Maler, dessen Bilder in viele Teile zerlegt werden

JEAN-FRANÇOIS RIOU
Ein Nachbar und die gute Fee der Automotoren

PAULETTE AYBALEN
Nachbarin von Blanc, die ihr Dorf, ihre Töchter, ihre Pferde und den freien Himmel liebt und vielleicht noch jemanden mehr

DR. JACQUES KOJFER
Spezialist im Musée départemental Arles antique, der sich mit antiken Münzen besser auskennt als mit Marmorfiguren

THIERRY GRAVET
Ein Geschichtslehrer aus Arles, der sich etwas zu sehr für Geschichte interessiert

LOÏC NAVARIN
Er hat viele Muskeln, sein Auto hat viele PS, und er kennt viele mächtige Leute

HÉLÈNE PELHERBES
Kulturdezernentin von Arles und möglicherweise zukünftige Bürgermeisterin, eine Politikerin wie eine russische Rakete

LUDOVIC PELHERBES
Der Sohn der Politikerin, ein erschreckend moderner junger Mann

ALPHONSE LIZAREY
Commissaire in Arles bei der Police Nationale, der Karriere machen will – um jeden Preis

PASCAL ANDRÉONI
Ein Kunstlehrer und so heiter wie Buddha, sitzt leider am falschen Tag im falschen Auto

COLETTE ANDRÉONI
Seine Frau, eine Galeristin, die alte Leicas und die Wahrheit schätzt